OEUVRES

COMPLETES

DE

VOLTAIRE.

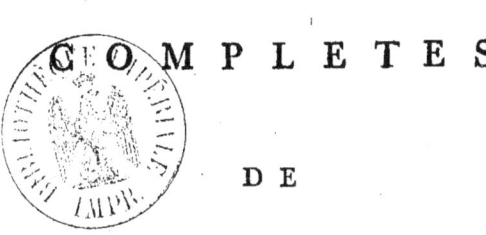

OEUVRES

COMPLETES

DE

VOLTAIRE.

TOME SOIXANTE-SIXIEME.

DE L'IMPRIMERIE DE LA SOCIÉTÉ LITTÉRAIRE-
TYPOGRAPHIQUE.

1 7 8 5.

LETTRES

DU

ROI DE PRUSSE

ET

DE M. DE VOLTAIRE.

LETTRES

DU

ROI DE PRUSSE

ET

DE M. DE VOLTAIRE.

LETTRE PREMIERE.

DE M. DE VOLTAIRE.

Ferney, 11 janvier.

A l'augufte prophéte de la nouvelle loi.

GRAND prophète, vous reffemblez à vos devanciers envoyés du Très-haut : vous faites des miracles. 1771.
Je vous dois réellement la vie. J'étais mourant au
milieu de mes neiges helvétiques, lorfqu'on m'apporta
votre facrée vifion. A mefure que je lifais, ma tête
fe débarraffait, mon fang circulait, mon ame renaif-
fait; dès la feconde page je repris mes forces, et par
un fingulier effet de cette médecine célefte, elle me
rendit l'appétit en me dégoûtant de tous les autres
alimens.

L'Eternel ordonna autrefois à votre prédéceffeur
Ezéchiel de manger un livre de parchemin ; j'aurais

A 2

—— bien volontiers mangé votre papier, fi je n'avais cent
1771. fois mieux aimé le relire. Oui, vous êtes le feul
envoyé de *Jéhova*, puifque vous êtes le feul qui ayez
dit la vérité en vous moquant de tous vos confrères;
auffi *Jéhova* vous a béni en affermiffant votre trône,
en taillant votre plume, et en illuminant votre ame.

Voici comme le Seigneur a parlé :

C'eft lui dont j'ai prédit : il applanira les hauts, il
comblera les bas; le voilà qui vient : il apprend aux
enfans des hommes qu'on peut être valeureux et clé-
ment, grand et fimple, éloquent et poëte : car c'eft
moi qui lui appris toutes ces chofes. Je l'illuminai
quand il vint au monde, afin qu'il me fît connaître
tel que je fuis, et non pas tel que les fots enfans des
hommes m'ont peint. Car je prends tous les globes
de l'univers à témoin que moi leur formateur je n'ai
jamais été ni feffé ni pendu dans ce petit globule de
la terre; que je n'ai jamais infpiré aucun juif, ni
couronné aucun pape; mais que j'ai envoyé, dans la
plénitude des temps, mon ferviteur *Frédéric*, lequel ne
s'appelle pas mon oint, car il n'eft pas oint; mais il
eft mon fils et mon image, et je lui ai dit : Mon fils,
ce n'eft pas affez d'avoir fait de tes ennemis l'efcabeau
de tes pieds et d'avoir donné des lois à ton pays,
il faut encore que tu chaffes pour jamais la fuperftition de ce globe.

Et le *grand Frédéric* a répondu à *Jéhova* : Je l'ai
chaffé de mon cœur ce monftre de la fuperftition, et
du cœur de tout ce qui m'environne; mais, mon
père, vous avez arrangé ce monde de manière que je
ne puis faire le bien que chez moi, et même encore
avec un peu de peine.

Comment voulez-vous que je donne du fens commun aux peuples de Rome, de Naples et de Madrid ? *Jéhova* alors a dit : Tes exemples et tes leçons fuffiront ; donnes-en long-temps, mon fils, et je ferai croître ces germes qui produiront leur fruit en leur temps.

Et le grand prophète a répondu : O *Jéhova*, vous êtes bien puiffant, mais je vous défie de rendre tous les hommes raifonnables. Croyez-moi, contentez-vous d'un petit nombre d'élus : vous n'aurez jamais que cela pour votre partage.

1771.

L E T T R E I I.

D U R O I.

A Berlin, le 29 de janvier.

En lifant votre lettre, j'ai cru que la correfpondance d'*Ovide* avec le roi *Cotys* continuait encore, fi je n'avais vu le nom de *Voltaire* au bas de cette lettre. Elle ne diffère de celle du poëte latin qu'en ce qu'*Ovide* eut la complaifance de compofer des vers en langue thrace, au lieu que vos vers font dans votre langue naturelle.

J'ai reçu en même temps ces queftions encyclopédiques qu'on pourrait appeler à plus jufte titre inftructions encyclopédiques. Cet ouvrage eft plein de chofes. Quelle variété ! que de connaiffances, de profondeur ! et quel art pour traiter tant de fujets avec le même agrément ! Si je me fervais du ftyle précieux,

A 3

je pourrais dire qu'entre vos mains tout se convertit en or.

Je vous dois encore des remercîmens au nom des militaires pour le détail que vous donnez des évolutions d'un bataillon. Quoique je vous connusse grand littérateur, grand philosophe, grand poëte, je ne savais pas que vous joigniffiez à tant de talens les connaiffances d'un grand capitaine. Les règles que vous donnez de la tactique font une marque certaine que vous jugez cette fièvre intermittente des rois, la guerre, moins dangereuse que de certains auteurs ne la repréfentent.

Mais quelle circonfpection édifiante dans les articles qui regardent la foi! Vos protégés les *Pediculofos* en auront été ravis; la forbonne vous aggrégera à fon corps; le *très-chrétien* (s'il lit) bénira le ciel d'avoir un gentilhomme de la chambre auffi orthodoxe; et l'évêque d'Orléans vous affignera une place auprès d'*Abraham*, d'*Ifaac* et de *Jacob*. A coup sûr vos reliques feront des miracles, et l'*inf...* célébrera fon triomphe.

Où donc eft l'efprit philofophique du dix-huitième fiècle, fi les philofophes, par ménagement pour leurs lecteurs, ofent à peine leur laiffer entrevoir la vérité? Il faut avouer que l'auteur du Syftême de la nature a trop impudemment caffé les vitres. Ce livre a fait beaucoup de mal: il a rendu la philofophie odieufe par de certaines conféquences qu'il tire de fes principes. Et peut-être à préfent faut-il de la douceur et du ménagement pour réconcilier avec la philofophie les efprits que cet auteur avait effarouchés et révoltés.

Il eft certain qu'à Pétersbourg on fe fcandalife
moins qu'à Paris, et que la vérité n'eft point rejetée
du trône de votre fouveraine, comme elle l'eft chez
le vulgaire de nos princes. Mon frère *Henri* fe trouve
actuellement à la cour de cette princeffe. Il ne ceffe
d'admirer les grands établiffemens qu'elle a faits, et
les foins qu'elle fe donne de décraffer, d'élever et
d'éclairer fes fujets.

Je ne fais ce que vos ingénieurs fans génie ont fait
aux Dardanelles : ils font peut-être caufe de l'exil de
Choifeul. A l'exception du cardinal de *Fleury*, *Choifeul*
a tenu plus long-temps qu'aucun autre miniftre de
Louis XV. Lorfqu'il était ambaffadeur à Rome,
Benoît XIV le définiffait un fou qui avait bien de
l'efprit. On dit que les parlemens et la nobleffe le
regrettent et le comparent à *Richelieu* : en revanche,
fes ennemis difent que c'était un boute-feu qui aurait
embrafé l'Europe. Pour moi, je laiffe raifonner tout
le monde. *Choifeul* n'a pu me faire ni bien ni mal : je
ne l'ai point connu; et je me repofe fur les grandes
lumières de votre monarque pour le choix et le renvoi
de fes miniftres et de fes maîtreffes. Je ne me mêle
que de mes affaires et du carnaval qui dure encore.

Nous avons un bon opéra; et, à l'exception d'une
feule actrice, mauvaife comédie. Vos hiftrions velches
fe vouent tous à l'opéra-comique; et des platitudes
mifes en mufique font chantées par des voix qui
hurlent et détonnent à donner des convulfions aux
affiftans. Durant les beaux jours du fiècle de *Louis XIV*,
ce fpectacle n'aurait pas fait fortune. Il paffe pour bon
dans ce fiècle de petiteffes, où le génie eft auffi rare
que le bon fens; où la médiocrité en tout genre annonce

le mauvais goût qui probablement replongera l'Europe dans une efpèce de barbarie dont une foule de grands hommes l'avait tirée.

Tant que nous conferverons *Voltaire*, il n'y aura rien à craindre ; lui feul eft l'*Atlas* qui foutient par fes forces cet édifice ruineux. Son tombeau fera celui du bon goût et des lettres. Vivez donc, vivez, et rajeuniffez, s'il eft poffible : ce font les vœux de toutes les perfonnes qui s'intéreffent à la belle littérature, et principalement les miens.

FÉDÉRIC.

LETTRE III.

DE M. DE VOLTAIRE.

A Ferney, 15 février.

SIRE,

TANDIS que vos bontés me donnent les louanges qui me font fi légitimement dues fur mon orthodoxie et fur mon tendre amour pour la religion catholique, apoftolique et romaine, j'ai bien peur que mon zèle ardent ne foit pas approuvé par les principaux membres de notre fanhédrin infaillible. Ils prétendent que je me mets à genoux devant eux pour leur donner des croquignoles, et que je les rends ridicules avec tout le refpect poffible. J'ai beau leur citer la belle préface d'un grand homme qui eft au-devant d'une hiftoire de l'Eglife très-édifiante, ils ne reçoivent point mon excufe ; ils difent que ce qui eft

très-bon dans le vainqueur de Rosback et de Liffa,
n'eft pas tolérable dans un pauvre diable qui n'a
qu'une chaumière entre un lac et une montagne, et
que, quand je ferais fur la montagne du Tabor en
habits blancs, je ne viendrais pas à bout de leur ôter
la pourpre dont ils font revêtus. Nous connaiffons,
difent-ils, vos mauvais fentimens et vos mauvaifes
plaifanteries. Vous ne vous êtes pas contenté de fervir
un hérétique, vous vous êtes attaché depuis peu à une
fchifmatique; et fi on vous en croyait, le pouvoir du
pape et celui du grand turc feraient bientôt refferrés
dans des bornes fort étroites.

Vous ne croyez point aux miracles, mais fachez
que nous en fefons. C'en eft déjà un fort grand que
nous ayons engagé votre héros hérétique à protéger
les jéfuites,

C'en eft un plus grand encore, que notre nonce en
Pologne ait déterminé les Mahométans à faire la
guerre à l'empire chrétien de Ruffie; ce nonce, en
cas de befoin, aurait béni l'étendard du grand prophète *Mahomet*. Si les Turcs ont toujours été battus,
ce n'eft pas notre faute, nous avons toujours prié
DIEU pour eux,

On nous rendra peut-être bientôt Avignon, malgré
tous vos quolibets; nous rentrerons dans Bénévent,
et nous aurons toujours un temporel très-royal pour
reffembler à JESUS-CHRIST notre Sauveur, qui
n'avait pas où repofer fa tête. Tâchez de régler la
vôtre qui radote, et recevez notre malédiction fous
l'anneau du pêcheur,

Voilà, Sire, comme on me traite, et je n'ai pas
un mot à répliquer. Si je fuis excommunié, j'en

1771.

appellerai à mon héros, à *Julien*, à *Marc-Aurèle* ses devanciers, et j'espère que leurs aigles ou romaines ou prussiennes (c'est la même chose) me couvriront de leurs ailes. Je me mets sous leur protection dans ce monde, en attendant que je sois damné dans l'autre.

J'ai envoyé un petit paquet à monseigneur le prince royal, je ne sais s'il l'a reçu.

Je me mets aux pieds de mon héros avec autant de respect que d'attachement.

Le vieux malade du mont Jura.

LETTRE IV.

DE M. DE VOLTAIRE.

A Ferney, premier mars.

SIRE,

Il n'est pas juste que je vous cite comme un de nos grands auteurs sans vous soumettre l'ouvrage dans lequel je prends cette liberté : j'envoie donc à votre Majesté l'épître contre *Mouftapha*. Je suis toujours acharné contre *Mouftapha* et *Fréron*. L'un étant un infidelle, je suis sûr de faire mon salut en lui disant des injures ; et l'autre étant un sot et un très-mauvais écrivain, il est de plein droit un de mes justiciables.

Il n'y a rien à mon gré de si étonnant, depuis les aventures de Rosback et de Lissa, que de voir mon impératrice envoyer du fond du Nord quatre flottes aux Dardanelles. Si *Annibal* avait entendu parler d'une

pareille entreprife, il aurait compté fon voyage des
Alpes pour bien peu de chofe.

Je haïrai toujours les Turcs oppreffeurs de la Gréce,
quoiqu'ils m'aient demandé depuis peu des montres
de ma colonie. Quels plats barbares! Il y a foixante
ans qu'on leur envoie des montres de Genève, et ils
n'ont pas fu encore en faire : ils ne favent pas même
les régler.

Je fuis toujours très-fâché que votre Majefté, et
l'empereur et les Vénitiens ne fe foient pas entendus
avec mon impératrice pour chaffer ces vilains Turcs
de l'Europe : c'eût été la befogne d'une feule campagne ; vous auriez partagé chacun également. C'eft
un axiome de géométrie qu'ajoutant chofes égales à
chofes égales, les touts font égaux ; ainfi vous feriez
demeurés précifément dans la fituation où vous êtes.

Je perfifte toujours à croire que cette guerre était
bien plus raifonnable que celle de 1756, qui n'avait
pas le fens commun ; mais je laiffe là ma politique
qui n'en a pas davantage, pour dire à votre Majefté
que j'efpère faire ma cour après pâques dans mon
hermitage aux princes de Suède vos neveux, dont
tout Paris eft enchanté. On parle beaucoup plus d'eux
que du parlement. Deux princes aimables font toujours plus d'effet que cent quatre - vingts pédans en
robe.

On m'a dit que d'*Argens* eft mort : j'en fuis très-
fâché ; c'était un impie très-utile à la bonne caufe,
malgré tout fon bavardage.

A propos de la bonne caufe, je me mets toujours
à vos pieds et fous votre protection. On me repro-
chera peut-être de n'être pas plus attaché à *Ganganelli*

—— qu'à *Mouſtapha;* je répondrai que je le ſuis à *Frédéric*
1771. *le grand* et à *Catherine la ſurprenante.*

Daignez, Sire, me conferver vos bontés pour le
temps qui me reſte encore à faire de mauvais vers en
ce monde.

Le vieil hermite des Alpes.

LETTRE V.

DU ROI.

A Potſdam, le 28 de mars.

J'AI eu le plaiſir de recevoir deux de vos lettres.
L'apparition que le roi de Suède a faite chez nous,
m'a empêché de vous répondre plutôt.

J'avais donc deviné que ce beau teſtament n'était
pas de vous. On vous a fait le même honneur qu'au
cardinal de *Richelieu,* au cardinal *Alberoni,* au maréchal de *Belle-Iſle,* &c. de teſter en votre nom. Je
diſais à quelqu'un qui me parlait de ce teſtament,
que c'était une œuvre de ténèbres, que l'on n'y recon-
naiſſait ni votre ſtyle, ni les bienſéances que vous
ſavez ſi ſupérieurement obſerver en écrivant pour le
public : cependant bien du monde qui n'a pas le
tact aſſez fin, s'y eſt trompé; et je crois qu'il ne ſerait
pas mal de le déſabuſer.

J'ai donc vu ce roi de Suède qui eſt un prince très-
inſtruit, d'une douceur charmante, et très-aimable
dans la ſociété. Il aura été charmé, ſans doute, de
recevoir vos vers; et j'ai vu avec plaiſir que vous
vous ſouveniez encore de moi. Le roi de Suède nous

a parlé beaucoup des nouveaux arrangemens qu'on
prenait en France, de la réforme de l'ancien parlement, et de la création d'un nouveau. Pour moi,
qui trouve affez de matières à m'occuper chez moi,
je n'envifage qu'en gros ce qui fe fait ailleurs. Je ne
puis juger des opérations étrangères qu'avec circonfpection, parce qu'il faudrait plus approfondir les
matières que je ne le puis pour en décider.

On dit que le chancelier eft un homme de génie et
d'un mérite diftingué : d'où je conclus qu'il aura pris
les mefures les plus juftes dans la fituation actuelle
des chofes, pour s'arranger de la manière la plus
avantageufe et la plus utile au bien de l'Etat. Cependant
quoi qu'on faffe en France, les Velches crient, criti-
quent, fe plaignent et fe confolent par quelque chanfon
maligne, ou quelques épigrammes fatiriques. Lorfque
le cardinal *Mazarin*, durant fon miniftère, fefait quelque innovation, il demandait fi à Paris on chantait
la *canzonetta*. Si on lui difait que oui, il était content.

Il en eft prefque de même par-tout. Peu d'hommes
raifonnent, et tous veulent décider.

Nous avons eu ici en peu de temps une foule
d'étrangers. *Alexis Orlow*, à fon retour de Pétersbourg,
a paffé chez nous pour fe rendre fur fa flotte à Livourne :
il m'a donné une pièce affez curieufe que je vous
envoie. Je ne fais comment il fe l'eft procurée ; le
contenu en eft fingulier : peut-être vous amufera-
t-elle.

Oh ! pour la guerre, monfieur de *Voltaire*, il n'en
eft pas queftion. Meffieurs les encyclopédiftes m'ont
régénéré. Ils ont tant crié contre ces bourreaux mercenaires, qui changent l'Europe en un théâtre de

—— carnage, que je me garderai bien à l'avenir d'encourir leurs cenfures. Je ne fais fi la cour de Vienne les craint autant que je les refpecte; mais j'ofe croire toutefois qu'elle mefurera fes démarches.

Ce qui paraît fouvent en politique le plus vrai-femblable, l'eft le moins. Nous fommes comme des aveugles, nous allons à tâtons; et nous ne fommes pas auffi adroits que les quinze-vingts qui connaiffent, à ne s'y pas tromper, les rues et les carrefours de Paris. Ce qu'on appelle l'art conjectural, n'en eft pas un : c'eft un jeu de hafard où le plus habile peut perdre comme le plus ignorant.

Après le départ du comte *Orlow*, nous avons eu l'apparition d'un comte autrichien qui, lorfque j'allai me rendre en Moravie chez l'empereur, m'a donné les fêtes les plus galantes. Ces fêtes ont donné lieu aux vers que je vous envoie : elles y font décrites avec vérité. Je n'ai pas négligé d'y crayonner le caractère du comte *Hoditz*, qui fe trouve peint d'après nature.

Votre impératrice en a donné de plus fuperbes à mon frère *Henri*. Je ne crois pas qu'on puiffe la furpaffer en ce genre : des illuminations durant un chemin de quatre milles d'Allemagne, des feux d'artifices qui furpaffent tout ce qui nous eft connu, felon les defcriptions qu'on m'en a faites, des bals de trois mille perfonnes; et fur-tout l'affabilité et les grâces que votre fouveraine a répandues comme un affaifonne-ment à toutes ces fêtes, en ont beaucoup relevé l'éclat.

A mon âge, les feules fêtes qui me conviennent font les bons livres. Vous qui en êtes le grand fabricateur, vous répandez encore quelque férénité fur le déclin

de mes jours. Vous ne vous devez donc pas étonner
que je m'intéreſſe , autant que je le fais, à la conſervation du patriarche de Ferney, auquel ſoit honneur
et gloire, par tous les ſiècles des ſiècles. Ainſi ſoit-il.

FÉDÉRIC.

LETTRE VI.

DU ROI.

A Potſdam , le 16 de mars.

IL y a long-temps que je vous aurais répondu ſi je
n'en avais été empêché par le retour de mon frère
Henri qui revient de Ruſſie. Plein de ce qu'il y a vu
digne d'admiration, il ne ceſſe de m'en entretenir :
il a vu votre ſouveraine ; il a été à portée d'applaudir
à ſes qualités qui la rendent ſi digne du trône qu'elle
occupe, et à ces qualités ſociables qui s'allient ſi rarement avec la morgue et la grandeur des ſouverains.

Mon frère a pouſſé par curioſité juſqu'à Moſcou ;
et par-tout il a vu les traces des grands établiſſemens
par leſquels le génie bienfeſant de l'impératrice ſe
manifeſte. Je n'entre point dans des détails qui feraient
immenſes , et qui demandent pour les décrire une
plume plus exercée que la mienne. Voilà pour
m'excuſer de ma lenteur. J'en viens à préſent à vos
lettres.

Voyez la différence qui eſt entre nous : moi,
avorton de philoſophe, quand mon eſprit s'exalte ,
il ne produit que des rêves : vous , grand prêtre
d'*Apollon*, c'eſt ce Dieu même qui vous remplit, et
qui vous inſpire ce divin enthouſiaſme qui nous

—— charme et nous tranſporte. Je me garde donc bien de
1771. lutter contre vous ; je crains le ſort d'un certain *Iſraël*
qui, s'étant compromis contre un ange, en eut une
hanche démiſe.

Je viens à vos queſtions encyclopédiques, et j'avoue
qu'un auteur qui écrit pour le public ne ſaurait aſſez
le reſpecter, même dans ſes faibleſſes. Je n'approuve
point l'auteur de la préface de *Fleury* abrégé : il s'exprime avec trop de hardieſſe, il avance des propoſi-
tions qui peuvent choquer les ames pieuſes ; et cela
n'eſt pas bien. Ce n'eſt qu'à force de réflexions, et de
raiſonnemens que l'erreur ſe filtre, et ſe ſépare de la
vérité : peu de perſonnes donnent leur temps à un
examen auſſi pénible, et qui demande une attention
ſuivie. Avec quelque clarté qu'on leur expoſe leurs
erreurs, ils penſent qu'on les veut ſéduire ; et en
abhorrant les vérités qu'on leur expoſe, ils déteſtent
l'auteur qui les annonce.

J'approuve donc fort la méthode de donner des
nazardes à l'*inf*... en la comblant de politeſſes.

Mais voici une hiſtoire dont le protecteur des
capucins pourra régaler ſon ſaint et puant troupeau.

Les Ruſſes ont voulu aſſiéger le petit fort de Czenſ-
tochow défendu par les confédérés : on y garde,
comme vous ſavez, une image de la ſainte et imma-
culée reine du ciel. Les confédérés, dans leur détreſſe,
s'adreſſèrent à elle pour implorer ſon divin appui :
la Vierge leur fit un ſigne de tête, et leur dit de s'en
rapporter à elle. Déjà les Ruſſes ſe préparaient pour
l'aſſaut : ils s'étaient pourvus de longues échelles avec
leſquelles ils avançaient la nuit pour eſcalader cette
bicoque. La Vierge les aperçoit, appelle ſon fils, et
lui

lui dit : Mon enfant, reſſouviens-toi de ton premier ⸺
métier ; il eſt temps d'en faire uſage pour ſauver ces 1771.
confédérés orthodoxes.

Le petit JESUS ſe charge d'une ſcie, part avec ſa mère ; et tandis que les Ruſſes avancent, il leur coupe leſtement quelques barres de leurs échelles ; puis en riant il retourne par les airs avec ſa mère à Czenſto-chow , et il rentre avec elle dans ſa niche.

Les Ruſſes cependant appuient leurs échelles aux baſtions ; jamais ils ne purent y monter , tant les échelles étaient raccourcies. Les ſchifmatiques furent obligés de ſe retirer. Les orthodoxes entonnèrent le *Te Deum ;* et depuis ce miracle la garde-robe de notre ſainte mère et ſon cabinet de curioſités augmentent à vue d'œil par les tréſors qui ſe verſent , et que le zèle des ames pieuſes augmente en abondance.

J'eſpère que vos capucins feront une fête en apprenant ce beau miracle , et qu'ils ne manquèront point de l'ajouter à ceux de la légende , qui de long-temps n'aura été ſi bien recrutée.

Le pauvre *Iſaac* eſt allé trouver ſon père *Abraham* en paradis ; ſon frère d'*Eguille*, qui eſt dévot , l'avait leſté pour ce voyage ; et l'*inf* ... s'érige des trophées.

Qu'on ne vous en érige pas de long-temps : votre corps peut être âgé , mais votre eſprit eſt encore jeune ; et cet eſprit fera encore aller le reſte. Je le ſouhaite pour les intérêts du Parnaſſe , pour ceux de la raiſon , et pour ma propre ſatisfaction. Sur quoi je prie le grand Dieu de la médecine votre protecteur , le divin *Apollon* , de vous avoir en ſa ſainte et digne garde.

FÉDÉRIC.

LETTRE VII.

DU ROI.

Le 19 de mars.

— 1771.

Q UELS agrémens, quel feu tu pofsèdes encore !
Le couchant de tes jours furpaffe leur aurore.
Quand l'âge injurieux mine et glace nos fens,
Nous perdons les plaifirs, les grâces, les talens :
Mais l'âge a refpecté ta voix douce et légère ;
Pour le malheur des fots il fit grâce à Voltaire.

Ce petit compliment vous eft dû ; ou pour mieux
dire, c'eft une merveille qui étonne l'Europe ; ce fera
un problème que la poftérité aura peine à réfoudre
que *Voltaire*, chargé de jours et d'années, a plus de
feu, de gaïeté, de génie, que cette foule de jeunes
poëtes dont votre patrie abonde.

Votre impératrice fera, fans doute, flattée de l'épître
que vous lui adreffez. Il eft conftant que ce font des
vérités ; mais il n'eft donné qu'à vous de les rendre
avec autant de grâces. J'ai été fort furpris de me voir
cité dans vos vers : certes, je ne préfumais pas de
devenir un auteur grave (1). Mon amour propre vous
en fait fes complimens. J'aurai bonne opinion de mes
rapfodies tant que je les verrai enchâffées dans les
cadres que vous leur favez fi bien faire.

J'en viens à ce *Mouftapha* que je n'aime pas plus
que de raifon ; je ne m'oppofe point à toutes les

(1) Voyez l'Epître à l'impératrice de Ruffie.

prétentions que vous pouvez former à fon férail ; je
crois même que, Conftantinople pris, votre impératrice 1771.
pourra vous faire la galanterie de tranfporter le harem
de Stamboul à Ferney pour votre ufage. Il paraît
cependant qu'il ferait plus digne de ma chère alliée
de donner la paix à l'Europe que d'allumer un embrafement général. Sans doute que cette paix fe fera, que
Mouftapha en payera la façon : et la Gréce deviendra
ce qu'elle pourra.

On fe dit à l'oreille que la France a fufcité ces troubles. On impute cette imprudente levée de boucliers
des Ottomans aux intrigues d'un miniftre difgracié,
homme de génie, mais d'un efprit inquiet, qui
croyait qu'en divifant et troublant l'Europe, il main-
tiendrait plus long-temps la France tranquille. Vous
qui êtes l'ami de ce miniftre, vous faurez ce qu'il en
faut croire.

Le bruit court que vous rendrez Avignon au vice-
dieu des fept montagnes : un tel trait de générofité eft
rare chez les fouverains. *Ganganelli* en rira fous cape,
et dira en lui-même : *Les portes de l'enfer ne prévau-
dront point*. Et cela arrive dans ce fiècle philofophique,
dans ce dix-huitième fiècle !

Après cela, meffieurs les philofophes, évertuez-
vous bien, combattez l'erreur, entaffez argumens fur
argumens pour détruire l'*inf*...; vous n'empêcherez
jamais que les ames faibles ne l'emportent en nombre
fur les ames fortes : chaffez les préjugés par la porte,
ils rentreront par la fenêtre. Un bigot à la tête d'un
Etat, ou bien un ambitieux que fon intérêt lie à celui
de l'Eglife, renverfera en un jour ce que vingt ans
de vos travaux ont élevé à peine.

Mais quel bavardage ! je réponds au jeune *Voltaire* en ftyle de vieillard : quand il badine , je raifonne ; quand il s'égaye , je differte. Sans doute , *Bouhours* avait raifon : mes chers compatriotes et moi , nous n'avons que ce gros bon fens qui trotte par les rues. Ma faible chandelle s'éteint, et ce foupçon d'imagination, dont je n'eus qu'une faible dofe , m'abandonne ; ma gaieté me quitte, ma vivacité fe perd. Confervez long-temps la vôtre ; puiffiez-vous , comme le bon homme *Saint-Aulaire*, faire des vers à cent ans, et moi les lire ! c'eft ce que je prie *Apollon* de vous accorder.

Les princes de Suède n'iront point à Ferney ; l'aîné eft devenu roi , et fe hâte d'occuper le trône que la mort de fon père lui laiffe. Pour le pauvre d'*Argens*, il a ceffé de parler, de penfer et d'écrire. C'eft mon maréchal des logis ; il eft allé me préparer une demeure dans le pays des rêves-creux , où probablement nous nous raffemblerons tous.

FÉDÉRIC.

LETTRE VIII.

DE M. DE VOLTAIRE.

A Ferney, 5 avril.

SIRE,

ON a dit que j'étais tombé en jeuneffe, mais on n'a pas encore dit que je fuffe tombé en enfance. Mes parens me feraient certainement interdire, et on me déclarerait incapable de tefter, fi j'avais fait le teftament ridicule qu'on m'attribue. Le bon goût de votre Majefté n'y a pas été trompé ; vous avez bien fenti qu'il était impoffible qu'un homme de mon âge parlât ainfi de lui-même. Cette impertinence eft d'un avocat de Paris, nommé *Marchand*, qui régale tous les mois le public d'un ouvrage dans ce goût. Je ne le mettrai certainement pas dans mon teftament ; il peut compter qu'il n'aura rien de moi pour fa peine. Je puis affurer votre Majefté que mes dernières volontés font abfolument différentes de celles qu'on me prête. Je ne crains point la mort qui s'approche de moi à grands pas, et qui s'eft déjà emparée de mes yeux, de mes dents et de mes oreilles ; mais j'ai une averfion invincible pour la manière dont on meurt dans notre fainte religion catholique, apoftolique et romaine. Il me paraît extrêmement ridicule de fe faire huiler pour aller dans l'autre monde, comme on fait graiffer l'effieu de fon carroffe en voyage. Cette fottife et tout ce qui s'en fuit me répugne fi fort, que je fuis tenté

—— de me faire porter à Neuchâtel pour avoir le plaifir
1771. de mourir chez vous : il eût été plus doux d'y vivre.

Je viens de recevoir une lettre dont monfeigneur le
prince royal m'honore ; il penfe bien fenfément, et
paraît très-digne d'être votre neveu. Jamais il n'y eût
tant d'efprit dans le Nord, depuis le foixante et unième
degré jufqu'au cinquante-deux et demi. Il n'y a, ce
me femble, que les confédérés de Pologne à qui on
puiffe reprocher de fe fervir, pour leur malheur, de
la forte d'efprit qu'ils ont.

On dit qu'*Alibey* en a beaucoup, et autant que
d'ambition. Il court actuellement de mauvais bruits
fur fa perfonne. Pour votre amie l'étoile du Nord,
elle acquiert tous les jours un nouvel éclat; il n'y a
que votre étoile qui marche à côté de la fienne. Pour
le croiffant de *Mouftapha*, je le crois plus obfcurci
que jamais.

Je me mets aux pieds de votre Majefté avec le plus
profond refpect.

Je reçois dans ce moment la lettre dont votre
Majefté m'honore, du 19 mars. Oui, fans doute,
vous êtes un auteur grave et très-grave, quoique
votre imagination foit très-riante.

Je voudrais bien que tout s'accommodât, pourvu
que ma princeffe donnât la liberté aux dames du
férail et des fêtes fur le Bofphore; je ne prétends
point du tout à fes odalifques : c'eft la récompenfe
de fes braves guerriers. Je fuis plus près d'avoir un
rendez-vous avec d'*Argens* qu'avec les demoifelles du
harem de *Mouftapha*. Vous appelez d'*Argens* votre
maréchal des logis, mais il s'y prend de trop bonne
heure; vous ne vivrez pas auffi long-temps que votre

gloire, mais je fuis très-sûr que votre feu en quoi
confifte la vie, et votre régime en quoi confifte toute
la médecine, vous feront un jour le doyen des rois
de ce monde, après en avoir été l'exemple.

Il fe pourrait bien qu'en effet on rendît Avignon à
Ganganelli, quoiqu'il foit très-ridicule que ce joli
petit pays foit démembré de la Provence ; mais il
faut être bon chrétien. Ce comtat d'Avignon vaut
affurément mieux que la Corfe, dont l'acquifition ne
vaut pas ce qu'elle a coûté.

LETTRE IX.

DE M. DE VOLTAIRE.

A Ferney, 12 avril.

SIRE,

IL n'eft ni honnête ni refpectueux d'écrire à votre
neveu le roi de Suède, et de lui parler du roi fon
oncle, fans communiquer au moins à votre Majefté
la liberté que l'on prend. Je vous ai cité à l'impératrice de Ruffie comme un auteur grave, je vous cite
au roi de Suède comme mon protecteur. Quiconque
eft en France actuellement, doit regretter Sans-fouci ;
nous n'avons que des tracafferies, beaucoup de difcorde,
peu de gloire, et point d'argent. Cependant le fonds
du royaume eft très-bon, et fi bon, qu'après les peines
qu'on a prifes pour le détériorer, on n'a pu en venir
à bout. C'eft un malade d'un tempérament excellent,

B 4

——— qui a réfifté à plus de trente mauvais médecins; votre Majefté prouve qu'il n'en faut qu'un bon.

Je ne fais fi je me doute de ce que votre Majefté fera cette année; mais DIEU, qui m'a refufé le don de prophétie, ne me permet pas de deviner ce que fera l'empereur. Je connais des gens qui, à fa place, poufferaient par-delà Bellegrade, et qui s'arrondiraient, attendu qu'en philofophie la figure ronde eft la plus parfaite. Mais je crains de dire des fottifes trop pointues, et je me borne à me mettre aux pieds de votre Majefté du fond de mon tombeau de neige, dans lequel je fuis aveugle comme *Milton*, mais non pas auffi fanatique que lui. Je n'ai nul goût pour un énergumène qui parle toujours du meffie et du diable; moi je parle de mon héros.

LETTRE X.

DU ROI.

A Potfdam, le 29 de juin.

CE poëte-empereur fi puiffant, qui domine
Sur les Mantchous et fur la Chine,
Eft bien plus avifé que moi.
Si le démon des vers le preffe et le lutine,
Des chants que fon confeil juge dignes d'un roi,
Il reftreint fagement la courfe clandeftine
Aux bornes des Etats qui vivent fous fa loi.
Moi, fans écouter la prudence,
Les efquiffes légers de mes faibles crayons,
Je les dépêche tous pour ces heureux cantons
Où le plus bel efprit de France,

Le dieu du goût, le dieu des vers
Naguère a pris fa réfidence.
C'eft jeter, par extravagance,
Une goutte d'eau dans les mers.

Mais cette goutte d'eau rapporte des intérêts ufu-
raires : une lettre de votre part, et un volume de
Queftions encyclopédiques. Si le peuple était inftruit
de ces échanges littéraires, il dirait que je jette un
morceau de lard après un jambon ; et quoique
l'expreffion foit triviale, il aurait raifon.

On n'entend guère parler ici du pape : je le crois
perpétuellement en conférence avec le cardinal de
Bernis, pour convenir du fort de ces bons pères
jéfuites. En qualité d'affocié de l'ordre, j'effuierais une
banqueroute de prières, fi Rome avait la cruauté de
les fupprimer. On n'entend pas non plus des nouvelles du Turc ; on ne fait à quoi fa hauteffe s'occupe ;
mais je parierais bien que ce n'eft pas à grand'chofe.
La Porte vient pourtant, après bien des remontrances,
de relâcher M. *Obrefcow*, miniftre de la Ruffie, détenu
contre le droit des gens, dont cette puiffance barbare
n'a aucune connaiffance. C'eft un acheminement à la
paix qui va fe conclure pour le plus grand avantage
et la plus grande gloire de votre impératrice.

Je vous félicite du nouveau miniftre dont le *très-
chrétien* a fait choix. On le dit homme d'efprit : en ce
cas, vous trouverez en lui un protecteur déclaré. S'il
eft tel, il n'aura ni la faibleffe ni l'imbécillité de
rendre Avignon au pape. On peut être bon catholique, et néanmoins dépouiller le vicaire de DIEU
de ces poffeffions temporelles, qui diftraient trop des
devoirs fpirituels, et qui font fouvent rifquer le falut.

—————
1771.

Quelque fécond que ce fiècle foit en philofophes intrépides, actifs et ardens à répandre des vérités, il ne faut point s'étonner de la fuperftition dont vous vous plaignez en Suiffe : fes racines tiennent à tout l'univers ; elle eft la fille de la timidité, de la faibleffe et de l'ignorance. Cette trinité domine auffi impérieufement dans les ames vulgaires qu'une autre trinité dans les écoles de théologie. Quelles contradictions ne s'allient pas dans l'efprit humain ! Le vieux prince d'*Anhalt-Deffaw*, que vous avez vu, ne croyait point en DIEU ; mais allant à la chaffe, il rebrouffait chemin s'il lui arrivait de rencontrer trois vieilles femmes : c'était un mauvais augure. Il n'entreprenait rien un lundi, parce que ce jour était malheureux. Si vous lui en demandiez la raifon, il l'ignorait. Vous favez ce qu'on rapporte de *Hobbes* : incrédule le jour, il ne couchait jamais feul la nuit, de peur des revenans.

Qu'un fripon fe propofe de tromper les hommes, il ne manquera pas de dupes. L'homme eft fait pour l'erreur : elle entre comme d'elle-même dans fon efprit ; et ce n'eft que par des travaux immenfes qu'il découvre quelques vérités. Vous qui en êtes l'apôtre, recevez les hommages du petit coin de mon efprit purifié de la rouille fuperftitieufe, et *déféborgnez* mes compagnons. Pour les aveugles, il faut les envoyer aux Quinze-vingts. Eclairez encore ce qui eft éclairable : vous femez dans des terres ingrates ; mais les fiècles futurs feront une riche récolte de ces champs. Le philofophe de Sans-fouci falue l'hermite de Ferney.

FÉDÉRIC.

LETTRE XI.

DE M. DE VOLTAIRE.

A Ferney, 21 augufte.

SIRE,

Votre Majefté va rire de ma requête : elle dira ——— que je radote. Je lui demande une place de confeiller 1771. d'Etat. (Ce n'eft pas pour moi, comme vous le croyez bien, et je ne donne point de confeil aux rois, excepté peut-être à l'empereur de la Chine.) Je m'imagine d'ailleurs que M. de *Lentulus* appuiera ma requête. C'eft pour un banneret ou banderet de votre principauté de Neuchâtel, nommé *Oftervald*, qui eft perfécuté par les prêtres. Il a fervi long-temps votre Majefté, et je crois qu'il eft excommunié.

Voilà deux puiffantes raifons, à mon gré, pour le faire confeiller d'Etat. Cet homme eft d'un efprit très-doux, très-conciliant et très-fage, et en même temps d'une philofophie intrépide, capable de rendre fervice à la raifon et à vous, et également attaché à l'un et à l'autre. Il eft de votre fiècle ; et les Neuchâtelois font encore du treizième ou du quatorzième. Ce n'eft pas affez que la prêtraille de ce pays-là ait condamné *Petitpierre* pour n'avoir pas cru l'enfer éternel ; ils ont condamné le banderet *Oftervald* pour n'avoir point cru d'enfer du tout. Ces marauts-là ne favent pas que c'était l'opinion de *Cicéron* et de *Céfar*. Vous

—— qui avez l'éloquence de l'un, et qui vous battez
1771. comme l'autre, ne pourriez-vous point mortifier la
huaille facerdotale en réhabilitant votre banderet par
une belle place de confeiller d'Etat dans Neuchâtel?

Le grand *Julien*, mon autre héros, lui aurait
accordé cette grâce, fur ma parole.

Je vous demande pardon de ma témérité; mais
puifque ce banderet *Oftervald* eft menacé par le confif-
toire d'être damné dans l'autre monde, ne peut-on
pas demander pour lui quelque agrément dans celui-
ci? Cette idée m'eft venue dans la tête, et je la mets
à vos pieds. Je penfe que ce banderet a très-grande
raifon de dire qu'il n'y a plus d'enfer, puifque JESUS-
CHRIST a racheté tous nos péchés.

On dit que mes chers Ruffes ont été battus par les
Turcs; j'en fuis au défefpoir, et je fupplie votre
Majefté de daigner me confoler.

LETTRE XII.

DU ROI.

A Potſdam, le 16 de ſeptembre.

Un homme qui a long-temps inſtruit l'univers par ——— ſes ouvrages, peut être regardé comme le précepteur 1771. du genre-humain : il peut être par conſéquent le conſeiller de tous les rois de la terre, hors de ceux qui n'ont point de pouvoir. Je me trouve dans le cas de ces derniers à Neuchâtel, où mon autorité eſt pareille à celle qu'un roi de Suède exerce ſur ſes diètes, ou bien au pouvoir de *Staniſlas* ſur ſon anarchie ſarmate. Faire à Neuchâtel un conſeiller d'Etat ſans l'approbation du ſynode, ſerait ſe commettre inutilement.

J'ai voulu dans ce pays protéger *Jean-Jacques :* on l'a chaſſé ; j'ai demandé qu'on ne perſécutât point un certain *Petitpierre :* je n'ai pu l'obtenir.

Je ſuis donc réduit à vous faire l'aveu humiliant de mon impuiſſance. Je n'ai point eu recours, dans ce pays, au remède dont ſe ſert la cour de France pour obliger les parlemens du royaume à ſavoir *obtempérer* à ſes volontés. Je reſpecte des conventions ſur leſquelles ce peuple fonde ſa liberté et ſes immunités, et je me reſſerre dans les bornes du pouvoir qu'ils ont preſcrites eux-mêmes en ſe donnant à ma maiſon. Mais ceci me fournit matière à des réflexions plus philoſophiques.

Remarquez, s'il vous plaît, combien l'idée attachée au mot de *liberté* est déterminée en fait de politique, et combien les métaphysiciens l'ont embrouillée. Il y a donc nécessairement une liberté ; car comment aurait-on une idée nette d'une chose qui n'existe point ? Or je comprends par ce mot la puissance de faire ou de ne pas faire telle action, selon ma volonté. Il est donc sûr que la liberté existe ; non pas sans mélange de passions innées, non pas pure, mais agissante cependant en quelques occasions sans gêne et sans contrainte.

Il y a une différence, sans doute, de pouvoir nommer un conseiller (soi-disant) d'Etat, ou de ne le pouvoir pas : celui qui le peut, a la liberté ; celui qui ne saurait le breveter ne jouit pas de cette faculté. Cela seul suffit, ce me semble, pour prouver que la liberté existe, et que par conséquent nous ne sommes pas des automates mus par les mains d'une aveugle fatalité.

C'est ce système de la fatalité qui met l'empire ottoman à deux doigts de sa perte. Tandis que les Turcs se tiennent, comme des quakers, les bras croisés, en attendant le moment de l'impulsion divine, ils sont battus par les Russes. Et ce léger échec que vient de recevoir un détachement du prince *Repnin*, ne doit pas enfler l'espérance de *Moustapha* jusqu'à lui faire croire qu'une bagatelle de cette nature puisse entrer en comparaison avec cet amas de victoires que les Russes ont entassées les unes sur les autres.

Tandis que ces gens se battent pour les possessions de ce monde-ci, les Suisses font très-bien d'ergoter entre eux pour les biens de l'autre monde : cela

fournit plus à l'imagination ; et quand on n'a point
d'armées pour conquérir la Valachie, la Moldavie, la
Tartarie, on fe bat avec des paroles pour le paradis
et pour l'enfer. Je ne connais point ce pays-là : *Delifle*
n'en a pas encore donné la carte. Le chemin qui doit
y mener, traverfe les efpaces imaginaires, et jamais
perfonne n'en eft revenu. N'allez jamais dans ces
contrées pires que les hyperboréennes.

Quelqu'un qui vous a vu, m'affure que vous jouiffez
d'une très-bonne fanté. Ménagez ce tréfor le plus
long-temps que poffible : un *tiens* vaut mieux que dix
tu auras. Que *Vénus* nous conferve le chantre des
Grâces ; *Minerve*, l'émule de *Thucydide* ; *Uranie*,
l'interprète de *Newton* ; et *Apollon*, fon fils chéri qui,
furpaffant *Eurypide*, égala *Virgile* : ce font les vœux
que le folitaire de Sans-fouci fait et fera fans fin pour
le patriarche de Ferney.

FÉDÉRIC.

LETTRE XIII.

DE M. DE VOLTAIRE.

A Ferney, 18 octobre.

SIRE,

1771.

Vous êtes donc comme l'Océan, dont les flots semblent arrêtés sur le rivage par des grains de sable ; et le vainqueur de Rosback, de Liffa, &c. &c. ne peut parler en maître à des prêtres suisses. Jugez, après cela, si les pauvres princes catholiques doivent avoir beau jeu contre le pape.

Je ne sais si votre Majesté a jamais vu une petite brochure intitulée *Les droits des hommes et les usurpations des papes ;* ces usurpations sont celles du saint père : elles sont évidemment constatées. Si vous voulez, j'aurai l'honneur de vous les envoyer par la poste.

J'ai pris la liberté d'adresser à votre Majesté les sixième et septième volumes des Questions sur l'Encyclopédie ; mais je crains fort de n'avoir pas la liberté de poursuivre cet ouvrage. C'est bien là le cas où l'on peut appeler la liberté, puissance. Qui n'a pas le pouvoir de faire, n'a pas sans doute la liberté de faire ; il n'a que la liberté de dire : Je suis esclave de la nature. J'avais fait autrefois tout ce que je pouvais pour croire que nous étions libres, mais j'ai bien peur d'être détrompé ; vouloir ce qu'on veut, parce qu'on le veut, me paraît une prérogative royale à laquelle

les

les chétifs mortels ne doivent pas prétendre. Soyez ———
libre tant qu'il vous plaira, Sire, vous êtes bien le 1771.
maître ; mais à moi tant d'honneur n'appartient.
Tout ce que je fais bien certainement, c'eſt que je
n'ai point la liberté de ne vous pas regarder comme
le premier homme du ſiècle, ainſi que je regarde
Catherine II comme la première femme, et *Mouſlapha*
comme un pauvre homme, du moins juſqu'à préſent.
Il me ſemble qu'il n'a ſu faire ni la guerre ni la paix.
Je connais des rois qui ont fait à propos l'une et l'autre ;
mais je me garderai bien de vous dire qui ſont ces
rois-là.

L'impératrice de Ruſſie dit que ſes affaires vont
fort bien par-delà le Danube ; qu'elle eſt maîtreſſe de
toute la Valachie, à une ou deux bicoques près ;
qu'elle eſt reconnue de toute la Crimée. Il faudra
qu'elle faſſe jouer inceſſamment, ſur le théâtre de
Batchi-Saraï, Iphigénie en Tauride. Puiſſe-t-elle faire
bientôt une paix glorieuſe, et puiſſent ces vilains
Turcs ne plus moleſter les chrétiens grecs et latins !

LETTRE XIV.

DU ROI.

A Sans-souci, le 18 de novembre.

1771.

Vous vous moquez de moi, mon bon *Voltaire*; je ne suis ni un héros ni un océan, mais un homme qui évite toutes les querelles qui peuvent désunir la société. Comparez-moi plutôt à un médecin qui proportionne le remède au tempérament du malade. Il faut des remèdes doux pour les fanatiques : les violens leur donnent des convulsions. Voilà comme je traite les prédicans de Genève, qui ressemblent plus, par leur véhémence, aux réformateurs du quinzième siècle qu'à la génération présente.

Il y a long-temps que j'ai lu la brochure du Droit des hommes, et de l'usurpation des papes. Vous croyez donc que les Semnons ne sont pas curieux de vos ouvrages, et qu'on ne les lit pas au bord du Havel avec autant et peut-être plus de plaisir que sur les rives de la Seine ou du Rhône? Cette brochure parut précisément après que les Français eurent pris possession du comtat; je crus que c'était leur manifeste, et que par mégarde on l'avait imprimé après coup.

Je vous ai mille obligations des sixième et septième tomes de votre Encyclopédie, que j'ai reçus. Si le style de *Voiture* était encore à la mode, je vous dirais que le père des Muses est l'auteur de cet ouvrage, et que l'approbation est signée du dieu du Goût. J'ai été

fort furpris d'y trouver mon nom , que vous y avez
mis par charité. J'y ai trouvé quelques paraboles 1771.
moins obfcures que celles de l'Evangile, et je me
fuis applaudi de les avoir expliquées. Cet ouvrage
eft admirable, et je vous exhorte à le continuer. Si
c'était un difcours académique, affujetti à la révifion
de la forbonne, je ferais peut-être d'un autre avis.

Travaillez toujours ; envoyez vos ouvrages en
Angleterre, en Hollande, en Allemagne et en Ruffie:
je vous réponds qu'on les y dévorera. Quelque précaution qu'on prenne, ils entreront en France; et
vos Velches auront honte de ne pas approuver ce
qui eft admiré par-tout ailleurs.

J'avais un très-violent accès de goutte quand vos
livres font arrivés, les pieds et les bras garrottés,
enchaînés et perclus : ces livres m'ont été d'une
grande reffource. En les lifant, j'ai béni mille fois le
ciel de vous avoir mis au monde.

Pour vous rendre compte du refte de mes occupations, vous faurez qu'à peine eus-je recouvré
l'articulation de la main droite, que je m'avifai de
barbouiller du papier ; non pour éclairer , non pour
inftruire le public, et l'Europe qui a les yeux très-
ouverts, mais pour m'amufer. Ce ne font pas les victoires de *Catherine* que j'ai chantées, mais les folies
des confédérés. Le badinage convient mieux à un
convalefcent que l'auftérité du ftyle majeftueux. Vous
en verrez un échantillon. Il y a fix chants. Tout eft
fini ; car une maladie de cinq femaines m'a donné le
temps de rimer et de corriger tout à mon aife. C'eft
vous ennuyer affez que deux chants de lectuie que je
vous prépare.

——— Ah ! que l'homme eft un animal incorrigible,
1771. direz-vous en voyant encore de mes vers. La Valachie,
la Moldavie , la Tartarie fubjuguées doivent être
chantées fur un autre ton que les fottifes d'un *Crazinski*,
d'un *Potoski*, d'un *Oginski*, et de toute cette multitude
imbécille dont les noms fe terminent en *ki*.

Comme je me crois un être qui pofsède une liberté
mitigée, je m'en fuis fervi dans cette occafion ; et
comme je fuis un hérétique excommunié une fois
pour toutes, j'ai bravé les foudres du Vatican : bra-
vez-les de même, car vous êtes dans le même cas.

Souvenez - vous qu'il ne faut point enfouir fon
talent : c'eft de quoi jufqu'ici perfonne ne vous accufe ;
mais je voudrais que la poftérité ne perdît aucune
de vos penfées ; car combien de fiècles s'écouleront
avant qu'un génie s'élève, qui joigne à tant de goût
tant de connaiffances ! Je plaide une belle caufe, et je
parle à un homme fi éloquent que, s'il jette un coup-
d'œil fur ce fujet, il faifira d'abord tous les argumens
que je pourrais lui préfenter. Qu'il continue donc
encore à étendre fa réputation, à inftruire, à éclairer,
à confoler, à perfifler, à pincer (felon que la matière
l'exige) le public, les cagots et les mauvais auteurs.
Qu'il jouiffe d'une fanté inaltérable, et qu'il n'oublie
point le folitaire femnon habitué à Sans-fouci.

FÉDÉRIC.

LETTRE XV.

DE M. DE VOLTAIRE.

A Ferney, ce 6 décembre.

SIRE,

JE n'ai jamais fi bien compris qu'on peut pleurer et
rire dans le même jour. J'étais tout plein et tout
attendri de l'horrible attentat commis contre le roi de
Pologne, qui m'honore de quelque bonté. Ces mots
qui dureront à jamais, *vous êtes pourtant mon roi, mais
j'ai fait ferment de vous tuer*, m'arrachaient des larmes
d'horreur, lorfque j'ai reçu votre lettre et votre très-
philofophique poëme qui dit fi plaifamment les chofes
du monde les plus vraies. Je me fuis mis à rire malgré
moi, malgré mon effroi et ma confternation. Que
vous peignez bien le diable et les prêtres, et furtout
cet évêque, premier auteur de tout le mal !

Je vois bien que quand vous fîtes ces deux premiers chants, le crime infame des confédérés n'avait
point encore été commis. Vous ferez forcé d'être auffi
tragique dans le dernier chant que vous avez été gai
dans les autres, que votre Majefté a bien voulu m'envoyer. Malheur eft bon à quelque chofe, puifque la
goutte vous a fait compofer un ouvrage fi agréable :
depuis *Scarron*, on ne fefait point de vers fi plaifans au
milieu des fouffrances. Le roi de la Chine ne fera
jamais fi drôle que votre Majefté, et je défie *Mouftapha*
d'en approcher.

C 3

N'ayez plus la goutte, mais faites souvent des vers à Sans-souci dans ce goût-là. Plus vous serez gai, plus long-temps vous vivrez : c'est ce que je souhaite passionnément pour vous, pour mon héroïne, et pour moi chétif.

Je pense que l'assassinat du roi de Pologne lui fera beaucoup de bien. Il est impossible que les confédérés, devenus en horreur au genre-humain, persistent dans une faction si criminelle. Je ne sais si je me trompe, mais il me semble que la paix de la Pologne peut naître de cette exécrable aventure.

Je suis fâché de vous dire que voilà cinq têtes couronnées assassinées en peu de temps dans notre siècle philosophique. Heureusement, parmi tous ces assassins, il se trouve des *Malagrida*, et pas un philosophe. On dit que nous sommes des séditieux ; que sera donc l'évêque de Kiovie ? On dit que les conjurés avaient fait serment sur une image de la sainte Vierge, après avoir communié. J'ose supplier instamment votre Majesté, si ingénieuse et si diabolique, de daigner m'envoyer quelques détails bien vrais de cet étrange événement, qui devrait bien ouvrir les yeux à une partie de l'Europe. Je prends la liberté de recommander à vos bontés l'abbaye d'Oliva. Je me mets à vos pieds (pourvu qu'ils n'aient plus la goutte) avec le plus profond respect et le plus grand ébahissement de tout ce que je viens de lire.

LETTRE XVI.

DU ROI.

A Berlin, le 12 de janvier.

Je conviens que je me fuis impofé l'obligation de vous inftruire fur le fujet des confédérés que j'ai chantés, comme vous avez été obligé d'expofer les anecdotes de la ligue ; afin de répandre tous les éclairciffemens néceffaires fur la Henriade.

Vous faurez donc que mes confédérés, moins braves que vos ligueurs, mais auffi fanatiques, n'ont pas voulu leur céder en forfaits. L'horrible attentat entrepris et manqué contre le roi de Pologne s'eft paffé, à la communion près, de la manière qu'il eft détaillé dans les gazettes. Il eft vrai que le miférable qui a voulu affaffiner le roi de Pologne, en avait prêté le ferment à *Pulawski*, maréchal de confédération, devant le maître-autel de la Vierge à Czenftokow. Je vous envoie des papiers publics, qui peut-être ne fe répandent pas en Suiffe, où vous trouverez cette fcène tragique détaillée avec les circonftances exactement conformes à ce que mon miniftre à Varfovie en a marqué dans fa relation. Il eft vrai que mon poëme (fi vous voulez l'appeler ainfi) était achevé lorfque cet attentat fe commit ; je ne le jugeai pas propre à entrer dans un ouvrage où règne d'un bout à l'autre un ton de plaifanterie et de gaieté. Cependant je n'ai pas voulu non plus paffer cette horreur fous filence,

1772.

C 4

et j'en ai dit deux mots en paffant, au commencement du cinquième chant ; de forte que cet ouvrage badin, fait uniquement pour m'amufer, n'a pas été défiguré par un morceau tragique qui aurait juré avec le refte.

Il femble que pour détourner mes yeux des fottifes polonaifes et de la fcène atroce de Varfovie, ma fœur la reine de Suède ait pris ce temps pour venir revoir fes parens, après une abfence de vingt-huit années. Son arrivée a ranimé toute la famille ; je m'en fuis cru de dix ans plus jeune. Je fais mes efforts pour diffiper les regrets qu'elle donne à la perte d'un époux tendrement aimé, en lui procurant toutes les fortes d'amufemens, dans lefquels les arts et les fciences peuvent avoir la plus grande part. Nous avons beaucoup parlé de vous. Ma fœur trouvait que vous manquiez à Berlin : je lui ai répondu qu'il y avait treize ans que je m'en apercevais. Cela n'a pas empêché que nous n'ayons fait des vœux pour votre confervation ; et nous avons conclu, quoique nous ne vous poffédions pas, que vous n'en étiez pas moins néceffaire à l'Europe.

Laiffez donc à la Fortune, à l'Amour, à Plutus leur bandeau : ce ferait une contradiction que celui qui éclaira fi long-temps l'Europe fût aveugle lui-même. Voilà peut-être un mauvais jeu de mots ; j'en fais amende honorable au dieu du Goût qui fiége à Ferney : je le prie de m'infpirer, et d'être affuré qu'en fait de belles-lettres, je crois fes décifions plus infaillibles que celles de *Ganganelli* pour les articles de foi. *Vale.*

FÉDÉRIC.

LETTRE XVII.

DE M. DE VOLTAIRE.

A Ferney, premier février.

SIRE,

MON cœur, quoique bien vieux, est tout aussi
sensible à vos bontés que s'il était jeune. Vos troisième et quatrième chants m'ont presque guéri d'une
maladie assez sérieuse ; vos vers ne le font pas. Je
m'étonne toujours que vous ayez pu faire quelque
chose d'aussi gai sur un sujet si triste. Ce que votre
Majesté dit des confédérés dans sa lettre, inspire l'indi-
gnation contre eux autant que vos vers inspirent de
gaieté. Je me flatte que tout ceci finira heureusement
pour le roi de Pologne et pour votre Majesté. Quand
vous n'auriez que six villes pour vos six chants, vous
n'auriez pas perdu votre papier et votre encre.

La reine de Suède ne gagnera rien aux dissentions
polonaises ; mais elle augmentera le bonheur de son
frère et le sien. Permettez que je la remercie des bontés
dont vous m'apprenez qu'elle daigne m'honorer, et
que je mette mes respects pour elle dans votre paquet.

La veuve du pauvre cher *Isaac* (*), m'a fait part des
bontés dont vous la comblez, et du petit monument
qu'elle érige à son mari, le panégyriste de l'empereur
Julien, de très-respectable mémoire. C'est une virtuose
que cette madame *Isaac* ; elle fait du grec et du latin,

(*) Le marquis d'*Argens*.

—— et écrit dans fa langue d'une manière qui n'eſt pas
1772. ordinaire.

Votre Majeſté finit fa dernière lettre par de belles
maximes de morale ; mais vous confeillez à un
impotent de ne pas marcher trop vîte. Il y a deux ans
que je ne fors prefque point de mon lit. Je ferais tenté
de vous dire comme *Le Nôtre* au pape *Alexandre VII :*
Saint père, donnez-moi des tentations au lieu de bénédictions.
La fanté, la fanté, voilà le premier des biens dans
quelque condition qu'on foit, et à quelque âge qu'on
foit parvenu.

Je fupplie votre Majeſté de n'avoir plus la goutte,
à moins que cela ne produife quelque nouveau poëme
en fix chants.

Agréez, Sire, le profond refpect et l'inviolable
attachement d'un pauvre vieillard qui a pis que la
goutte.

LETTRE XVIII.

DU ROI.

A Potſdam, le premier de mars.

JE fuis, en vérité, tout honteux des fottifes que je
vous envoie, mais puifque vous êtes en train d'en lire,
vous en recevrez de diverfes efpèces : le cinquième
chant de la Confédération, un difcours académique
fur une matière affez ufée, pour amener l'éloge de
l'illuftre auditoire qui fe trouvait à la féance de l'académie, et une épître à ma fœur de Suède au fujet des
défagrémens qu'elle a effuyés dans ce pays-là. Elle a

reçu la lettre que vous lui avez adreffée : elle n'a pas
voulu confier la réponfe, qui, fans cela, fe ferait
trouvée inclufe dans ma lettre.

Ce n'eft pas feulement en Suède que l'on effuie des
contre-temps : la pauvre *Babet*, veuve du défunt *Ifaac*,
en a bien éprouvé en Provence. Les dévots de ce
pays doivent être de terribles gens ; ils ont donné
l'extrême-onction par force à ce bon panégyrifte de
l'empereur *Julien ;* on a fait des difficultés de l'enterrer, et d'autres encore pour un monument qu'on
voulait lui ériger. La pauvre *Babet* a vu emporter par
une inondation la moitié de la maifon que feu fon
mari lui a bâtie ; elle a perdu fes meubles, perte confidérable relativement à fa fortune qui eft mince ;
elle a acquis quantité de connaiffances pour complaire à fon mari : elle ne peint pas mal, et elle eft
refpectable pour avoir contribué, autant qu'il était
en elle, aux goûts de fon mari, et lui avoir rendu
la vie agréable. Un foir, en revenant de chez moi,
le marquis rentre chez fa femme, et lui demande :
Eh bien, as-tu fait cet enfant ? Quelques amis, qui fe
trouvèrent préfens, fe prirent à rire de cette étrange
queftion ; mais la marquife les mit à leur aife en leur
montrant le portrait d'un petit morveux que fon
mari l'avait chargée de faire.

Je viens encore d'effuyer un violent accès de
goutte, mais il ne m'a pas valu de poëme, faute de
matière. Pour vous, ne vous étonnez point que je
vous croye jeune : vos ouvrages ne fe reffentent point
de la caducité de leur auteur ; et je crois qu'il ne
dépendrait que de vous de compofer encore une
Henriade.

Je fais des vœux pour votre confervation ; s'ils font intéreffés , vous devez me le pardonner en faveur du plaifir que vos ouvrages me font. *Vale.*

FÉDÉRIC.

LETTRE XIX.

DE M. DE VOLTAIRE.

A Ferney, ce 24 mars.

SIRE,

QUAND même MM. *Formey*, *Prémonval*, *Touffaint*, *Mérian* me diraient, c'eft nous qui avons compofé le difcours fur l'utilité des fciences et des arts dans un Etat , je leur répondrais : Meffieurs , je n'en crois rien; je trouve à chaque page la main d'un plus grand maître que vous : voilà comme *Trajan* aurait écrit.

Je ne fais pas fi l'empereur de la Chine fait réciter quelques-uns de fes difcours dans fon académie, mais je le défie de faire de meilleure profe : et à l'égard de fes vers , je connais un roi du Nord qui en fait de meilleurs que lui fans fe donner beaucoup de peine. Je défie fa Majefté *Kienlong* , affiftée de tous fes mandarins , d'être auffi gaie , auffi facile , auffi agréable , que l'eft le roi du Nord dont je vous parle. Sachez que fon poëme fur les confédérés eft infiniment fupérieur au poëme de Moukden.

Vous avez peut-être ouï dire , Meffieurs , que l'abbé de *Chaulieu* fefait de très-jolis vers après fes accès de goutte , et moi je vous apprends que ce roi en fait dans le temps même que la goutte le tourmente.

1772.

Si vous me demandez quel eſt ce prince ſi extraordinaire, je vous dirai : Meſſieurs, c'eſt un homme
qui donne des batailles tout auſſi aiſément qu'un
opéra ; il met à profit toutes les heures que tant
d'autres rois perdent à ſuivre un chien qui court
après un cerf ; il a fait plus de livres qu'aucun des
princes contemporains n'a fait de bâtards ; et il a
remporté plus de victoires qu'il n'a fait de livres.
Devinez maintenant ſi vous pouvez.

J'ajouterai que j'ai vu ce phénomène il y a une
vingtaine d'années, et que ſi je n'avais pas été un
tant ſoit peu étourdi, je le verrais encore, et je
figurerais dans votre académie tout comme un autre.
Mon cher *Iſaac* a fort mal fait de vous quitter,
Meſſieurs ; il a été ſur le point de n'être pas enterré
en terre ſainte, ce qui eſt pour un mort la choſe du
monde la plus funeſte, et ce qui m'arrivera inceſſamment ; au lieu que ſi j'étais reſté parmi vous, je
mourrais bien plus à mon aiſe, et beaucoup plus
gaiement.

Quand vous aurez deviné quel eſt le héros dont
je vous entretiens, ayez la bonté de lui préſenter
mes très-humbles reſpects, et l'admiration qu'il m'a
inſpirée depuis l'an 1736, c'eſt-à-dire depuis trente-
ſix ans tout juſte : or un attachement de trente-ſix
ans n'eſt pas une bagatelle. DIEU m'a réſervé pour
être le ſeul qui reſte de tous ceux qui avaient quitté
leur patrie uniquement pour lui. Vous êtes bien heureux qu'il aſſiſte à vos ſéances ; mais il y avait autrefois
un autre bonheur, celui d'aſſiſter à ſes ſoupers. Je lui
ſouhaiterais une vie auſſi longue que ſa gloire, ſi un
pareil vœu pouvait être exaucé.

LETTRE XX.

DU ROI.

A Sans-fouci, le 22 d'avril.

Il ne s'eſt point rencontré de poëte aſſez fou pour envoyer de mauvais vers à *Boileau*, crainte d'être rembourſé par quelque épigramme. Perſonne ne s'eſt aviſé d'importuner de ſes balivernes *Fontenelle*, ou *Boſſuet*, ou *Gaſſendi;* mais vous qui valez ces gens tous enſemble, vous ajoutez l'indulgence aux talens que ces grands hommes poſſédaient : elle rend vos vertus plus aimables ; auſſi vous attire-t-elle la correſpondance de tous les éphémères du ſacré vallon, parmi leſquels j'ai l'honneur de me compter. Vous donnez l'exemple de la tolérance au Parnaſſe, en protégeant le poëme de Moukden et celui des Confédérés; et, ce qui vaut encore mieux, vous m'envoyez le neuvième tome des Queſtions encyclopédiques. Je vous en fais mes remercîmens. J'ai lu cet ouvrage avec la plus grande ſatisfaction : il eſt fait pour répandre des connaiſſances parmi les aimables ignorans, et leur donner du goût pour s'inſtruire.

1772.

J'ai été agréablement ſurpris par l'article des *beaux Arts* que vous m'adreſſez. Je ne mérite cette diſtinction que par l'attachement que j'ai pour eux, ainſi que pour tout ce qui caractériſe le génie, ſeule ſource de vraie gloire pour l'eſprit humain.

Les *Lettres de Memmius à Cicéron* font des chefs-
d'œuvre où les queſtions les plus difficiles ſont miſes
à la portée des gens du monde. C'eſt l'extrait de tout
ce que les anciens et les modernes ont penſé de mieux
ſur ce ſujet. Je ſuis prêt à ſigner ce ſymbole de foi
philoſophique. Tout homme ſans prévention, et qui
a bien examiné cette matière, ne ſaurait penſer autrement. Vous avez eu ſurtout l'art d'avancer ces vérités
hardies ſans vous commettre avec les dévots. L'article
Vérité eſt encore admirable. Je m'attendais à voir un
dialogue entre JESUS et *Pilate*. Il eſt ébauché : cela
eſt très-plaiſant. Je ne finirais point ſi je voulais entrer
dans le détail de tout ce que contient ce volume précieux. C'aurait été bien dommage s'il n'avait pas paru,
et ſi la poſtérité en avait été fruſtrée.

On m'a envoyé de Paris la tragédie des Pélopides,
qui doit être rangée parmi vos chefs-d'œuvre drama-
tiques. L'intérêt toujours renaiſſant de la pièce et
l'élégance continue de la verſification l'élèvent à cent
piques au-deſſus de celle de *Crébillon*. Je m'étonne
qu'on ne la joue pas à Paris. Vos compatriotes, ou
plutôt les Velches modernes, ont perdu le goût des
bonnes choſes. Ils ſont raſſaſiés des chefs-d'œuvre de
l'art ; et la frivolité les porte à préſent à protéger
l'opéra comique, *fax-hall* et les marionnettes. Ils ne
méritaient pas que vous fuſſiez né dans leur patrie :
ce ne ſera que la poſtérité qui connaîtra tout votre
mérite.

Pour moi, il y a trente-ſix ans que je vous ai rendu
juſtice. Je ne varie point dans mes ſentimens : je
penſe à ſoixante ans de même qu'à vingt-quatre ſur
votre ſujet ; et je fais des vœux à cet Etre qui anime

1772.

1772.

tout, qu'il daigne conferver auffi long-temps que poffible le vieil étui de votre belle ame. Ce ne font pas des complimens, mais des fentimens très-vrais que vos ouvrages gravent fans ceffe plus profondément dans mon efprit.

FÉDÉRIC.

LETTRE XXI.

DE M. DE VOLTAIRE.

A Ferney, 31 juillet.

SIRE,

PERMETTEZ-MOI de dire à votre Majefté, que vous êtes comme un certain perfonnage de *la Fontaine.*

Droit au folide allait Bartholomée.

Ce folide accompagne merveilleufement la véritable gloire. Vous faites un royaume floriffant et puiffant de ce qui n'était, fous le roi votre grandpère, qu'un royaume de vanité : vous avez connu et faifi le vrai en tout ; auffi êtes-vous unique en tout genre. Ce que vous faites actuellement , vaut bien votre poëme fur les confédérés. Il eft plaifant de détruire les gens et de les chanter.

Je dois dire à votre Majefté qu'un jeune homme de vingt-cinq ans, très-bon officier, très-inftruit, ayant fervi dès l'âge de douze ans, et ne voulant plus fervir que vous, eft parti de Paris fans en rien dire à perfonne, et vient vous demander la permiffion de fe

faire

faire caffer la tête fous vos ordres. Il eſt d'une très-ancienne nobleſſe, véritable màrquis, et non pas de ces marquis de robe, ou marquis de haſard, qui prennent leurs titres dans une auberge, et ſe font appeler monſeigneur par les poſtillons qu'ils ne paient point. Il s'appelle le marquis de *Saint-Aulaire*, neveu d'un lieutenant général, l'un de nos plus aimables académiciens, lequel feſait de très-jolis vers à près de cent ans, comme vous en ferez à ce que je crois et à ce que j'eſpère. Je penſe que mon jeune marquis eſt actuellement à Berlin, cherchant peut-être inutilement à ſe préſenter à votre Majeſté; mais on dit qu'il en eſt digne, et que c'eſt un fort bon ſujet.

Le vieux malade ſe met à vos pieds avec attachement, admiration, reſpect et ſynderèſe.

1772.

L E T T R E   X X I I.

D U   R O I.

A Sans-ſouci, le 14 d'auguſte.

J E vous remercie des félicitations que vous me faites ſur des bruits qui ſe font répandus dans le public. Il faudra voir ſi les événemens les confirment, et quel deſtin auront les affaires de la Pologne.

J'ai vu des vers bien ſupérieurs à ceux qui m'ont amuſé lorſque j'avais la goutte : ce ſont les *ſyſtêmes* et les *cabales*. Ces morceaux ſont auſſi frais et d'un coloris auſſi chaud que ſi vous les aviez faits à vingt

—— ans. On les a imprimés à Berlin, et ils vont fe répandre
1772. dans tout le nord.

Nous avons eu cette année beaucoup d'étrangers,
tant anglais qu'hollandais , efpagnols et italiens ;
mais aucun français n'a mis le pied chez nous : et
je fais pofitivement que le marquis de *Saint-Aulaire*
n'eft point ici. S'il vient, il fera bien reçu, fur-tout
s'il n'eft point expatrié pour quelque mauvaife affaire ;
ce qui arrive quelquefois aux jeunes gens de fa
nation.

Je pars cette nuit pour la Siléfie : à mon retour,
vous aurez une lettre plus étendue, accompagnée de
quelques échantillons de porcelaine que les connaif-
feurs approuvent, et qui fe fait à Berlin.

Je fouhaite que votre gaieté et votre bonne humeur
vous confervent encore long-temps pour l'honneur
du Parnaffe et pour la fatisfaction de tous ceux qui
vous lifent. *Vale.*

FÉDÉRIC.

LETTRE XXIII.

DU ROI.

A Potfdam, le 16 de feptembre.

J'ai reçu du patriarche de Ferney des vers charmans
à la fuite d'un petit ouvrage polémique qui défend 1772.
les droits de l'humanité contre la tyrannie des bourreaux de confcience. Je m'étonne de retrouver toute
la fraîcheur et le coloris de la jeuneffe dans les vers
que j'ai reçus : oui, je crois que fon ame eft immortelle, qu'elle penfe fans le fecours de fon corps, et
qu'elle nous éclairera encore après avoir quitté fa
dépouille mortelle. C'eft un beau privilége que celui
de l'immortalité : bien peu d'êtres, dans cet univers,
en ont joui. Je vous applaudis et vous admire.

Pour ne pas refter tout-à-fait en arrière, je vous
envoie le fixième chant des confédérés avec une
médaille qu'on a frappée à ce fujet. Tout cela ne vaut
pas une des ftrophes que vous m'avez envoyées; mais
chaque champ ne produit pas des rofes; on ne peut
donner que ce qu'on a. Vous voyez que ce fixième
chant m'a occupé plus que les affaires, et qu'on me
fait trop d'honneur en Suiffe de me croire plus abforbé
dans la politique que je le fuis.

J'aurais voulu joindre quelques échantillons de
porcelaine à cette lettre : les ouvriers n'ont pas
encore pu les fournir; mais ils fuivront dans peu,
au rifque des aventures qui les attendent en voyage.

D 2

Perfonne du nom de *Saint-Aulaire* n'eft arrivé juf-qu'ici. Peut-être que celui qui vous a écrit a changé de fentiment.

Voilà enfin la paix prête à fe conclure en Orient, et la pacification de la Pologne qui s'apprête. Ce beau dénouement eft dû uniquement à la modération de l'impératrice de Ruffie qui a fu mettre elle-même des bornes à fes conquêtes, en impofer à fes ennemis fecrets, et rétablir l'ordre et la tranquillité où jufqu'à préfent ne régnait que trouble et confufion. C'eft à votre mufe à la célébrer dignement : je ne fais que balbutier en ébauchant fon éloge ; et ce que j'en ai dit, n'acquiert de prix que pour avoir été dicté par le fentiment.

Vivez encore, vivez long-temps ; quand on eft sûr de l'immortalité dans ce monde-ci, il ne faut pas fe hâter d'en jouir dans l'autre. Du moins ayez la complaifance pour moi, pauvre mortel qui n'ai rien d'immortel, de prolonger votre féjour fur ce globe, pour que j'en jouiffe ; car je crains fort de ne vous pas trouver dans cet autre monde. *Vale.*

FÉDÉRIC.

LETTRE XXIV.

DE M. DE VOLTAIRE.

16 octobre.

SIRE,

La médaille eft belle, bien frappée, la légende noble et fimple ; mais furtout la carte que la Pruffe jadis polonaife préfente à fon maître, fait un très-bel effet. Je remercie bien fort votre Majefté de ce bijou du nord ; il n'y en a pas à préfent de pareil dans le midi.

1772.

> La Paix a bien raifon de dire aux Palatins :
> Ouvrez les yeux, le diable vous attrape ;
> Car vous avez à vos puiffans voifins,
> Sans y penfer, long-temps fervi la nappe :
> Vous voudrez donc bien trouver bel et beau
> Que ces voifins partagent le gâteau.

C'eft affurément le vrai gâteau des rois, et la féve a été coupée en trois parts. Mais la paix ne s'eft-elle pas un peu trompée ? J'entends dire de tous côtés que cette paix n'a pu venir à bout de réconcilier *Catherine II* et *Mouftapha*, et que les hoftilités ont recommencé depuis deux mois. On prétend que, parmi ces Français fi babillards, il s'en trouve qui ne difent mot, et qui n'en agiffent pas moins fous terre.

D 3

On dit que les mêmes gens qui gardent Avignon au saint père, ont un grand crédit dans le sérail de Conftantinople. Si la chofe eft vraie, c'eft une fcène nouvelle qui va s'ouvrir. Mais il n'y en a point de plus belle que les pièces qu'on joue en Pruffe et en Suède : le roi votre neveu paraît digne de fon oncle.

Je remercie votre Majefté de remettre dans la règle le célèbre couvent d'Oliva : car le bruit court que vous êtes prieur de cette bonne abbaye, et que dans peu tous les novices de ce couvent feront l'exercice à la pruf-fienne. Je ne m'attendais, il y a deux ans, à rien de tout ce que je vois. C'eft affurément une chofe unique que le même homme fe foit moqué fi légérement des Palatins pendant fix chants entiers, et en ait eu un nouveau royaume pour fa peine. Le roi *David* fefait des vers contre fes ennemis, mais fes vers n'étaient pas fi plaifans que les vôtres : jamais on n'a fait un poëme, ni pris un royaume avec tant de facilité. Vous voilà, Sire, le fondateur d'une très-grande puiffance; vous tenez un des bras de la balance de l'Europe, et la Ruffie devient un nouveau monde. Comme tout eft changé! et que je me fais bon gré d'avoir vécu pour voir tous ces grands événemens !

Dieu merci, je prédis et je dis, il y a plus de trente ans, que vous feriez de très-grandes chofes ; mais je n'avais pas pouffé mes prédictions auffi loin que vous avez porté votre très-folide gloire : votre deftin a toujours été d'étonner la terre. Je ne fais pas quand vous vous arrêterez ; mais je fais que l'aigle de Pruffe va bien loin.

Je fupplie cet aigle de daigner jeter fur moi chétif, du haut des airs où il plane, un de ces coups-d'œil

qui raniment le génie éteint. Je trouve, fi votre
médaille eft reffemblante, que la vie eft dans vos 1772.
yeux et fur votre vifage, et que vous avez, comme
de raifon, la fanté d'un héros.

Je fuis à vos pieds comme il y a trente ans, mais
bien affaibli. Je regarderai le *Regno redintegrato* quand
je voudrai reprendre des forces.

Votre vieux idolâtre.

LETTRE XXV.

DU ROI.

A Potfdam, le premier de novembre.

Vous faurez que, ne me fefant jamais peindre, ni
mes portraits ni mes médailles ne me reffemblent.
Je fuis vieux, caffé, goutteux, furanné, mais toujours
gai et de bonne humeur. D'ailleurs les médailles
atteftent plutôt les époques, qu'elles ne font fidelles
aux reffemblances.

Je n'ai pas feulement acquis un abbé, mais bien
deux évêques, et une armée de capucins dont je fais
un cas infini depuis que vous êtes leur protecteur.

Je trouve, il eft vrai, le poëte de la confédération
impertinent d'avoir ofé fe jouer de quelques français
paffés en Pologne. Il dit pour fon excufe qu'il fait
refpecter ce qui eft refpectable, mais qu'il croit qu'il
lui eft permis de badiner de ces excrémens de nations,
des français réformés par la paix, et qui, faute de

D 4

mieux, allaient faire le métier de brigands en Pologne dans l'affociation confédérale.

Je crois qu'il y a des français qui gardent le filence, et qui ont un grand crédit au férail ; mais mes nouvelles de Conftantinople m'apprennent que le congrès de paix fe renoue et reprend avec plus de vivacité que le précédent. Ce qui me fait craindre que mon coquin de poëte, qui fait le voyant, n'ait raifon.

J'ai lu les beaux vers que vous avez faits pour le roi de Suède. Ils ont toute la fraîcheur de vos ouvrages qui parurent au commencement de ce fiècle. *Semper idem* : c'eft votre devife. Il n'eft pas donné à tout le monde de l'arborer.

Comment pourrais-je vous rajeunir vous qui êtes immortel! *Apollon* vous a cédé le fceptre du Parnaffe : il a abdiqué en votre faveur. Vos vers fe reffentent de votre printemps ; et votre raifon, de votre automne. Heureux qui peut ainfi réunir l'imagination et la raifon! Cela eft bien fupérieur à l'acquifition de quelques provinces dont on n'aperçoit pas l'exiftence fur le globe, et qui, des fphères céleftes, paraîtraient à peine comparables à un grain de fable.

Voilà les mifères dont nous autres politiques nous nous occupons fi fort. J'en ai honte. Ce qui doit m'excufer, c'eft que, lorfqu'on entre dans un corps, il faut en prendre l'efprit. J'ai connu un jéfuite qui m'affurait gravement qu'il s'expoferait au plus cruel martyre, ne pût-il convertir qu'un finge. Je n'en ferais pas autant ; mais quand on peut réunir et joindre des domaines entrecoupés pour faire un tout de fes poffeffions, je ne connais guère de mortels qui n'y travaillaffent avec plaifir. Notez toutefois que

cette affaire-ci (1) s'eft paffée fans effufion de fang,
et que les encyclopédiftes ne pourront déclamer contre
les brigands mercenaires, et employer tant d'autres
belles phrafes dont l'éloquence ne m'a jamais touché.
Un peu d'encre, à l'aide d'une plume, a tout fait; et
l'Europe fera pacifiée, au moins des derniers troubles.
Quant à l'avenir, je ne réponds de rien. En parcourant l'hiftoire, je vois qu'il ne s'écoule guère dix ans
fans qu'il n'y ait quelques guerres. Cette fièvre intermittente peut être fufpendue, mais jamais guérie. Il
faut en chercher la raifon dans l'inquiétude naturelle
à l'homme. Si l'un n'excite des troubles, c'eft l'autre;
et une étincelle caufe fouvent un embrafement
général.

Voilà bien du raifonnement: je vous donne de la
marchandife de mon pays. Vous autres Français vous
poffédez l'imagination; les Anglais, à ce que l'on dit,
la profondeur; et nous autres, la lenteur, avec ce
gros bon fens qui court les rues. Que votre imagination reçoive ce bavardage avec indulgence, et qu'elle
permette à ma pefante raifon d'admirer le phénix de
la France, le feigneur de Ferney, et de faire des vœux
pour ce même *Voltaire* que j'ai poffédé autrefois, et
que je regrette tous les jours, parce que fa perte eft
irréparable.

FÉDÉRIC.

(1) Le partage de la Pologne.

LETTRE XXVI.

DE M. DE VOLTAIRE.

13 novembre.

SIRE,

1772.

Hier il arriva dans mon hermitage une caiſſe royale, et ce matin j'ai pris mon café à la crême dans une taſſe, telle qu'on n'en fait point chez votre confrère *Kienlong*, l'empereur de la Chine; le plateau eſt de la plus grande beauté. Je ſavais bien que *Frédéric le grand* était meilleur poëte que le bon *Kienlong*, mais j'ignorais qu'il s'amusât à faire fabriquer dans Berlin de la porcelaine très-ſupérieure à celle de Kiengtſin, de Dreſde et de Sêve; il faut donc que cet homme étonnant éclipſe tous ſes rivaux dans tout ce qu'il entreprend. Cependant je lui avouerai que parmi ceux qui étaient chez moi à l'ouverture de la caiſſe, il ſe trouva des critiques qui n'approuvèrent pas la couronne de laurier qui entoure la lyre d'*Apollon*, ſur le couvercle admirable de la plus jolie écuelle du monde; ils diſaient: comment ſe peut-il faire qu'un grand homme, qui eſt ſi connu pour mépriſer le faſte et la fauſſe gloire, s'aviſe de faire mettre ſes armes ſur le couvercle d'une écuelle! Je leur dis: il faut que ce ſoit une fantaiſie de l'ouvrier; les rois laiſſent tout faire au caprice des artiſtes. *Louis XIV* n'ordonna point qu'on mît des eſclaves aux pieds de ſa ſtatue; il n'exigea point que le maréchal de *la Feuillade* fît graver la fameuſe inſcription, *à l'homme immortel;* et lorfqu'à plus jufte titre on verra en cent endroits, *Frederico immortali*, on faura bien que ce n'eft pas *Frédéric le grand* qui a imaginé cette devife, et qu'il a laiffé dire le monde.

Il y a auffi un *Amphion* porté par un dauphin. Je fais bien qu'autrefois un dauphin, qui fans doute aimait la poëfie, fauva *Amphion* de la mer, où fes envieux voulaient le noyer.

Enfin c'eft donc dans le Nord que tous les arts fleuriffent aujourd'hui! c'eft là qu'on fait les plus belles écuelles de porcelaine, qu'on partage des provinces d'un trait de plume, qu'on diffipe des confédérations et des fénats en deux jours, et qu'on fe moque furtout très-plaifamment des confédérés et de leur *Notre-Dame*.

Sire, nous autres Velches nous avons auffi notre mérite; des opéra comiques qui font oublier *Molière*, des marionnettes qui font tomber *Racine*, ainfi que des financiers plus fages que *Colbert*, et des généraux dont les *Turennes* n'approchent pas.

Tout ce qui me fâche, c'eft qu'on dit que vous avez fait renouer ces conférences entre *Mouftapha* et mon impératrice; j'aimerais mieux que vous l'aidaffiez à chaffer du Bofphore ces vilains turcs, ces ennemis des beaux arts, ces éteignoirs de la belle Grèce. Vous pourriez encore vous accommoder, chemin fefant, de quelque province pour vous arrondir. Car enfin il faut bien s'amufer; on ne peut pas toujours lire, philofopher, faire des vers et de la mufique.

Je me mets aux pieds de votre Majefté avec tout le refpect et l'admiration qu'elle infpire.

Le vieux malade de Ferney.

LETTRE XXVII.

DE M. DE VOLTAIRE.

A Ferney, 18 novembre.

—— 1772.

Sire, vous convenez que la belle Italie
Dans l'Europe autrefois rappela le génie ;
Le Français eut un temps de gloire et de splendeur,
    Et l'Anglais, profond raisonneur,
    A creusé la philosophie.
    Vous accordez à votre Germanie,
Dans une sombre étude, une heureuse lenteur ;
    Mais à son esprit inventeur,
Vous devez deux présens qui vous ont fait honneur,
    Les canons et l'imprimerie.
    Avouez que par ces deux arts,
Sur les bords du Permesse et dans les champs de Mars,
    Votre gloire fut bien servie.

J'ajouterai que c'est à Thorn que *Copernic* trouva le vrai système du monde, que l'astronome *Hévélius* était de Dantzick, et que par conséquent Thorn et Dantzick doivent vous appartenir. Votre Majesté aura la générosité de nous envoyer du blé par la Vistule, quand, à force d'écrire sur l'économie, nous n'aurons au lieu de pain que des opéra comiques, ce qui nous est arrivé ces dernières années.

C'est parce que les Turcs ont de très-bons blés et point de beaux arts, que je voulais vous voir partager la Turquie avec vos deux associés. Cela ne serait peut-être pas fi difficile, et il ferait affez beau de terminer là votre brillante carrière ; car, tout fuiffe que je fuis, je ne défire pas que vous preniez la France.

On prétend que c'eft vous, Sire, qui avez imaginé le partage de la Pologne, et je le crois, parce qu'il y a là du génie, et que le traité s'eft fait à Potfdam.

Toute l'Europe prétend que le grand *Grégoire* eft mal avec mon impératrice. Je fouhaite que ce ne foit qu'un jeu. Je n'aime point les ruptures ; mais enfin, puifque je finis mes jours loin de Berlin, où je voulais mourir, je crois qu'on peut fe féparer de l'objet d'une grande paffion.

Ce que votre Majefté daigne me dire à la fin de fa lettre, m'a fait prefque verfer des larmes ; je fuis tel que j'étais, quand vous permettiez que je paffaffe à fouper des heures délicieufes à écouter le modèle des héros et de la bonne compagnie. Je meurs dans les regrets ; confolez par vos bontés un cœur qui vous entend de loin, et qui affurément vous eft fidelle.

Le vieux malade.

LETTRE XXVIII.

DU ROI.

A Potſdam, le 4 de décembre.

—— AYANT reçu votre lettre, j'ai fait venir inceſſam-
1772. ment le directeur de la fabrique de porcelaine, et
lui ai demandé ce que ſignifiait cet *Amphion*, cette
lyre et ce laurier dont il avait orné une certaine jatte
envoyée à Ferney. Il m'a répondu que ſes artiſtes
n'en avaient pu faire moins pour rendre cette jatte
digne de celui pour lequel elle était deſtinée; qu'il
n'était pas aſſez ignorant pour ne pas être inſtruit de
la couronne de laurier deſtinée au *Taſſe* pour le
couronner au capitole; que la lyre était faite à l'imi-
tation de celle ſur laquelle la Henriade avait été
chantée; que ſi *Amphion* avait par ſes ſons harmonieux
élevé les murs de Thèbes, il connaiſſait quelqu'un
vivant qui en avait fait davantage, en opérant en
Europe une révolution ſubite dans la façon de penſer; que la mer, ſur laquelle nageait *Amphion*, était
allégorique, et ſignifiait le temps, duquel *Amphion*
triomphe; que le dauphin était l'emblème des amateurs des lettres qui ſoutiennent les grands hommes
durant la tempête.

Je vous rends compte de ce procès verbal tel qu'il
a été dreſſé en préſence de deux témoins, gens graves,
et qui l'atteſteront par ſerment, ſi cela eſt néceſſaire.
Ces gens ont travaillé au grand deſſert *avec figures,*

que j'ai envoyé à l'impératrice de Ruſſie : ce qui les a mis dans le goût des allégories. Ils avouent que la porcelaine eſt trop fragile, et qu'il faudrait employer le marbre et le bronze pour tranſmettre aux âges futurs l'eſtime de notre ſiècle pour ceux qui en ſont l'honneur.

Nous attendons dans peu la concluſion de la paix avec les Turcs. S'ils n'ont pas, cette fois, été expulſés de l'Europe, il faut l'attribuer aux conjonctures. Cependant ils ne tiennent plus qu'à un filet ; et la première guerre qu'ils entreprendront, achèvera probablement leur ruine entière.

Cependant ils n'ont point de philoſophes (car vous vous ſouviendrez des propos que l'on tint à Verſailles, en apprenant que la bataille de Minden était perdue) ; je n'en dis pas davantage.

J'ai lu le poëme d'*Helvétius* ſur le bonheur : je crois qu'il l'aurait retouché avant de le donner au public. Il y a des liaiſons qui manquent, et quelques vers qui m'ont ſemblé trop approcher de la proſe. Je ne ſuis pas juge compétent ; je ne fais que haſarder mon ſentiment, en comparant ce que je lis de nouveau avec les ouvrages de *Racine*, et ceux d'un certain grand homme qui illuſtre la Suiſſe par ſa préſence. Mais on peut être grand géomètre, grand métaphyſicien et grand politique, comme l'était le cardinal de *Richelieu*, ſans être grand poëte. La nature a diſtribué différemment ſes dons ; et il n'y a qu'à Ferney, où l'on voit l'exemple de la réunion de tous les talens en la même perſonne.

Jouiſſez long-temps des biens que la nature, prodigue envers vous ſeul, a daigné vous donner, et continuez d'occuper ce trône du Parnaffe, qui fans vous demeurerait peut-être éternellement vacant. Ce font les vœux que fait pour le patriarche de Ferney, le philofophe de Sans-fouci.

F É D É R I C.

LETTRE XXIX.

D U   R O I.

A Potfdam, le 6 décembre.

Sur la fin des beaux jours dont vous fîtes l'hiftoire,
Si brillans pour les arts, où tout tendait au grand,
Des Français un feul homme a foutenu la gloire :
Il fut embraffer tout ; fon génie agiffant
A la fois remplaça Boffuet et Racine ;
Et maniant la lyre ainfi que le compas,
Il tranfmit les accords de la mufe latine,
Qui du fils de Vénus célébra les combats.
De l'immortel Newton il faifit le génie,
Fit connaître aux Français ce qu'eft l'attraction ;
Il terraffa l'erreur et la religion.
Ce grand homme lui feul vaut une académie.

Vous devez le connaître mieux que perfonne. — Pour notre poudre à canon, je crois qu'elle a fait plus de mal que de bien, ainfi que l'imprimerie, qui ne vaut que par les bons ouvrages qu'elle répand dans le public. Par malheur ils deviennent de jour en jour plus rares.

Nous

1772.

Nous avons dans notre voifinage une cherté de blés exceffive. J'ai cru que les Suiffes n'en manquaient pas ; encore moins les Français , dont les ouvrages économiques éclairent nos régions ignorantes , fur les premiers befoins de la nature.

Je ne connais point de traités fignés à Potfdam ou à Berlin. Je fais qu'il s'en eft fait à Pétersbourg. Ainfi le public , trompé par les gazetiers , fait fouvent honneur aux perfonnes de chofes auxquelles elles n'ont pas eu la moindre part. J'ai entendu dire de même que l'impératrice de Ruffie avait été mécontente de la manière dont le comte *Orlow* avait conduit la négociation de Focktfchani. Il peut y avoir eu quelque refroidiffement , mais je n'ai point appris que la difgrace fût complète. On ment d'une maifon à l'autre , à plus forte raifon de faux bruits peuvent-ils fe répandre et s'accroître quand ils paffent de bouche en bouche depuis Pétersbourg jufqu'à Ferney. Vous favez mieux que perfonne , que le menfonge fait plus de chemin que la vérité.

En attendant, le grand Turc devient plus docile. Les conférences ont été entamées de nouveau ; ce qui me fait croire que la paix fe fera. Si le contraire arrive , il eft probable que monfieur *Mouftapha* ne féjournera plus long-temps en Europe. Tout cela dépend d'un nombre de caufes fecondes , obfcures et impénétrables , des infinuations guerrières de certaines cours, du corps des ulmas, du caprice d'un grand vifir , de la morgue des négociateurs : et voilà comme le monde va. Il ne fe gouverne que par compère et commère. Quelquefois, quand on a affez de données , on devine l'avenir; fouvent on s'y trompe.

——   Mais en quoi je ne m'abuferai pas, c'eſt en vous
1772. pronoſtiquant les ſuffrages de la poſtérité la plus reculée. Il n'y a rien de fortuit en cette prophétie. Elle
ſe fonde ſur vos ouvrages, égaux et quelquefois
ſupérieurs à ceux des auteurs anciens qui jouiſſent
encore de toute leur gloire. Vous avez le brevet
d'immortalité en poche : avec cela il eſt doux de
jouir et de ſe ſoutenir dans la même force malgré
les injures du temps et la caducité de l'âge. Faites-
moi donc le plaiſir de vivre tant que je ſerai dans
le monde : je ſens que j'ai beſoin de vous. Et ne
pouvant vous entretenir, il eſt encore bien agréable
de vous lire. Le philoſophe de Sans-ſouci vous ſalue.

FÉDÉRIC.

LETTRE XXX.

DE M. DE VOLTAIRE.

A Ferney, 8 décembre.

SIRE,

VOTRE très-plaiſant poëme ſur les confédérés m'a
fait naître l'idée d'une fort triſte tragédie, intitulée
les Lois de Minos qu'on va ſiffler inceſſamment chez
les Velches. Vous me demanderez comment un
ouvrage auſſi gai que le vôtre, a pu ſe tourner
chez moi en ſource d'ennui ? C'eſt que je ſuis loin
de vous ; c'eſt que je n'ai plus l'honneur de ſouper
avec vous ; c'eſt que je ne ſuis plus animé par vous ;
c'eſt que les eaux les plus pures prennent le goût du
terroir par où elles paſſent.

Cependant, comme les confédérés de Crète ont
quelque reffemblance avec ceux de Pologne, et
encore plus avec ceux de Suède, je prendrai la
liberté de mettre à vos pieds la foporative tragédie
par la voie de la pofte dans quelques jours, et je
demande bien pardon à votre Majefté par avance
de l'ennui que je lui cauferai. Mais il n'y a point
de roi qui ne puiffe aifément fe préferver de l'ennui
en jetant au feu un plat ouvrage.

Je fuis fidelle à mon café, dont j'ufe depuis foixante
et dix ans, et je le prends à préfent dans vos belles
taffes ; mais ni le café ni votre porcelaine ne
donnent du génie ; ils n'empêchent point qu'on
n'endorme *Frédéric le Grand*.

Nous attendons un bon ouvrage auquel vous
préfidez ; c'eft celui de la paix entre la Ruffie et la
Turquie : ouvrage que certains critiques ont voulu,
dit-on, faire tomber.

J'ignore quel eft ce M. *Bafilikof* dont on parle
tant ; il faut que ce foit un auteur d'un grand mérite,
et qui ait un ftyle bien vigoureux. Votre Majefté a
bien raifon, en fefant fi bien fes affaires, de rire des
faibleffes humaines ; elle eft au comble de la gloire
et de la félicité, fuppofé que tout cela rende heureux ;
car il faut furtout la fanté pour le bonheur. Je me
flatte qu'elle n'a point d'accès de goutte cet hiver.
Un héros, un légiflateur, un poëte charmant, un
homme de tous les génies n'eft point heureux quand
il a la goutte, quoi qu'en difent les ftoïciens.

Mon contemporain *Thiriot* eft mort. J'ai peur
qu'il ne foit difficile à remplacer : il était tout votre
fait.

—— J'ai reçu une lettre d'un de vos officiers, nommé
1772. *Morival* qui eſt à Véſel; il me marque qu'il eſt
pénétré de vos bontés, et qu'il voudrait donner tout
ſon ſang pour votre Majeſté. Vous ſavez que ce
Morival eſt d'Abbeville, qu'il eſt fils d'un certain
préſident d'*Etallonde*, le plus avare ſot d'Abbeville:
vous ſavez qu'à l'âge de dix-ſept ans il fut condamné
avec le chevalier de *la Barre* par des monſtres velches au plus horrible ſupplice pour avoir chanté une
chanſon, et n'avoir pas ôté ſon chapeau devant une
proceſſion de capucins. Cela eſt digne de la nation
des tigres-ſinges qui a fait la Saint-Barthelemi; cela
était digne de Thorn en 1724; et cela n'arrivera
jamais dans vos Etats. Quelque moine d'Oliva en
gémira peut-être, et vous damnera tout bas pour
abandonner la cauſe du Seigneur. Pour moi je vous
bénis; et je frémis tous les jours de l'exécrable aventure d'Abbeville.

J'oſe dire à votre Majeſté que je crois *Morival*
digne d'être employé dans vos armées, et que je
voudrais que, par ſes ſervices et par ſon avancement,
il pût confondre les tigres-ſinges qui ont été cou-
pables envers lui d'un ſi exécrable fanatiſme. Je
voudrais le voir à la tête d'une compagnie de grenadiers dans les rues d'Abbeville, feſant trembler
ſes juges et leur pardonnant. Pour moi je ne leur
pardonne pas, j'ai toujours cette abomination ſur
le cœur; il faut que je reliſe quelques-unes de vos
épîtres en vers pour reprendre un peu de gaieté.

Je me mets à vos pieds, Sire, avec l'enthouſiaſme
que j'ai toujours eu pour vous.

Le vieux malade.

LETTRE XXXI.

DE M. DE VOLTAIRE.

A Ferney , 22 décembre.

SIRE ,

En recevant votre jolie lettre et vos jolis vers , ——
du fix décembre, en voici que je reçois de *Thiriot*, 1772.
votre feu nouvellifte, qui ne font pas fi agréables.

> C'en eft fait, mon rôle eft rempli ,
> Je n'écrirai plus de nouvelles ;
> Le pays du fleuve d'oubli
> N'eft pas pays de bagatelles.
> Les morts ne me fourniffent rien ,
> Soit pour les vers , foit pour la profe ;
> Ils font d'un fort fec entretien ,
> Et font toujours la même chofe.
> Cependant ils favent fort bien
> De Frédéric toute l'hiftoire ,
> Et que ce héros pruffien
> A dans le temple de mémoire
> Toutes les efpèces de gloire ,
> Excepté celle de chrétien.
> De fa très-éclatante vie
> Ils favent tous les plus beaux traits ,
> Et furtout ceux de fon génie ;
> Mais ils ne m'en parlent jamais.

E 3

Salomon eut raifon de dire
Que Dieu fait en vain fes efforts
Pour qu'on le loue en cet empire ;
Dieu n'eft point loué par les morts.
On a beau dire, on a beau faire,
Pour trouver l'immortalité ;
Ce n'eft rien qu'une vanité,
Et c'eft aux vivans qu'il faut plaire.

Les feules lettres, Sire, que vous dictez à M. de *Catt* mériteraient cette immortalité ; mais vous favez mieux que perfonne, que c'eft un château enchanté qu'on voit de loin, et dans lequel on n'entre pas.

Que nous importe, quand nous ne fommes plus, ce qu'on fera de notre chétif corps et de notre prétendue ame, et ce qu'on en dira ? Cependant cette illufion nous féduit tous, à commencer par vous fur votre trône, et à finir par moi fur mon grabat au pied du mont Jura.

Il eft pourtant clair qu'il n'y a que le déifte ou l'athée auteur de l'Eccléfiafte, qui ait raifon : il eft bien certain qu'un lion mort ne vaut pas un chien vivant, qu'il faut jouir, et que tout le refte eft folie.

Il eft bien plaifant que ce petit livre, tout épi-curien, ait été facré parmi nous, parce qu'il eft juif.

Vous prendrez fans doute contre moi le parti de l'immortalité, vous défendrez votre bien. Vous direz que c'eft un plaifir dont vous jouiffez pendant votre vie ; vous vous faites déjà dans votre efprit une image très-plaifante de la comparaifon qu'on fera de vous avec un de vos confrères, par exemple, avec *Mouftapha*. Vous riez en voyant ce *Mouftapha*,

1772.

ne se mêlant de rien que de coucher avec ses oda-
liques qui se moquent de lui, battu par une dame
née dans votre voisinage, trompé, volé, méprisé par
ses ministres, ne sachant rien, ne se connaissant à
rien. J'avoue qu'il n'y aura point dans la postérité
de plus énorme contraste ; mais j'ai peur que ce gros
cochon, s'il se porte bien, ne soit plus heureux que
vous. Tâchez qu'il n'en soit rien ; ayez autant de
santé et de plaisir que de gloire, l'année 1773, et
cinquante autres années suivantes, si faire se peut ;
et que votre Majesté me conserve ses bontés pour
les minutes que j'ai encore à vivre au pied des
Alpes. Ce n'est pas là que j'aurais voulu vivre et
mourir.

La volonté de sa sacrée majesté le hasard soit faite.

LETTRE XXXII.

DU ROI.

A Potsdam, le 3 de janvier.

Que Thiriot a de l'esprit
Depuis que le trépas en a fait un squelette !
Mais lorsqu'il végétait dans ce monde maudit,
Du Parnasse français composant la gazette,
    Il n'eut ni gloire ni crédit.
Maintenant il paraît, par les vers qu'il écrit,
Un philosophe, un sage, autant qu'un grand poëte.
Aux bords de l'Achéron où son destin le jette,
    Il a trouvé tous les talens
    Qu'une fatalité bizarre

1773.

E 4

Lui dénia toujours lorfqu'il en était temps ,
Pour les lui prodiguer au fin fond du Ténare.
Enfin, les trépaffés et tous nos fots vivans
Pourront donc afpirer à briller comme à plaire ,
S'ils font affez adroits , avifés et prudens
De choifir pour leur fecrétaire ,
Homère , Virgile , ou Voltaire.

Solon avait donc raifon : on ne peut juger du mérite d'un homme qu'après fa mort. Au lieu de m'envoyer fouvent un fatras non lifible d'extraits de mauvais livres , *Thiriot* aurait dû me régaler de tels vers, devant lefquels les meilleurs qu'il m'arrive de faire baiffent le pavillon. Apparemment qu'il méprifait la gloire au point qu'il dédaignait d'en jouir. Cette philofophie afcétique furpaffe , je l'avoue, mes forces.

Il eft très-vrai qu'en examinant ce que c'eft que la gloire , elle fe réduit à peu de chofe. Etre jugé par des ignorans et eftimé par des imbécilles, entendre prononcer fon nom par une populace qui approuve, rejette, aime ou hait fans raifon , ce n'eft pas de quoi s'énorgueillir. Cependant que deviendraient les actions vertueufes et louables, fi nous ne chériffions pas la gloire ?

Les Dieux font pour Céfar , mais Caton fuit Pompée.

Ce font les fuffrages de *Caton* que les honnêtes gens défirent de mériter. Tous ceux qui ont bien mérité de leur patrie , ont été encouragés dans leurs travaux par le préjugé de la réputation : mais il eft effentiel , pour le bien de l'humanité , qu'on ait une

idée nette et déterminée de ce qui eft louable : on peut
donner dans des travers étranges en s'y trompant.

Faites du bien aux hommes, et vous en ferez béni :
voilà la vraie gloire. Sans doute que tout ce qu'on
dira de nous après notre mort, pourra nous être auffi
indifférent que tout ce qui s'eft dit à la conftruction
de la tour de Babel ; cela n'empêche pas qu'accoutumés à exifter , nous ne foyons fenfibles au jugement
de la poftérité. Les rois doivent l'être plus que les
particuliers, puifque c'eft le feul tribunal qu'ils aient
à redouter.

Pour peu qu'on foit né fenfible, on prétend à
l'eftime de fes compatriotes : on veut briller par
quelque chofe, on ne veut pas être confondu dans
la foule qui végete. Cet inftinct eft une fuite des ingré-
diens dont la nature s'eft fervie pour nous pétrir : j'en
ai ma part. Cependant je vous affure qu'il ne m'eft
jamais venu dans l'efprit de me comparer avec mes
confrères, ni avec *Mouftapha* , ni avec aucun autre ;
ce ferait une vanité puérile et bourgeoife : je ne m'embarraffe que de mes affaires. Souvent pour m'humilier,
je me mets en parallèle avec le *to kalon* , avec l'arché-
type des ftoïciens ; et je confeffe alors avec *Memnon*,
que des êtres fragiles comme nous , ne font pas formés
pour atteindre à la perfection.

Si l'on voulait recueillir tous les préjugés qui gouvernent le monde, le catalogue remplirait un gros
in-folio. Contentons - nous de combattre ceux qui
nuifent à la fociété , et ne détruifons pas les erreurs
utiles autant qu'agréables.

Cependant, quelque goût que je confeffe d'avoir
pour la gloire, je ne me flatte pas que les princes

—— aient plus de part à la réputation ; je crois au contraire que les grands auteurs, qui favent joindre l'utile
à l'agréable, inftruire en amufant, jouiront d'une
gloire plus durable, parce que la vie des bons princes
fe paffant toute en action, la viciffitude et la foule
des événemens qui fuivent, effacent les précédens ; au
lieu que les grands auteurs font non-feulement les
bienfaiteurs de leurs contemporains, mais de tous les
fiècles.

Le nom d'*Ariftote* retentit plus dans les écoles que
celui d'*Alexandre*. On lit et relit plus fouvent *Cicéron*
que les commentaires de *Céfar*. Les bons auteurs du
dernier fiècle ont rendu le règne de *Louis XIV* plus
fameux que les victoires du conquérant. Les noms
de *Fra-Paolo*, du cardinal *Bembe*, du *Taffe*, de l'*Ariofte*,
l'emportent fur ceux de *Charles-Quint*, et de *Léon X*,
tout vice-dieu que ce dernier prétendit être. On parle
cent fois de *Virgile*, d'*Horace*, d'*Ovide*, pour une fois
d'*Augufte*, et encore eft-ce rarement à fon honneur.
S'agit-il de l'Angleterre ? on eft bien plus curieux des
anecdotes qui regardent les *Newton*, les *Locke*, les
Shaftesbury, les *Milton*, les *Bolingbroke*, que de la cour
molle et voluptueufe de *Charles II*, de la lâche fuperftition de *Jacques II*, et de toutes les miférables intrigues
qui agitèrent le règne de la reine *Anne*. De forte que
vous autres précepteurs du genre-humain, fi vous
afpirez à la gloire, votre attente eft remplie, au lieu
que fouvent nos efpérances font trompées, parce que
nous ne travaillons que pour nos contemporains, et
vous pour tous les fiècles.

On ne vit plus avec nous quand un peu de
terre a couvert nos cendres ; et l'on converfe avec

tous les beaux esprits de l'antiquité qui nous parlent
par leurs livres.

Nonobstant tout ce que je viens de vous exposer,
je n'en travaillerai pas moins pour la gloire, dussé-je
crever à la peine ; parce qu'on est incorrigible à
soixante et un ans, et parce qu'il est prouvé que celui
qui ne désire pas l'estime de ses contemporains en
est indigne. Voilà l'aveu sincère de ce que je suis,
et de ce que la nature a voulu que je fusse.

Si le patriarche de Ferney, qui pense comme moi,
juge mon cas un péché mortel, je lui demande l'abso-
lution. J'attendrai humblement sa sentence ; et si
même il me condamne, je ne l'en aimerai pas
moins.

Puisse-t-il vivre la millième partie de ce que
durera sa réputation ; il passera l'âge des patriarches.
C'est ce que lui souhaite le philosophe de Sans-souci.
Vale.

FÉDÉRIC.

Je fais copier mes lettres, parce que ma main
commence à devenir tremblante, et qu'écrivant d'un
très-petit caractère, cela pourrait fatiguer vos yeux.

LETTRE XXXIII.

DU ROI.

A Berlin, le 16 de janvier.

—— JE me fouviens que, lorfque *Milton* dans fes voyages
1773. en Italie vit repréfenter une affez mauvaife pièce qui
avait pour titre *Adam et Eve*, cela réveilla fon imagination et lui donna l'idée de fon poëme du *Paradis
perdu*. Ainfi ce que j'aurai fait de mieux par mon
perfiflage des *Confédérés*, c'eft d'avoir donné lieu à
la bonne tragédie que vous allez faire repréfenter à
Paris. Vous me faites un plaifir infini de me l'envoyer ; je fuis très-fûr qu'elle ne m'ennuyera pas.

Chez vous le Temps a perdu fes ailes : *Voltaire* à
foixante-dix ans eft auffi vert qu'à trente. Le beau
fecret de refter jeune ! vous le poffédez feul. *Charles-
Quint* radotait à cinquante ans. Beaucoup de grands
princes n'ont fait que radoter toute leur vie. Le
fameux *Clarke*, le célèbre *Swift* étaient tombés en
enfance ; le *Taffe*, qui pis eft, devint fou ; *Virgile*
n'atteignit pas vos années, ni *Horace* non plus ; pour
Homère, il ne nous eft pas affez connu pour que
nous puiffions décider fi fon efprit fe foutint jufqu'à
la fin ; mais il eft certain que ni le vieux *Fontenelle*,
ni l'éternel *Saint-Aulaire* ne fefaient pas auffi bien des
vers, n'avaient pas l'imagination auffi brillante que
le patriarche de Ferney. Auffi enterrera-t-on le
Parnaffe français avec vous.

Si vous étiez jeune, je prendrais des *Grimm*, des ——
la Harpe et tout ce qu'il y a de mieux à Paris, pour   **1773.**
m'envoyer vos ouvrages ; mais tout ce que *Thiriot*
m'a marqué dans ſes feuilles ne valait pas la peine
d'être lu, à l'exception de la belle traduction des
Géorgiques.

Voulez-vous que j'entretienne un correſpondant
en France pour apprendre qu'il paraît un art de la
raſerie, dédié à *Louis XV*, des eſſais de tactique
par de jeunes militaires qui ne ſavent pas épeler
Végèce, des ouvrages ſur l'agriculture dont les auteurs
n'ont jamais vu de charrue, des dictionnaires, comme
s'il en pleuvait ; enfin un tas de mauvaiſes compila-
tions, d'annales, d'abrégés, où il ſemble qu'on ne
penſe qu'au débit du papier et de l'encre, et dont
le reſte au demeurant ne vaut rien.

Voilà ce qui me fait renoncer à ces feuilles où
le plus grand art de l'écrivain ne peut vaincre la
ſtérilité de la matière. En un mot, quand vous aurez
des *Fontenelles*, des *Monteſquieux*, des *Greſſets*, ſurtout
des *Voltaires*, je renouerai cette correſpondance ; mais
juſque-là je la ſuſpendrai.

Je ne connais point ce *Morival* dont vous me
parlez. Je m'informerai après lui pour ſavoir de ſes
nouvelles. Toutefois, quoi qu'il arrive, étant à mon
ſervice il n'aura pas le triſte plaiſir de ſe venger de
ſa patrie. Tant de fiel n'entre point dans l'ame des
philoſophes.

Je ſuis occupé ici à célébrer les noces du landgrave
de Heſſe avec ma nièce. Je jouerai un triſte rôle à
ces noces, celui de témoin, et voilà tout. En attendant
tout s'achemine à la paix : elle ſera conclue dans

—— peu. Alors il reſtera à pacifier la Pologne ; à quoi l'impératrice de Ruſſie, qui eſt heureuſe dans toutes ſes entrepriſes, réuſſira immanquablement.

Je me trouve à préſent, contre ma coutume, dans le tourbillon du grand monde, ce qui m'empêche pour cette fois, mon cher *Voltaire*, de vous en dire davantage. Dès que je ſerai rendu à moi-même, je pourrai m'entretenir plus librement avec le patriarche de Ferney auquel je ſouhaite ſanté et longue vie, car il a tout le reſte. *Vale.*

FÉDÉRIC.

LETTRE XXXIV.

DE M. DE VOLTAIRE.

A Ferney, le premier février.

SIRE,

JE vous ai remercié de votre porcelaine ; le roi, mon maître n'en a pas de plus belle ; auſſi ne m'en a-t-il point envoyé. Mais je vous remercie bien plus de ce que vous m'ôtez, que je ne ſuis ſenſible à ce que vous me donnez. Vous me retranchez tout net neuf années dans votre dernière lettre ; jamais notre contrôleur général n'a fait de ſi grands retranchemens. Votre Majeſté a la bonté de me faire compliment ſur mon âge de ſoixante et dix ans. Voilà comme on trompe toujours les rois. J'en ai ſoixante et dix-neuf, s'il vous plaît, et bientôt quatre-vingts. Ainſi je ne verrai point la deſtruction que je ſouhaitais fi paffionnément, de ces vilains Turcs qui enferment les femmes, et qui ne cultivent point les beaux arts.

Vous ne voulez donc point remplacer *Thiriot* votre hiftoriographe des cafés? il s'acquittait parfaitement de cette charge; il favait par cœur le peu de bons et le grand nombre de mauvais vers qu'on fefait dans Paris; c'était un homme bien néceffaire à l'Etat.

> Vous n'avez donc plus dans Paris
> De courtier de littérature ?
> Vous renoncez aux beaux efprits,
> A tous les immortels écrits
> De l'almanach et du mercure ?
> L'in-folio ni la brochure
> A vos yeux n'ont donc plus de prix ?
> D'où vous vient tant d'indifférence ?
> Vous foupçonnez que le bon temps
> Eft paffé pour jamais en France,
> Et que notre antique opulence
> Aujourd'hui fait place en tout fens
> Aux guenilles de l'indigence ?
> Ah ! jugez mieux de nos talens,
> Et voyez quelle eft notre aifance :
> Nous fommes et riches et grands,
> Mais c'eft en fait d'extravagance.
> J'ai même très-peu d'efpérance
> Que monfieur l'abbé Savatier, (*a*)

(*a*) L'abbé *Sabatier* ou *Savatier*, gredin qui s'eft avifé de juger les fiècles avec un ci-devant foi-difant jéfuite, et qui a ramaffé un tas de calomnies abfurdes pour vendre fon livre.

Malgré fa flatteufe éloquence,
Nous tire jamais du bourbier
Où nous a plongés l'abondance
De nos barbouilleurs de papier.

Le goût s'enfuit, l'ennui nous gêne,
On cherche des plaifirs nouveaux ;
Nous étalons pour Melpomène
Quatre ou cinq fortes de treteaux
Au lieu du théâtre d'Athène.
On critique, on critiquera,
On imprime, on imprimera
De beaux écrits fur la mufique,
Sur la fcience économique,
Sur la finance et la tactique,
Et fur les filles d'opéra.

En province une académie
Enfeigne méthodiquement,
Et calcule très-favamment
Les moyens d'avoir du génie.

Un auteur va mettre au grand jour
L'utile et la profonde hiftoire
Des finges qu'on montre à la foire,
Et de ceux qui vont à la cour.
Peut-être un peu de ridicule
Se joint-il à tant d'agrémens ;
Mais je connais certaines gens,
Qui vers les bords de la Viftule
Ne paffent pas fi bien leur temps.

Le nouvel abbé d'Oliva après avoir ri aux dépens
de ces meffieurs, malgré leur *liberum veto*, s'entend

merveilleufement

merveilleufement avec l'Eglife grecque, pour mettre
à fin le faint œuvre de la pacification des Sarmates. 1773.
Il a couru ces jours-ci un bruit dans Paris, qu'il y
avait une révolution en Ruffie ; mais je me flatte
que ce font des nouvelles de café ; j'aime trop ma
Catherine.

J'aurai l'honneur d'envoyer inceffamment à votre
Majefté les Lois de Minos. L'ouvrage ferait meilleur
fi je n'avais que les foixante et dix ans que vous
m'accordez.

Ce *Morival*, dont j'ai eu l'honneur de vous parler,
eft depuis fept ou huit ans à votre fervice. Je ne
fais pas le nom de fon régiment ; mais il eft à
Véfel.

Voilà toute votre augufte famille mariée. On dit
madame la Landgrave très-belle. Monfieur le prince
de Virtemberg eft dans notre voifinage avec neuf
enfans, dont quelques-uns feront un jour fous vos
ordres, à la tête de vos armées.

Confervez-moi, Sire, vos bontés qui font la confolation de ma vie, et avec lefquelles je defcendrai
au tombeau très-allégrement.

LETTRE XXXV.

DU ROI.

A Potſdam, le 29 de février.

—— J'ai reçu votre lettre et vos vers charmans, qui
1773. démentent ſans doute votre âge. Non : je ne vous
en croirai point ſur votre parole ; ou vous êtes
encore jeune, ou vous avez coupé au temps ſes ailes.

Il faut être bien téméraire pour vous répondre en
vers, ſi vous ne ſaviez pas que les gens de mon
eſpèce ſe permettent ſouvent ce qu'on déſapprouve-
rait en d'autres. Un certain *Cotys*, roi d'un pays très-
barbare, entretint une correſpondance en vers avec
Ovide exilé dans le Pont. Il doit donc être permis
aujourd'hui à un ſouverain d'un pays moins barbare
d'écrire à l'Apollon de Ferney en langage velchè,
en dépit de l'abbé d'*Olivet* et des puriſtes de ſon
académie.

Non, je ne veux plus à Paris
Avoir de courtier littéraire :
Je n'y vois plus ces beaux eſprits
Dont nombre d'immortels écrits
En m'inſtruiſant ſavaient me plaire.
Je ne veux de correſpondans
Que ſur les confins de la Suiſſe,
Province qui jadis était très-fort novice
En arts, en eſprit, en talens,
Mais qui contient des bons vieux temps
Le ſeul auteur qui me raviſſe.

Les Grecs, vos favoris, cherchèrent en Afie
  La fcience et la vérité ;
Platon jufqu'en Egypte avait même tenté
  D'éclairer fa philofophie ;
Déformais nos cantons de fes charmes épris,
Sans chercher pour l'efprit des alimens dans l'Inde,
Trouvent le dieu du Goût comme le dieu du Pinde
  Tous deux à Ferney réunis.

Vous aurez peut-être encore le plaifir de voir les
Mufulmans chaffés de l'Europe : la paix vient de
manquer pour la feconde fois. De nouvelles combinaifons donnent lieu à de nouvelles conjonctures.
Vos Velches font bien tracaffiers. Pour moi, difciple
des encyclopédiftes, je prêche la paix univerfelle en
bon apôtre de feu l'abbé de *Saint-Pierre;* et peut-
être ne réuffirai-je pas mieux que lui. Je vois qu'il
eft plus facile aux hommes de faire le mal que le
bien, et que l'enchaînement fatal des caufes nous
entraîne malgré nous et fe joue de nos projets,
comme un vent impétueux d'un fable mouvant.

 Cela n'empêche pas que le train des chofes ordi-
naires ne continue. Nous arrangeons le chaos de
l'anarchie chez nous, et nos évêques confervent
24,000 écus de rente, les abbés 7000. Les apôtres
n'en avaient pas autant. On s'arrange avec eux de
manière qu'on les débarraffe des foins mondains,
pour qu'ils s'attachent fans diftraction à gagner la
Jérufalem célefte, qui eft leur véritable patrie.

 Je vous fuis obligé de la part que vous prenez à
l'établiffement de ma nièce : elle a une figure fort
intéreffante, jointe à une conduite qui me fait

—— efpérer qu'elle fera heureufe, autant qu'il eft donné
1773. à notre efpèce de l'être.

Je m'informerai de ce compagnon du malheureux
la Barre; et s'il a de la conduite, il fera facile de le
placer. Votre recommandation ne lui fera pas inutile.

Les nouvelles qu'on vous donne de Paris diffèrent
prodigieufement de celles que je reçois de Péterf-
bourg. On vous écrit ce que l'on fouhaite, mais
non pas ce qui exifte; enfin ce que l'on fe promet du
fruit de fes tracafferies, ce qui peut-être était poffible
autrefois, mais à quoi l'on ne doit s'attendre aucune-
ment en Ruffie de la fageffe du gouvernement actuel.

Eh bien, je vous ai rogné quelques années, et
je ne m'en dédis pas : vos ouvrages ont trop de
fraîcheur pour être d'un vieillard. Vous m'enverriez
votre extrait baptiftère, que je n'en croirais pas
davantage à votre curé.

> On juge mal, on eft déçu
> En fe fiant à l'apparence :
> Je fuis très-fûr et convaincu
> Que Voltaire en fecret a bu
> De la fontaine de Jouvence.
> Jamais aucun héros n'approcha de fon fort :
> Immortel par fa vie, ainfi qu'après fa mort.

C'eft cette première immortalité qui me touche le
plus. Je fuis intéreffé à votre confervation; l'autre
vous eft fûre. Souvenez-vous de la maxime de
l'empereur *Augufte : Feftina lentè*. Ce font les vœux
que le philofophe de Sans-fouci fait pour le patriarche de Ferney, en attendant les Lois de Minos.

FÉDÉRIC.

LETTRE XXXVI.

DE M. DE VOLTAIRE.

A Ferney, 19 mars.

SIRE,

VOTRE lettre du 29 février, qui eſt apparemment datée ſelon votre ancien ſtyle hérétique, ne m'en eſt pas moins précieuſe. Votre ſtyle n'en eſt pas moins charmant : les choſes les plus agréables et les plus philoſophiques naiſſent ſous votre plume. Il vous eſt auſſi aiſé d'écrire des choſes dignes de la poſtérité qu'il l'eſt aux rois du Midi d'écrire : *Dieu vous ait, mon couſin, en ſa ſainte et digne garde ; et vous, monſieur le préſident, en ſa ſainte garde.*

J'ai été ſur le point de ne répondre à votre Majeſté que des champs Elyſées ; c'eſt après cinquante accès de fièvre, accompagnés de deux ou trois maladies mortelles, que j'ai l'honneur de vous écrire ce peu de lignes.

Je ne ſais ſi je me trompe, mais j'ai bien peur que le renouvellement de la guerre entre la Porte de *Mouſtapha* et la Porte de *Catherine II* n'entraîne des ſuites fatales. Votre Majeſté eſt toujours préparée à tout événement, et quelque choſe qui arrive, elle fera de jolis vers et gagnera des batailles.

J'ai l'honneur de lui envoyer les Lois de Minos avec des notes qui pourront lui paraître aſſez intéreſſantes ; elle trouvera dans le cours de la pièce que

1773.

F 3

—— j'ai profité d'un certain poëme fur les confédérés. Elle verra même qu'il y a quelque chofe qui reffemble au roi de Suède, votre neveu; on prétend que notre miniftère velche veut s'approprier ce grand prince et troubler un peu votre Nord. Ce font myftères qui paffent mon intelligence; je m'en remets, fur tous les futurs contingens, aux ordres de fa facrée majefté le Hafard, ou plutôt aux ordres plus réels de fa divine majefté la Deftinée. Les mourans d'autrefois favaient prédire l'avenir; le monde dégénère; et tout ce que je puis prédire, c'eft que je ferai votre admirateur, et votre très-fincèrement attaché fuiffe pendant le peu de minutes qui me reftent encore à végéter entre le mont Jura et les Alpes.

Le vieux malade de Ferney.

LETTRE XXXVII.

DU ROI.

A Potfdam, le 4 d'avril.

VOUS favez que tous les princes ont des efpions: j'en ai jufqu'au pied des Alpes, qui m'ont alarmé en m'apprenant les dangers dont vous avez été menacé. Je ne fais s'ils m'ont annoncé jufte (car vous favez que les princes font fujets à être trompés); mais ils foutiennent que votre mal eft dégénéré en goutte: ce qui m'a doublement réjoui. Cette maladie, à votre âge, pronoftique une longue vie, et je fuis bien aife de vous affocier à notre confrérie de goutteux.

Je vous fais des remercîmens de la tragédie que vous m'avez envoyée. Vous avez été frappé des événemens arrivés en Pologne et des révolutions de Suède ; et cela vous a fourni la matière d'un drame. Je crois que, fi vous vouliez l'entreprendre, vous feriez, des nouvelles de gazette, des fujets de tragédie.

Celle-ci eft certainement très-nouvelle, et ne reffemble à aucun des fujets que les tragiques, anciens ou modernes, ont traités. Je ne vous répéterai point l'étonnement que j'ai de vous voir rajeunir dans un âge où notre efpèce ceffe d'être ; mais s'il eft permis à un *dilettante*, ou pour mieux nommer les chofes par leur nom, à un ignorant comme moi, de vous expofer mes doutes, il me paraît que la mort d'un prêtre ne peut toucher perfonne ; et que fi *Aftérie* ou *Teucer* avaient péri par les complots des pontifes, on aurait été plus remué et plus attendri.

Vous qui poffédez les fecrets de ce grand art d'émouvoir, vous qui avez plus approfondi cette matière qu'un *dilettante* tel que je fuis, vous avez eu fans doute des raifons de préférer le dénouement qui fe trouve dans la pièce à celui que je propofe.

Ne vous attendez pas à recevoir de ma part des ouvrages de cette nature : nous aimons mieux, dans ce pays, n'avoir que des fujets comiques ; les autres, nous les avons eus par le paffé. Et nous aimons mieux voir repréfenter des tragédies que d'en être les acteurs.

Quelque âge que vous ayez, vous avez un doyen dans ce pays-ci : c'eft le vieux *Polnitz*. Il a fait une grande maladie, et je vous envoie l'hiftoire de fa convalefcence. Il a actuellement quatre-vingt-cinq ans paffés. Ce n'eft pas une bagatelle d'avoir pouffé fa carrière jufqu'à un âge auffi avancé, et de repouffer les attaques de la mort comme un jeune homme.

L'autre pièce qui commence par un badinage, finit par quelques réflexions morales. J'ai fort recommandé qu'on eût foin d'en affranchir le port, parce qu'il n'eft pas jufte que vous payiez un fatras de fadaifes qui vous ennuyera peut-être.

Vous me parlez de vos Velches et de leurs intrigues; elles me font toutes connues. Il ne m'échappe rien de ce qui fe paffe à Stockholm ainfi qu'à Conftantinople. Mais il faut attendre jufqu'au bout pour voir qui rira le dernier.

Votre impératrice a bien des reffources. Le Nord demeurera tranquille, ou ceux qui voudront le troubler, tout froid qu'il eft, s'y brûleront les doigts.

Voilà ce que je prends la liberté de vous annoncer, et que vos Velches, pour trouver des fouverains trop crédules, pourront peut-être les précipiter eux-mêmes dans de plus grands malheurs que ceux qu'ils ont courus jufqu'à préfent.

Mais je ne fais de quoi je m'avife : les pronoftics ne vont point à l'air de mon vifage, et ce n'eft pas à un incrédule à faire le voyant, auffi peu qu'à un échappé des Teutons à faire des vers velches. Je me fauverai de ceci comme *Pilate*, qui dit : *Quod fcripfi, fcripfi.*

On peut mal prévoir, on peut faire de mauvais vers; mais cela n'empêche pas qu'on ne foit fenfible au deftin des grands hommes, et que le philofophe

de Sans-fouci ne prenne un vif intérêt à la confervation du patriarche de Ferney, pour lequel il ——— 1773.
confervera toute fa vie la plus grande admiration.

FÉDÉRIC.

LETTRE XXXVIII.

DE M. DE VOLTAIRE.

A Ferney, 22 avril.

J'ALLAIS paffer les trois rivières,
Phlégéthon, Cocyte, Achéron ;
La triple Hécate et fes forcières
M'attendaient chez le noir Pluton ;
Les trois fileufes de nos vies,
Les trois fœurs qu'on nomme Furies,
Et les trois gueules de leur chien
Allaient livrer ma chétive ombre
Aux trois juges du féjour fombre,
Dont ne revient aucun chrétien.

Que ma furprife était profonde,
Et que j'étais épouvanté
De voir ainfi de tout côté
Des trinités dans l'autre monde !
Ce fut alors que j'invoquai
Le héros qui s'eft tant moqué
Des trinités que l'on adore.
En enfer il a du crédit ;
On y craint fon bras, fon efprit ;
Il m'exauça, je vis encore.

Vous avez eu, fans doute, Sire, la même bonté pour le vieux baron de *Polnitz*. L'enfer l'a refpecté, et fans doute il vous refpectera bien davantage; vous vivrez affez long-temps pour augmenter encore vos Etats, car pour votre gloire je vous en défie; à l'égard de votre baron, il doit être bien glorieux d'être chanté par vous, et bien heureux de n'avoir point payé fon paffage à *Caron*.

Votre épître fur le globe des petites-maifons eft charmante, vous connaiffez parfaitement notre pays velche dont vous parlez, et fes banqueroutes paffées, et fes banqueroutes préfentes et futures.

Je remercie votre Majefté de prendre toujours fous fa protection la majefté de *Julien*, qui était affurément une très-refpectable majefté, malgré l'infolent *Grégoire* et l'impertinent *Cyrille*.

Je ne crois pas que nos Velches veuillent faire fi tôt parler d'eux; il faut avoir beaucoup d'argent comptant à perdre actuellement, pour s'amufer à ravager le monde; et ce n'eft pas le cas de ces meffieurs: mais, fi jamais il arrivait malheur, je prendrais la liberté de vous recommander le fieur *Morival*, qui fert dans un de vos régimens à Véfel. Je vous fupplierais de l'envoyer en Picardie dans Abbeville, pour y faire rouer les juges qui le condamnèrent, il y a fix ans, lui et le chevalier de *la Barre*, à la queftion ordinaire et extraordinaire, à l'amputation de la main droite et de la langue, et à être jetés tout vifs dans les flammes, parce qu'ils n'avaient pas ôté leur chapeau devant une proceffion de capucins. Le chevalier de *la Barre* fubit une partie de cette petite pénitence chrétienne; *Morival*

plus heureux alla fervir un roi qui n'immole perfonne à des capucins, qui n'arrache point la langue
aux jeunes gens, et qui fe fert mieux que perfonne
de fa langue, de fa plume et de fon épée.

Suppofé que Thorn foit en votre puiffance, j'ofe
vous demander juftice de la fainte Vierge *Marie*, à
laquelle on facrifia tant de jeunes écoliers en l'année
1724. Cette bonne femme de Bethléem ne s'attendait
pas qu'un jour on ferait tant de facrifices à elle et à
fon fils. Le fang humain a coulé pour eux mille fois
plus que pour les dieux païens, et vous voyez que
l'auteur des notes fur les Lois de Minos a bien raifon ;
mais rien n'eft fi dangereux chez les Velches que
d'avoir raifon.

Je veux efpérer que le roi de Pologne finira fon
rôle comme *Teucer* le fien, et que le *liberum veto*,
qui n'eft que le cri de la guerre civile, fera aboli
fous fon règne. Je veux l'eftimer affez, pour croire
qu'il eft entièrement d'accord avec le protecteur de
Julien. Je fais qu'il penfe comme ces deux grands
hommes ; comment pourrait-il être fâché contre ceux
qui puniffent fes affaffins, et qui lui laiffent un beau
royaume, où il pourra être le maître ?

Je ne verrai pas les troubles qui femblent fe préparer, ma fanté eft trop délabrée ; j'irai retrouver
tout doucement *Ifaac d'Argens*, et nous vous célébre-
rons tous deux fur le bord des trois rivières.

En attendant je vous prie de me conferver vos
bontés. Plaignez-moi furtout de mourir loin de
votre Majefté ; mais ma deftinée l'a voulu ainfi.

LETTRE XXXIX.

DU ROI.

A Potſdam , le 17 de mai.

—— Sɪ je n'étais pas furchargé d'affaires , j'aurais répondu

1773. à votre charmante lettre de toutes les trinités infer-
nales, auxquelles vous avez heureuſement échappé:
ce dont je vous félicite. Il faudra attendre le retour
de mes voyages ; ce qui ſera expédié à peu-près vers
le milieu du mois prochain.

Quelque preſſé que je ſois , je ne ſaurais pourtant
m'empêcher de vous dire que la médiſance épargne
les philoſophes auſſi peu que les rois. On ſuppoſe
des raiſons à votre dernière maladie, qui font autant
d'honneur à la vigueur de votre tempérament que
vos vers en font à la fraîcheur, ou, pour mieux dire,
à l'immortalité de votre génie. Continuez de même,
et vous ſurpaſſerez *Mathuſalem* en toute choſe. Il
n'eut jamais telle maladie à votre âge, et je réponds
qu'il ne fit jamais de bons vers.

Le philoſophe de Sans-ſouci ſalue le patriarche
de Ferney.

FÉDÉRIC.

LETTRE XL.

DU ROI.

A Potſdam, le 12 d'auguſte.

Puisque les trinités ſont ſi fort à la mode, je vous citerai trois raiſons qui m'ont empêché de vous répondre plutôt ; mon voyage en Pruſſe, l'uſage des eaux minérales, et l'arrivée de ma nièce la princeſſe d'Orange.

Je n'en prends pas moins de part à votre convaleſcence, et j'aime mieux que vous me rendiez compte en beaux vers de ce qui ſe paſſe ſur les bords de l'Achéron, que ſi vous aviez fixé votre ſéjour dans cette contrée d'où perſonne encore n'eſt revenu.

Le vieux baron a été de toutes nos fêtes, et il ne paraiſſait pas qu'il eût quatre-vingt-ſix ans. Si le vieux baron s'eſt échappé de la fatale barque, faute de payer le paſſage, vous avez, à l'exemple d'*Orphée*, adouci par les doux accords de votre lyre la barbare dureté des commis de l'enfer ; et en tout ſens vous devez votre immortalité aux talens enchanteurs que vous poſſédez.

Vous avez non-ſeulement fait rougir votre nation du cruel arrêt porté contre le chevalier de *la Barre*, et exécuté ; vous protégez encore les malheureux qui ont été englobés dans la même condamnation. Je vous avouerai que le nom même de ce *Morival*, dont vous me parlez, eſt inconnu. Je m'informerai

1773.

——— de sa conduite; s'il a du mérite, votre recomman-
1773. dation ne lui sera pas inutile.

Je vois que le public se complaît à exagérer les
événemens. Thorn ne se trouve point dans la partie
qui m'est échue de la Pologne. Je ne vengerai point
le massacre des innocens, dont les prêtres de cette
ville ont à rougir; mais j'érigerai dans une petite
ville de la Varmie un monument sur le tombeau
du fameux *Copernic* qui s'y trouve enterré. Croyez-
moi, il vaut mieux, quand on le peut, récompenser
que punir; rendre des hommages au génie, que
venger des atrocités depuis long-temps commises.

Il m'est tombé entre les mains un ouvrage de
défunt *Helvétius* sur l'éducation : je suis fâché que
cet honnête homme ne l'ait pas corrigé, pour le
purger des pensées fausses et des *concetti* qui me
semblent on ne saurait plus déplacés dans un
ouvrage de philosophie. Il veut prouver, sans
pouvoir en venir à bout, que les hommes sont
également doués d'esprit, et que l'éducation peut
tout. Malheureusement l'expérience, ce grand maître,
lui est contraire et combat les principes qu'il s'efforce
d'établir. Pour moi je n'ai qu'à me louer de l'idée
trop avantageuse qu'il avait de ma personne. Je
voudrais la mériter.

Je ne sais comment pense le roi de Pologne,
encore moins quand la diète finira. Je vous garantirai toujours à bon compte qu'il n'y aura pas de
nouveaux troubles occasionnés par ce qui se passe
dans ce royaume.

Vous vivrez encore long-temps, l'honneur des
lettres et le fléau de l'*inf...*; et si je ne vous vois

pas *facie ad faciem*, les yeux de l'efprit ne détournent
point leurs regards de votre perfonne, et mes vœux
vous accompagnent par-tout.

FÉDÉRIC.

LETTRE XLI.

DE M. DE VOLTAIRE.

A Ferney , le 4 feptembre.

SIRE,

SI votre vieux baron a bien danfé à l'âge de quatre-
vingt-fix ans, je me flatte que vous danferez mieux
que lui à cent ans révolus. Il eft jufte que vous danfiez
long-temps au fon de votre flûte et de votre lyre,
après avoir fait danfer tant de monde, foit en cadence,
foit hors de cadence, au fon de vos trompettes. Il
eft vrai que ce n'eft pas la coutume des gens de
votre efpèce de vivre long-temps. *Charles XII* qui
aurait été un excellent capitaine dans un de vos
régimens, *Guftave Adolphe* qui eût été un de vos
généraux, *Valftein* à qui vous n'euffiez pas confié
vos armées, le grand électeur qui était plutôt un
précurfeur de grand ; tout cela n'a pas vécu âge
d'homme. Vous favez ce qui arriva à *Céfar* qui avait
autant d'efprit que vous, et à *Alexandre* qui devint
ivrogne n'ayant plus rien à faire : mais vous vivrez
long-temps, malgré vos accès de goutte, parce que

—— vous êtes fobre, et que vous favez tempérer le feu qui vous anime, et empêcher qu'il vous dévore.

Je fuis fâché que Thorn n'appartienne point à votre Majefté, mais je fuis bien aife que le tombeau de *Copernic* foit fous votre domination. Elevez un gnomon fur fa cendre, et que le foleil remis par lui à fa place le falue tous les jours à midi de fes rayons joints aux vôtres.

Je fuis très-touché qu'en honorant les morts, vous protégiez les malheureux vivans qui le méritent. *Morival* doit être à Véfel lieutenant dans un de vos régimens : fon véritable nom n'eft point *Morival*, c'eft d'*Etallonde* ; il eft fils d'un préfident d'Abbeville. *Copernic* n'aurait été qu'excommunié s'il avait furvécu au livre où il démontra le cours des planètes et de la terre autour du foleil ; mais d'*Etallonde* à l'âge de quinze ans a été condamné par des iroquois d'Abbeville à la torture ordinaire et extraordinaire, à l'amputation du poing et de la langue, et à être brûlé à petit feu avec le chevalier de *la Barre*, fils d'un lieutenant-général de nos armées, pour n'avoir pas falué des capucins, et pour avoir chanté une chanfon ; et un parlement de Paris a confirmé cette fentence, pour que les évêques de France ne leur reprochaffent plus d'être fans religion ; ces meffieurs du parlement fe firent affaffins afin de paffer pour chrétiens.

Je demande pardon aux Iroquois de les avoir comparés à ces abominables juges, qui méritaient qu'on les écorchât fur leurs bancs femés de fleurs de lis, et qu'on étendît leur peau fur ces fleurs. Si d'*Etallonde*, connu dans vos troupes fous le nom de *Morival*, eft un garçon de mérite, comme on me

l'affure,

l'affure, daignez le favorifer. Puiffe-t-il venir un
jour dans Abbeville, à la tête d'une compagnie, faire 1773.
trembler fes déteftables juges, et leur pardonner!

Le jugement que vous portez fur l'œuvre pofthume
d'*Helvétius* ne me furprend pas; je m'y attendais;
vous n'aimez que le vrai. Son ouvrage eft plus
capable de faire du tort que du bien à la philofophie;
j'ai vu avec douleur que ce n'était que du fatras, un
amas indigefte de vérités triviales et de fauffetés
reconnues. Une vérité affez triviale, c'eft la juftice
que l'auteur vous rend; mais il n'y a plus de mérite
à cela. On trouve d'ailleurs dans cette compilation
irrégulière beaucoup de petits diamans brillans femés
çà et là. Ils m'ont fait grand plaifir, et m'ont confolé
des défauts de tout l'enfemble.

Je ne fais fi je me trompe fur le roi de Pologne,
mais je trouve qu'il a bien fait de fe confier à votre
Majefté. Il a bien juftifié l'ancien proverbe des Grecs,
la moitié vaut mieux que le tout: il lui en reftera toujours
affez pour être heureux. Où en ferions-nous s'il n'y
avait de félicité dans ce monde que pour ceux qui
pofsèdent trois cents lieues de pays en long et en
large? *Mouftapha* en a trop; je voudrais toujours
qu'on le débarrafsât de la fatigue de gouverner une
partie de l'Europe. On a beau dire qu'il faut que
la religion mahométane contrebalance la religion
grecque, et que la religion grecque foit un contre-poids
à la religion papifte, je voudrais que vous ferviffiez
vous-même de contre-poids. Je fuis toujours affligé
de voir un bacha fouler aux pieds la cendre de
Thémiftocle et d'*Alcibiade*. Cela me fait autant de peine

Corréfp. du roi de P... &c.   **Tome III.**   G

—— que de voir des cardinaux careſſer leurs mignons ſur
1773. le tombeau de *Marc-Aurèle.*

    Sérieuſement, je ne conçois pas comment l'impé-
ratrice-reine n'a pas vendu ſa vaiſſelle, et donné ſon
dernier écu à ſon fils l'empereur, votre ami (s'il y a
des amis parmi vous autres), pour qu'il aille, à la
tête d'une armée, attendre *Catherine II* à Andrinople.
Cette entrepriſe me paraiſſait ſi naturelle, ſi aiſée, ſi
convenable, ſi belle, que je ne vois pas même pourquoi elle n'a pas été exécutée ; bien entendu qu'il y
aurait eu pour votre Majeſté un gros pot de vin
dans ce marché. Chacun a ſa chimère ; voilà la
mienne :

      Après quoi je rentre en moi-même,
      Et ſuis Gros-Jean comme devant.

    Gros-Jean, dans ſa retraite, plantant, défrichant,
bâtiſſant, établiſſant une petite colonie, travaillant,
ruminant, doutant, radotant, ſouffrant, mourant,
vous regrettant très-ſincèrement, ſe met à vos pieds
en vous admirant.

LETTRE XLII.

DE M. DE VOLTAIRE.

A Ferney, 22 feptembre.

SIRE,

IL faut que je vous dife que j'ai bien fenti ces jours-ci, malgré tous mes caprices paffés, combien 1773. je fuis attaché à votre Majefté et à votre maifon. Madame la ducheffe de *Virtemberg*, ayant eu comme tant d'autres la faibleffe de croire que la fanté fe trouve à Laufane, et que le médecin *Tiffot* la donne à qui la paye, a fait, comme vous favez, le voyage de Laufane; et moi, qui fuis plus véritablement malade qu'elle et que toutes les princeffes qui ont pris *Tiffot* pour *Efculape*, je n'ai pas eu la force de fortir de chez moi. Madame de *Virtemberg*, inftruite de tous les fentimens que je conferve pour la mémoire de madame la margrave de *Bareith* fa mère, a daigné venir dans mon hermitage et y paffer deux jours. Je l'aurais reconnue quand même je n'aurais pas été averti; elle a le tour du vifage de fa mère avec vos yeux. Vous autres héros qui gouvernez le monde, vous ne vous laiffez pas fubjuguer par l'attendriffement, vous l'éprouvez tout comme nous; mais vous gardez votre décorum.

Pour nous autres chétifs mortels, nous cédons à toutes les impreffions; je me mis à pleurer en lui parlant de vous et de madame la princeffe fa mère:

et quoiqu'elle foit la nièce du premier capitaine de l'Europe, elle ne put retenir fes larmes. Il me paraît qu'elle a l'efprit et les grâces de votre maifon, et que furtout elle vous eft plus attachée qu'à fon mari. Elle s'en retourne, je crois, à Bareith, où elle trouvera une autre princeffe d'un genre différent, c'eft mademoifelle *Clairon*, qui cultive l'hiftoire naturelle, et qui eft la philofophe de M. le Margrave.

Pour vous, Sire, je ne fais où vous êtes actuellement; les gazettes vous font toujours courir. J'ignore fi vous donnez des bénédictions dans un des évêchés de vos nouveaux Etats, ou dans votre abbaye d'Oliva: ce que je fouhaite paffionnément, c'eft que les diffidens fe multiplient fous vos étendards. On dit que plufieurs jéfuites fe font faits fociniens ; Dieu leur en faffe la grâce ! il ferait plaifant qu'ils bâtiffent une églife à St *Servet ;* il ne nous manque plus que cette révolution.

Je renonce à mes belles efpérances de voir les Mahométans chaffés de l'Europe, et l'éloquence, la poëfie, la mufique, la peinture, la fculpture, renaiffantes dans Athènes ; ni vous, ni l'empereur, ne voulez courir au Bofphore ; vous laiffez battre les Ruffes à Siliftrie, et mon impératrice s'affermir pour quelque temps dans le pays de *Thoas* et d'*Iphigénie.* Enfin vous ne voulez point faire de croifade. Je vous crois très-fupérieur à *Godefroi de Bouillon :* vous auriez eu par-deffus lui le plaifir de vous moquer des Turcs en jolis vers tout auffi-bien que des confédérés polonais ; mais je vois bien que vous ne vous fouciez d'aucune Jérufalem, ni de la terreftre, ni de la célefte : c'eft bien dommage.

Le vieux malade de Ferney eſt toujours aux pieds de votre Majeſté ; il eſt bien fâché de ne plus s'entretenir de vous avec madame la ducheſſe de *Virtemberg* qui vous adore.

Le vieux malade.

L E T T R E   X L I I I.

D U   R O I.

A Potſdam , le 9 d'octobre.

JE m'aperçois avec regret qu'il y a près de vingt ans que vous êtes parti d'ici : votre mémoire me rappelle à votre imagination tel que j'étais alors ; cependant ſi vous me voyiez , au lieu de trouver un jeune homme qui a l'air à la danſe , vous ne trouveriez qu'un vieillard caduc et décrépit. Je perds chaque jour une partie de mon exiſtence , et je m'achemine imperceptiblement vers cette demeure dont perſonne encore n'a rapporté de nouvelles.

Les obſervateurs ont cru s'apercevoir que le grand nombre de vieux militaires finiſſent par radoter , et que les gens de lettres ſe conſervent mieux. Le grand *Condé* , *Marlborough* , le prince *Eugène* , ont vu dépérir en eux la partie penſante avant leur corps. Je pourrai bien avoir un même deſtin , ſans avoir poſſédé leurs talens. On ſait qu'*Homère* , *Atticus* , *Varron* , *Fontenelle* , et tant d'autres , ont atteint un grand âge ſans éprouver les mêmes infirmités. Je

G 3

fouhaite que vous les furpaffiez tous par la longueur de votre vie et par les travaux de l'efprit.

Sans m'embarraffer du fort qui m'attend, de quelques années de plus ou de moins d'exiftence, qui difparaiffent devant l'éternité, on va inaugurer l'églife catholique de Berlin. Ce fera l'évêque de Warmie qui la confacrera. Cette cérémonie, étrangère pour nous, attire un grand concours de curieux. C'eft dans le diocèfe de cet évêque que fe trouve le tombeau de *Copernic*, auquel, comme de raifon, j'érigerai un maufolée. Parmi une foule d'erreurs qu'on répandait de fon temps, il s'eft trouvé le feul qui enfeignât quelques vérités utiles. Il fut heureux : il ne fut point perfécuté.

Le jeune d'*Etallonde*, lieutenant à Véfel, l'a été : il mérite qu'on penfe à lui. Muni de votre protection et du bon témoignage que lui rendent fes fupérieurs, il ne manquera pas de faire fon chemin.

J'en reviens à ce roi de Pologne dont vous me parlez. Je fais que l'Europe croit affez généralement que le partage qu'on a fait de la Pologne eft une fuite des manigances politiques qu'on m'attribue ; cependant rien n'eft plus faux. Après avoir propofé vainement des tempéramens différens, il fallut recourir à ce partage, comme à l'unique moyen d'éviter une guerre générale. Les apparences font trompeufes ; et le public ne juge que par elles. Ce que je vous dis eft auffi vrai que la 48me propofition d'*Euclide*.

Vous vous étonnez que l'empereur et moi ne nous mêlions pas des troubles de l'Orient : c'eft au prince *Kaunitz* de vous répondre pour l'empereur ; il vous révélera les fecrets de fa politique. Pour moi, je concours depuis long-temps aux opérations des Ruffes par les fubfides que je leur paye, et vous devez favoir qu'un allié ne fournit pas des troupes et de l'argent en même temps. Je ne fuis qu'indirectement engagé dans ces troubles par mon union avec l'impératrice de Ruffie. Quant à mon perfonnel, je renonce à la guerre, de crainte d'encourir l'excommunication des philofophes,

J'ai lu l'article *Guerre*, (Queftions encyclopédiques) et j'ai frémi. Comment un prince, dont les troupes font habillées d'un gros drap bleu, et les chapeaux bordés d'un fil blanc, après les avoir fait tourner à droite et à gauche, peut-il les faire marcher à la gloire fans mériter le titre honorable de chef de brigands, puifqu'il n'eft fuivi que d'un tas de fainéans que la néceffité oblige à devenir des bourreaux mercenaires pour faire fous lui l'honnête métier de voleurs de grand chemin ? Avez-vous oublié que la guerre eft un fléau qui, les raffemblant tous, leur ajoute encore tous les crimes poffibles ? Vous voyez bien qu'après avoir lu ces fages maximes, un homme, pour peu qu'il ait fa réputation à cœur, doit éviter les épithètes qu'on ne donne qu'aux plus vils fcélérats.

Vous faurez d'ailleurs que l'éloignement de mes frontières de celles des Turcs a, jufqu'à préfent, empêché qu'il n'y ait eu de difcorde entre les deux Etats, et qu'il faut qu'un fouverain foit condamnable (à mort s'il était particulier) pour qu'en confcience un autre fouverain ait le droit de le détrôner. Lifez *Puffendorf* et *Grotius*, vous y ferez de belles découvertes.

Il y a cependant des guerres juftes, quoique vous n'en admettiez point ; celles qu'exige fa propre défenfe

—— font inconteſtablement de ce genre. J'avoue que la
domination des Turcs eſt dure, et même barbare :
je confeſſe que la Gréce furtout eſt de tous les pays
de cette domination le plus à plaindre ; mais fouvenez-vous de l'injuſte fentence de l'aréopage contre
Socrate, rappelez-vous la barbarie dont les Athéniens
usèrent envers leurs amiraux, qui, ayant gagné une
bataille navale, ne purent dans une tempête enterrer
leurs morts.

Vous dites vous-même que c'eſt peut-être en punition de ces crimes qu'ils ſont aſſujettis et avilis par
des barbares. Eſt-ce à moi de les en délivrer ? Sais-je
ſi le terme poſé à leur pénitence eſt fini, ou combien
elle doit durer ? Moi qui ne ſuis que cendre et pouſ-
ſière, dois-je m'oppoſer aux arrêts de là Providence ?

Que de raiſons pour maintenir la paix dont nous
jouiſſons ! il faudrait être infenſé pour en troubler
la durée. Vous me croyez épuiſé par ce que je vous ai
dit ci-deſſus : ne le penſez pas. Une raiſon auſſi
valable que celle que je viens d'alléguer, eſt qu'on
eſt perſuadé en Ruſſie qu'il eſt contre la dignité de
cet empire de faire uſage des ſecours étrangers,
lorſque les forces des Ruſſes ſont ſeules ſuffiſantes
pour terminer heureuſement cette guerre.

Un léger échec qu'a reçu l'armée de *Romanzow*,
ne peut entrer en aucune comparaiſon avec une
ſuite de ſuccès non interrompus qui ont ſignalé toutes
les campagnes des Ruſſes. Tant que cette armée ſe
tiendra ſur la rive gauche du Danube, elle n'a rien
à craindre. La difficulté conſiſte à paſſer ce fleuve
avec ſureté. Elle trouve à l'autre bord un terrain
exceſſivement coupé, une difficulté infinie de ſubſiſter :

ce n'eſt qu'un déſert et des montagnes hériſſées
de bois qui mènent vers Andrinople. La difficulté
d'amaſſer des magaſins, de les conduire avec ſoi,
rend cette entrepriſe haſardeuſe. Mais comme juſqu'à
préſent rien n'a été difficile à l'impératrice, il faut
eſpérer que ſes généraux mettront heureuſement fin
à une auſſi pénible expédition.

Voilà des raiſonnemens militaires qui m'échap-
pent ; j'en demande pardon à la philoſophie. Je ne
ſuis qu'un demi-quaker juſqu'à préſent ; quand je le
ferai comme *Guillaume Penn*, je déclamerai comme
d'autres contre ces aſſaſſins privilégiés qui ravagent
l'univers.

En attendant donnez-moi mon abſolution d'avoir
oſé nommer le nom de *projet de campagne* en vous
écrivant. C'eſt dans l'eſpoir de recevoir votre indulgence plénière , que le philoſophe de Sans-ſouci
vous aſſure qu'il ne ceſſe de faire des vœux pour le
patriarche de Ferney. *Vale.*

FÉDÉRIC.

LETTRE XLIV.

DU ROI.

A Potſdam , le 24 d'octobre.

1773.

Sʼɪʟ m'eſt interdit de vous revoir à tout jamais, je n'en ſuis pas moins aiſe que la ducheſſe de *Virtemberg* vous ait vu. Cette façon de converſer par procuration ne vaut pas lè *facie ad faciem*. Des relations et des lettres ne tiennent pas lieu de *Voltaire*, quand on l'a poſſédé en perſonne.

J'applaudis aux larmes vertueuſes que vous avez répandues au ſouvenir de ma défunte ſœur. J'aurais ſurement mêlé les miennes aux vôtres ſi j'avais été préſent à cette ſcène touchante. Soit faibleſſe, ſoit adulation outrée, j'ai exécuté pour cette ſœur ce que *Cicéron* projetait pour ſa *Tullie*. Je lui ai érigé un temple dédié à l'amitié ; ſa ſtatue ſe trouve au fond, et chaque colonne eſt chargée d'un maſcaron contenant le buſte des héros de l'amitié. Je vous en envoie le deſſin. Ce temple eſt placé dans un des boſquets de mon jardin. J'y vais ſouvent me rappeler mes pertes , et le bonheur dont je jouiſſais autrefois.

Il y a plus d'un mois que je ſuis de retour de mes voyages. J'ai été en Pruſſe abolir le ſervage, réformer des lois barbares, en promulguer de plus raiſonnables , ouvrir un canal qui joint la Viſtule, la Sretz, la Varte, l'Oder et l'Elbe, rebâtir des villes détruites depuis la peſte de 1709, défricher vingt milles

dé marais , et établir quelque police dans un pays
où ce nom même était inconnu. De là j'ai été en
Siléfie confoler mes pauvres ignatiens des rigueurs
de la cour de Rome , corroborer leur ordre , en
former un corps de diverfes provinces où je les
conferve, et les rendre utiles à la patrie en dirigeant
leurs écoles pour l'inftruction de la jeuneffe , à laquelle
ils fe voueront entièrement. De plus , j'ai arrangé la
bâtiffe de foixante villages dans la haute Siléfie , où
il reftait des terres incultes : chaque village a vingt
familles. J'ai fait faire des grands chemins dans les
montagnes pour la facilité du commerce , et rebâtir
deux villes brûlées : elles étaient de bois ; elles feront
de briques , et même de pierres de taille , tirées des
montagnes.

Je ne vous parle point des troupes : cette matière
eft trop prohibée à Ferney pour que je la touche.

Vous fentirez qu'en fefant tout cela , je n'ai pas
été les bras croifés.

A propos de croifés, ni l'empereur ni moi ne nous
croiferons contre le Croiffant; il n'y a plus de reliques
à remporter de Jérufalem. Nous efpérons que la
paix fe fera , peut-être cet hiver ; et d'ailleurs nous
aimons le proverbe qui dit : Il faut vivre, et laiffer
vivre. A peine y a-t-il dix ans que la paix dure ; il
faut la conferver autant qu'on le pourra fans rifque,
et ni plus ni moins fe mettre en état de n'être pas
pris au dépourvu par quelque chef de brigands , conducteur d'affaffins à gage.

Ce fyftême n'eft ni celui de *Richelieu*, ni celui de
Mazarin; mais il eft celui du bien des peuples , objet
principal des magiftrats qui les gouvernent.

Je vous fouhaite cette paix accompagnée de toutes les profpérités poffibles, et j'efpère que le patriarche de Ferney n'oubliera pas le philofophe de Sans-fouci, qui admire et admirera fon génie jufqu'à extinction de chaleur humaine. *Vale.*

FÉDÉRIC.

LETTRE XLV.

DE M. DE VOLTAIRE.

A Ferney, 28 octobre.

Monsieur Guibert, votre écolier
Dans le grand art de la tactique,
A vu ce bel efprit guerrier
Que tout prince aujourd'hui fe pique
D'imiter, fans lui reffembler ;
Et que tout héros, germanique,
Efpagnol, gaulois, britannique,
Vainement voudrait égaler.
Monfieur Guibert eft véridique ;
Il dit qu'il a lu dans vos yeux
Toute votre hiftoire héroïque,
Quoique votre bouche s'applique
A la cacher aux curieux.
Vous vous obftinez à vous taire
Sur tant de travaux glorieux ;
Et l'Europe fait beaucoup mieux,
Car elle fait tout le contraire.

Ce M. *Guibert*, Sire, fait comme l'Europe ; il parle de votre Majefté avec enthoufiafme. Il dit

qu'il vous a trouvé en état de faire vingt campagnes;
Dieu nous en préferve ! mais accordez - vous donc
avec lui ; car il dit que vous avez un corps digne
de votre ame, et vous prétendez que non : il eſt
vrai qu'il vous a contemplé principalement des jours
de revue ; et ces jours-là , vous pourriez bien vous
rengorger et vous requinquer , comme une belle à
ſon miròir.

Je ne vous propoſais pas, Sire, vingt campagnes,
je n'en propoſais qu'une ou deux ; et encore c'était
contre les ennemis de *Jéſus - Chriſt* et de tous les
beaux arts. Je diſais : Il protége les jéſuites, il protégera bien la vierge *Marie* contre *Mahomet*, et la
bonne vierge lui donnera ſans doute deux ou trois
belles provinces à ſon choix, pour récompenſe d'une
ſi ſainte action.

Je viens de relire l'article *Guerre*, dont votre
Majeſté pacifique a la bonté de me parler : il eſt
vraiment un peu inſolent par excès d'humanité ;
mais je vous prie de conſidérer que toutes ces injures
ne peuvent tomber que ſur les Turcs, qui ſont venus
du bord oriental de la mer Caſpienne juſqu'auprès
de Naples, et qui, chemin feſant, ſe ſont emparés
des lieux ſaints, et même du tombeau de *Jéſus-Chriſt*
qui ne fut jamais enterré. En un mot, je reſſemblais
comme deux gouttes d'eau à ce fou de *Pierre*
l'hermite, qui prêchait la croiſade. L'empereur des
Romains, que vous aimez, et qui ſe regarde comme
votre diſciple, ne pouvait ſe plaindre de moi ; je
lui donnais d'un trait de plume un très-beau
royaume. On aurait pu, avant qu'il fût dix ans,
jouer un opéra grec à Conſtantinople. DIEU n'a

pas béni mes intentions, toutes chrétiennes qu'elles étaient ; du moins les philofophes vous béniront d'ériger un maufolée à *Copernic*, dans le temps que votre ami *Mouftapha* fait enfeigner la philofophie d'*Arifote* à Stamboul. Vous ne voulez point rebâtir Athènes, mais vous élevez un monument à la raifon et au génie.

Quand je vous fuppliais d'être le reftaurateur des beaux arts de la Gréce, ma prière n'allait pas jufqu'à vous conjurer de rétablir la démocratie athénienne ; je n'aime point le gouvernement de la canaille. Vous auriez donné le gouvernement de la Gréce à M. de *Lentulus*, ou à quelque autre général qui aurait empêché les nouveaux grecs de faire autant de fottifes que leurs ancêtres. Mais enfin, j'abandonne tous mes projets. Vous préférez le port de Dantzick à celui du Pirée : je crois qu'au fond votre Majefté a raifon, et que, dans l'état où eft l'Europe, ce port de Dantzick eft bien plus important que l'autre.

Je ne fais plus quel royaume je donnerai à l'impératrice *Catherine II*, et franchement je crois que dans tout cela vous en favez plus que moi, et qu'il faut s'en rapporter à vous. Quelque chofe qui arrive, vous aurez toujours une gloire immortelle. Puiffe votre vie en approcher !

LETTRE XLVI.

DE M. DE VOLTAIRE.

A Ferney, le 8 novembre.

SIRE,

LA lettre dont votre Majefté m'a honoré le 24 octobre, eft depuis vingt ans celle qui m'a le plus 1773. confolé ; votre temple aux manes de votre fœur, *Willeminæ facrum*, eft digne de la plus belle antiquité, et de vous feul dans le temps préfent ; madame la ducheffe de *Virtemberg* verfera bien des larmes de tendreffe, en voyant le deffin de ce beau monument.

Le canal, les villes rebâties, les marais deffechés, les villages établis, la fervitude abolie, font de *Marc-Aurèle*, ou de *Julien*. Je dis de *Julien*, car je le regarde comme le plus grand des empereurs, et je fuis toujours indigné contre *la Bletterie*, qui ne l'a juftifié qu'à demi, et qui a paffé pour impartial, parce qu'il ne lui prodigue pas autant d'injures et de calomnies que *Grégoire* de Nazianze et *Théodoret*.

Je vous bénis dans mon village de ce que vous en avez tant bâti : je vous bénis au bord de mon marais de ce que vous en avez tant deffeché : je vous bénis avec mes laboureurs de ce que vous en avez tant délivré d'efclavage et que vous les avez changés en hommes. *Gengis-kan* et *Tamerlan* ont gagné des batailles comme vous, ils ont conquis plus de pays que vous ; mais ils dévaftaient, et vous améliorez.

Je ne fais s'ils auraient recueilli les jéfuites; mais je suis sûr que vous les rendrez utiles, fans fouffrir qu'ils puiffent jamais être dangereux. On dit qu'*Antoine* fit le voyage de Brindes à Rome dans un char traîné par des lions; vous attelez des renards au vôtre, mais vous leur mettez un frein dans la gueule, et, quand il le faudra, vous leur mettrez le feu au derrière, comme *Samfon*, après les avoir attachés par la queue. Tout ce qui me fâche, c'eft que vous n'établiffiez pas une églife de fociniens comme vous en établiffez plufieurs de jéfuites; il y a pourtant encore des fociniens en Pologne. L'Angleterre en regorge, nous en avons en Suiffe; certainement *Julien* les aurait favorifés; ils haïffent ce qu'il haïffait, ils méprifent ce qu'il méprifait, et ils font honnêtes gens comme lui. De plus, ayant été tant perfécutés par les Polonais, ils ont quelque droit à votre protection.

Après tout le mal que j'ai ofé dire des Turcs à votre Majefté, je ne vous propofe pas une mofquée; cependant *Barberouffe* en eut une à Marfeille; mais vous n'êtes pas fait pour nous imiter : tout ce que je fais, c'eft que votre nom fera bien grand de Dantzick jufqu'en Turquie, et de l'abbaye d'Oliva à Sainte-Sophie. Nous donnons nous autres beaucoup d'opéra comiques.

Que votre Majefté daigne conferver fes bontés au vieux malade *Libanius*.

LETTRE

LETTRE XLVII.

DU ROI.

Le 26 de novembre.

Faut-il écrire en mauvais vers
Au dieu qui préfide au Parnaffe ?
C'eft aux orgueilleux non experts
A s'armer d'une telle audace.
Moi, né fous un ciel de frimats,
Loin des bords fleuris de la Seine,
Vieux, caffé, fans feu, fans haleine,
Si je tentais dans mes ébats
De rimer encor pour Voltaire,
Je mériterais pour falaire
Le traitement de Marfyas.

1773.

M. *Guibert* m'a vu avec des yeux jeunes qui m'ont rajeuni. Mes cheveux blanchiffent, ma force fe diffipe et ma chaleur s'éteint. Il n'eft donné qu'à *Voltaire* de rajeunir. Les protégés d'*Apollon* font plus favorifés que ceux de *Mars*. Au lieu de vingt campagnes que M. *Guibert* me donne libéralement, il ne m'en refte qu'une à faire : c'eft celle du dernier décampement.

Dans cette fituation, on ne penfe pas à chercher des combats dans la Thrace et en Scythie. Soyez sûr que l'impératrice de Ruffie, jaloufe de la gloire de fa nation, faura bien faire la paix fans fecours

——— étrangers. Vous qui êtes, je crois, immortel, vous voudriez être fpectateur d'une de ces grandes révolutions qui changent la face de l'Europe; prenez-vous en à la modération de l'impératrice de Ruffie, fi cette révolution n'arrive pas. Cette princeffe ne penfe pas comme *Charles XII*, qu'il n'y a de paix avec fes ennemis qu'en les détrônant dans leur capitale. Les Grecs, pour lefquels vous vous intéreffez fi vivement, font, dit-on, fi avilis, qu'ils ne méritent pas d'être libres.

Mais, dites-moi, comment pouvez-vous exciter l'Europe aux combats, après le fouverain mépris que vous et les encyclopédiftes avez affiché contre les guerriers? Qui fera affez ofé pour encourir l'excommunication majeure du patriarche de Ferney et de toute la féquelle encyclopédique? Qui voudra gagner le beau titre de conducteur de brigands, et de brigand lui-même? Croyez qu'on laiffera la Gréce efclave, et qu'aucun prince ne commencera la guerre avant d'en avoir obtenu indulgence plénière des philofophes.

Déformais, ces meffieurs vont gouverner l'Europe comme les papes l'affujettiffaient autrefois. Je crois même que M. *Guibert* aura fait abjuration de fon art meurtrier entre vos mains, et qu'il fe fera capucin ou philofophe pour trouver en vous un puiffant protecteur. Il faut que les philofophes aient des miffionnaires pour augmenter le nombre de pareilles converfions; par ce moyen ils déchargeront imperceptiblement les Etats de ces groffes armées qui les abyment, et fucceffivement il ne reftera plus perfonne pour fe battre. Tous les fouverains et les peuples n'auront plus ces malheureufes paffions, dont les fuites font fi funeftes, et tout le monde aura la raifon auffi parfaite qu'une démonſtration géométrique.

Je regrette bien que mon âge me prive d'un auffi beau ſpectacle dont je ne jouirai pas même de l'aurore ; et l'on plaindra mes contemporains d'être nés dans un fiècle de ténèbres , fur la fin duquel a commencé le crépufcule du jour de la raifon perfectionnée.

Tout dépend pour l'homme, du temps où il vient au monde. Quoique je fois venu trop tôt , je ne le regrette pas : *j'ai vu Voltaire ;* et fi je ne le vois plus, je le lis, et il m'écrit.

Continuez long-temps de même, et jouiffez en paix de toute la gloire qui vous eſt due, et de tous les biens que vous fouhaite le philofophe de Sansfouci.

F É D É R I C.

L E T T R E X L V I I I.

D E M. D E V O L T A I R E.

A Ferney , 8 décembre.

SIRE,

UNE belle dame de Paris (dont vous ne vous fouciez guère) prétend que vous ferez fâché contre moi de ce que je donne votre Majeſté au diable ; et moi je lui foutiens que vous me le pardonnerez, et que *Belzébuth* même en fera fort content ; attendu qu'il n'y a jamais eu perfonne plus diable que vous à la tête d'une armée, foit pour arranger un plan

—— de campagne, ſoit pour l'exécuter, ſoit pour réparer
1773. un accident.

Je n'aime point du tout, il eſt vrai, votre métier
de héros, mais je le révère; ce n'eſt point à moi de
juger de la tactique de M. *Guibert*. Je ne m'entends
point à ces belles choſes; je ſais ſeulement qu'il vous
regarde avec raiſon comme le premier tacticien, et
moi j'ajoute, comme le premier politique; car vous
venez d'acquérir un beau royaume, ſans avoir tué
perſonne, et non-ſeulement vous voilà pourvu
d'évêchés et d'abbayes, non-ſeulement vous voilà
général des jéſuites après avoir été général d'armée,
mais vous faites des canaux comme à la Chine, et
vous enrichiſſez le royaume que vous vous êtes
donné par un trait de plume. Que vous reſte-t-il à
faire? rien autre choſe que de vivre long-temps
pour jouir.

Comme votre Majeſté recevra probablement mon
petit paquet aux bonnes fêtes de Noël, et que le
Dieu de paix va naître avant qu'il ſoit trois ſemaines,
je me recommande à lui, afin qu'il obtienne ma
grâce de vous, et que vous me pardonniez toutes
les pouilles que j'ai dites à votre Majeſté, et la haine
cordiale que j'ai pour votre métier de *Céſar*. Ce
Céſar, comme vous ſavez, pardonnait à ſes ennemis,
quand il les avait vaincus; et vous aurez pour moi
la même clémence, après vous être bien moqué de moi.

Le vieux malade de Ferney, qui s'égaie quelquefois dans les intervalles de ſes ſouffrances, ſe met
à vos pieds avec cinq ou ſix ſortes de vénérations
pour vos cinq ou ſix ſortes de grands talens, et pour
votre perſonne qui les réunit.

LETTRE XLIX.

DU ROI.

Le 10 de décembre.

Il était bien juste qu'un pays qui avait produit un *Copernic*, ne croupît pas plus long-temps dans la barbarie, en tout genre, où la tyrannie des puissans l'avait plongé. Cette tyrannie allait si loin, que les grands, pour mieux exercer leurs caprices, avaient détruit toutes les écoles, croyant les ignorans plus faciles à opprimer qu'un peuple instruit.

On ne peut comparer les provinces polonaises à aucun Etat de l'Europe ; elles ne peuvent entrer en parallèle qu'avec le Canada. Il faudra par conséquent de l'ouvrage et du temps pour leur faire regagner ce que leur mauvaise administration a négligé pendant tant de siècles.

Vos vœux ont été exaucés : les Turcs ont été battus par les Russes, Silistria prise, et le vizir fugitif du côté d'Andrinople. *Moustapha* apprendra à trembler dans son sérail, et peut-être que ses malheurs le rendront plus souple à signer une paix que les conjonctures rendent nécessaire. Si les armes victorieuses des Russes pénètrent jusqu'à Stamboul, je prierai l'impératrice de vous envoyer la plus jolie circassienne du sérail, escortée par un eunuque noir, qui la conduira droit au sérail de Ferney. Sur ce beau corps vous pourrez faire quelque expérience

1773.

H 3

—— de phyſique , en animant par le feu de *Prométhée* quelque embryon qui héritera de votre beau génie.

Madame la landgrave de *Darmſtadt* eſt de retour de Pétersbourg. Elle ne tarit point ſur les éloges de l'impératrice et des choſes utiles qu'elle a exécutées, et des grands projets qu'elle médite encore. *Diderot* et *Grimm* y paſſeront l'hiver. Cette cour réunit le faſte, la magnificence et la politeſſe ; et l'impératrice ſur-paſſe tout le reſte par l'accueil gracieux qu'elle fait aux étrangers.

Après vous avoir parlé de cette cour, comment vous entretenir des jéſuites ? Ce n'eſt qu'en faveur de l'inſtruc-tion de la jeuneſſe que je les ai conſervés. Le pape leur a coupé la queue ; ils ne peuvent plus ſervir, comme les renards de *Samſon*, pour embraſer les moiſſons des Philiſtins. D'ailleurs, la Siléſie n'a produit ni de père *Guignard*, ni de *Malagrida*. Nos allemands n'ont pas les paſſions auſſi vives que les peuples méridionaux.

Si toutes ces raiſons ne vous touchent point, j'en alléguerai une plus forte : j'ai promis par la paix de Dreſde que la religion demeurerait *in ſtatu quo* dans mes provinces. Or j'ai eu des jéſuites, donc il faut les conſerver. Les princes catholiques ont tout à propos un pape à leur diſpoſition qui les abſout de leurs ſermens par la plénitude de ſa puiſſance: pour moi, perſonne ne peut m'abſoudre, je ſuis obligé de garder ma parole, et le pape ſe croirait pollué s'il me béniſſait ; il ſe ferait couper les doigts avec leſquels il aurait donné l'abſolution à un maudit hérétique de ma trempe.

Si vous ne me reprochez point mes jéſuites, je ne vous dirai pas le mot de vos picpuces, Nous ſommes

à deux de jeu. Mes jésuites ont produit de grands
hommes, en dernier lieu encore le père *Tournemine*, 1773.
votre recteur : les capucins se targuent de St *Cucufin*,
dont ils peuvent s'applaudir à leur aise. Mais vous
protégez ces gens, et vous seul valez tout ce qu'*Ignace*
a produit de meilleur ; aussi j'admire et je me tais,
en assurant le patriarche de Ferney que le philosophe
de Sans-souci l'admirera jusqu'à la fin de l'existence
dudit philosophe. *Vale.*

FÉDÉRIC.

LETTRE L.

DE M. DE VOLTAIRE.

Décembre.

S I R E ,

ME voilà bien loin de mon compte : tous les
gens de lettres m'avaient fait compliment sur la
manière assez neuve dont j'avais fait l'éloge des héros
en les donnant au diable (1) ; on trouvait que ce
tour n'était pas sans quelque finesse. *Rousseau* avait dit :

> Mais à la place de Socrate,
> Le fameux vainqueur de l'Euphrate
> Sera le dernier des mortels.

(1) L'épître intitulée *la Tactique* avait déplu au roi de Prusse, et l'on
aperçoit quelques traces d'humeur dans plusieurs de ses lettres ; il en
manque une, où il avait apparemment marqué cette humeur avec plus
de force.

H 4

Cette idée paraissait aussi fausse que grossière à tous les connaisseurs : en effet, il y a une extravagance plus que cynique à dire au capitaine général de la Gréce, au vainqueur du maître de l'Asie , au vengeur de l'assassinat de *Darius* , au héros qui bâtit plus de villes que *Gengis-kan* n'en détruisit , à celui qui changea la route du commerce du monde , *tu es le dernier des mortels.* Mais de plaindre les hommes qui souffrent du fléau de la guerre , et d'admirer en même temps les maîtres de ce grand art , cruel , mais nécessaire , et de louer les *Cyrus* , les *Alexandre* , les *Guftave* , &c. en feignant de se fâcher contre eux ; c'est ce qui a plu à tout le monde , excepté à la dame dont j'ai eu l'honneur de vous parler.

Si j'avais eu un congé à demander à *Alexandre* pour quelque officier grec condamné par l'aréopage , je l'aurais demandé en lui envoyant *la Tactique.*

L'ancien parlement de Paris était beaucoup plus injuste que l'aréopage , et vous valez bien cet *Alexandre* , à qui *Juvénal* et *Boileau* ont dit tant d'injures.

Je me mets à vos pieds , Sire , pour ce jeune *Morival.* Votre Majesté ajoutera cette belle action à tant d'autres. Rien n'est plus digne de vous que de le protéger ; le vieillard de Ferney vous aura la plus grande obligation , et il mourra content.

Agréez , Sire , ma respectueuse et vive reconnaissance.

LETTRE LI.

DE M. DE VOLTAIRE.

A Ferney, janvier.

SIRE,

Quoique je vous aye donné à tous les diables, ——
vous et *Cyrus*, et le grand *Guſtave*, &c. cependant 1774.
je propoſe à votre Majeſté quelque choſe de divin,
ou plutôt de très-humain et de très-digne d'elle.
Ce n'eſt point ici une plaiſanterie ; c'eſt une grâce
très-réelle que je vous conjure de m'accorder.

Ce jeune gentilhomme qui eſt, ſous le nom de
Morival, lieutenant au régiment d'Eichmann à Véſel,
ne peut hériter de ſon père et de ſa mère tant qu'il
ſera dans les liens de la procédure criminelle, et du
jugement abominable porté contre lui dans Abbeville,
lorſqu'il n'avait qu'environ ſeize ans ; il eſt fils d'un
préſident d'Abbeville, et ſon nom eſt d'*Etallonde*. On a
été très-content de lui à Véſel depuis qu'il eſt à votre
ſervice. Je ſais que c'eſt un des plus braves et des plus
ſages officiers que vous ayez. Toute ſon ambition eſt
de vivre et de mourir au ſervice de votre Majeſté ; il
n'aura jamais d'autre roi et d'autre maître. Mais il eſt
affreux qu'il reſte toujours condamné au même ſupplice dans lequel eſt mort le chevalier de *la Barre*,
qui avait fait un petit commentaire ſur votre art de
la guerre.

Ces aſſaſſinats juridiques déshonoreront à jamais
cet ancien parlement de Paris, l'ennemi de ſon roi,

de la raifon et de la juftice, qui, en étant caffé, n'a pas été affez puni.

Il s'agit d'obtenir, ou des lettres de grâce pour *Morival*, ou la caffation de l'arrêt qui l'a condamné. Je fupplie donc votre Majefté avec la plus vive inftance d'accorder à *Morival* un congé d'un an, pendant lequel il fera chez moi. Je vous répondrai de fa perfonne. Je l'aiderai à faire autant de recrues qu'il vous plaira : il n'y a point d'endroit au monde où l'on puiffe plus facilement lever des foldats que dans le petit canton que j'habite, qui eft précifément à une lieue de la Suiffe, de Genève, de la Savoie et de la Franche-Comté. Je me chargerai moi-même, malgré mon grand âge, de l'aider à vous fournir les plus beaux hommes, et à choifir les plus fages.

Je vous demande en grâce de lui envoyer fon congé d'un an; il partira fur le champ, et peut-être reviendra-t-il à Véfel au bout de trois mois.

S'il ne peut obtenir en France ce qu'il demande, il n'en aura pas moins d'obligations à votre Majefté, et vous aurez fait ce qu'auraient fait ces *Cyrus* et ces *Guftave*, dont j'ai dit tant de mal.

Je me mets à vos pieds avec les fentimens que j'ai toujours eus, et avec lefquels je mourrai.

LETTRE LII.

D U   R O I.

A Potſdam, le 16 de février.

Vous devez ſavoir que je ſuis teuton de naiſſance, ———
et que par conſéquent la langue françaiſe n'eſt pas 1774.
ma langue maternelle. Quelque peine que vous vous
ſoyez donnée de m'enſeigner les fineſſes de votre
langue, je n'en ai pu profiter autant que je l'aurais
voulu, ſoit par diſtraction des affaires, ſoit par une
vie active que les devoirs de mon emploi m'ont
obligé de mener. J'ai donc pu mal entendre votre
ouvrage ſur la tactique : et je n'ai jamais vu que les
termes de *haine* et de *donner à tous les diables* ſe
ſoient jamais trouvés dans aucun dictionnaire de
billets doux, à moins qu'ils ne fuſſent écrits par
Tiſiphone, *Mégère* ou *Alecton*. Mais à cela ne tienne;
vous avez le privilége de tout dire, et d'ennoblir même
par de beaux vers ce qu'on appelle vulgairement des
injures. Si *Rouſſeau* dit :

> Mais à la place de Socrate,
> Le fameux vainqueur de l'Euphrate
> Sera le dernier des mortels ;

il n'a pas tort dans un ſens, parce que *Socrate* était le
plus ſage et le plus modéré des mortels, et *Alexandre*
le plus diſſolu et le plus emporté des hommes, lui
qui dans ſes débauches avait tué *Clitus*, qui dans
d'autres mouvemens d'emportement avait fait mourir

—— le philosophe *Callisthène*, et par faiblesse pour les
1774. caprices d'une courtisane avait brûlé Persépolis.

Il est certain qu'un caractère aussi peu modéré ne
pouvait en aucune façon être comparé à *Socrate*.
Mais il est vrai aussi que si *Socrate* s'était trouvé à
la tête de l'expédition contre les Perses, il n'aurait
peut-être pas égalé l'activité ni les résolutions hardies
par lesquelles *Alexandre* dompta tant de nations.

J'aimerais autant déclamer contre la fièvre pour-
prée que contre la guerre. On empêchera aussi peu
l'une de faire ses ravages, que l'autre de troubler les
nations. Il y a eu des guerres depuis que le monde est
monde, et il y en aura long-temps après que vous
et moi aurons payé notre tribut à la nature.

Votre *Morival* a eu une permission pour un an pour
se rendre en Suisse. Je suis persuadé, comme je vous
l'ai déjà écrit, qu'on n'obtiendra rien en sa faveur.
Mais enfin il vous verra : il pourra apprendre l'exercice prussien à la garnison française que vous ferez
mettre à Versoy.

On dit que cette ville s'élève et fait des progrès
étonnans. Le public attribue à vous et à M. de *Choiseul*
sa nouvelle existence. Ce sera sans doute M. d'*Aiguillon*,
nouveau ministre de la guerre, qui mettra la dernière
main à cet ouvrage.

En attendant, j'ai toujours la goutte, et je n'écris
point contre elle. Et que vous m'aimiez, ou que vous
ne m'aimiez pas, je ne vous en souhaite pas moins
longue vie et prospérité.

FÉDÉRIC.

LETTRE LIII.

DE M. DE VOLTAIRE.

Mars.

SIRE,

Soyez bien sûr que je suis très-fâché que vous ayez la goutte ; ce n'est pas seulement parce que j'en ai eu une violente atteinte, et qu'on plaint les maux qu'on a sentis ; mais c'est parce que la santé de votre Majesté est un peu plus précieuse et plus nécessaire au monde que la mienne ; c'est parce que je m'intéresse à votre bien-être beaucoup plus que vous ne croyez. Je ne vous parlerai plus de toutes ces mauvaises plaisanteries sur l'art de tuer ; je ne songe qu'à votre conservation : vous ne pourrez jamais ajouter à votre gloire , mais ajoutez à votre vie.

Ne me faites point la grâce que j'implore de vous pour *Morival*, en me boudant et en vous moquant de moi. Le pauvre garçon ne demande qu'à passer ses jours et à mourir à votre service.

Il espère qu'il pourra obtenir de notre chancelier des lettres qui le réhabilitent , et qui le rendent capable d'hériter, et qui le mettront en état d'être plus utile à son régiment : ces lettres s'accordent aisément à ceux qui n'ont été condamnés que par contumace. Je puis assurer d'ailleurs votre Majesté

1774.

que l'on fe repent aujourd'hui du jugement porté contre le chevalier de *la Barre*. J'ai entre les mains une déclaration authentique d'un magiftrat d'Abbeville, qui fut la première caufe de cette horrible affaire. Voici fes propres mots : *Nous déclarons que non-feule-ment nous avons le jugement du chevalier de la Barre en horreur, mais frémiffons encore au nom du juge qui a inftruit cet exécrable procès ; en foi de quoi nous avons figné ce certificat, et y avons appofé le fceau de nos armes.* A Abbeville, 9 novembre 1773. Signé, *de Belleval.*

De plus, il eft de droit dans notre jurifprudence (fi nous en avons une) qu'un homme jugé pendant fon abfence, eft écouté quand il fe préfente ; et c'eft ainfi que j'ai eu le bonheur de faire réhabiliter la famille *Sirven ;* et c'eft dans la même efpérance que j'implore votre Majefté pour *Morival,* qui vous appar-tient. Si je ne pouvais obtenir en France la juftice que je demanderai, je vous renverrais *Morival* fur le champ ; et il fe confolera toujours par l'honneur de fervir un roi guerrier et philofophe, qui voit tout et qui fait tout par lui-même, et qui n'aurait pas fouffert cette détestable boucherie. Je remercie donc votre Majefté avec la plus grande fenfibilité ; et fi je ne réuffis pas dans mon œuvre charitable, je ne ferai pas moins reconnaiffant de votre extrême bonté.

Agréez, Sire, le profond refpect de ce vieux malade, qui eft à vous comme s'il fe portait bien.

P. S. Je retrouve dans ce moment une lettre de *Morival :* Je fouligne l'endroit où il m'explique fes vues fur fon fervice. Vous verrez, Sire, que vous n'accorderez pas votre protection à un fujet indigne.

J'oferais vous demander une autre grâce pour lui, en cas qu'il ne pût réuffir dans fon procès ; ce ferait de l'envoyer dans l'armée ruffe parmi les autres officiers de votre Majefté. Il ne verra rien de fi barbare parmi les Turcs que ce qui s'eft paffé dans Abbeville.

1774.

LETTRE LIV.

DU ROI.

A Potfdam, le 29 de mars.

VOTRE éloquence eft femblable à celle de ce fameux orateur des Romains, *Antoine*, qui favait fi bien plaider fes caufes, même injuftes, qu'il les gagnait toutes. Je me fens fort obligé de la haine que vous avez pour moi, et je vous prie de me la continuer comme la plus grande faveur que vous puiffiez me faire. Bientôt vous me perfuaderez qu'il fait nuit en plein jour.

Je fuppofe que *Morival* doit être à préfent à Ferney. Vous entendez mieux les lois françaifes que moi, et vous concilierez la préfence d'un exilé avec ces mêmes lois qui lui défendent l'entrée de toute province appartenante à cet empire. Vous lui ferez obtenir fa grâce, et une récompenfe de ce qu'il a eu affez d'efprit pour fe dérober au fupplice que ce malheureux *la Barre* a fouffert.

Je veux croire qu'il y a des gens fenfés, même dans Abbeville, qui condàmnent le jugement barbare de leurs juges. Mais que le fanatifme crie que la religion eft offenfée, vous verrez ces mêmes juges, emportés par la fougue, exercer les mêmes cruautés fur ceux qu'on leur dénoncera.

Vos juges français font comme les nôtres : lorfque ces derniers ont la fièvre chaude, malheur à la victime qui fe préfente tandis qu'ils ont le tranfport au cerveau.

Mais c'eft au protecteur des *Calas* et des *Sirven* à fecourir *Morival*, et à purger fa nation de la honte que lui impriment d'auffi atroces barbaries que celles d'Abbeville et de Touloufe.

En écrivant je reçois votre feconde lettre datée du 11. Elle me trouve fans goutte, et je ne vous fuis pas moins obligé du compliment que vous me faites au fujet de ma maladie. Cependant croyez que je fuis très-perfuadé que le monde eft très-bien allé avant mon exiftence, et qu'il ira de même quand je ferai confondu dans les élémens dont je fuis compofé. Qu'eft-ce qu'un homme, un individu, en comparaifon de la multitude des êtres qui peuplent ce globe ? On trouve des princes et des rois à foifon, mais rarement des *Virgiles* et des *Voltaires*.

Nous connaiffons ici *le Taureau blanc*, mais point le *Dialogue du prince Eugène et de Marlborough* dont vous me parlez. On dit que vous en avez fait un dont les interlocuteurs font *la Vierge* et *la Pompadour*. Je trouve la matière abondante, et je vous prie de me l'envoyer. Les ouvrages de votre jeuneffe me confolent de mon radotage.

Demeurez jeune long-temps, haïffez-moi encore long-temps, déchirez les pauvres militaires, décriez

ceux

ceux qui défendent leur patrie , et fachez que cela
ne m'empêchera pas de vous aimer. *Vale.*

FÉDÉRIC.

L E T T R E   L V,

D E   M.   D E   V O L T A I R E.

A Ferney, 26 avril.

SIRE,

PERMETTEZ-MOI de parler à votre Majefté de
votre jeune officier , à qui vous avez donné la permiffion de venir chez moi. Je croyais trouver un jeune
français qui aurait encore un petit refte de l'étourderie tant reprochée à notre nation. J'ai trouvé
l'homme le plus circonfpect et le plus fage, ayant
les mœurs les plus douces , et aimant paffionnément
la profeffion des armes, à laquelle il s'eft voué.

Je ne fais encore s'il réuffira dans ce qu'il entreprend ; mais il m'a dit vingt fois qu'il ne quitterait
jamais votre fervice, quand même il ferait en France
la fortune la plus brillante et la plus folide. Je n'étais
pas fuffifamment inftruit de fa famille et de fon
étonnante affaire ; c'eft un bon gentilhomme, fils du
premier magiftrat de la ville où il eft né. J'ai fait
venir les pièces de fon procès. Je ne fors point de
furprife , quand je vois quelle a été fa faute , et
quelle a été fa condamnation. Il n'eft chargé juri-
diquement que d'avoir paffé fort vîte , le chapeau

ſur la tête, à quarante pas d'une proceſſion de capucins, et d'avoir chanté avec quelques autres jeunes
gens une chanſon grivoiſe faite il y a plus de
cent ans.

Il eſt inconcevable que dans un pays qui ſe dit
policé, et qui prétend avoir quelques citoyens aimables, on ait condamné au ſupplice des parricides un
jeune homme ſortant de l'enfance, pour une choſe
qui n'eſt pas même une peccadille, et qui n'aurait
été punie ni à Madrid, ni à Rome, de huit jours de
priſon.

On ne parle encore de cette aventure dans l'Europe
qu'avec horreur, et j'en ſuis auſſi frappé que le premier jour. J'aurais conſeillé à M. de *Morival* votre officier de ne point s'avilir juſqu'à demander grâce à des
barbares en démence, ſi cette grâce n'était pas néceſſaire pour lui faire recueillir un héritage qu'il attend.

Quoi qu'il arrive, il reſtera chez moi juſqu'à ce que
ſon affaire ſoit finie ou manquée, et il profitera de
la permiſſion que votre Majeſté lui a donnée. Il
reviendra à ſon régiment le plutôt qu'il pourra, et le
jour que vous preſcrirez.

Je remercie votre Majeſté d'avoir daigné me l'envoyer. Je me ſuis attaché à lui de plus en plus, et ſa
paſſion de vous ſervir toujours eſt une des plus fortes
raiſons des ſentimens que j'ai pour lui. J'oſe vous
aſſurer que perſonne n'eſt plus digne de votre protection; la pitié que ſon horrible aventure vous
inſpire, fera la conſolation de ſa vie, ſi malheureuſement commencée, et qui finira heureuſement ſous
vos ordres. La mienne eſt accablée des plus grandes
infirmités; vos bontés en adouciſſent l'amertume,

et je la finirai avec des sentimens qui ont toujours
été invariables, avec le plus profond respect pour
votre Majesté, et, j'ose le dire, avec le plus tendre
attachement pour votre personne.

Le vieux malade de Ferney.

LETTRE LVI.

DU ROI.

À Potsdam, le 15 de mai.

Morival vous a les plus grandes obligations.
Sans le connaître, son innocence seule a plaidé pour
lui ; et rougissant de la barbarie des jugemens pro-
noncés dans votre patrie contre des légéretés qu'on
ne peut qualifier de crimes, vous embrassez géné-
reusement sa défense. C'est se déclarer le protecteur
des opprimés et le vengeur des injustices. Cependant,
avec toute votre bonne volonté, il sera difficile,
pour ne pas dire impossible, d'obtenir la grâce de
ce jeune homme. Quelques progrès que fasse la philosophie, la stupidité et le faux zèle se maintiennent
dans l'Eglise, et le nom de l'*inf* . . . est encore le mot
de ralliement de tous les pauvres d'esprit, et de ceux
que la fureur du salut de leurs concitoyens possède.
Dans un royaume très-chrétien, il faut que les sujets
soient très-chrétiens ; et on n'en souffrira jamais qui
manquent à saluer ou à s'agenouiller devant la pâte
que l'on adore comme un Dieu.

I 2

1774. Le feul moyen d'obtenir grâce pour *Morival* eft de lui perfuader d'aller faire amende honorable à la porte de quelque églife, la torche à la main, de fe faire feffer par des moines au pied du maître-autel, et au fortir de là de fe faire moine lui-même. Ni vous, ni lui, ne fléchirez autrement ce clergé qui fe dit le miniftre du *Dieu des vengeances*, ni les juges auxquels rien ne coûte tant que de fe rétracter.

Cependant l'entreprife vous fera honneur, et la poftérité dira qu'un philofophe retiré à Ferney, du fond de fa retraite, a fu élever fa voix contre l'iniquité de fon fiècle, qu'il a fait briller la vérité au pied du trône, et contraint les puiffans de la terre à réformer les abus. L'*Arétin* n'en a jamais fait autant. Continuez à protéger la veuve et l'orphelin, l'innocence opprimée, la nature humaine foulée fous les pieds impérieux de l'arrogance titrée ; et foyez perfuadé que perfonne ne vous fouhaite plus de profpérités que le philofophe de Sans-fouci. *Vale.*

FÉDÉRIC.

LETTRE LVII.

DU ROI.

A Potſdam, le 19 de juin.

Aucun cheval ne m'a jeté en bas : je ne ſuis point tombé. Je n'ai point eu l'aventure de votre Sᵗ *Paul*, qui était un déteſtable cavalier ; mais j'ai eu la fièvre avec un fort éréſipèle. Cependant je n'ai rien vu d'extraordinaire dans mes rêveries ; point de troiſième ciel. J'ai encore moins entendu de ces paroles ineffables que la langue des hommes ne ſaurait rendre. Mon aventure toute commune s'eſt réduite à un éréſipèle , comme tout le monde peut l'avoir.

Le gazetier de Leyde , qui ne m'honore pas de ſa faveur , a brodé ce conte à plaiſir. Il a l'imagination poëtique ; il ne tiendrait qu'à lui de faire un poëme épique.

Pour le bon *Louis XV* , il eſt allé en poſte chez le père éternel. J'en ai été fâché : c'était un honnête homme , qui n'avait d'autre défaut que celui d'être roi. Son ſucceſſeur débute avec beaucoup de ſageſſe , et fait eſpérer aux Velches un gouvernement heureux. Je voudrais qu'il eût traité la *Dubarri* plus doucement , par reſpect pour ſon biſaïeul.

Si la monacaille influe ſur ce jeune homme , les petits-maîtres feront en roſaire , et les initiées de *Vénus* couvertes d'*Agnus Dei*. Il faudra que quelque évêque s'intéreſſe pour *Morival* , et qu'un picpuce

I 3

1774.

plaide fa caufe. On prétend qu'un orage fe forme et menace les philofophes. J'attends tranquillement dans mon petit coin les nouveautés et les événemens que ce nouveau règne va produire : difpofé à admirer tout ce qui fera admirable , et à faire mes réflexions fur ce qui ne le fera pas , ne m'intéreffant qu'au fort des philofophes, et principalement à celui du patriarche de Ferney , dont le philofophe de Sans-fouci a été, eft , et fera le fincère admirateur. *Vale.*

FÉDÉRIC.

LETTRE LVIII.

DE M. DE VOLTAIRE.

Juillet.

SIRE,

IL eft vrai que les gobes-Dieu pourront bien avoir du crédit en France ; peut-être même l'aimable fille de celle qu'on prétend que vous appelez la *dévote* pourra contribuer plus que perfonne à affermir ce crédit fi dangereux. Je n'ai pas affez exalté ce qui me refte d'ame pour lire couramment dans l'avenir, mais je crains tout. Les vieillards font timides ; il n'y aura que vous qui augmenterez de courage quand vous deviendrez vieux ; mais auffi n'êtes-vous pas fait comme les autres hommes.

Celui dont votre Majefté veut bien me parler avait , comme vous dites très-bien, le défaut d'être roi.

Il était, ainsi que tant d'autres, peu fait pour sa place, indifférent à tout, mais se piquant aisément dans les petites choses qui lui étaient personnelles ; il ne m'avait jamais pu pardonner de l'avoir quitté pour un autre qui était véritablement roi ; et moi, je n'avais jamais pu imaginer qu'il s'embarrassât si j'étais ou non sur la liste de ses domestiques ; je respecte sa mémoire, et je vous souhaite une vie qui soit juste le double de la sienne.

Si on fait à *Morival* la moindre difficulté, je le renverrai sur le champ à votre Majesté ; nos sous-tyrans velches étaient des monstres bien absurdes. Ce jeune homme, condamné à avoir le poing coupé, la langue arrachée, à être roué, à être jeté dans les flammes, (comme s'il avait commis une douzaine de parricides) est le jeune homme le plus sage, le plus circonspect que j'aye jamais vu ; il n'a d'un jeune officier que la bravoure ; son éducation avait été très-négligée, comme elle l'est dans toutes les petites villes de France : il apprend chez moi la géométrie, les fortifications, le dessin sous un très-bon maître ; et je réponds à votre Majesté qu'à son retour il sera en état de vous rendre de vrais services, et qu'il sera très-digne de votre protection dans ce diable de grand art de *Lucifer* dont vous êtes le plus grand maître.

J'attends l'occasion de demander pour lui ce que l'humanité, la justice et la raison lui doivent ; son père est gentilhomme, et président d'une sotte ville ; son oncle est chevalier de Malte ; son frère a sollicité la place de bailli de la noblesse, et aucun d'eux n'a osé parler pour lui.

Daignez voir, Sire, si vous voudrez bien protéger,

I 4

1774.

1774. fans vous compromettre, ce brave et vertueux officier qui vous appartient; voulez-vous m'autorifer à dire qu'il eft fous votre protection, et qu'on vous fera plaifir en le favorifant? Il me femble que cette tournure peut lui faire un grand bien fans expofer votre Majefté au moindre dégoût.

J'avoue que fi j'étais à la place de *Morival*, je me garderais bien de rien demander à des velches; mais il y eft forcé, il ne doit pas abandonner fes héritages. Je fupplie votre Majefté de me pardonner une importunité dont vous approuvez les motifs.

Je me mets à vos pieds avec le refpect, l'attachement et les regrets qui me fuivront au tombeau.

LETTRE LIX.

DU ROI.

A Potfdam, le 30 de juillet.

JE ne me hafarde pas encore à porter mon jugement fur *Louis XVI*: il faut avoir le temps de recueillir une fuite de fes actions; il faut fuivre fes démarches, et cela pendant quelques années. En fe précipitant, en décidant à la hâte, on fe trompe.

Vous qui avez des liaifons en France, vous pouvez favoir, fur le fujet de la cour, des anecdotes que j'ignore. Si le parti de l'*inf*... l'emporte fur celui de la philofophie, je plains les pauvres Velches; ils rifqueront d'être gouvernés par quelque cafard en froc ou en foutane, qui leur donnera la difcipline

1774.

d'une main, et les frappera du crucifix de l'autre. Si
cèla arrive, adieu les beaux arts et les hautes fciences;
la rouille de la fuperftition achèvera de perdre un
peuple d'ailleurs aimable, et né pour la fociété.

Mais il n'eft pas sûr que cette trifte folie reli-
gieufe fecoue fes grelots fur le trône des *Capets*.

Laiffez en paix les manes de *Louis XV*. Il vous a
exilé de fon royaume, il m'a fait une guerre injufte :
il eft permis d'être fenfible aux torts qu'on reffent,
mais il faut favoir pardonner. La paffion fombre et
atrabilaire de la vengeance n'eft pas convenable à
des hommes qui n'ont qu'un moment d'exiftence.
Nous devons réciproquement oublier nos fottifes,
et nous borner à jouir du bonheur que notre nature
comporte.

Je contribuerai volontiers au bonheur du pauvre
Morival, fi je le puis. Corriger les injuftices et faire
le bien, font les inclinations que tout honnête homme
doit avoir dans le cœur. Cependant ne comptez que
zéro le crédit que je puis avoir en France ; je n'y
connais perfonne. J'ai vu M. de *Vergennes* il y a vingt
ans, comme il paffait pour aller en Pologne, et ce
n'en eft pas affez pour s'affurer de fon appui. Enfin,
vous en uferez dans cette affaire comme vous le
trouverez convenable au bien du jeune homme.

J'ai vu jouer *Aufrefne* fur notre théâtre. Il a joué
les rôles de *Couci* et de *Mithridate*. On m'a dit qu'il
avait été à Ferney : auffitôt je l'ai fait venir pour
l'interroger fur votre fujet ; il m'a dit qu'il vous
avait trouvé alité et urinant du fang. Ces paroles
m'ont faifi ; mais il ajouta que vous aviez déclamé
quelques rôles avec lui, et je me fuis raffuré.

Tant que vous fulminerez avec tant de force contre cet art que vous appelez infernal, vous vivrez; et je ne croirai votre fin prochaine que lorfque vous ne direz plus d'injures aux vengeurs de l'Etat, à des héros qui rifquent leur fanté, leurs membres et leur vie pour conferver celle de leurs concitoyens. Puifque nous vous perdrions fi vous ne lâchiez de ces farcafmes contre les guerriers, je vous accorde le privilége exclufif de vous égayer fur leur compte. Mais repréfentez-vous l'ennemi prêt à pénétrer aux environs de Ferney: ne regarderez-vous pas comme votre dieu-fauveur, le brave qui défendrait vos poffeffions et qui écarterait cet ennemi de vos frontières?

Je prévois votre réponfe. Vous avancerez qu'il eft jufte de fe défendre, mais qu'il ne faut attaquer perfonne. Exceptez donc les exécuteurs des volontés des princes de ce que peuvent avoir d'odieux les ordres que leurs fouverains leur donnent. Si *Turenne* et *Louvois* ont mis le Palatinat en cendres, fi le maréchal de *Bellifle* ofa propofer de faire un défert de la Heffe, ces fortes de confeils font l'opprobre éternel de la nation française, qui, quoique trèspolie, s'eft quelquefois emportée à des atrocités dignes des nations les plus barbares.

Obfervez cependant que *Louis XV* rejeta la propofition du maréchal de *Bellifle*, et qu'en cela il fe montra fupérieur à *Louis XIV*.

Mais je ne fais où je m'égare. Eft-ce à moi à fuggérer des réflexions à ce philofophe folitaire qui de fon cabinet fournit toute l'Europe de réflexions? Je vous abandonne à toutes celles que vous fournira

votre efprit inépuifable. Il vous dira fans doute qu'autant vaut-il déclamer contre la neige et la grêle, que
contre la guerre ; que ce font des maux néceffaires,
et qu'il n'eft pas digne d'un philofophe d'entreprendre
des chofes inutiles.

On demande d'un médecin qu'il guériffe la fièvre,
et non qu'il faffe une fatire contre elle. Avez-vous des
remèdes, donnez-les nous ; n'en avez-vous point,
compatiffez à nos maux. Difons comme l'ange *Ituriel :*
Si tout n'eft pas bien dans ce monde, tout eft paffable ; et c'eft à nous de nous contenter de notre
fort.

En attendant, vos héros ruffes entaffent victoires
fur victoires fur les bords du Danube, pour fléchir
l'indocilité du fultan. Ils lifent vos libelles, et vont
fe battre. Et votre impératrice, comme vous l'appelez,
a fait paffer une nouvelle flotte dans la Méditerranée ;
et tandis que vous décriez cet art que vous nommez
infernal dans vos ouvrages, vingt de vos lettres
m'encouragent à me mêler des troubles de l'Orient.
Conciliez, fi vous pouvez, ces contraires, et ayez la
bonté de m'en envoyer la concordance.

Nous avons reçu ici les vers d'un foi-difant ruffe
à *Ninon de Lenclos*, *Pégafe et le Vieillard*, et nous
attendons *Louis XV aux champs Elyfées.* Tout cela
vient de la fabrique du patriarche de Ferney, auquel
le philofophe de Sans-fouci fouhaite longue vie, gaieté
et contentement. *Vale.*

FÉDÉRIC.

LETTRE LX.

DE M. DE VOLTAIRE.

16 auguſte.

SIRE,

—— J'ai enfin propoſé au chancelier de France de faire
1774. pour votre officier ce qu'il pourrait ; je lui ai mandé
que votre Majeſté daignait s'intéreſſer à ce jeune
homme, qui mérite en effet votre protection par
ſon extrême ſageſſe et par ſon application continuelle
à tous les devoirs de ſon état, et ſurtout par la réſo-
lution inébranlable de vous ſervir toute ſa vie.

Peut-être les formalités, qui ſemblent inventées
pour retarder les affaires, pourront retenir *Morival*
chez moi encore quelque temps ; mais il ſe rendra à
Véſel au moment que votre Majeſté l'ordonnera.

Vraiment, Sire, je ſuis et j'ai toujours été de votre
avis ; vous me dites dans votre lettre du 30 juillet :
*Repréſentez-vous l'ennemi prêt à pénétrer aux environs
de Ferney ; ne regarderez-vous pas comme votre ſauveur
le brave qui défendrait vos poſſeſſions ?*

J'ai dit en médiocres vers, dans la Tactique, ce
que vous dites en très-bonne proſe :

Eh quoi ! vous vous plaignez qu'on cherche à vous défendre.
Seriez-vous bien content qu'un goth vînt mettre en cendre
Vos arbres, vos moiſſons, vos granges, vos châteaux ;
Il vous faut de beaux chiens pour garder vos troupeaux.
Il eſt, n'en doutez point, des guerres légitimes, &c.

Vous voyez, Sire, que je penfais abfolument ——
comme certain héros du fiècle. Madame *Deshoulières* 1774.
a dit :

Faute de s'approcher et faute de s'entendre ,
    On eft fouvent brouillé pour rien.

D'ailleurs, les penfées d'un pauvre philofophe ,
enterré au pied des Alpes, ne font pas comme les
penfées des maîtres de la terre. Ces philofophes vrais
ou prétendus font fans conféquence ; mais vous autres
héros et fouverains, quand vous avez mis quelque
grande idée dans votre cervelle , la deftinée des
hommes en dépend.

Que je gémiffe ou non de voir la patrie d'*Homère*
en proie à des Turcs venus des bords de la mer
d'Hircanie , que je vous prie d'avoir la bonté de les
chaffer et de mettre des *Alcibiades* en leur place,
il n'en fera ni plus ni moins , et les Turcs n'en
fauront rien. Mais qu'il vous prenne envie d'étendre
votre puiffance vers l'Orient ou vers l'Occident , alors
la chofe devient férieufe , et malheur à qui s'y oppo-
ferait !

L'*Epître à Ninon* eft réellement du comte de
Shouwalof, neveu du *Shouwalof* dernier amant de
l'impératrice *Elifabeth* ; ce neveu a été élevé à Paris,
et a d'ailleurs beaucoup d'efprit et beaucoup de goût.
On ne s'attendait pas, il y a cinquante ans, qu'un
jour un ruffe ferait fi bien des vers français ; mais
il a été prévenu par un roi du Nord qui lui a donné
de grands exemples. Je ne connais point la fatire
intitulée *Louis XV aux champs Elyfées*, et je ne crois

—— pas qu'elle exiſte. Il paraît un recueil des lettres du
1774. feu milord *Cheſterfield* à un fils bâtard , qu'il aimait
comme madame de *Sévigné* aimait ſa fille.

Il eſt très-ſouvent parlé de vous dans ces lettres ;
on vous y rend toute la juſtice que la poſtérité vous
rendra.

Le ſuffrage du lord *Cheſterfield* a un très-grand
poids , non-ſeulement parce qu'il était d'une nation
qui ne ſonge guère à flatter les rois , mais parce
que de tous les Anglais , c'eſt peut-être celui qui a
écrit avec le plus de grâces. Son admiration pour
vous ne peut être ſuſpecte ; il ne ſe doutait pas que
ſes lettres ſeraient imprimées après ſa mort et après
celle de ſon bâtard. On les traduit en français en
Hollande , ainſi votre Majeſté les verra bientôt. Elle
lira le ſeul anglais qui ait jamais recommandé l'art
de plaire comme le premier devoir de la vie.

Je me ſouviens toujours que ma plus grande
paſſion a été de vous plaire : elle eſt actuellement
de ne vous pas déplaire. Tout s'affaiblit avec l'âge,
plus on ſent ſa miſère , plus on eſt modeſte.

Votre vieux admirateur.

LETTRE LXI.

DU ROI.

A Potſdam, le 19 de ſeptembre.

Le chancelier de France eſt culbuté, à ce que diſent les nouvelles publiques ; il faudra recourir à un autre protecteur, ſi vous voulez ſervir *Morival*. On dit que l'ancien parlement va revenir ; mais je ne me mêle pas des parlemens, et je m'en repoſe ſur la prudence du ſeizième des *Louis*, qui ſaura mieux que moi ce qu'un *Louis* doit faire.

1774.

Je rends juſtice à vos beaux vers ſur la tactique, comme aux injures élégantes qui, ſelon vous, ſont des louanges. Et quant à ce que vous ajoutez ſur la guerre, je vous aſſure que perſonne n'en veut en Europe ; et que ſi vous pouviez vous en rapporter au témoignage de votre impératrice de Ruſſie comme à celui de l'impératrice-reine, elles atteſteraient toutes deux que ſans moi il y aurait eu un embraſement général en Europe, et même deux. J'ai fait l'office de capucin, j'ai éteint les flammes.

En voilà aſſez pour les affaires de Pologne : je pourrais plaider cette cauſe devant tous les tribunaux de la terre, aſſuré de la gagner. Cependant je garde le ſilence ſur des événemens ſi récens, dont il y aurait de l'indiſcrétion à parler.

Votre lettre m'eſt parvenue à mon retour de la Siléſie où j'ai vu le comte *Hoditz*, auparavant ſi gai, à préſent triſte et mélancolique. Il ne peut pardonner à la nature les infirmités qui l'incommodent, et qui

—— font une fuite de l'âge. Je lui ai adreffé cette épître,
fur laquelle vous jetterez un coup d'œil, fi vous le
voulez. Elle ne vaut pas celle de *Ninon ;* mais je
foupçonne fort que le rabot de *Voltaire* a paffé fur
cette dernière. J'ai vu beaucoup de ruffes, mais
aucun qui s'expliquât, ou qui eût ce tour de gaieté
dont cette épître eft animée.

1774.

Vous vous contentez, dites-vous, qu'on ne vous
haïffe point ; et je ne faurais m'empêcher de vous
aimer, malgré vos petites infidélités. Après votre
mort perfonne ne vous remplacera : c'en fera fait en
France de la belle littérature. Ma dernière paffion
fera celle des lettres ; je vois avec douleur leur
dépériffement, foit faute de génie, ou corruption
de goût qui paraît gagner le deffus. Dans quelques
fiècles d'ici on traduira les bons auteurs du temps
de *Louis XIV*, comme on traduit ceux du temps de
Périclès et d'*Augufte*. Je me trouve heureux d'être
venu au monde dans un temps où j'ai pu jouir des
derniers auteurs qui ont rendu ce beau fiècle fi
fameux. Ceux qui viendront après nous, naîtront
avec moins d'enthoufiafme pour les chefs-d'œuvre
de l'efprit humain, parce que le temps de l'effer-
vefcence eft paffé : il fe borne aux premiers progrès,
qui font fuivis de la fatiété et du goût des nouveautés,
bonnes ou mauvaifes.

Vivez donc autant que cela fera poffible, et foutenez fur vos épaules voûtées, comme un autre *Atlas*,
l'honneur des lettres et de l'efprit humain. Ce font
les vœux que le philofophe de Sans-fouci fait pour
le patriarche de Ferney.

FÉDÉRIC.

LETTRE LXII.

DU ROI.

A Potſdam , le 8 d'octobre.

Les négociations de la paix de Veſtphalie n'ont 1774. pas coûté plus de peine à *Claude d'Avaux* , comte de Meſmes , et au fameux *Oxenſtiern* , qu'il ne vous en coûte à ſolliciter la grâce de *Jacques - Marie Bertrand d'Etallonde* à la cour de France. Votre négo-ciation éprouve tous les contre-temps poſſibles. Voilà un chancelier ſans chancellerie qui vous devient inutile , un nouveau venu que peut - être vous ne connaiſſez pas , et qu'il faudra prévenir par quelques vers flatteurs avant d'entamer l'affaire de *Jacques-Marie* , enfin un témoignage que vous me demandez , et qui n'eſt pas ſelon le ſtyle de la chancellerie.

On prétend qu'un *atteſtat* de l'officier général dans le régiment où il ſert , eſt ſuffiſant , et que les princes ne doivent pas s'abaiſſer à demander grâce à d'autres princes pour ceux qui les ſervent ; ou il faut en faire une affaire miniſtérielle. Voilà ce qu'on dit.

Pour moi qui ne ſuis exercé ni en ſtyle de chan-cellerie , ni profondément inſtruit du *punctilio* , je me bornerai à envoyer le témoignage du général à M. *d'Alembert* , et je ferai écrire à mon miniſtre à Paris qu'il diſe un mot en faveur du jeune homme au nouveau chancelier.

Si les anciens uſages barbares prévalent contre les bonnes intentions de *Marie-François Arouet de Voltaire* et

Correſp. du roi de P... &c. Tome III. K

de fon affocié M. de *Sans-fouci*, il faudra s'en confoler, car ce n'eft pas une raifon pour que nous déclarions la guerre à la France. Le proverbe dit : Il faut vivre et laiffer vivre. C'eft ainfi que penfe votre impératrice : elle fe contente d'avoir humilié la Porte ; elle eft trop grande pour écrafer fes ennemis. La Gréce deviendra ce qu'elle pourra ; les anciens grecs font reffufcités en France. Vous tirez votre origine de la colonie de Marfeille ; cette nouvelle patrie des arts nous dédommage de celle qui n'exifte plus.

Le deftin des chofes humaines eft de changer : la Gréce et l'Egypte font barbares à leur tour ; mais la France, l'Angleterre, et l'Allemagne qui commence à s'éclairer, nous dédommagent bien du Péloponèfe. Les marais de Rome ont inondé les jardins de *Lucullus;* peut-être que dans quelques fiècles d'ici il faudra puifer les belles connaiffances chez les Ruffes. Tout eft poffible, et ce qui n'eft pas, peut arriver enfuite.

Je fais des vœux pour que l'Etre des êtres prolonge les jours de votre ame charitable : qu'il vous conferve long-temps pour la confolation des malheureux et pour la fatisfaction de l'humble philofophe de Sans-fouci. *Vale.*

FÉDÉRIC.

LETTRE LXIII.

DU ROI.

A Potſdam , le 20 d'octobre.

L'ART de vous autres grands poëtes
Rehauſſe les petits objets :
De ſecs et décharnés ſquelettes ,
Maniés par vos mains adraites ,
Deviennent charnus et replets.
Voltaire et ſa grâce efficace
M'égaleront avec Horace ,
Si ſon génie en fait les frais.

1774.

Mais un vieux rimailleur tudeſque ,
Qui , dans l'école ſoldateſque
Nourri depuis ſes jeunes ans ,
A paſſé chez les vétérans ,
Sans ſe guinder avec Racine
Au haut de la double colline ,
Ne doit qu'arpenter ſes vieux camps.

Suffit que le ciel m'ait fait naître
Dans cet âge où j'ai pu connaître
Tant de chefs-d'œuvres immortels
Auxquels vous avez donné l'être ,
Qui mériteraient des autels ,
Si dans ce temps de petiteſſe
On penſait comme à Rome , en Gréce ,
Où tout reſpirait la grandeur.

K 2

Mais notre siècle dégénère ;
Les lettres font fans protecteur.
Quand on aura perdu Voltaire ,
Adieu beaux arts , facré vallon !
Et vous , Virgile , et Cicéron ,
Vous irez avec lui fous terre.

Vous avez parlé de l'art des rois , et vous avez
équitablement jugé les morts. Pour les vivans , cela
eft plus difficile , parce que tout ne fe fait pas ; et
une feule circonftance connue oblige quelquefois
d'applaudir à ce qu'on avait condamné auparavant.
On a condamné *Louis XIV* de fon vivant de ce qu'il
avait entrepris la guerre de la fucceffion : à préfent
on lui rend juftice ; et tout juge impartial doit avouer
que c'aurait été lâcheté de fa part de ne pas accepter
le teftament du roi d'Efpagne. Tout homme fait des
fautes , et par conféquent les princes. Mais le vrai
fage des ftoïciens et le prince parfait n'ont jamais
exifté , et n'exifteront jamais.

Les princes comme *Charles le téméraire , Louis XI,
Alexandre VI , Ludovic Sforze* , font les fléaux de
leurs peuples et de l'humanité : ces fortes de princes
n'exiftent pas actuellement dans notre Europe. Nous
avons deux rois fous à lier , nombre de fouverains
faibles , mais non pas des monftres comme aux XIVe
et XVe fiècles. La faibleffe eft un défaut incorrigible ;
il faut s'en prendre à la nature , et non pas à la
perfonne. Je conviens qu'on fait du mal par faibleffe ;
mais dans tout pays où la fucceffion au trône eft
établie , c'eft une fuite néceffaire qu'il y ait de ces
fortes d'êtres à la tête des nations , parce qu'aucune

famille quelconque n'a fourni une fuite non inter-
rompue de grands hommes. Croyez que tous les
établiffemens humains ne parviendront jamais à
la perfection. Il faut fe contenter de *l'à-peu-près*,
et ne pas déclamer violemment contre les abus
irremédiables.

Je viens à préfent à votre *Morival*. J'ai chargé le
miniftre que j'ai en France d'intercéder pour lui,
fans trop compter fur le crédit que je puis avoir à
cette cour. Des atteftations de la vie d'un fuppliant fe
produifent dans des caufes judiciaires; elles feraient
déplacées dans des négociations, où l'on fuppofe toujours, comme de raifon, que le fouverain qui fait
agir fon miniftre n'emploierait pas fon interceffion
pour un miférable. Cependant, pour vous complaire,
j'ai envoyé un petit atteftat, figné par le commandant
de Véfel, à d'*Alembert*, qui en pourra faire un ufage
convenable.

Pour votre pouls intermittent, il ne m'étonne pas:
à la fuite d'une longue vie, les veines commencent
à s'offifier, et il faut du temps pour que cela gagne
la veine cave; ce qui nous donne encore quelques
années de répit. Vous vivrez encore, et peut-être
m'enterrerez-vous. Des corps qui, comme le mien,
ont été abymés par des fatigues, ne réfiftent pas auffi
long-temps que ceux qui, par une vie réglée, ont
été ménagés et confervés. C'eft le moindre de mes
embarras, car dès que le mouvement de la machine
s'arrête, il eft égal d'avoir vécu fix fiècles ou fix jours.
Il eft plus important d'avoir bien vécu, et de n'avoir
aucun reproche confidérable à fe faire.

Voilà ma confeffion; et je me flatte que le

K 3

patriarche de Ferney me donnera l'abſolution *in articulo mortis.* Je lui ſouhaite longue vie, ſanté et proſpérité, et, pour mon agrément, que ſa veine demeure intariſſable. *Vale.*

FÉDÉRIC.

LETTRE LXIV.

DE M. DE VOLTAIRE.

A Ferney, 17 novembre.

SIRE,

QUELQUES petits avant-coureurs que la nature envoie quelquefois aux gens de quatre-vingts et un ans, ne m'ont pas permis de vous remercier plutôt d'une lettre charmante, remplie des plus jolis vers que vous ayez jamais faits; ni roi, ni homme ne vous reſſemble : je ne ſuis pas aſſurément en état de vous rendre vers pour vers.

> Muſes, que je me ſens confondre !
> Vous daignez encor m'inſpirer.
> L'eſprit qu'il faut pour l'admirer,
> Mais non celui de lui répondre.

Je puis du moins répondre à votre Majeſté que mon cœur eſt pénétré des bontés que vous daignez témoigner pour ce pauvre *Morival.* Je voudrais qu'il pût au milieu de nos neiges lever le plan du pays que vous lui avez permis d'habiter ; votre Majeſté

verrait combien il s'eſt formé, en très-peu de temps, ——
dans un art néceſſaire aux bons officiers, et très-rare,
dont il n'avait pas la plus légère connaiſſance; vous
ferez touché de ſa reconnaiſſance et du zèle avec
lequel il conſacre ſes jours à votre ſervice. Son
extrême ſageſſe m'étonne toujours : on a deſſein de
faire revoir ſon procès, qu'on ne lui a fait que par
contumace; ce parti me paraît plus convenable et
plus noble que celui de demander grâce. Car enfin
grâce ſuppoſe crime; et aſſurément il n'eſt point criminel, on n'a rien prouvé contre lui. Cela demandera
un peu de temps, et il ſe peut très-bien que je meure
avant que l'affaire ſoit finie; mais j'ai légué cet
infortuné à M. d'*Alembert*, qui réuſſira mieux que je
n'aurais pu faire.

J'oſe croire qu'il ne ſerait peut-être pas de votre
dignité qu'un de vos officiers reſtât avec le déſagré-
ment d'une condamnation qui a toujours dans le
public quelque choſe d'humiliant, quelque injuſte
qu'elle puiſſe être. En vérité, c'eſt une de vos belles
actions de protéger un jeune homme ſi eſtimable et
ſi infortuné : vous ſecourez à la fois l'innocence et
la raiſon; vous apprendrez aux Velches à déteſter
le fanatiſme, comme vous leur avez appris le métier
de la guerre, ſuppoſé qu'ils l'aient appris. Vous
avez toutes les ſortes de gloire; c'en eſt une bien
grande de protéger l'innocence à trois cents lieues de
chez ſoi.

Daignez agréer, Sire, le reſpect, la reconnaiſſance,
l'attachement d'un vieillard qui mourra avec ces
ſentimens.

LETTRE LXV.

DU ROI.

A Potſdam , le 18 de novembre.

NE me parlez point de l'Elyſée. Puiſque *Louis XV* y eſt , qu'il y demeure. Vous n'y trouveriez que des jaloux : *Homère* , *Virgile* , *Sophocle* , *Euripide* , *Thucydide* , *Démoſthènes* et *Cicéron* ; tous ces gens ne vous verraient arriver qu'à contre-cœur ; au lieu qu'en reſtant chez nous, vous pouvez conſerver une place que perſonne ne vous diſpute , et qui vous eſt due à bon droit. Un homme qui s'eſt rendu immortel , n'eſt plus aſſujetti à la condition du reſte des hommes : ainſi vous vous êtes acquis un privilége excluſif.

1774. Cependant , comme je vous vois fort occupé du fort de ce pauvre d'*Etallonde*, je vous envoie une lettre de Paris qui donne quelque eſpérance. Vous y verrez les termes dans leſquels le garde des ſceaux s'exprime , et vous verrez en même temps que M. de *Vergennes* ſe prête à la juſtification de l'innocence. Cette affaire ſera ſuivie par M. de *Goltz* ; j'eſpère à préſent que ce ne ſera pas en vain , et que *Voltaire*, le promoteur de cette œuvre pie , en recevra les remercîmens de d'*Etallonde* et les miens.

Si je ne vous croyais pas immortel , je conſentirais volontiers à ce que d'*Etallonde* reſtât juſqu'à la fin de ſon affaire chez votre nièce. Mais j'eſpère que ce ſera vous qui le congédierez.

Votre lettre m'a affligé. Je ne faurais m'accoutumer
à vous perdre tout-à-fait ; et il me femble qu'il
manquerait quelque chofe à notre Europe, fi elle
était privée de *Voltaire*.

Que votre pouls inégal ne vous inquiéte pas : j'en
ai parlé à un fameux médecin anglais qui fe trouve
actuellement ici : il traite la chofe de bagatelle, et
dit que vous pouvez vivre encore long - temps.
Comme mes vœux s'accordent avec fes décifions,
vous voulez bien ne pas m'ôter l'efpérance, qui était
le dernier ingrédient de la boîte de *Pandore*.

C'eft dans ces fentimens que le philofophe de
Sans-fouci fait mille vœux à *Apollon*, comme à fon
fils *Efculape*, pour la confervation du patriarche de
Ferney.

FÉDÉRIC.

1774.

LETTRE LXVI.

DE M. DE VOLTAIRE.

A Ferney, 7 décembre.

SIRE,

Vous faites une action bien digne de vous, en
daignant protéger votre officier d'*Etallonde*. J'ofe toujours affurer votre Majefté qu'il en eft bien digne :
fon éducation avait été très - négligée par fon père,
fot et dur préfident de province, qui deftinait fon
fils à être prêtre ; il ne favait pas feulement l'arithmé-
tique quand il eft venu chez moi : il eft confommé

—— actuellement dans la géométrie pratique et dans les
1774. fortifications.

Je prends la liberté d'envoyer à votre Majesté par
les chariots de poste, dans une longue boîte de fer
blanc, les plans qu'il vient de deffiner de tout le
pays qui eft entre les Alpes et le mont Jura le long
du lac de Genève. J'y joins même un plan des jardins
de Ferney, qui ne fert qu'à montrer avec quelle
facilité et quelle propreté furprenante il deffine. J'ofe
vous répondre qu'il fera un des meilleurs ingénieurs
de vos armées. Il ne refpire qu'après le bonheur de
vivre et de mourir à votre fervice. Il n'a et il n'aura
jamais d'autre patrie que vos Etats et d'autre maître
que vous. Il vous regarde avec raifon comme fon
bienfaiteur, et j'ofe le dire, comme fon père.

Il écrit aujourd'hui à votre ambaffadeur ; mais il
attend les pièces de fon abominable procès, fans
lefquelles on ne peut rien faire ; il eft moins inftruit
que perfonne de tout ce qui s'eft fait pendant fon
abfence, car il partit dès le premier moment que
l'affaire commença à éclater. Tout ce qu'il fait, c'eft
qu'elle fut l'effet d'une tracafferie de province et
d'une inimitié de famille. Un de fes infames juges,
qui mourut il y a deux ans, fe fit traîner avant
fa mort chez un vieux gentilhomme, oncle de
d'*Etallonde* et chevalier de St Louis ; il lui demanda
publiquement pardon de fon exécrable injuftice ;
mais fon repentir ne nous fuffit pas, il nous faut les
pièces du procès. Nous les attendons depuis quatre
mois. Rien n'eft fi aifé que d'être condamné à mort,
et rien de fi difficile que de connaître feulement pourquoi on a été condamné. Telle eft notre jurifprudence

barbare. Ce procès eſt plus odieux encore que celui
des *Calas*.

Vous fouvenez-vous, Sire, d'une petite pièce
charmante que vous daignâtes m'envoyer, il y a plus
de quinze ans, dans laquelle vous peigniez ſi bien

> Ce peuple fot et volage,
> Auſſi vaillant au pillage
> Que lâche dans les combats. (1)

Vous favez que ce peuple de Velches a maintenant
pour ſon *Végèce* un de vos officiers ſubalternes (*),
dont on dit que vous feſiez peu de cas, et qui
change toute la tactique en France, de forte que
l'on ne fait plus où l'on en eſt. L'Europe n'eſt plus
au temps des *Condé* et des *Turenne*, mais elle eſt au
temps des *Frédéric*. Si jamais par hafard vous
affiégiez Abbeville, je vous réponds que d'*Etallonde*
vous fervirait bien.

Ma ſanté décline furieuſement ; j'ai grand peur de
ne pas vivre aſſez long-temps pour voir finir ſon
affaire ; mais elle finira bien ſans moi, votre nom
fuffira ; il ne me reſtera d'autre regret que de ne pas
mourir auprès de votre Majeſté.

Je me mets à vos pieds avec le plus profond
refpect et la plus tendre reconnaiſſance.

(1) Cette pièce fut faite dans le temps des vexations exercées par des
troupes légères dans quelques cantons des Etats du roi de Pruſſe , vexations
que la déroute de Rosbac fuivit de près.

(*) Le baron de *Pirſch*.

LETTRE LXVII.

DU ROI.

A Potsdam, le 10 de décembre.

1774.

Non, vous ne mourrez pas de si tôt : vous prenez les suites de l'âge pour des avant-coureurs de la mort. Cette mort viendra à la fin ; mais ce feu divin que *Prométhée* déroba aux cieux et qui vous remplit, vous soutiendra et vous conservera encore long-temps.

„ Il faut, Monseigneur, que vos sermons baissent „ (disait *Gilblas* à l'archevêque de Tolède) pour „ qu'on présage votre décadence „. Jusqu'à présent vos sermons ne baissent pas. Récemment j'en ai lu deux, l'un à l'évêque de Sénez, l'autre à l'abbé *Sabathier*, qui marquaient de la vigueur et de la force d'esprit. Cet esprit tient au genre nerveux et à la finesse des sucs qui se distillent et se préparent pour le cerveau. Tant que cette élaboration se fait bien, la machine ne menace pas ruine.

Vous vivrez, et vous verrez la fin du procès de *Morival*. J'aurais sans doute dû penser plutôt à lui, mais la multitude et la diversité des affaires m'en ont empêché. Je vous ai de l'obligation de m'en avoir fait souvenir. Peut-être ce délai de dix ans ne nuira pas à nos follicitations : nous trouverons les esprits moins échauffés, par conséquent plus raisonnables. Peut-être alors y aura-t-il des bonnes ames qui rougiront de cet exemple de barbarie au dix-huitième fiècle, et qui tâcheront d'effacer cette flétriffure, en fefant déperfécuter le compagnon du malheureux *la Barre*.

Vous ferez l'auteur de cette bonne action. Je m'affocierai toujours de grand cœur à ceux qui me fourniront l'occafion de foutenir l'innocence, et de délivrer les opprimés. C'eft un devoir de tout fouverain d'en ufer ainfi chez lui; et felon les cas il peut en ufer quelquefois de même en d'autres pays, furtout s'il mefure fes démarches felon les règles de la prudence.

Le crime d'avoir brifé un crucifix et d'avoir chanté des chanfons libertines ne perdrait pas de réputation chez des hérétiques comme nous un officier, fi d'ailleurs il a du mérite. Les fentences du parlement ne pourraient lui nuire non plus, car c'eft le véritable crime qui diffame, et non pas la punition lorfqu'elle eft injufte. Il faudra voir fi le vieux parlement réhabilité voudra *obtempérer* aux infinuations de M. de *Vergennes*.

Ce miniftre, qui a réfidé long-temps en pays étranger, a entendu le cri public de l'Europe à l'occafion de ce maffacre de *la Barre*; il en a honte; et il tâchera de réparer en cette affaire ce qui eft réparable. Mais le parlement peut-être ne fera pas docile; ainfi je ne réponds encore de rien.

Prenez bien foin de votre fanté pendant le froid rigoureux qui commence à fe faire fentir, et comptez que le philofophe de Sans-fouci s'intéreffe plus que perfonne à la confervation du patriarche de Ferney. *Vale.*

FÉDÉRIC.

LETTRE LXVIII.

DE M. DE VOLTAIRE.

A Ferney, 13 décembre.

SIRE,

—— 1774.

PENDANT que votre officier de Ferney deſſine des montagnes, et fait des plans de fortifications, le vieillard de Ferney ſe jette à vos pieds, et envoie à votre Majeſté les charges énoncées contre cet officier dans le procès criminel auſſi abſurde qu'exécrable intenté contre lui. Ce procès eſt beaucoup plus atroce que celui des *Calas*, et rend la nation plus odieuſe; car du moins les infames juges des *Calas* pouvaient dire qu'ils s'étaient trompés, et qu'ils avaient cru venger la nature; mais les ſinges en robes noires qui ont oſé juger d'*Etallonde* ſans l'entendre, et même ſans entendre le procès, n'ont voulu venger que la plus ſotte des ſuperſtitions, et ſe ſont conduits contre les lois auſſi-bien que contre le ſens commun.

Ce mot de *religion*, dont on s'eſt ſervi pour condamner l'innocence au plus horrible ſupplice, feſait une grande impreſſion ſur l'eſprit du feu roi de France; il croyait s'attacher le clergé par ce ſeul mot; et même à la mort du Dauphin ſon fils il écrivit, ou on lui fit écrire une lettre circulaire, dans laquelle il diſait qu'il n'aimait ſon fils que parce qu'il avait beaucoup de religion. Voilà ce

qui a caufé la mort du chevalier de *la Barre* et la
condamnation de votre officier d'*Etallonde*. Il eft à **1774.**
vous pour jamais, et foyez très-sûr qu'il eft digne
de vous appartenir.

Je ne doute pas que votre ambaffadeur à Paris
ne continue à le recommander fortement, et je
vous demande en grâce d'échauffer fon zèle fur cette
affaire quand vous lui écrirez. On vous refpecte, on
ménagera un militaire qui vous appartient et qui
n'a de roi que vous.

Je ne crois pas qu'on foit fort de vos amis, mais
on peut préfumer qu'on aura un jour befoin d'en
être ; et enfin je ne connais point de pays au monde
où votre nom ne foit très-puiffant. Il m'eft facré, je
mourrai en le prononçant.

J'ofe me flatter que votre Majefté voudra bien
me laiffer d'*Etallonde Morival* jufqu'à ce que le refpect
qu'on vous doit, termine heureufement cette affaire
affreufe.

LETTRE LXIX.

DU ROI.

A Berlin, le 28 de décembre.

Non , vous ne mourrez point ; je n'y puis confentir.

—— 1774. Vous vivrez , et vous verrez la fin du procès de d'*Etallonde*; mais je ne garantirai pas qu'ils le jugent. Si cependant cet ancien parlement ne veut pas déshonorer fon rétabliffement , il doit prononcer en faveur de l'innocence ; et d'*Etallonde* vous aura la double obligation d'avoir rétabli fa mémoire, fa fortune, et de lui avoir fourni par le moyen de l'inftruction de quoi former et perfectionner fes talens.

Je vous remercie des deffins que vous m'envoyez, furtout de celui de votre jardin, pour me faire une idée des lieux que votre beau génie rend célèbres et que vous habitez.

Vous me parlez d'un jeune homme (*) qui a été page chez moi, qui a quitté le fervice pour aller en France, où, pour trouver protection, il a époufé, je crois, une parente de la *Dubarri.* Si *Louis XV* n'était pas mort, il aurait joué un rôle fubalterne dans ce royaume, mais actuellement il a beaucoup perdu : il eft fort éventé; et je doute qu'il fe foutienne à la longue. Avec une bonne dofe d'effronterie, il s'eft annoncé comme homme à talens; on l'en a cru

(*) Le baron de *Pirfch.*

d'abord

d'abord fur fa parole. Il lui faut une quinzaine de
printemps pour qu'il parvienne à maturité; il fe
peut alors qu'il devienne quelque chofe.

Les fiècles où les nations produifent des *Turenne*,
des *Condé*, des *Colbert*, des *Boffuet*, des *Bayle* et des
Corneille, ne fe fuivent pas de proche en proche : tels
furent ceux des *Périclès*, des *Cicéron*, des *Louis XIV*.
Il faut que tout prépare les efprits à cette effervef-
cence. Il femble que ce foit un effort de la nature,
qui fe repofe après avoir prodigué tout à la fois fa
fécondité et fon abondance. Point de fouverain qui
puiffe contribuer à l'avénement d'une époque auffi
brillante. Il faut que la nature place les génies de
telle forte que ceux qui les ont reçus, puiffent les
employer dans la place qu'ils auront à occuper dans
le monde. Et fouvent les génies déplacés font comme
des femences étouffées qui ne produifent rien.

Dans tout pays où le culte de *Plutus* l'emporte
fur celui de *Minerve*, il faut s'attendre à trouver des
bourfes enflées et des têtes vides. L'honnête médiocrité convient le mieux aux Etats : les richeffes y
portent la molleffe et la corruption : non pas qu'une
république, comme celle de Sparte, puiffe fubfifter
de nos jours ; mais en prenant un jufte milieu entre
le befoin et le fuperflu, le caractère national conferve quelque chofe de plus mâle, de plus propre
à l'application, au travail, et à tout ce qui élève
l'ame. Les grands biens font ou des ladres ou des
prodigues.

Vous me comparerez peut-être au renard de *la
Fontaine*, qui trouvait trop aigres les raifins auxquels
il ne pouvait atteindre. Non, ce n'eft pas cela, mais

——— des réflexions que la connaiffance de l'hiftoire et ma propre expérience me fourniffent. Vous m'objecterez que les Anglais font opulens, et qu'ils ont produit de grands hommes : j'en conviens. Mais les infulaires ont en général un autre caractère que ceux du continent; et les mœurs anglaifes font moins molles que celles des autres européans. Leur genre de gouvernement diffère encore du nôtre; et tout cela, joint enfemble, forme d'autres combinaifons; fans mettre en confidération que ce peuple, étant marin par état, doit avoir des mœurs plus dures que ce qui fe voit chez nous autres animaux terreftres.

Ne vous étonnez pas de la tournure de cette lettre: l'âge amène les réflexions, et le métier que je fais m'oblige de les étendre le plus qu'il m'eft poffible.

Cependant toutes ces réflexions me ramènent à faire des vœux pour votre confervation. Vous êtes le dernier rejeton du fiècle de *Louis XIV*, et fi nous vous perdons, il ne refte en vérité rien de faillant dans la littérature de toute l'Europe. Je fouhaite que vous m'enterriez; car après la mort *nihil eft*.

C'eft avec ces fentimens que le philofophe de Sans-fouci falue le patriarche de Ferney. *Vale*.

FÉDÉRIC.

Je viens de recevoir les deffins de d'*Etallonde*, et j'ai examiné Ferney avec autant de foin que j'en aurais mis à examiner Charlotembourg, et cela par l'unique raifon que vous l'habitez.

LETTRE LXX.

DE M. DE VOLTAIRE.

2 janvier.

SIRE,

Je mets aux pieds de votre Majesté, pour ses étrennes, un plan de citadelle inventé et dessiné par d'*Etallonde Morival*, qui n'avait jamais su dessiner lorsqu'il vint chez moi ; ses progrès tiennent du prodige, et par conséquent ses talens ne doivent être employés que pour votre service ; il a appris ce qu'il faut précisément de mathématiques pour être utile. Tout le reste est une charlatanerie ridicule, admirée des ignorans : la quadrature d'une courbe n'est bonne à rien ; et l'idée d'aller mal mesurer un degré du méridien, pour savoir si le pôle est alongé de quatre ou cinq lieues, est une idée si romanesque, que toutes les mesures ont été différentes dans tous les pays. Un bon ingénieur vaut mieux que tous ces calculateurs de fadaises difficiles. Je suis près de ma fin, et je vous dis la vérité. Hélas, vous savez trop bien, et l'Europe le sait, ce que c'était qu'un géomètre chimérique et calomniateur. Je mourrai le cœur percé du mal qu'il m'a fait en m'éloignant de vous.

Souffrez au moins que je meure consolé par les bontés que vous avez et que vous aurez pour d'*Etallonde Morival* ; c'est un gentilhomme plein

1775.

L 2

d'honneur et de fageſſe, qui n'a point rougi d'être foldat pendant trois ans, qui a été fait officier par votre Majefté, qui eſt votre ouvrage, qui vous conſacre ſa vie. Il parle allemand comme s'il était né dans vos Etats; il eſt affidu, difcret, appliqué; il écrit très-bien et vîte; il pourrait vous fervir de fecrétaire, s'il vous en fallait un; permettez qu'il travaille dans ma maifon à ſe rendre digne de vous fervir, jufqu'à ce que ſon affaire ſe décide, ſoit que je vive, foit que je meure. Il écrit très-bien, il a des lettres, il eſt bon à tout: ni moi, ni M. d'*Alembert*, ni aucun de mes amis, ne voulons de grâce pour ce brave gentilhomme; une grâce eſt trop honteufe: daignez, Sire, prolonger ſon congé; il partira au moment que vous l'ordonnerez. Votre protection, vos bontés feront la condamnation de ſes affaffins: le grand *Julien* l'eût protégé; les *Cyrille* et les *Grégoire* de Nazianze l'euffent affaffiné. Que n'avez-vous pu entreprendre ce qu'entreprit *Julien!* vous l'auriez achevé. Mais au moins vous confolez l'innocence. Je vous fouhaite les années des premiers rois d'Egypte; votre nom eſt plus illuſtre que le leur.

LETTRE LXXI.

DU ROI.

A Berlin , le 5 de janvier.

Tout ce qui regarde le procès de d'*Etallonde* a été envoyé à Paris. Je doute cependant que votre parlement réintégré veuille *obtempérer* pour juftifier l'innocence. L'opiniâtreté d'une grande compagnie et cent formalités inutiles feront que d'*Etallonde* continuera d'être opprimé ; et s'il était en France, je ne jurerais pas qu'on ne le fît brûler à petit feu.

Si *Louis XV* a eu du faible pour le clergé , cela paraît tout fimple. Il a été élevé par des prêtres dans la fuperftition la plus ftupide , et environné toute fa vie de perfonnes ou dévotes, ou trop bons courtifans pour choquer fes préjugés. Combien de fois ne lui a-t-on pas dit : Sire, DIEU vous a placé fur le trône pour protéger l'Eglife ; le glaive qu'il vous a donné en main eft pour la défendre. Vous ne portez le nom de *très-chrétien* que pour être le fléau de l'héréfie et de l'incrédulité. L'Eglife eft le vrai foutien du trône ; fes prêtres font les organes divins qui prêchent la foumiffion aux peuples ; ils tiennent les confciences en leurs mains, vous êtes plus maître de vos fujets par leur voix que par vos armées, &c.

Qu'on répète fouvent de tels difcours à un homme qui vit dans la diffipation, et qui n'emploie pas un feul moment de fa vie à réfléchir, il les croira, et agira en conféquence. C'était le cas de *Louis XV*. Je le plains

L 3

——— fans le condamner. Le pauvre d'*Etallonde* en fouffre, et je prévois que je ferai fon feul refuge.

On a fait votre bufte à la manufacture de porcelaine : je fais qu'il mériterait d'être d'une matière moins périffable. Vous voyez cependant, par l'empreffement qu'on a de poffeder votre reffemblance, combien votre réputation s'accroît. Voici un de ces buftes qui vous reffemblaient autrefois, et peut-être encore.

Je vous le répète, vivez, confervez vos vieux jours ; et fi la vie vous eft indifférente, fongez au moins que votre exiftence ne l'eft point au philofophe de Sans-fouci. *Vale.*

FÉDÉRIC.

LETTRE LXXII.

DE M. DE VOLTAIRE.

Janvier.

SIRE,

Je reçois dans ce moment le bufte de ce vieillard en porcelaine. Je m'écrie en voyant l'infcription, dont je fuis fi indigne :

Les rois de France et d'Angleterre
Peuvent de rubans bleus parer leurs courtifans ;
Mais il eft un roi fur la terre
Qui fait de plus nobles préfens.

Je dis à ce héros, dont la main souveraine
    Me donne l'immortalité :
Vous m'accordez, grand homme, avec trop de bonté
    Des terres dans votre domaine.

A propos d'immortalité, on vient de faire une magnifique édition de la vie d'un de vos admirateurs (*), qui a marché dans une partie de cette carrière de la gloire que vous avez parcourue dans tous les fens. Il y a un volume tout entier de plans de batailles, de campemens et de marches, et de toutes les actions où il s'était trouvé dès l'âge de douze ans. Les cartes font très-fidelles et très-bien deffinées : quoiqu'en qualité de poltron je détefte cordialement la guerre, cependant j'avoue à votre Majefté que je défirerais avec paffion que votre Majefté permît de deffiner vos batailles; j'ofe vous dire que perfonne n'y ferait plus propre que d'*Etallonde Morival*. C'eft une chofe étonnante que la célérité, la précifion et la bonté de fes deffins. Il femble qu'il ait été vingt ans ingénieur.

Puifque j'ai commencé, Sire, à vous parler de lui, je continuerai à prendre cette liberté; mon cœur eft pénétré des bontés dont vous l'honorez, le moment approche où il efpère s'en fervir. Mais auffi le congé que votre Majefté lui accorde, va expirer au mois de mars. Il abandonnera fans doute toutes fes efpérances pour voler à fon devoir, c'eft fon deffein. Je vous implore pour lui et malgré lui. Accordez-nous encore fix mois. Je n'ofe renouveler ma prière de l'honorer du titre de votre ingénieur et de lieutenant où de capitaine ; tout ce que je fais, c'eft qu'une victime des prêtres peut être immolée, et qu'un

(*) Le maréchal de *Saxe*.

homme à vous fera respecté. Vous ne vous bornez pas à donner l'immortalité, vous donnez des sauve-gardes dans cette vie. Je passerai le reste de la mienne à remercier, à relire *Marc-Aurèle Julien Frédéric*, héros de la guerre et de la philosophie.

Le vieux malade de Ferney.

LETTRE LXXIII.

DU ROI.

A Potsdam, le 27 de janvier.

J'ETAIS préparé à tout, excepté de recevoir par votre lettre un plan de cet art digne des cannibales et des anthropophages. *Morival* me revient comme *Alexandre* : ce dernier était disciple d'*Aristote*, et le premier l'est de *Voltaire* ; et quoique sous l'école des plus grands philosophes, tous deux auront quitté *Uranie* pour *Bellone*. Mais il faut espérer que *Morival* n'aura pas le goût des conquêtes à cet excès que le poussa *Alexandre*.

Cet officier peut rester chez vous tant que vous le jugerez convenable pour ses intérêts, quoiqu'à vue de pays son procès puisse bien traîner au moins une année. On me mande que des formalités importantes exigent ces délais, et que ce n'est qu'à force de patience qu'on parvient à perdre un procès au par-lement de Paris. J'apprends ces belles choses avec étonnement, et sans y comprendre le moindre mot.

1775.

Vous avez raifon de trouver la géométrie pratique préférable à la tranfcendante. L'une eft utile et nécef- faire, l'autre n'eft qu'un luxe de l'efprit. Cependant ces fublimes abftractions font honneur à l'efprit humain ; et il me femble que les génies qui les cultivent, fe dépouillent de la matière autant qu'il eft en eux, et s'élèvent dans une région fupérieure à nos fens. J'honore le génie dans toutes les routes qu'il fe fraye, et quoiqu'un géomètre foit un fage dont je n'entends pas la langue, je me plains de mon ignorance, et je ne l'en eftime pas moins.

Ce *Maupertuis*, que vous haïffez encore, avait de bonnes qualités ; fon ame était honnête ; il avait des talens et de belles connaiffances ; il était brufque, j'en conviens ; et c'eft ce qui vous a brouillés enfemble. Je ne fais par quelle fatalité il arrive que jamais deux français ne font amis dans les pays étrangers. Des millions fe fouffrent les uns les autres dans leur patrie ; mais tout change dès qu'ils ont franchi les Pyrénées, le Rhin ou les Alpes. Enfin il eft bien temps d'oublier les fautes quand ceux qui les ont commifes n'exiftent plus. Vous ne reverrez *Maupertuis* qu'à la vallée de *Jofaphat*, où rien ne vous preffe d'arriver.

Jouiffez long-temps encore de votre gloire dans ce monde-ci, où vous triomphez de la rivalité et de l'envie : de votre couchant répandez ces rayons de goût et de génie que vous feul pouvez tranfmettre du beau fiècle de *Louis XIV*, auquel vous tenez de fi près ; répandez ces rayons fur la littérature, empêchez-la de dégénérer ; et, s'il fe peut, tâchez de réveiller le goût des fciences et des lettres, qui me paraît paffer de mode et fe perdre.

—————
1775.

Voilà ce que j'attends encore de vous. Votre carrière furpaffera celle de *Fontenelle*, car vous avez trop d'ame pour mourir fi tôt. Nous avons ici milord *Maréchal*, âgé de quatre-vingt-cinq ans, auffi frais, aux jambes près, qu'un jeune homme : nous avons *Polnitz* qui ne lui cède pas, et qui compte bien encore fur dix années de vie. Pourquoi l'auteur de la Henriade, de Mérope, de Sémiramis, &c. &c. n'irait-il pas auffi loin ? Beaucoup d'huile dans la lampe en fait durer la lumière : eh, qui en eut plus que vous ? Enfin *Apollon* m'a révélé que nous vous garderons encore long-temps. Je lui ai fait mon humble prière, et lui ai dit : O feule Divinité que j'implore, confervez à votre fils de Ferney de longues années, pour l'avantage des lettres et la fatisfaction de l'hermite de Sanfouci. *Vale*.

FÉDÉRIC.

LETTRE LXXIV.

DE M. DE VOLTAIRE.

29 janvier.

SIRE,

JE reçois dans ce moment la lettre charmante dont votre Majefté m'honore, du 2 décembre, elle me rend la force, elle me fait oublier tous les maux auxquels je fuis fouvent près de fuccomber.

Je ne fais affurément nulle comparaifon entre vous et l'empereur *Kienlong*, quoiqu'il foit arrière-petit-fils

d'une vierge célefte fœur de DIEU. J'ai pris la liberté
de m'égayer un peu fur cette généalogie, qui eft
beaucoup plus commune qu'on ne croyait ; je n'ai
fait tout ce badinage que pour diffiper mes fouffrances ; s'il peut amufer votre Majefté un moment,
ma peine n'eft pas perdue.

L'ancienne religion des Brachmanes eft évidemment l'origine du chriftianifme ; vous en ferez
convaincu fi vous daignez lire la lettre fur l'Inde,
et cela pourra peut-être amufer davantage votre
efprit philofophique : tout ce que je dis des Brachmanes eft puifé mot à mot dans des écrits authen-
tiques, que M. *Paw* connaît mieux que moi.

Je penfe abfolument comme lui fur ceux qui
croient connaître mieux la Chine que ce père
Parennin, homme très-favant et très-fenfé, qui avait
demeuré trente ans à Pékin.

Au refte, ces lettres font fous le nom d'un jeune
bénédictin, qui voudrait être un peu philofophe, et
qui s'adreffe à M. *Paw* comme à fon maître, en dépit
de faint *Benoît* et de faint *Idulphe*.

Il eft vrai, Sire, que je fais plus de cas de vos
foixante-feize mille journaux de prairies et des fept
mille vaches qui vous devront leur exiftence, que
des romans théologiques des Chinois et des Indiens ;
mais l'empereur *Kienlong* défriche auffi, et on prétend
même que fa charrue vaut mieux que fa lyre. Vous
êtes affurément le feul roi fur ce globe qui foyez
fupérieur dans tous les genres.

Vous reffembleriez à *Apollon* comme deux gouttes
d'eau, fi vous n'aviez pas pris fi long-temps pour
votre patron un autre faint, nommé *Mars ;* car

—— *Apollon* bâtiſſait comme vous des palais, cultivait
1775. des prairies, était le dieu de la muſique et de la
poëſie : de plus, vous êtes médecin comme lui;
car votre Majeſté pouſſe la bonté juſqu'à vouloir
m'envoyer une fiole du baume de la Mecque. C'eſt
un remède ſouverain pour la maladie de poitrine,
dont ma nièce eſt attaquée et pour la faibleſſe extrême
où je ſuis. Non-ſeulement votre Majeſté fait le charme
de ma vie, mais elle la prolonge : le reſte de mes
jours doit lui être conſacré.

Je la remercie de l'*Ammien Marcellin*, dont on m'a
dit que les notes étaient très-inſtructives. Cet *Ammien*
était un ſuperſtitieux perſonnage, qui croyait aux
démons de l'air et aux ſorciers, comme tout le monde
y croyait de ſon temps, comme les Velches y ont
crû du temps même de *Louis XIV*, comme les
Polonais y croient plus que jamais; car on dit qu'ils
viennent de brûler ſept pauvres vieilles femmes,
accuſées d'avoir fait manquer la récolte par des
paroles magiques.

Je ne ſais, Sire, ſi je ne me ſuis pas démis à vos
pieds de mon marquiſat; je n'ai voulu accepter
aucune récompenſe du peu de peines que j'ai pris
pour le petit'pays dont j'ai fait ma patrie.

J'ai quatre-vingt-deux ans, je n'ai point d'enfans;
l'érection d'une terre en marquiſat demande des ſoins
au-deſſus de mes forces; je ne déſire à préſent d'autres
honneurs que celui d'être toujours protégé par le
roi *Frédéric le grand*, à qui je ſuis attaché avec le
plus profond reſpect juſqu'au dernier moment de
ma vie.

LETTRE LXXV.

DE M. DE VOLTAIRE.

A Ferney, 4 février.

SIRE,

Pendant que d'*Etallonde Morival* vous conftruit des citadelles fur le papier et les affiége, pendant qu'il deffine des montagnes, des vallées, des lacs, le vieux malade de Ferney s'eft avifé de faire une tragédie qu'il prend la liberté de mettre aux pieds de votre Majefté. Il vous fupplie de ne la pas lire, parce qu'elle n'en vaut pas la peine; mais daignez du moins jeter un petit coup d'œil fur un petit *Voyage de la Raifon et de la Vérité*, et fur une note de la Tactique, dans laquelle l'éditeur a mis je ne fais quoi qui vous regarde.

Pardonnez-lui fa hardieffe, car il faut bien que *Julien Marc-Aurèle* permette de dire ce qu'on penfe.

Nous touchons au temps où il faut que l'affaire de d'*Etallonde Morival* s'éclairciffe; il compte écrire dans quelque temps, ou au chancelier de France, ou au roi de France lui-même. Votre Majefté lui permettra-t-elle de prendre le titre de votre ingénieur? J'ofe vous affurer qu'il eft digne de l'être.

Permettriez-vous auffi qu'il fût lieutenant au lieu d'être fous-lieutenant? l'honneur de vous appartenir n'eft pas une vanité; c'eft une gloire qui en impofe, et qui peut le faire refpecter des Velches.

1775.

Il ne fera partir la lettre qu'après que je l'aurai mife fous vos yeux et que vous l'aurez approuvée. Vous ferez étonné de cette affaire, qui eft, comme je vous l'ai déjà dit, cent fois pire que celle des *Calas*. Vous y verrez un jeune gentilhomme innocent, condamné au fupplice des parricides, par trois juges de province, dont l'un était un ennemi déclaré, et l'autre un cabaretier, marchand de cochons, autrefois procureur, et qui n'avait jamais fait le métier d'avocat ; j'ignore le troifième. Cette épouvantable et abfurde velcherie fera démontrée ; et fi cet écrit fimple, modefte et vrai, eft approuvé de votre Majefté, il tiendra lieu de tout ce que nous pourrions demander.

J'attends vos ordres fur cet objet, comme la plus grande faveur qui puiffe confoler ma vieilleffe et me faire attendre gaiement la mort.

Agréez, Sire, mon refpect, mon admiration, mon dévouement, mon regret de finir ma carrière hors de vos Etats.

LETTRE LXXVI.

DE M. DE VOLTAIRE.

11 février.

SIRE,

Vous m'accablez des bienfaits les plus flatteurs : votre Majefté change en beaux jours les dernières misères de ma vie. Elle daigne me promettre fon portrait ; elle orne une de fes lettres des meilleurs vers qu'elle ait jamais faits depuis le temps où elle difait :

1775.

> *Et quoique admirateur d'Alexandre et d'Alcide,*
> *J'euffe aimé mieux pourtant les vertus d'Ariftide.*

Enfin, elle accorde fa protection à l'innocence opprimée de *Morival* : ajoutez à tout cela que *Voiture* n'écrivait pas fi bien que vous, à beaucoup près ; et cependant vous faites faire tous les jours la parade à deux cents mille hommes.

> Quel eft cet étonnant Protée ?
> On difait qu'il tenait la lyre d'Apollon :
> On accourt pour l'entendre, on s'en flatte ; mais non :
> Il porte du dieu Mars l'armure enfanglantée.
> Voyons donc ce héros ? Point du tout : c'eft **Platon**,
> C'eft Lucien, c'eft Cicéron ;
> Et s'il avait voulu, ce ferait Epicure.
> Dites-moi donc votre fecret ;
> On veut faire votre portrait :
> Qu'on peigne toute la nature.

Je viens enfin de recevoir des inftructions très-sûres fur la fingulière cataftrophe de votre protégé. Ce ferait en vérité une fcène d'arlequin fi ce n'était pas une fcène de cannibales : c'eft le comble du ridicule et de l'horreur. Rien n'eft plus velche.

Non, Sire, je ne fortirai point de mon lit à l'âge de quatre-vingt-deux ans pour aller à Verfailles. Je jurai de n'y aller jamais, le jour que je reçus à Potfdam la lettre du miniftre M. de *Puifieux*, qui me manda que je ne pouvais garder ni ma place d'hiftoriographe ni ma penfion. Je mourrai aux pieds des Alpes ; j'aurais mieux aimé mourir aux vôtres.

A l'égard de votre protégé, je ne comprends pas la rage qu'il a de s'avilir par une grâce : le mot infame de *grâce* n'eft fait que pour les criminels. Le bien dont il peut hériter fera peu de chofe, et certainement fes talens et fa fageffe fuffiront dans votre fervice. Croyez, Sire, que votre Majefté n'aura guère un officier plus attaché à fes devoirs, ni d'ingénieur plus intelligent. Il a trouvé parmi mes paperaffes quelques indications fur une de vos victoires ; il en a fait un plan régulier : vous verrez par là, Sire, fi ce jeune homme entend fon métier, et s'il mérite votre protection.

Je le garderai, puifque votre Majefté le permet, jufqu'à ce qu'il foit entièrement perfectionné dans fon art. Je ne l'oublierai point à ma mort ; mais à l'égard de la *grâce*, je n'en veux pas plus que de la grâce de *Molina* et de *Janfénius*. Je n'avilirai jamais ainfi un de vos officiers digne de vous fervir. Si on veut lui figner une juftification honorable, à la bonne heure. Tout le refte me paraît honteux.

Je

1775.

Je mourrai avec ces fentimens, et furtout avec le regret de n'avoir pas achevé ma vie auprès du plus grand homme de l'Europe, que j'ofe aimer autant qu'admirer.

LETTRE LXXVII.

DU ROI.

A Potſdam, le 12 de février.

Votre mufe eſt dans fon printemps,
Elle en a la fraîcheur, les grâces;
Et les hivers, les froides glaces,
N'ont point fané les fleurs qui font fes ornemens.

Ma mufe fent le poids des ans;
Apollon me dédaigne; une lourde Minerve,
A force d'animer ma verve,
En tire des accords faibles et languiffans.

Pour vous, le dieu du jour, Apollon votre père
Vous obombra de fes rayons,
De ce feu pur, élémentaire,
Dont l'ardeur vous foutient en toutes les faifons.

Le feu que jadis Prométhée
Ravit au fouverain des dieux,
Ce mobile divin dont l'ame eſt excitée,
M'abandonne, et s'élance aux cieux.

Correſp. du roi de P... &c.   Tome III.   M

Le Génie éleva votre vol au Parnaffe :
  Au chantre de Henri le grand,
  Au-deffus d'Homère et d'Horace,
Les mufes et les dieux affignèrent le rang.

Mars, auquel je vouai ma jeuneffe imprudente,
M'éblouit par l'éclat de fes brillans héros ;
  Mais, ufé par fes durs travaux,
  Je vieillis avant mon attente.

Quand nos foudres d'airain répandent la terreur,
Que la mort fuit de près le tonnerre qui gronde,
Héros de la raifon, vous écrafez l'erreur,
  Et vos chants confolent le monde.

Un guerrier vieilliffant, fût-il même Annibal,
  En paix voit fa gloire éclipfée :
  Ainfi qu'une lame caffée,
On le laiffe rouiller au fond d'un arfenal.

Si le Deftin jaloux n'eût terminé fon rôle,
On aurait vu le Taffe, en dépit des cenfeurs,
  Triompher dans ce capitole,
Où jadis les Romains couronnaient les vainqueurs.

Mais quel fpectacle, ô Ciel ! je vois pâlir l'Envie ;
Furieufe, elle entend chez les fybaritains
  Que la voix de votre patrie
Vous rappelle à grands cris des monts helvétiens.

  Hâtez vos pas, volez au louvre :
Je vois d'ici la pompe, et le jour folennel
  Où la main de LOUIS vous couvre,
Aux vœux de fes fujets, d'un laurier immortel.

Je compte de recevoir bientôt de vos lettres datées ——
de Paris. Croyez-moi, il vaut mieux faire le voyage 1775.
de Verfailles que celui de la vallée de *Jofaphat*. Mais
voici une feconde lettre qui me furvient; on me
demande de quel officier elle eft : c'eft, dis-je, du
lieutenant général *Voltaire*, qui m'envoie quelque
plan de fon invention. Vous pafferez pour l'émule
de *Vauban*; dans la fuite on conftruira des baftions,
des ravelins et des contregardes *à la Voltaire*, et l'on
attaquera les places felon votre méthode.

Pour le pauvre d'*Etallonde*, je n'augure pas bien
de fon affaire, à moins que votre féjour à Paris,
et le talent de perfuader que vous poffédez fi fupé-
rieurement, n'encouragent quelques ames vertueufes
à vous affifter. Mais le parlement ne voudra pas
obtempérer : revêche à l'égard de fon réinftituteur
Maurepas, que ne fera-t-il pas envers vous?

Je viens de lire votre traduction du *Taffe*, qu'un
heureux hafard a fait tomber en mes mains. Si
Boileau avait vu cette traduction, il aurait adouci
la fentence rigoureufe qu'il prononça contre le
Taffe. Vous avez même confervé les paragraphes
qui répondent aux ftances de l'original. A préfent
l'Europe ne produit rien; il femble qu'elle fe repofe,
après avoir fourni de fi abondantes moiffons les
fiècles paffés. Il paraît une tragédie de *Dorat* : le
fujet m'a paru fort embrouillé. L'intérêt partagé entre
trois perfonnes, et les paffions n'étant qu'ébauchées,
m'ont laiffé froid à la lecture. Peut-être l'art des
comédiens fupplée-t-il à ces défauts, et que l'impreffion en eft différente au fpectacle. *Pépin*, votre maire
du palais, en eft le héros; il y a des fituations

—— fufceptibles de pathétique ; elles ne font pas naturellement amenées ; et il me femble que le poëte
manque de chaleur. Vous nous avez gâtés ; quand
on eft accoutumé à vos ouvrages , on fe révolte
contre ceux qui n'ont ni les mêmes beautés , ni les
mêmes agrémens. Après cet aveu que je fais au nom
de l'Europe , jugez combien je m'intéreffe à votre
confervation , et combien le philofophe de Sans-
fouci fouhaite de bénédictions à l'*Epictète* de Ferney.
Vale.

FÉDÉRIC.

LETTRE LXXVIII.

DE M. DE VOLTAIRE.

A Ferney , 15 février.

SIRE,

JE ne fuis point étonné que le grand baron de
Polnitz fe porte bien à l'âge de quatre-vingt-huit ans;
il eft grand , bien fait , bien conftitué. *Alexandre*, qui
était très-bien conftitué auffi, et très-bien pris dans fa
taille, mourut à trente ans , après avoir feulement
remporté trois victoires; mais c'eft qu'il n'était pas
fobre , et qu'il s'était mis à être ivrogne.

Quand je le loue d'avoir gagné des batailles en
jouant de la flûte , comme *Achille*, ce n'eft pas que
je n'aye toujours la guerre en horreur ; et certainement j'irais vivre chez les quakers en Penfilvanie , fi
la guerre était par-tout ailleurs.

1775.

Je ne fais fi votre Majefté a vû un petit livre qu'on débite publiquement à Paris, intitulé *le Partage de la Pologne*, en fept dialogues, entre le roi de Pruffe, l'impératrice-reine et l'impératrice ruffe. On le dit traduit de l'anglais; il n'a pourtant point l'air d'une traduction. Le fond de cet ouvrage eft furement compofé par un de ces polonais qui font à Paris. Il y a beaucoup d'efprit, quelquefois de la fineffe, et fouvent dés injures atroces. Ce ferait bien le cas de faire paraître certain poëme épique que vous eûtes la bonté de m'envoyer il y a deux ans. Si vous favez vaincre et vous arrondir, vous favez auffi vous moquer des gens mieux que perfonne. Le neveu de *Conftantin*, qui a ri et qui a fait rire aux dépens des *Céfars*, n'entendait pas la raillerie auffi bien que vous.

Je fuis très-maltraité dans les fept dialogues; je n'ai pas cent foixante mille hommes pour répondre; et votre Majefté me dira que je veux me mettre à l'abri fous votre égide. Mais, en vérité, je me tiens tout glorieux de fouffrir pour votre caufe.

Je fus attrapé comme un fot quand je crus bonnement, avant la guerre des Turcs, que l'impératrice de Ruffie s'entendait avec le roi de Pologne pour faire rendre juftice aux diffidens, et pour établir feulement la liberté de confcience. Vous autres rois, vous nous en donnez bien à garder, vous êtes comme les dieux d'*Homère*, qui font fervir les hommes à leurs deffeins, fans que ces pauvres gens s'en doutent.

Quoi qu'il en foit, il y a des chofes horribles dans ces fept dialogues qui courent le monde.

M 3

A l'égard de d'*Etallonde Morival*, qui ne s'occupe à préfent que de contrefcarpes et de tranchées, je remercie votre Majefté de vouloir bien me le laiffer encore quelque temps. Il n'en deviendra que meilleur meurtrier, meilleur canonnier, meilleur ingénieur ; et il vous fervira avec un zèle inaltérable dans toutes les journées de Rosbac qui fe préfenteront.

J'efpère envoyer à votre Majefté, dans quelques mois, un petit précis de fon aventure velche, vous en ferez bien étonné. Je fouhaiterais qu'il ne plaidât que devant votre tribunal. C'eft une chofe bien extraordinaire que la nation velche ! Peut-on réunir tant de fuperftition et tant de philofophie, tant d'atrocité et tant de gaieté, tant de crimes et tant de vertus, tant d'efprit et tant de bêtifes ? Et cependant cela joue encore un rôle dans l'Europe ! Il ne faudrait qu'un *Louvois* et qu'un *Colbert* pour rendre ce rôle paffable ; mais *Colbert*, *Louvois* et *Turenne* ne valent pas celui dont le nom commence par une *F*, et qui n'aime pas qu'on lui donne de l'encens par le nez.

En toute humilité, et avec les mêmes fentimens que j'avais il y a environ quarante ans.

Le vieux malade de Ferney.

LETTRE LXXIX.

DU ROI.

Le 23 de février.

Aucun monarque de l'Europe n'eſt en état de me faire un don comme celui que je viens de recevoir de votre part. Que de choſes charmantes contenues dans ce volume ! Et quel vieillard, quel eſprit pour les compoſer ! Vous êtes immortel, j'en conviens : moi qui ne crois pas trop à un être diſtinct du corps, qu'on appelle *ame*, vous me forceriez d'y croire : toutefois ferez-vous le ſeul des êtres penſans qui ait conſervé à quatre-vingts ans cette force, cette vigueur d'eſprit, cet enjouement et ces grâces qui ne reſpirent plus que dans vos ouvrages. Je vous en félicite ; et j'implore la nature univerſelle, qu'elle daigne conſerver long-temps ce réſervoir de penſées heureuſes dans lequel elle s'eſt complu.

Je trouve d'*Etallonde* bien heureux de ſe trouver à la ſource d'où nous viennent tant de chefs-d'œuvre : il peut prendre hardiment quel titre il trouvera le plus convenable pour l'aider à ſauver les débris de ſa fortune. D'*Alembert* me mande que la robe ne marche qu'à pas comptés, et qu'il faut des années pour réparer des injuſtices d'un moment : ſi cela eſt, il faudra ſe munir de patience, à moins que vous n'alliez à Paris, comme tout le monde le dit ; et qu'à force d'employer les grands talens que la

1775.

M 4

nature vous a octroyés, vous ne parveniez à fauver l'innocence opprimée. Cela fournira le fujet d'une tragédie larmoyante ; la fcène fera à Ferney. Un malheureux, qui manque de protecteurs, y fera appelé par un fage : il fera étonné de trouver plus de fecours chez un étranger que chez fes parens. Le philofophe de Ferney, par humanité, travaillera fi efficacement pour lui, que *Louis XVI* dira : Puifqu'un fage le protége, il faut qu'il foit innocent ; et il lui enverra fa grâce. Une arrière-coufine, dont *Etallonde* était amoureux, fera chargée de la lui apporter ; elle arrivera au dernier acte. Le philofophe humain célébrera les noces, et tous les conviés feront l'éloge de la bienfefance de cet homme divin, auquel d'*Etallonde* érigera un autel, comme à fon dieu fecourable.

Ce fujet entre des mains habiles pourrait produire beaucoup d'intérêt, et fournir des fcènes touchantes et attendriffantes. Mais ce n'eft pas à moi d'envoyer des fujets à celui qui pofsède un tréfor d'imagination, et qui, comme *Jupiter*, accouche par la tête de déeffes armées de toutes pièces. Enfin, quelque part que vous foyez, foit à Ferney, foit à Verfailles, n'oubliez pas le folitaire de Sans-fouci, qui vous fera toujours redevable du beau don que vous lui avez fait. *Vale.*

FÉDÉRIC.

LETTRE LXXX.

DU ROI.

A Potſdam , le 28 de février.

L'esprit républicain , l'eſprit d'égalité
Reſpire dans les cœurs des grands et du vulgaire ;
Le mérite éclatant bleſſe leur vanité :
     Sa ſplendeur , qui les déſeſpère ,
     Redouble leur obſcurité :
Auſſi l'Envie uſa des lois du deſpotiſme.
Athènes , le berceau des ſciences , des arts ,
     Bannit , du ban de l'oſtraciſme ,
Les plus chers nourriſſons de Mercure et de Mars.
Le beſoin qu'on eut d'eux , leurs revers , leur abſence ,
     Les firent bientôt regretter.
     Le peuple plein de bienveillance
Pour hâter leur rappel eût voulu tout tenter.
Quiconque fièrement ſur ſon ſiècle s'élève ,
Peut s'encenſer lui-même et jouïr d'un beau rêve.
Mais bientôt les vapeurs des malins envieux ,
Les ſucs empoiſonnés , obſcurciſſent les cieux ,
     Et ſur lui le nuage crève.

Condé fut à Vincenne , au Havre détenu ;
Eugène fut chaſſé ; des Français méconnu ,
Bayle chez le Batave enfin trouve un aſile ;
L'émule généreux d'Homère et de Virgile ,
Dont le nom illuſtra tous ſes concitoyens ,
Tranſporte ſes foyers chez les Helvétiens.

. . . .

1775.

Paffez, fi vous pouvez, du vieux Neftor les ans.
    Les mâles efforts du génie
    Vous ferviront peu, fi le temps
    Ne vous fait furvivre à l'Envie.
    Ainfi l'univers enchanté,
De Voltaire à Berlin court acheter le bufte;
Et s'il jouit vivant de l'immortalité,
    Difons que le public eft jufte.

Ce n'eft point un conte; on fe déchire à la fabrique de porcelaine pour avoir votre bufte : on en achève moins qu'on n'en demande. Le bon fens de nos Germains veut des impreffions fortes, mais quand ils les ont reçues, elles font durables.

L'ouvrage dont vous me parlez, du maréchal de *Saxe*, m'eft connu; et j'ai écrit pour en avoir un exemplaire. Les faits font récens et connus; il n'y a que les cartes qui intéreffent, parce que le terrain eft l'échiquier de nous autres anthropophages, et que c'eft lui qui décide de l'habileté, ou de l'ignorance de ceux qui l'ont occupé.

Cette partie de ma lettre eft pour le lieutenant général *Voltaire*, qui m'entendra bien : le refte eft pour le patriarche de Ferney, pour le philofophe humain, qui protége d'*Etallonde*, et qui veut à toute force caffer l'arrêt de l'*inf*.... Je ne refuferai aucun titre à d'*Etallonde*, fi par cette voie je peux le fauver: ainfi, qu'il s'en donne tel qu'il jugera le plus propre pour fon avantage.

Vous me croyez plus vain que je ne le fuis. Depuis la guerre, je n'ai penfé ni à plan, ni à batailles, ni à toutes les chofes qui fe font paffées. Il faut penfer à l'avenir, et oublier le paſſé, car celui-là reſte tel qu'il eſt ; mais il y a bien des meſures à prendre pour l'avenir.

Ce diſcours ſent un peu le jeune homme : ſongez pourtant que les Etats ſont immortels, et que ceux qui ſont à leur tête ne doivent pas vieillir, tant qu'ils les gouvernent.

Si vous allez à Verſailles, d'*Etallonde* eſt ſauvé : ſi votre ſanté ne vous permet pas d'entreprendre ce voyage, je n'augure aucune iſſue heureuſe de ſon procès. Vous avez, à la vérité, quelques philoſophes en France, mais les ſuperſtitieux ſont le grand nombre ; ils étouffent les autres. Nos prêtres allemands, catholiques et huguenots, ne connaiſſent que l'intérêt : chez les Français, c'eſt le fanatiſme qui les domine. On ne ramène pas ces têtes chaudes : ils mettent de l'honneur à délirer ; et l'innocence demeure opprimée. Le vieux parlement, rebelle à celui qui l'a réintégré, ſera-t-il ſouple à la raiſon pure ? agiſſant d'ailleurs d'une manière ſi oppoſée à ſes devoirs et à ſes véritables intérêts.

Mais qui penſera à d'*Etallonde* quand il s'agit de remettre en vogue le pourpoint de *Henri IV* ? Il faut changer ſa garde-robe, faire emplette d'étoffes, et employer l'habileté des tailleurs pour être à la mode. Cet objet eſt bien plus important que celui d'un procès jugé. Hors quelques parens, toute la France ignore qu'un citoyen, nommé d'*Etallonde*, s'eſt échappé aux punitions injuſtes et cruelles qu'on lui avait infligées, et qui n'étaient point proportionnées au délit, qui n'était proprement qu'une poliſſonnerie.

Je falue le patriarche de Ferney ; je lui fouhaite longue vie. J'ai lu fa nouvelle tragédie, qui n'eft point mauvaife du tout. Je hafarderais quelques petites remarques d'un ignorant ; mais ne pouvant pas dire comme *le Corrége*, *fon pittor*, *anche io !* je garde le filence, en vous priant de ne point oublier le philo-fophe de Sans-fouci. *Vale*.

FÉDÉRIC.

LETTRE LXXXI.

DU ROI.

A Potfdam, le 2 de mars.

LE baron de *Polnitz* n'eft pas le feul octogénaire qui vive ici, et qui fe porte bien : il y a le vieux *le Cointe*, dont peut-être vous vous reffouviendrez, qui a dix ans de plus que *Polnitz* : le bon milord *Maréchal* approche du même âge ; et l'on trouve encore de la gaieté et du fel attique dans fa converfation. Vous avez plus de ce feu élémentaire, ou célefte, que tous ceux que je viens de nommer : c'eft ce feu, cet efprit, que les Grecs appelaient *anima*, qui fait durer notre frêle machine.

Vos derniers ouvrages, dont je vous remercie encore, ne fe reffentent point de la décrépitude : tant que votre efprit confervera cette force et cette gaieté, votre corps ne périclitera point.

Vous me parlez de *dialogues polonais* qui me font inconnus ; tout ce qu'il y a d'injures dans ces dia-logues fera des farmates ; le très - *fin*, des velches qui les protégent. Je penfe fur ces fatires comme

1775.

Epictète : Si l'on dit du mal de toi et qu'il soit véritable, corrige-toi ; si ce sont des mensonges, ris-en. J'ai appris, avec l'âge, à devenir bon cheval de poste ; je fais ma station, et ne m'embarrasse pas des roquets qui aboient en chemin. Je me garde encore davantage de faire imprimer mes billevesées : je ne fais de vers que pour m'amuser. Il faut être ou *Boileau*, ou *Racine*, ou *Voltaire*, pour transmettre ses ouvrages à la postérité ; et je n'ai pas leurs talens. Ce qu'on a imprimé de mes balivernes n'aurait jamais paru de mon consentement. Dans le temps où c'était la mode de s'acharner sur moi, on m'a volé ces manuscrits, et on les a fait imprimer le moment même où ils auraient pu me nuire. Il est permis de se délasser et de s'amuser avec la littérature, mais il ne faut pas accabler le public de ses fadaises.

Ce poëme des *Confédérés* dont vous me parlez, je l'ai fait pour me désennuyer. J'étais alité de la goutte, et c'était pour moi une agréable distraction. Mais dans cet ouvrage il est question de bien des personnes qui vivent encore, et je ne dois, ni ne veux choquer personne.

La diète de Pologne tire vers sa fin : on termine actuellement l'affaire des diffidens. L'impératrice de Russie ne vous a point trompé ; ils auront pleine satisfaction ; et l'impératrice en aura tout l'honneur. Cette princesse trouvera plus de facilité à rendre les Polonais tolérans, que vous et moi à rendre votre parlement juste et humain.

Vous me faites l'énumération des contradictions que vous trouvez dans le caractère de vos compatriotes : je conviens qu'elles y sont. Cependant,

—— pour être équitable , il faut avouer que les mêmes
1775. contradictions fe rencontrent chez tous les peuples.
Chez nos bons Germains elles ne font pas fi faillantes,
parce que leur tempérament eft plus flegmatique;
mais chez les Français, plus vifs et plus fougueux ,
ces contradictions font plus marquées : d'autant plus
refpectables font pour eux ces précepteurs du genre-
humain, qui tâchent de tourner ce feu vers la bienveillance , l'humanité , la tolérance et toutes les
vertus. Je connais un de ces fages qui , bien loin
d'ici , habite, dit-on , Ferney ; je ne ceffe de lui
fouhaiter mille bénédictions , et toutes les profpérités
dont notre efpèce eft fufceptible. *Vale.*

FÉDÉRIC.

LETTRE LXXXII.

DU ROI.

A Potfdam , le 26 de mars.

NON , vous n'entendrez plus les aigres fifflemens
Des monftres que nourrit l'Envie :
J'étouffe leurs cris difcordans
Par l'éloge de votre vie.
J'irai vous cueillir de ma main
Des fleurs dans les bofquets de Flore,
Pour en parfemer le chemin
Que l'aveugle arrêt du Deftin
Veut bien vous réferver encore.

Vous avez charmé mon loifir ;
 J'ai pu vous voir et vous entendre :
Tous vos vers font à moi , car j'ai fu les apprendre.
D'un cœur reconnaiffant le plus ardent défir
Eft , qu'ayant par vos foins reçu tant de plaifir ,
 Je puiffe à mon tour vous en rendre.

Le pauvre *Protée* dont vous faites l'éloge n'eft qu'un *dilettante*, efpèce de gens qu'on appelle ainfi en Italie, amateurs des arts et des fciences, n'en poffédant que la fuperficie ; mais qui pourtant font rangés dans une claffe fupérieure à ceux qui font totalement ignorans.

Je me fuis enfin procuré les fept dialogues, et j'en ai approfondi toute l'hiftoire. L'auteur de cet ouvrage eft un anglais, nommé *Lindfic*, théologien de profeffion, et précepteur du jeune prince *Poniatowski*, neveu du roi de Pologne. C'eft à l'inftigation des *Czartorinski*, oncles du roi, qu'il a compofé fa fatire en anglais.

L'ouvrage achevé, on s'eft aperçu que perfonne ne l'entendrait en Pologne, s'il n'était traduit en français ; ce qui s'eft exécuté tout de fuite. Mais, comme le traducteur n'était pas habile, on envoya les dialogues à un certain *Gérard* à Dantzick, qui pour lors y était conful de France, et qui à préfent eft commis de bureau aux affaires étrangères, auprès de M. de *Vergennes*. Ce *Gérard*, qui a de l'efprit, mais qui me fait l'honneur de me haïr cordialement, a retouché ces dialogues, et les a mis dans l'état où on les a vus paraître. J'en ai beaucoup ri ; il y a par-ci par-là des groffièretés et des platitudes infipides ;

mais il y a des traits de bonne plaifanterie. Je n'irai
point férailler à coups de plume contre ce fycophante.
Il faut s'en tenir à ce que difait le cardinal *Mazarin* :
Laiffons chanter les Français, pourvu qu'ils nous
laiffent faire.

Je reviens au pauvre d'*Etallonde*, dont l'affaire ne
m'a pas l'air de tourner avantageufement : comme
je lui ai procuré fon premier afile, je ferai fa dernière
reffource. Un ingénieur formé fous les yeux de
Voltaire eft un phénix à mes yeux. Pour cette bataille
dont il a tracé le plan, il y a fi long-temps qu'elle
s'eft donnée qu'à peine je m'en reffouviens. D'*Etallonde*
pourra vous fervir à conduire les travaux au fiége
de l'*inf*..., à former les batteries, des baliftes et
des catapultes pour faire écrouler entièrement la tour
de la fuperftition, dernier afile des vieilles femmes
et des tonfurés.

Je vois que vous préférez le féjour de Ferney à
celui de Verfailles : vous le pouvez faire fans rifque.
Les diftinctions que vous pourriez recevoir de votre
ingrate patrie tourneraient plus à fon honneur qu'au
vôtre. Vous ne recevrez pas l'immortalité comme un
don ; vous vous l'êtes donnée vous-même.

Les bonnes intentions de la reine de France font
cependant fon éloge : il eft beau qu'une jeune princeffe penfe à réparer les torts d'une nation dont elle
occupe le trône, furtout qu'elle rende juftice au
mérite éclatant.

Ce portrait que vous avez voulu avoir, et qui eft
plus propre à déparer qu'à orner un appartement,
vous le recevrez par *Michelet*. Je voulais qu'on lui
mît un habit d'anachorète, cela n'a pas été exécuté.

Si

Si ce portrait pouvait parler, il vous dirait que perfonne ne vous fouhaite plus de bénédictions ni ne s'intéreffe plus à votre confervation que le philofophe de Sans-fouci. *Vale.*

FÉDÉRIC.

LETTRE LXXXIII.

DE M. DE VOLTAIRE.

A Ferney, le 28 mars.

SIRE,

TOUTES les fois que j'écris à votre Majefté fur des affaires un peu férieufes, je tremble comme nos régimens à Rosbach. Mais votre bonté et votre magnanimité me raffurent.

Je vous fupplie de daigner lire dans un de vos momens de loifir, fi vous en avez, le mémoire de d'*Etallonde :* il eft entièrement fondé fur les pièces originales qu'on nous cachait, et qui nous font enfin parvenues. Vous verrez dans cette affaire, pire que celle des *Calas* et des *Sirven*, à quel point les Velches font quelquefois frivoles et atroces ; vous y verrez à la fois l'imbécillité du *Pierrot de la Foire*, et la barbarie de la *Saint-Barthelemi*. Ce n'eft pas que la bonne compagnie de Paris ne foit infiniment eftimable ; mais fouvent ceux qu'on appelle magiftrats, font l'oppofé de la bonne compagnie.

J'ofe croire que la lecture de ce mémoire vous fera frémir d'horreur. Nous avons réfolu d'envoyer ce mémoire non-feulement aux avocats de Paris, mais à tous les jurifconfultes de l'Europe. Notre deffein eft de nous en tenir à leur décifion. D'*Etallonde* ayant pris avec votre permiffion le titre de votre aide de camp et de votre ingénieur, ne doit ni demander grâce à un garde des fceaux, ni s'avilir jufqu'à fe mettre en prifon pour faire caffer fon arrêt.

Si vous daignez feulement nous faire avoir l'avis de votre chancelier, ou celui d'un de vos premiers juges, cette décifion, jointe à celle que nous efpérons avoir à Naples, à Milan et à Londres, fera affez authentique pour ne faire retomber l'opprobre de l'horrible jugement contre d'*Etallonde* et le chevalier de *la Barre* que fur les affaffins qui les ont condamnés. C'eft une nouvelle manière de demander juftice; mais fi votre Majefté l'approuve, je la crois très-bonne et très-efficace. Elle pourra mettre un frein à nos Velches cannibales qui fe font un jeu de la vie des hommes. Peut-être n'y a-t-il point actuellement d'affaire en Europe plus digne de votre protection. C'eft à *Marc-Aurèle* de donner des leçons à des barbares.

Dès que nous aurons la décifion des avocats de Paris, jointe au jugement des premiers jurifconfultes d'Allemagne et d'Italie, et peut-être de Rome même, je rendrai d'*Etallonde* à votre Majefté. Il eft digne de la fervir, et il n'attend que ce moment pour fe remettre à un devoir qui lui eft cher.

Pour moi j'attendrai la mort fans aucune peine, fi je peux réuffir dans cette jufte entreprife, et je mourrai heureux, fi votre Majefté me conferve fes bontés.

LETTRE LXXXIV.

DE M. DE VOLTAIRE.

A Ferney, 27 avril.

SIRE,

J'AI reçu aujourd'hui, par les bontés de votre Majefté, le portrait d'un très-grand homme; je vais mettre au bas deux vers de lui, en n'y changeant qu'un mot:

Imitateur heureux d'Alexandre et d'Alcide,
Il aimait mieux pourtant les vertus d'Ariftide.

J'avoue que le peintre vous a moins donné la figure d'*Ariftide* que celle d'*Hercule*. Il n'y a point de velche qui ne tremble en voyant ce portrait-là; c'eft précifément ce que je voulais.

> Tout velche qui vous examine,
> De terreur panique eft atteint;
> Et chacun dit à votre mine
> Que dans Rosbach on vous a peint.

Ce qui me plaît davantage, c'eft que vous avez l'air de la fanté la plus brillante.

Nous nous jetons *Morival* et moi aux pieds de ce héros. Le deffein de ce jeune homme eft de ne point s'avilir jufqu'à demander une grâce dont il n'aura certainement pas befoin aux yeux de l'Europe:

1775.

N 2

—— il veut et il doit fe borner à faire voir la turpitude et l'horreur des jugemens velches. Cette affaire eſt plus abominable encore que celle des *Calas ;* car les juges des *Calas* n'avaient été que trompés, et ceux du chevalier de *la Barre* ont été des monſtres ſanguinaires de gaieté de cœur.

Je m'en rapporte à votre jugement, Sire, et j'attends votre déciſion qui réglera notre conduite. Nos lois ſont atroces et ridicules, mais *Morival* ne connaît que les vôtres. Il ſe ſoucie fort peu de la petite part qui lui reviendrait dans le partage avec ſa famille ; il ne veut plus connaître d'autre famille que ſon régiment, et n'aura jamais d'autre roi et d'autre maître que vous.

J'ai été quelque temps ſans écrire à votre Majeſté. Il a régné dans nos cantons une maladie épidémique affreuſe, dont ma nièce a penſé mourir, et dont je ſuis encore attaqué.

Vivez long-temps, Sire, non pas pour votre gloire, car vous n'avez plus rien à y faire, mais pour le bonheur de vos Etats. Conſervez-moi des bontés qui me conſolent de toutes mes misères.

LETTRE LXXXV.

DE M. DE VOLTAIRE.

Premier mai.

SIRE,

VOTRE dernière lettre est un chef-d'œuvre de
raison, d'esprit, de goût et de bonté.   1775.

> C'est un sage qui nous instruit,
> C'est un héros qui s'humanise ;
> Rien de si beau ne fut produit
> Sur le Parnasse et dans l'Eglise.
> Mon cœur s'émeut quand je vous lis.
> Tout près de mon heure suprême,
> Grâces à vous je rajeunis ;
> J'admire votre gloire extrême
> Comme ont fait tous vos ennemis :
> Mais je fais bien mieux, je vous aime
> Comme je vous aimai jadis.

Je sens une joie mêlée d'attendrissement quand
les étrangers qui viennent chez moi s'inclinent
devant votre portrait, et disent : Voilà donc ce
grand homme.

> Chaque peuple à son tour a régné sur la terre
> Par les lois, par les arts, et surtout par la guerre :
> Le siècle de la Prusse est à la fin venu.

Il est vrai qu'on peut à présent observer parmi
presque tous les souverains de l'Europe une émulation

—— de fe fignaler par de grands et d'utiles établiffemens.

1775. Il femble même que la fuperftition diminue dans quelques cours. Mais quel eft le prince qui approche de votre philofophie? Par ma foi, il eft très-vrai que vous penfez en *Marc-Aurèle*, et que vous écrivez en *Cicéron*, et cela dans une langue qui n'était pas la vôtre. Les lettres familières de *Cicéron* ne valent pas celles de *Frédéric le Grand*. Vous êtes plus gai que lui, comme vous êtes meilleur général, quoiqu'il ait combattu une fois au même endroit qu'*Alexandre*.

Je remercie bien votre Majefté de fes bonnes intentions pour *divus d'Etallundus*, martyr de la philofophie. Il y a autant de grandeur et de vertu à protéger de tels martyrs qu'il y a d'infamie et de barbarie à les faire.

On me dit que votre Majefté fait le voyage de Siléfie, fuivie de meffieurs les princes de *Virtemberg*. J'ignore fi c'eft le duc régnant, ou le prince *Louis*, ou le prince *Eugène*, ou quelqu'un de fes enfans; fi c'était le Duc régnant, j'oferais vous demander votre protection auprès de lui. J'aime à ne point mourir fans avoir de nouvelles preuves de votre bonté; je m'endormirai dans la paix du Seigneur. Je finis ma vie par l'établiffement d'une colonie à Ferney. Votre Majefté peut fe fouvenir que mon premier deffein était de l'établir à Clèves. J'aurais efpéré alors d'être affez heureux pour me jeter encore une fois à vos pieds. C'eft une confolation dont il ne m'eft plus permis de me flatter. Daignez me conferver un fouvenir qui eft envié de tous les princes qui vous ont approché.

LETTRE LXXXVI.

DE M. DE VOLTAIRE.

Mai.

SIRE,

C'EST à *Ariſtide* que j'écris aujourd'hui, et je laiſſe là *Alexandre* et *Alcide* juſqu'à la première occaſion.

Je me jette à vos pieds avec *Morival*. Voici où il en eſt. Les gens qui ſont aujourd'hui les maîtres du royaume des Velches, lui donneront ſa grâce ; et cette grâce pourra le mettre dans quinze ou vingt ans, en poſſeſſion d'une légitime de cadet de Normandie. Mais nos belles lois exigent que pour être en état de recueillir un jour cette portion d'héritage ſi mince, on ſe mette à genoux devant le parlement, qui eſt le maître d'enregiſtrer la grâce ou de la rejeter.

Morival eſt un garçon pétri d'honneur. Il trouve qu'il y aurait de l'infamie à paraître à genoux avec l'uniforme d'un officier pruſſien, devant ces robins. Il dit que cet uniforme ne doit ſervir qu'à faire mettre à genoux les Velches.

C'eſt à peu-près ce qu'il mande à votre miniſtre à Paris. J'approuve un tel ſentiment, tout velche que je ſuis ; et je me flatte qu'il ne déplaira pas à votre Majeſté.

Vous avez eu la bonté de nous écrire que vous feriez notre dernière reſſource. Vous avez toujours été la ſeule ; car j'ai toujours mandé à la famille et à nos amis de Paris, que nous ne voulions point

1775.

N 4

—————— de grâce. Nous n'attendons rien que de vos bontés.

Vous avez permis que d'*Etallonde Morival* s'intitulât ingénieur et adjudant de votre Majesté. Ces titres, qui, ce me semble, ne donnent aucun grade militaire, peuvent s'accorder dans vos armées sans faire aucun passe-droit à personne.

Pour peu que votre Majesté daigne lui donner de légers appointemens, il subsistera très-honorablement avec les petits secours de sa famille et de ses amis. Il viendra recevoir vos ordres au moment où vous l'ordonnerez. Faites voir à l'Europe, je vous en conjure, combien votre protection est au-dessus de celle de nos parlemens. Vous avez daigné secourir les *Calas*; d'*Etallonde* est opprimé bien plus injustement; il est la victime d'une superstition et d'un fanatisme que vous haïssez autant que je les abhorre. Il n'appartient qu'à votre grandeur d'ame et à votre génie d'honorer hautement de votre bienveillance un officier très-sage, très-brave et très-utile, indignement persécuté par les plus lâches et les plus barbares de tous les hommes. Vous êtes fait pour donner des exemples, non-seulement aux Velches, mais à l'Europe entière.

J'attends les ordres de votre Majesté : j'ose espérer qu'ils consoleront ma décrépitude, et que mes cheveux blancs ne descendront point avec amertume dans le tombeau, comme dit l'autre.

LETTRE LXXXVII.

DU ROI.

Le 10 de mai.

Vous ne m'accuferez pas de lenteur à vous envoyer
la confultation de nos jurifconfultes : c'eft eux qui 1775.
m'ont lanterné jufqu'à ce moment que je reçois enfin
leur docte décifion. Si notre juftice eft fi lente , à
quoi ne faudra-t-il pas s'attendre du parlement de
Paris ? Ni vous, ni moi, ni *Morival* ne vivrons affez
long-temps pour voir la fin de cette affaire.

Le parti le plus fûr fera de renoncer , faute de
pouvoir amollir les cœurs de roche de ces juges
iniques. Je crois que le fanatifme et la fuperftition
ont eu moins de part à cette boucherie d'Abbeville,
que l'opiniâtreté. Il y a des gens qui veulent toujours
avoir raifon, et qui fe laifferaient plutôt lapider que
de reconnaître l'excès où leur précipitation les a fait
tomber.

A préfent on ne penfe à Paris qu'au facre de
Reims ; y eût-il mille d'*Etallondes*, on ne les écou-
terait pas. On a les yeux fur les otages de la fainte
Ampoule ; on veut favoir qui portera la couronne,
qui le fceptre, qui le globe, et qui le foir le bougeoir
du roi : ce font des chofes bien plus attrayantes que
de juftifier un innocent. Vos confeillers de grand'-
chambre penferont ainfi , et *Voltaire*, le protecteur
de l'innocence fans pouvoir la fauver, muni des
confultations les plus intègres , n'aura de reffource

que de flétrir dans ſes écrits, lus de l'Europe entière, les bourreaux de *la Barre* et de ſes compagnons.

J'écarte de ma mémoire ces horreurs et ces atrocités qui inſpirent une mélancolie ſombre, pour vous parler d'une matière plus agréable. *Le Kain* va venir ici cet été ; et je lui verrai repréſenter vos tragédies. C'eſt une fête pour moi. Nous avons eu l'année paſſée *Aufreſne*, dont le jeu noble, ſimple et vrai m'a fort contenté. Il faudra voir ſi les efforts de l'art ſurpaſſent dans *le Kain* ce que la nature a produit dans l'autre. Mais, avant d'en venir là, j'aurai trois cents lieues à faire en parcourant différentes provinces. A mon retour j'aurai le plaiſir de vous écrire pour ſavoir des nouvelles du patriarche de Ferney, pour lequel le ſolitaire de Sans-ſouci ne ceſſe de faire des vœux. *Vale.*

FÉDÉRIC.

LETTRE LXXXVIII.

DE M. DE VOLTAIRE.

21 juin.

SIRE,

TANDIS que votre Majeſté fait probablement —— manœuvrer trente ou quarante mille guerriers, je 1775. crois ne pouvoir mieux prendre mon temps pour lui préſenter la bataille de Rosbach, deſſinée par d'*Etallonde*.

Il brûle d'envie de ſe trouver à une pareille bataille. La bonté extrême que vous avez eue de nous envoyer la conſultation de vos premiers magiſtrats, ne lui laiſſe d'autre idée que de verſer ſon ſang pour votre ſervice ; la reconnaiſſance qu'il vous doit, et l'honneur d'être au nombre de vos officiers, l'emporte ſur tous les autres projets : il ne veut plus aucune grâce en France ; il en était déjà bien dégoûté ; vos dernières bontés ferment ſon cœur à tout autre objet que celui de mourir pruſſien ; il voudrait au moins paraître parmi les braves gens dont votre Majeſté fait des revues. On lui a dit que ſon régiment pourrait bien faire l'exercice en votre préſence cette année ; à cette nouvelle, je crois voir un amant à qui ſa maîtreſſe a donné un rendez-vous ; il ne me parle que de ſon départ, je ne puis le retenir. J'ai beau

lui dire qu'il n'a point reçu d'ordre et qu'il faut
attendre ; il dit qu'il n'attendra rien. Je ne fuis pas
fait pour contredire les grandes paffions, et furtout
une paffion fi belle. S'il retourne à Véfel dans quelques jours, il ne me refte, Sire, qu'à me jeter à
vos pieds du fond de ma retraite et du bord de mon
tombeau, à remercier votre Majefté de ce qu'elle a
daigné faire pour lui, et à me flatter qu'elle voudra
bien l'honorer des emplois dont elle le croira capable;
il n'y a qu'un héros philofophe qui puiffe être fervi
par un tel officier.

Ma lettre arrivera peut-être mal à propos au
milieu de vos immenfes occupations, mais les plus
petites affaires vous font préfentes comme les grandes.
M. de *Catinat* difait que fon héros était celui qui
jouerait une partie de quilles au fortir d'une bataille
gagnée ou perdue. Vous ne jouez point aux quilles;
vous faites des vers un jour de bataille ; vous prenez
votre flûte, lorfque vos tambours battent aux champs;
vous daignez m'écrire des chofes charmantes, en
fefant une promotion d'officiers généraux. Je vous
admire de toutes les façons, et, en vous admirant,
j'attends tout de votre grand cœur.

On mande que le facre du roi très-chrétien n'a
pas été auffi brillant que l'efpéraient les Français,
accoutumés à la magie de *Servandoni* et à la mufique
de *Gluck*. C'eft un fpectacle bien étrange que ce facre.
On fait coucher tout de fon long un pauvre roi en chemife
devant des prêtres, qui lui font jurer de maintenir tous
les droits de l'Eglife; et on ne lui permet d'être vêtu que
lorfqu'il a fait fon ferment. Il y a des gens qui prétendent que c'eft aux rois à fe faire prêter ferment

par les prêtres; il me semble que *Frédéric le grand*
en use ainsi en Siléfie et dans la Pruffe occidentale.

Je fais ferment, Sire, devant votre portrait, que
mon cœur fera votre fujet tant que j'aurai un refte
de vie.

LETTRE LXXXIX.

DE M. DE VOLTAIRE.

A Ferney, 7 juillet.

SIRE,

MORIVAL s'occupait à mefurer le lac de Genève,
et à conftruire fur fes bords une citadelle imaginaire,
lorfque je lui ai appris qu'il pourrait en tracer de
réelles dans la Pruffe occidentale ou dans vos autres
Etats. Il a fenti vos bienfaits, avec une refpectueufe
reconnaiffance égale à fa modeftie. Vous êtes fon
feul roi, fon feul bienfaiteur. Puifque vous permettez
qu'il vienne fe jeter à vos pieds dans Potfdam,
voudriez-vous bien avoir la bonté de me dire à qui
il faudra qu'il s'adreffe pour être préfenté à votre
Majefté.

Permettez que je me joigne à lui dans la reconnaiffance dont il ne ceffera d'être pénétré; je ne
peux pas afpirer, comme lui, à l'honneur d'être tué
fur un baftion ou fur une courtine; je ne fuis qu'un
vieux poltron fait pour mourir dans mon lit. Je n'ai
que de la fenfibilité, et je la mets toute entière à
vous admirer et à vous aimer.

Votre alliée l'impératrice *Catherine* fait, comme vous, de grandes chofes. Elle fait furtout du bien à fes fujets ; mais le roi de France l'emporte fur tous les rois, puifqu'il fait des miracles. Il a touché à fon facre deux mille quatre cents malades d'écrouelles, et il les a fans doute guéris. Il eft vrai qu'il y eut une des maîtreffes de *Louis XIV*, qui mourut de cette maladie, quoiqu'elle eût été très-bien touchée, mais un tel cas eft très-rare.

Votre Majefté avait eu la bonté de me mander qu'après fes revues elle fe délafferait un moment à entendre *le Kain* et *Aufrefne*; mais je vois bien que vos héros guerriers qui marchent fous vos drapeaux l'emportent fur vos héros de théâtre. Votre Majefté les paffe en revue dans quatre cents lieues de pays pendant un mois. C'était à peu - près avec cette rapidité qu'un de vos prédéceffeurs, nommé *Jules César*, parcourait notre petit pays des Velches. Il fefait des vers auffi ce *Jules* ou *Julius*, car les véritablement grands hommes font de tout.

Je fuis plus que jamais l'adorateur et l'admirateur des gens de ce caractère, qui font en fi petit nombre.

Agréez, Sire, avec bonté, le profond refpect, la reconnaiffance et l'attachement inviolable de ce vieux malade du mont Jura.

LETTRE XC.

DU ROI.

À Potſdam, le 12 de juillet.

Vous croyez, mon cher patriarche, que j'ai toujours l'épée au vent. Cependant votre lettre m'a trouvé la plume à la main, occupé à corriger d'anciens mémoires que vous vous reſſouviendrez peut-être d'avoir vus autrefois peu corrects et peu ſoignés. Je léche mes petits, je tâche de les polir. Trente années de différence rendent plus difficile à ſe ſatisfaire : et quoique cet ouvrage ſoit deſtiné à demeurer enſoui pour toujours dans quelque archive poudreuſe, je ne veux pourtant pas qu'il ſoit mal fait. En voilà aſſez pour mes occupations.

Quant à *Morival d'Etallonde*, je vois bien que vos bonnes intentions n'ont pas été ſuffiſantes pour déraciner les préjugés du fanatiſme des têtes de vos préſidens à mortier. Il eſt plus difficile de faire entendre raiſon à un docteur en droit que de compoſer la Henriade. Si *Morival* ne veut pas faire amende honorable le cierge au poing, il peut venir ici ; je le placerai dans le génie, à votre recommandation. Il vaut mieux étudier *Vauban* et *Cohorn* que de s'avilir, ſurtout lorſqu'on eſt innocent. Il me ſemble que les progrès de la raiſon ſe font ſentir plus rapidement en Allemagne qu'en France. La raiſon en eſt que beaucoup d'eccléſiaſtiques et d'évêques catholiques en Allemagne commencent à avoir

1775.

—— honte de leurs fuperftitieux ufages, au lieu qu'en France le clergé fait corps de l'Etat; et toute grande compagnie refte attachée aux anciens ufages, quand même elle en connaît l'abus.

On n'a parlé ici que du facre de Reims, des cérémonies bizarres qui s'y obfervent, et de la fainte *Ampoule*, dont l'hiftoire eft digne des Lapons. Un prince fage et éclairé pourrait abolir et la fainte *Ampoule* et le facre même.

J'ai vu ici deux jeunes français bien aimables: l'un eft un M. de *Laval Montmorency*, et l'autre un *Clermont Gallerande*. Ce dernier furtout a de la vivacité d'efprit, à laquelle eft jointe une conduite mefurée et fage. Au lieu d'affifter au facre, ils voyagent. Ils ont été avec moi en Pruffe, d'où ils fe font rendus à Varfovie dans le deffein d'aller à Vienne.

Le Kain eft venu ici; il jouera Oedipe, Orofmane et Mahomet. Je fais qu'il a été à Ferney: il fera obligé de me conter tout ce qu'il fait et ne fait pas de celui qui rend ce bourg fi célèbre. J'ai vu jouer *Aufrefne* l'année paffée. Je vous dirai auquel des deux je donne la préférence, quand j'aurai vu jouer celui-ci.

J'ai toute la maifon pleine de nièces, de neveux et de petits-neveux: il faut leur donner des fpectacles qui les dédommagent de l'ennui qu'ils peuvent gagner en la compagnie d'un vieillard. Il faut fe rendre juftice et fe rendre fupportable à la jeuneffe. Ceci me regarde. Vous aurez le privilége exclufif de ne jamais vieillir; et quand même quelques infirmités attaquent votre corps, votre efprit triomphe de leurs

atteintes,

atteintes, et femble acquérir tous les jours des forces
nouvelles.

Que *Minerve* et *Apollon*, que les Mufes et les Grâces
veillent fur leur plus bel ouvrage, et qu'ils confervent
encore long - temps celui dont des fiècles ne pourraient réparer la perte. Voilà les vœux que l'hermite
de Sans-fouci fait pour le patriarche de Ferney. *Vale.*

FÉDÉRIC.

LETTRE XCI.

DU ROI.

A Potfdam , le 24 de juillet.

JE viens de voir *le Kain*. Il a été obligé de me
dire comme il vous a trouvé, et j'ai été bien aife
d'apprendre de lui que vous vous promenez dans
votre jardin, que votre fanté eft affez bonne , et
que vous avez encore plus de gaieté dans votre
converfation que dans vos ouvrages. Cette gaieté
que vous confervez, eft la marque la plus fûre que
nous vous poffederons encore long-temps. Ce feu
élémentaire, ce principe vital , eft le premier qui
s'affaiblit lorfque les années minent et fapent la
mécanique de notre exiftence. Je ne crains donc plus
maintenant que le trône du Parnaffe devienne fitôt
vacant; je vous nommerai hardiment mon exécuteur
teftamentaire : ce qui me fait grand plaifir.

Le Kain a joué les rôles d'Oedipe , de Mahomet
et d'Orofmane : pour l'Oedipe nous l'avons entendu

deux fois. Ce comédien eſt très-habile ; il a un bel organe, il ſe préſente avec dignité, il a le geſte noble, et il eſt impoſſible d'avoir plus d'attention pour la pantomime qu'il en a. Mais vous dirai-je naïvement l'impreſſion qu'il a faite ſur moi ? Je le voudrais un peu moins outré, et alors je le croirais parfait.

L'année paſſée j'ai entendu *Aufreſne* : peut-être lui faudrait-il un peu du feu que l'autre a de trop. Je ne conſulte en ceci que la nature, et non ce qui peut être en uſage en France. Cependant je n'ai pu retenir mes larmes ni dans Oedipe, ni dans Zaïre : c'eſt qu'il y a des morceaux ſi touchans dans la dernière, et de ſi terribles dans la première, qu'on s'attendrit dans l'une, et qu'on frémit dans l'autre. Quel bonheur pour le patriarche de Ferney d'avoir produit ces chefs-d'œuvre, et d'avoir formé celui dont l'organe les rend ſi ſupérieurement ſur la ſcène !

Il y a eu beaucoup de ſpectateurs à ces repréſentations : ma ſœur *Amélie*, la princeſſe *Ferdinand*, la landgrave de *Heſſe*, et la princeſſe de *Virtemberg* votre voiſine, qui eſt venue ici de Montbelliard pour entendre *le Kain*. Ma nièce de Montbelliard m'a dit qu'elle pourrait bien entreprendre un jour le voyage de Ferney pour voir l'auteur dont les ouvrages font les délices de l'Europe. Je l'ai fort encouragée à ſatisfaire cette digne curioſité. Oh, que les belles-lettres ſont utiles à la ſociété ! Elles délaſſent de l'ouvrage de la journée, elles diſſipent agréablement les vapeurs politiques qui entêtent, elles adouciſſent l'eſprit, elles amuſent juſqu'aux femmes, elles conſolent les affligés, et ſont enfin l'unique plaiſir qui reſte à ceux que l'âge a courbés

fous fon faix, et qui fe trouvent heureux d'avoir
contracté ce goût dès leur jeuneffe.

1775.

Nos Allemands ont l'ambition de jouir à leur tour
des avantages des beaux arts : ils s'efforcent d'égaler
Athènes, Rome, Florence et Paris. Quelque amour
que j'aye pour ma patrie, je ne faurais dire qu'ils
réuffiffent jufqu'ici ; deux chofes leur manquent, la
langue et le goût. La langue eft trop verbeufe : la
bonne compagnie parle français, et quelques cuiftres
de l'école et quelques profeffeurs ne peuvent lui
donner la politeffe et les tours aifés qu'elle ne peut
acquérir que dans la fociété du grand monde. Ajoutez
à cela la diverfité des idiomes ; chaque province foutient le fien, et jufqu'à préfent rien n'eft décidé fur la
préférence. Pour le goût, les Allemands en manquent
fur tout ; ils n'ont pas encore pu imiter les auteurs
du fiècle d'*Augufte :* ils font un mélange vicieux du
goût romain, anglais, français et tudefque ; ils
manquent encore de ce difcernement fin qui faifit
les beautés où il les trouve, et fait diftinguer le
médiocre du parfait, le noble du fublime, et les
appliquer chacun à leurs endroits convenables.
Pourvu qu'il y ait beaucoup d'*r* dans les mots de
leur poëfie, ils croient que leurs vers font harmonieux ; et pour l'ordinaire ce n'eft qu'un galimatias
de termes ampoulés. Dans l'hiftoire, ils n'omettraient
pas la moindre circonftance, quand même elle ferait
inutile.

Leurs meilleurs ouvrages font fur le droit public.
Quant à la philofophie, depuis le génie de *Leibnitz*,
et la groffe monade de *Wolf*, perfonne ne s'en mêle
plus. Ils croient réuffir au théâtre ; mais jufqu'ici rien

O 2

de parfait n'a paru. L'Allemagne est actuellement comme était la France du temps de *François I*. Le goût des lettres commence à se répandre : il faut attendre que la nature fasse naître de vrais génies, comme sous les ministères des *Richelieu* et des *Mazarin*. Le sol qui a produit un *Leibnitz* en peut produire d'autres.

1775.

Je ne verrai pas ces beaux jours de ma patrie, mais j'en prévois la possibilité. Vous me direz que cela peut vous être très-indifférent, et que je fais le prophète tout à mon aise en étendant, le plus que je le peux, le terme de ma prédiction. C'est ma façon de prophétiser, et la plus sûre de toutes ; puisque personne ne me donnera le démenti.

Pour moi je me console d'avoir vécu dans le *Siècle de Voltaire ;* cela me suffit. Qu'il vive, qu'il digère, qu'il soit de bonne humeur, et surtout qu'il n'oublie pas le solitaire de Sans-souci. *Vale.*

FÉDÉRIC.

LETTRE XCII.

DU ROI.

A Potſdam , le 27 de juillet.

Je pars dans quinze jours pour faire la tournée de la Siléſie : je ne peux être de retour que le 6 de ſeptembre. Si *Morival* veut ſe rendre vers ce temps-ci, il pourra s'adreſſer au colonel *Coccei*, qui me le préſentera. J'ai ſaiſi avec empreſſement cette occaſion de vous faire plaiſir, et en même temps de fixer le ſort d'un homme qu'une étourderie de jeuneſſe a perdu pour jamais dans ſa patrie. Comme les hommes abuſent de tout, les lois qui devaient conſtater la ſûreté et la liberté des peuples, infectées en France du poiſon du fanatiſme, ſont devenues cruelles et barbares. Mais la France eſt un pays civiliſé ! Comment concilier un pareil contraſte ?

Comment ce ſol qui a produit des de *Thou*, des *Gaſſendi*, des *Deſcartes*, des *Fontenelle*, des *Voltaire*, des d'*Alembert*, a-t-il produit des furieux aſſez imbécilles pour condamner à mort des jeunes gens qui ont manqué de faire la révérence devant la ſtatue d'un garçon charpentier juif ? La poſtérité trouvera cette énigme plus difficile à deviner que celle du ſphinx qu'*Oedipe* expliqua. Je vous avoue de même que la ſainte *Ampoule* et ſes otages, et la guériſon des écrouelles, ne ſont guère honneur au dix-huitième ſiècle.

1775.

O 3

On parlait ces jours derniers de ces foi-difans miracles opérés par les rois très-chrétiens, et milord *Maréchal* conta que pendant fa miffion en France il y avait vu des étrangers qui lui paraiffaient efpagnols; que par attachement pour cette nation, où il avait paffé une partie de fa vie, il leur avait demandé ce qu'ils venaient faire à Paris; que l'un d'eux lui répondit: Nous avons fu, Monfieur, que le roi de France a le don de guérir les écrouelles, nous fommes venus pour nous faire toucher par fa majefté; mais, pour notre malheur, nous avons appris qu'il eft actuellement en péché mortel, et nous voilà obligés de nous en retourner infructueufement.

Vous aurez déjà reçu une longue lettre au fujet de *le Kain*. Il doit partir dans peu pour jouer à Verfailles une tragédie de M. *Guibert*, le tacticien. Je n'ai point vu ce drame. *Le Kain* prétend que la reine de France protége la pièce; ce qui doit en affurer le fuccès. Ce M. *Guibert* veut aller à la gloire par tous les chemins; recueillir les applaudiffemens des armées, des théâtres et des femmes, c'eft un moyen sûr d'aller à l'immortalité.

Sans doute que ce qu'il a vu à Ferney, l'a encouragé dans cette carrière périlleufe, où, de mille qui l'enfilent, un feul à peine remporte la palme. Il eft louable de fe propofer de grands exemples et un grand but: et M. *Guibert* en retirera infailliblement quelque avantage. On ne connaît fes propres talens qu'après en avoir fait l'effai.

Vos preuves font faites depuis long-temps; il ne vous faut qu'un peu ménager l'huile de la lampe, pour qu'elle brûle long-temps encore. C'eft à quoi je m'intéreffe plus que madame *Denis* et votre ménagère fuiffe qui vous fait quitter l'ouvrage quand 1775. elle craint qu'il ne nuife à votre fanté. Elles n'ont qu'une idée confufe de ce que vaut le patriarche de Ferney, et j'en ai une précife. Pour trouver un *Voltaire* dans l'antiquité, il faut raffembler le mérite de cinq ou fix grands hommes : d'un *Cicéron*, d'un *Virgile*, d'un *Lucien* et d'un *Salluſte*; et dans la renaiffance des lettres, c'eft la même chofe : il faut englober un *Guichardin*, un *Taſſe*, un *Arétin*, un *Dante*, un *Arioſte*, et encore ce n'eft pas affez : dans le fiècle de *Louis XIV*, il manquera toujours pour l'épopée quelqu'un qui rende l'affemblage complet.

Voilà comme on penfe de vous fur les bords de la mer Baltique, où l'on vous rend plus de juftice que dans votre ingrate patrie.

N'oubliez pas ces bons Germains qui fe fouviennent toujours avec plaifir de vous avoir poffédé autrefois, et qui vous célèbrent autant qu'il eft en eux. *Vale.*

F É D É R I C.

Je viens de recevoir la *Diatribe à l'auteur des Ephémérides.* On dit que cet ouvrage vient de Ferney; et je crois y reconnaître l'auteur, au ftyle qu'il ne faurait déguifer.

LETTRE XCIII.

DE M. DE VOLTAIRE

A Ferney, du 29 juillet.

SIRE,

—— Il n'y a point de vertu, foit tranquille, foit agif-
1775. fante, foit douce, foit fière, foit humaine, foit
héroïque, qui ne foit à votre ufage. Vous voilà
occupé du foin d'amufer votre famille après avoir
donné une cinquantaine de batailles. Vous faites
paraître devant vous *le Kain* et *Aufrefne*. *Paul Emile*
difait que le même efprit fervait à ordonner une fête,
et à battre le roi *Perfée*. Vous êtes fupérieur à tout
dans la guerre et dans la paix.

Je vous remercie de vouloir bien occuper un petit
coin de votre immenfité à protéger d'*Etallonde Morival*,
et à réparer le crime de fes affaffins, cela était digne
de votre Majefté. Le grand *Julien*, le premier des
hommes après *Marc-Auréle*, en ufait à peu-près ainfi:
et d'ailleurs il ne vous valait pas.

La bonté que vous avez pour *Morival* eft un grand
exemple que vous donnez à notre nation. Elle
commence à fe débarbouiller : prefque tout notre
miniftère eft compofé de philofophes. L'abbé *Galliani*
a foutenu que Rome ne pourrait jamais reprendre
un peu de fplendeur, que quand il y aurait un pape
athée. Du moins, il eft bien certain qu'un athée,
fucceffeur de St *Pierre*, vaudrait beaucoup mieux
qu'un pape fuperftitieux.

Nous efpérons en France que la philofophie qui eft auprès du trône fera bientôt dedans ; mais ce n'eft qu'une efpérance : elle eft fouvent trompeufe. Il y a tant de gens intéreffés à foutenir l'erreur et la fottife, il y a tant de dignités et de richeffes attachées à ce métier, qu'il eft à craindre que les hypocrites ne l'emportent toujours fur les fages. Votre Allemagne, elle-même, n'a-t-elle pas fait des fouverains de vos principaux eccléfiaftiques? quel eft l'électeur et l'évêque parmi vous qui prendra le parti de la raifon contre une fecte qui lui donne quatre ou cinq millions de rente ? Il faudrait bouleverfer la terre entière pour la mettre fous l'empire de la philofophie. La feule reffource qui refte donc aux fages, c'eft d'empêcher que les fanatiques ne deviennent trop dangereux : c'eft ce que vous faites par la force de votre génie, et par la connaiffance que vous avez des hommes.

Vivez long-temps, Sire, et donnez de nouveaux exemples à la terre.

Des gazettes ont dit que *Polnitz* était mort, c'eft dommage ; cela me fait craindre pour milord *Maréchal* qui vaut mieux que lui, et qui ne s'éloigne pas de fon âge. Pour moi, je fuis foutenu par les confolations que vous daignez me donner : et ma plus grande, en mourant, fera de fonger que je vous laiffe dans le monde plein de vie et de gloire.

Je fupplie votre Majefté de daigner me mander, fi je dois renvoyer *Morival* à Véfel ou l'adreffer à Potfdam.

Qu'elle daigne agréer mes remercîmens, mon admiration et mon refpect.

LETTRE XCIV.

DE M. DE VOLTAIRE.

3 d'augufte.

1775.

Le Kain dans vos jours de repos
Vous donne une volupté pure.
On le prendrait pour un héros.
Vous les aimez même en peinture.
C'eft ainfi qu'Achille enchanta
Les beaux jours de votre jeune âge.
Marc-Aurèle enfin l'emporta.
Chacun fe plaît dans fon image.

Le plus beau des fpectacles, Sire, eft de voir un grand homme entouré de fa famille, quitter un moment tous les embarras du trône pour entendre des vers, et en faire le moment d'après de meilleurs que les nôtres. Il me paraît que vous jugez très-bien l'Allemagne, et cette foule de mots qui entrent dans une phrafe, et cette multitude de fyllabes qui entrent dans un mot, et ce goût qui n'eft pas plus formé que la langue; les Allemands font à l'aurore: ils feraient en plein jour, fi vous aviez daigné faire des vers tudefques.

C'eft une chofe affez fingulière que *le Kain* et mademoifelle *Clairon* foient tous deux à la fois auprès de la maifon de Brandebourg. Mais tandis que le talent de réciter du français vient obtenir votre indulgence à Sans-fouci, *Gluck* vient nous enfeigner la mufique à Paris. Nos *Orphées* viennent d'Allemagne, fi nos *Rofcius* vous viennent de France. Mais la philofophie, d'où vient-elle ? de Potfdam, Sire, où vous l'avez logée, et d'où vous l'avez envoyée dans la plus grande partie de l'Europe.

Je ne fais pas encore fi notre roi marchera fur vos traces, mais je fais qu'il a pris pour fes miniftres des philofophes, à un feul près qui a le malheur d'être dévot. (*)

Nous perdons le goût, mais nous acquérons la penfée; il y a furtout un M. *Turgot*, qui ferait digne de parler avec votre Majefté. Les prêtres font au défefpoir. Voilà le commencement d'une grande révolution. Cependant on n'ofe pas encore fe déclarer ouvertement; on mine en fecret le vieux palais de l'impofture fondé depuis 1775 années : fi on l'avait affiégé dans les formes, on aurait caffé hardiment l'infame arrêt qui ordonna l'affaffinat du chevalier de *la Barre* et de *Morival*. On en rougit, on en eft indigné, mais on s'en tient là, on n'a pas eu le courage de condamner ces exécrables juges à la peine du talion. On s'eft contenté d'offrir une grâce, dont nous n'avons point voulu. Il n'y a que vous de vraiment grand. Je remercie votre Majefté avec des larmes d'attendriffement et de joie. J'ai demandé à votre Majefté fes derniers ordres, et je les attends pour renvoyer à fes pieds ce *Morival*, dont j'efpère qu'elle fera très-contente.

Daignez conferver vos bontés pour ce vieillard qui ne fe porte pas fi bien que *le Kain* le dit.

(*) M. de Mui.

LETTRE XCV.

DU ROI.

A Potſdam, le 13 d'auguſte.

—— C'EST à vous qu'il faut attribuer tout le bien
1775. qu'on aurait voulu faire à *Morival*. Le protecteur
des *Calas* et de *Sirven* méritait de réuſſir de même
en faveur du premier. Vous avez eu le rare avantage de réformer, de votre retraite, les ſentences
cruelles des juges de votre patrie, et de faire rougir
ceux qui, placés près du trône, auraient dû vous
prévenir. Pour moi, je me borne dans mon pays
à empêcher que le puiſſant n'opprime le faible, et
d'adoucir les ſentences qui quelquefois me paraiſſent
trop rigoureuſes. Cela fait une partie de mes occupations. Lorſque je parcours les provinces, tout le
monde vient à moi; j'examine par moi-même et
par d'autres toutes les plaintes, et je me rends utile
à des perſonnes dont j'ignorais l'exiſtence avant
d'avoir reçu leurs mémoires. Cette réviſion rend les
juges plus attentifs, et prévient les procédés trop
durs et trop rigoureux.

Je félicite votre nation du bon choix que *Louis XVI*
a fait de ſes miniſtres. *Les peuples*, a dit un ancien,
ne ſeront heureux que lorſque les ſages ſeront rois. Vos
miniſtres, s'ils ne ſont pas rois tout-à-fait, en
poſſèdent l'équivalent en autorité. Votre roi a les
meilleures intentions: il veut le bien; rien n'eſt plus
à craindre pour lui que ces peſtes des cours qui

tâcheront de le corrompre et de le pervertir avec le
temps. Il eft bien jeune ; il ne connaît pas les rufes **1775.**
et les raffinemens dont les courtifans fe ferviront pour
le faire tourner à leur gré, afin de fatisfaire leur
intérêt, leur haine et leur ambition. Il a été dans
fon enfance à l'école du fanatifme et de l'imbécillité :
cela doit faire appréhender qu'il manque de réfolu-
tion pour examiner par lui-même ce qu'on lui a
appris à adorer ftupidement.

Vous avez prêché la tolérance : après *Bayle*, vous
êtes fans contredit un des fages qui ait fait le plus
de bien à l'humanité. Mais fi vous avez éclairé tout
le monde, ceux que leur intérêt attache à la fuperftition, ont rejeté vos lumières ; et ceux-là dominent
encore fur les peuples.

Pour moi, en fidelle difciple du patriarche de
Ferney, je fuis actuellement en négociation avec
mille familles mahométanes, auxquelles je procure
des établiffemens et des mofquées dans la Pruffe
occidentale. Nous aurons des ablutions légales, et
nous entendrons chanter *hilli*, *halla*, fans nous fcan-
dalifer. C'était la feule fecte qui manquât dans ce pays.

Le vieux *Polnitz* eft mort comme il a vécu, c'eft-
à-dire en friponnant encore la veille de fon décès.
Perfonne ne le regrette que fes créanciers. Pour
notre refpectable et bon milord, il fe porte à merveille ; fon ame honnête eft gaie et contente. Je me
flatte que nous le conferverons encore long-temps.
Sa douce philofophie ne l'occupe que du bien. Tous
les anglais qui paffent ici, vont chez lui en péleri-
nage. Il loge vis-à-vis de Sans-fouci, aimé et eftimé
de tout le monde. Voilà une heureufe vieilleffe.

Tout ce que vous dites de nos évêques teutons n'eſt que trop vrai. Ce ſont des porcs engraiſſés des dixmes de Sion. Mais vous ſavez auſſi que dans le ſaint empire romain, l'ancien uſage, la bulle d'or, et telles autres antiques ſottiſes, font reſpecter les abus établis. On les voit : on lève les épaules, et les choſes continuent leur train.

Si l'on veut diminuer le fanatiſme, il ne faut pas d'abord toucher aux évêques; mais ſi l'on parvient à diminuer les moines, ſurtout les ordres mendians, le peuple ſe refroidira ; celui-là moins ſuperſtitieux permettra aux puiſſances de ranger les évêques ſelon qu'il conviendra au bien de leurs Etats. C'eſt la ſeule marche à ſuivre. Miner ſourdement et ſans bruit l'édifice de la déraiſon, c'eſt l'obliger à s'écrouler de lui-même. Le pape, vu la ſituation où il ſe trouve, eſt obligé de donner des brefs et des bulles tels que ſes chers fils les exigent de lui. Ce pouvoir fondé ſur le crédit idéal de la foi, perd à meſure que celle-ci diminue. S'il ſe trouve à la tête des nations quelques miniſtres au-deſſus des préjugés vulgaires, le ſaint père fera banqueroute. Déjà ſes lettres de change et ſes billets au porteur ſont à demi décrédités. Sans doute que la poſtérité jouira de l'avantage de pouvoir penſer librement, qu'elle ne verra point, comme nous, des horreurs telles qu'en a produit Toulouſe, Abbeville, &c. Les *Morivals* de cet heureux ſiècle n'auront point à craindre les barbaries exercées ſur les *Morivals* d'aujourd'hui. Vous n'avez qu'à me l'envoyer directement ici : je le conſidère comme une victime échappée au glaive du ſacrificateur, ou, pour mieux dire, du bourreau.

Je pars pour la Siléfie. Je ne pourrai être de retour ici que le 4 ou le 5 du mois prochain : ainfi il aura tout le temps d'arranger fon voyage. Dans quelque lieu que je me trouve, mes vœux feront les mêmes pour le patriarche de Ferney, et faute de pouvoir l'entendre, chemin fefant, je m'entretiendrai avec fes ouvrages. *Vale.*

FÉDÉRIC.

P. S. Vous voyagerez avec moi fans vous en apercevoir, et vous me ferez plaifir fans qu'il vous en coûte, et je vous bénirai en chemin comme de coutume.

LETTRE XCVI.

DE M. DE VOLTAIRE.

A Ferney., 31 augufte.

S I R E ,

JE renvoie aujourd'hui aux pieds de votre Majefté votre brave et fage officier d'*Etallonde Morival*, que vous avez daigné me confier pendant dix-huit mois. Je vous réponds qu'on ne lui trouvera pas à Potfdam l'air évaporé et avantageux de nos prétendus marquis français. Sa conduite, et fon application continuelle à l'étude de la tactique et à l'art du génie, fa circonfpection dans fes démarches et dans fes paroles, la douceur de fes mœurs, fon bon efprit, font d'affez fortes preuves contre la démence auffi exécrable

——— qu'abfurde de la fentence de trois juges de village,
1775; qui le condamna, il y a dix ans, avec le chevalier
de *la Barre*, à un fupplice que les *Bufiris* n'auraient
pas ofé imaginer.

Après ces *Bufiris* d'Abbeville il trouve en vous un
Solon. L'Europe fait que le héros de la Pruffe a été
fon légiflateur; et c'eft comme légiflateur que vous
avez protégé la vertu livrée aux bourreaux par le
fanatifme. Il eft à croire qu'on ne verra plus en
France de ces atrocités affreufes, qui ont fait jufqu'ici
un contrafte fi étrange et fi fréquent avec notre légéreté; on ceffera de dire : *Le peuple le plus gai eft le
plus barbare.*

Nous avons un miniftère très-fage, choifi par un
jeune roi non moins fage et qui veut le bien. C'eft
ce que votre Majefté remarque dans fa dernière lettre
du 13. La plupart de nos fautes et de nos malheurs
font venus jufqu'ici de notre afferviffement à d'anciennes coutumes honorées du nom de lois, malgré
notre amour pour la nouveauté. Notre jurifprudence
criminelle, par exemple, eft prefque toute fondée
fur ce qu'on appelle *le droit canon*, et fur les anciennes
procédures de l'inquifition. Nos lois font un mélange
de l'ancienne barbarie mal corrigée par de nouveaux
règlemens. Notre gouvernement a toujours été jufqu'à
préfent ce qu'eft la ville de Paris, un affemblage de
palais et de mazures, de magnificence et de mifères,
de beautés admirables et de défauts dégoûtans. Il n'y
a qu'une ville nouvelle qui puiffe être régulière.

Votre Majefté daigne me mander qu'elle daigne
voyager avec mes faibles ouvrages. Je voudrais bien
être à leur place malgré mes quatre-vingt-deux ans.

Je

Je fuis obligé de vous dire que plufieurs de ces enfans qu'on baptife de mon nom, ne font pas de moi. Je fais que vous avez une édition de Laufane en quarante-deux volumes, entreprife par deux magiftrats et deux prêtres qui ne m'ont jamais confulté. Si par hafard le vingt-troifième volume tombait fous votre main, vous y verriez une trentaine de petites pièces de vers tout-à-fait dignes du cocher de *Vertamon*. On n'eft pas obligé d'avoir autant de goût à Laufane qu'à Potfdam.

Ce qui eft de moi ne mérite guère plus vos regards. La manie des éditeurs m'a enfeveli dans des monceaux de papier. Ces gens-là fe ruinent par excès de zèle. Je leur ai écrit cent fois qu'on ne va pas à la poftérité avec un fi lourd bagage. Ils n'en ont tenu compte, ils ont défiguré vos lettres et les miennes qui ont couru dans le monde. Me voilà en in-folio rongé des rats et des vers comme un père de l'Eglife.

Votre Majefté verra donc mes éternelles querelles avec les *Larcher*, et frère *Nonotte*, et frère *Fréron*, et frère *Paulian*, ces illuftres ex-jéfuites. Ces belles difputes doivent étrangement ennuyer le vainqueur de tant de nations et l'hiftorien de fa patrie. Les jéfuites m'ont déclaré la guerre dans le temps même que vos frères les rois de France et d'Efpagne les puniffaient. C'étaient des foldats difperfés après leur défaite, qui volaient un pauvre paffant pour avoir de quoi vivre.

Les jéfuites devaient me perfécuter en confcience; car, avant qu'on les chafsât de France et d'Efpagne, je les avais chaffés de mon voifinage. Ils s'étaient

—— emparés, fur la frontière de Berne, du bien de fept
1775. gentilshommes nommés mefficurs de *Craffi*, tous
frères, tous au fervice du roi de France, tous mineurs,
tous très-pauvres. J'eus le bonheur de configner
l'argent néceffaire pour les faire rentrer dans leur
terre ufurpée par les jéfuites. St *Ignace* ne m'a point
pardonné cette impiété. Depuis ce temps *Fréron*
refait la Henriade avec *la Beaumelle*. *Paulian* écrit
contre l'empereur *Julien* et contre moi. *Nonotte*
m'accufe en deux gros volumes d'avoir trouvé
mauvais que le grand *Conftantin* ait autrefois affaffiné fon beau-père, fon beau-frère, fon neveu,
fon fils et fa femme. J'ai eu la faibleffe de répondre
quelquefois à ces animaux-là; les éditeurs ont eu
la fottife de réimprimer ces pauvretés dont perfonne
ne fe foucie.

Je prie votre Majefté de faire de ces fatras ce que
je lui ai vu faire de tant de livres; elle prenait des
cifeaux, coupait toutes les pages qui l'ennuyaient,
confervait celles qui pouvaient l'amufer, et réduifait
ainfi trente volumes à un ou deux; méthode excellente pour nous guérir de la rage de trop écrire.

Voilà donc, Sire, le baron de *Polnitz* mort; il
écrivait auffi. C'eft par là qu'il faut que nous finiffions
tous, les *Frérons*, les *Nonottes* et moi. Il n'en reftera
rien du tout. Il n'y a que certains noms qui fe
fauveront du néant, comme, par exemple, un
Guftave Adolphe, et un autre très-fupérieur, à mon
avis, dont je baife de loin les mains victorieufes,
qui ont écrit des chofes fi ingénieufes et fi utiles,
qui protègent l'innocence, et qui répandent les
bienfaits.

LETTRE XCVII.

DU ROI.

A Potſdam , le 8 de ſeptembre.

JE vous ſuis très-obligé du plaiſir que vous m'avez
fait en mon voyage de Siléſie. Il faut avouer que
vous êtes de bonne compagnie , et qu'on s'inſtruit
en s'amuſant avec vous. *Voltaire* et moi nous avons
fait tout le tour de la Siléſie, et nous ſommes revenus
enſemble.

Quant à *le Kain :*

> Dans ces beaux vers qu'il nous déclame ,
> Avec plaiſir je reconnais
> La force , la nobleſſe et l'ame
> De l'auteur de ces grands portraits.
> Il fait , par d'invincibles charmes ,
> Me communiquer ſes alarmes :
> Il émeut, il perce le cœur
> Par la pitié , par la terreur ;
> Et mes yeux ſe fondent en larmes.
> Ah ! malheur au cœur inhumain
> Que rien n'ébranle et rien ne touche.
> Le mortel ou vain ou farouche
> Ne voit nos maux qu'avec dédain.
> Eſt-on fait pour être impaſſible ?
> J'exiſte par le ſentiment ,
> Et j'aime à ſentir vivement
> Que mon cœur eſt encor ſenſible.

1775.

P 2

Voilà dans l'exacte vérité le plaifir que m'ont fait les repréfentations de vos tragédies. *Le Kain* a fans doute aidé dans le récit et dans l'action ; mais quand même un moins bon acteur les eût repréfentées, le fond l'aurait emporté fur la déclamation. Je pourrais fervir de fouffleur à vos pièces : il y en a beaucoup que je fais par cœur. Si je ne fais pas autrement fortune en ce monde, ce métier fera ma dernière reffource. Il eft bon d'avoir plus d'une corde à fon arc.

Je ne fuis pas au fait de la cour de Verfailles, et je ne fais qu'en gros ce qui s'y paffe. Je ne connais ni les *Turgot*, ni les *Malesherbes :* s'ils font de vrais philofophes, ils font à leur place. Il ne faut ni pré-jugé ni paffion dans les affaires ; la feule qui foit permife, eft celle du bien public. Voilà comme penfait *Marc-Aurèle*, et comme doit penfer tout fouverain qui veut remplir fon devoir.

Pour votre jeune roi, il eft ballotté par une mer bien orageufe ; il lui faut de la force et du génie pour fe faire un fyftême raifonné, et pour le foutenir. *Maurepas* eft chargé d'années ; il aura bientôt un fucceffeur, et il faudra voir alors fur qui le choix du monarque tombera, et fi le vieux proverbe fe dément : Dis-moi qui tu hantes, et je dirai qui tu es.

Je viens de voir en Siléfie un monfieur de *Laval-Montmorency* et un *Clermont Gallerande* qui m'ont dit que la France commençait à connaître la tolérance, qu'on penfait à rétablir l'édit de Nantes fi long-temps fupprimé. Je leur ai répondu tout uniment que c'était moutarde après dîné. Vous me prendrez pour d'*Argenfon-la-paix*, qui s'exprimait en proverbes triviaux en traitant d'affaires; mais une lettre n'eſt pas une négociation, et il eſt permis de ſe dérider quelquefois en ſociété. Vous ne voudriez pas ſans doute que j'affectaſſe l'air empeſé de vos robins, ou de nos graves députés de Ratisbonne. Les uns font les bourreaux des *la Barre*, les autres font des ſottiſes d'un autre genre avec leurs viſitations.

1775.

Vous avez raiſon de dire que nos bons Germains en ſont encore à l'aurore des connaiſſances. L'Allemagne eſt au point où ſe trouvaient les beaux-arts du temps de *François I*. On les aime, on les recherche; des étrangers les tranſplantent chez nous: mais le ſol n'eſt pas encore aſſez préparé pour les produire de lui-même. La guerre de *trente ans* a plus nui à l'Allemagne que ne le croient les étrangers. Il a fallu commencer par la culture des terres, enſuite par les manufactures, enfin par un faible commerce. A meſure que ces établiſſemens s'affermiſſent, naît un bien être qui eſt ſuivi de l'aiſance, ſans laquelle les arts ne ſauraient proſpérer. Les muſes veulent que les eaux du Pactole arroſent les pieds du Parnaſſe. Il faut avoir de quoi vivre pour s'inſtruire et penſer librement. Auſſi Athènes l'emporta-t-elle ſur Sparte en fait de connaiſſances et de beaux-arts.

Le goût ne ſe communiquera en Allemagne que par une étude réfléchie des auteurs claſſiques tant grecs que romains et français. Deux ou trois génies rectifieront la langue, la rendront moins barbare, et naturaliſeront chez eux les chefs-d'œuvre des étrangers.

Pour moi, dont la carrière tend à ſa fin, je ne verrai pas ces heureux temps. J'aurais voulu contribuer à leur naiſſance; mais qu'a pu faire un être

P 3

tracaffé les deux tiers de fa courfe par des guerres continuelles, obligé de réparer les maux qu'elles ont caufés, et né avec des talens trop médiocres pour d'auffi grandes entreprifes. La philofophie nous vient d'*Epicure*; *Gaffendi*, *Newton* et *Locke* l'ont rectifiée; je me fais honneur d'être leur difciple, mais pas davantage.

> C'eft vous qui deffillant les yeux de l'univers,
> Rempliffez dignement cette vafte carrière,
>   Soit en profe, ou foit en vers.
> Vous avez dans la nuit fait briller la lumière,
> Délivré les mortels de leur vaine terreur :
> La Raifon dans vos mains a confié fon foudre ;
>   Vous avez réduit en poudre
>   Et le Fanatifme et l'Erreur.

C'eft à *Bayle*, votre précurféur, et à vous fans doute, que la gloire eft due de cette révolution qui fe fait dans les efprits. Mais difons la vérité : elle n'eft pas complète, les dévots ont leur parti, et jamais on ne l'achevera que par une force majeure; c'eft du gouvernement que doit partir la fentence qui écrafera l'*inf*.... Des miniftres éclairés peuvent y contribuer beaucoup, mais il faut que la volonté du fouverain s'y joigne. Sans doute cela fe fera avec le temps; mais ni vous, ni moi ne ferons fpectateurs de ce moment tant défiré.

J'attends ici d'*Etallonde*. Vous aurez à préfent reçu mes réponfes, et je le crois en chemin. Je ferai pour lui, ou pour vous, ce qui dépendra de moi. C'eft un martyr de la fuperftition, qui mérite d'être fanctifié par la philofophie.

Ne me tirez point de l'erreur où je fuis. J'en crois ———
le Kain. Je veux, j'espère, je défire que nous vous 1775.
confervions le plus long-temps poffible. Vous ornez
trop votre fiècle pour que je puiffe être indifférent
fur votre fujet. Vivez, et n'oubliez pas le folitaire
de Sans-fouci. *Vale.*

FÉDÉRIC.

J'ai honte de vous envoyer des vers ; c'eft jeter
une goutte d'eau bourbeufe dans une claire fontaine.
Mais j'effacerai mes folécifmes en fefant du bien à
divus Etallundus martyr de la philofophie.

LETTRE XCVIII.

DU ROI.

A Potfdam, le 29 de feptembre.

L A meilleure recommandation de *Morival* fera s'il
m'apprend qu'il a laiffé le patriarche de Ferney en
parfaite fanté. *Morival* fera longuement interrogé fur
ce fujet, car il y a des êtres privilégiés de la nature,
dont les moindres détails deviennent intéreffans.
J'apprendrai de lui les progrès de la foire qui s'établit
là-bas, l'augmentation du commerce des montres,
l'édification d'un nouveau théâtre, et tout ce qu'il
fait du philofophe chez lequel il a paffé dix-huit
mois ; temps le plus remarquable et le plus précieux
de la vie de *Morival.*

Enfuite je viendrai à fa propre hiftoire, dont je
ne fais que ce qui fe trouve dans un mémoire de

P 4

—— *Loiseau.* Il est vrai que ce jugement d'Abbeville
1775. révolte l'humanité, que l'inquisition de Rome aurait
été moins sévère; mais les hommes se croient tout
permis, quand ils pensent combattre pour la gloire
de DIEU: ils souillent les autels d'un être bienfesant
du sang de victimes innocentes.

Si ces horreurs peuvent s'excuser, c'est dans l'effer-
vescence de quelque nouveau fanatisme : mais ces
fureurs deviennent plus atroces encore, quand elles
se commettent de sang froid, et dans le silence des
passions. La postérité aura peine à croire que le
dix-huitième siècle ait vu le fanatisme le plus absurde
étouffer les cris de la raison, de la nature et de
l'humanité. *Morival* est heureux d'être échappé des
griffes de ces anthropophages sacrés : il vaut mieux
habiter avec une horde de lapons qu'avec ces
monstres d'Abbeville. Un roi dont les vues sont
droites, un ministère sage comme celui que vous
avez présentement en France, empêcheront sans
doute l'exécution des jugemens iniques. Ils ne voudront pas que les lois de la France et de la Tauride
soient les mêmes. Cependant ils auront toujours
contre eux le clergé armé du saint nom de la religion
catholique, apostolique et romaine. Il me semble
voir sortir un évêque de cette troupe de prêtres,
qui, s'adressant au seizième des *Louis*, lui dit :

,, Sire, vous êtes le seul roi dans l'univers qui
,, portiez le titre de très-chrétien; le glaive dont
,, DIEU arma votre bras, vous est donné pour
,, défendre l'Eglise. La religion est outragée, elle
,, réclame votre assistance. Il faut que le sang du
,, coupable soit versé en expiation de l'offense, et

,, pour le premier et le plus ancien royaume du
,, monde. ,,

Je vous affure, quand même tous les encyclopédiftes fe trouveraient préfens à cette harangue, qu'ils
n'arracheraient pas des mains des prêtres la victime
que ces barbares auraient réfolu d'immoler.

Si d'auffi horribles fcandales fe commettent moins
ailleurs qu'en France, il faut l'attribuer à la vivacité
de votre nation qui fe porte toujours aux extrêmes.
Ce n'eft pas feulement en France où l'on trouve
un mélange d'objets dont les uns excitent l'admiration, et les autres le blâme ; je crois qu'il en eft
de même par-tout : l'homme étant imparfait lui-
même, comment produirait-il des ouvrages parfaits ?

Votre royaume a été fubjugué par les Romains,
les Saliens, les Francs, les Anglais, et par la fuperftition : ces conquérans ont tous promulgué des lois ;
ce qui a fait un chaos de votre jurifprudence. Pour
bien faire, il faudrait détruire et réédifier. Ceux qui
l'entreprendront trouveront contre eux la coutume,
les préjugés, et tout le peuple attaché aux anciens
ufages fans favoir les apprécier, et qui croit qu'y
toucher et bouleverfer le royaume c'eft la même chofe.

Vous approuvez, à ce que je crois, le gouvernement de la Penfilvanie tel qu'il eft établi à préfent :
il n'exifte que depuis un fiècle ; ajoutez-en encore
cinq ou fix à fa durée, et vous ne le reconnaîtrez
plus ; tant l'inftabilité eft une des lois permanentes
de cet univers. Que des philofophes fondent le
gouvernement le plus fage, il aura le même fort.
Ces philofophes mêmes ont-ils toujours été à l'abri
de l'erreur ? N'en ont-ils pas débité auffi ? Témoin

les formes fubftantielles d'*Ariftote*, le galimatias de *Platon*, les tourbillons de *Defcartes*, les monades de *Leibnitz*. Que ne dirais-je pas des paradoxes dont *Jean-Jacques* a régalé l'Europe? Si cependant on peut compter parmi les philofophes celui qui a bouleverfé la cervelle de quelques bons pères de famille au point de donner à leurs enfans l'éducation d'*Emile*.

Il réfulte de tous ces exemples que, malgré les bonnes intentions et les peines qu'on fe donne, les hommes ne parviendront jamais à la perfection en quelque genre que ce foit.

Mais je me fuis abandonné au flux de ma plume: j'ai la *logodiarrhée*, et je barbouille inutilement du papier pour vous dire des chofes que vous favez mieux que moi. Je n'ai qu'une feule excufe: c'eft que, fi on ne devait vous écrire que des chofes que vous ignorez, on n'aurait rien à vous dire. Cependant en voici une:

Vous voulez favoir de quoi nous nous fommes entretenus en voyageant en Siléfie: vous faurez donc que vous m'avez récité Mérope et Mahomet, et que lorfque les cahots de la voiture étaient trop violens, j'ai appris par cœur les morceaux qui m'ont le plus frappé. C'eft ainfi que je me fuis occupé en route, en m'écriant par fois: Que béni foit cet heureux génie, qui, préfent ou abfent, me caufe toujours un égal plaifir!

Il y a long-temps que j'ai lu et relu vos œuvres. Les pièces polémiques qui s'y trouvent, peuvent avoir été néceffaires dans les temps qu'elles ont été écrites; mais les *Desfontaine*, les *Fréron*, les *Paulian*, les *la Beaumelle* n'empêcheront jamais que la Henriade, Oedipe, Brutus, Zaïre, Alzire, Mérope, Sémiramis, le Comte de Foix, Oreste, Mahomet, n'aillent grandement à la postérité; et qu'on ne les mette au nombre des ouvrages classiques, dont Athènes, Rome, Florence et Paris ont embelli la littérature. C'est une vérité dont tous les connaisseurs conviennent, et non pas un compliment que je vous fais. *Vale.*

1775.

F É D É R I C.

LETTRE XCIX.

D U R O I.

A Potsdam, le 22 d'octobre.

La goutte m'a tenu lié et garrotté pendant quatre semaines: s'entend que je l'ai eue aux deux pieds, aux deux genoux, aux deux mains, et, par surcroît de faveur, au coude. A présent la fièvre et les douleurs ont cessé, et je ne souffre plus que d'un grand épuisement de force. Pendant cet accès j'ai reçu de Ferney deux lettres charmantes; mais eussent-elles été du grand *Demiourgos*, je n'aurais pu même dicter la réponse. J'ai lié connaissance avec *Apollon*, dieu de la médecine; mais *Apollon*, dieu du Parnasse, si jamais il m'inspire, ne me communiquera ses dons qu'après que mon corps aura repris assez de forces pour en communiquer à mon cerveau.

—— *Divus Etallundus* vient d'arriver : c'eft un enfant
1775. arraché aux griffes de l'*inf*..., et aux flammes de
l'inquifition. Il a été très-bien reçu, parce qu'il m'a
affuré que les médecins donnaient encore dix années
de vie à fon généreux défenfeur, au fage du mont
Jura, qui fait rougir les Velches de leurs lois et de
leurs procédures barbares. D'*Etallonde* affure que vous
avez plus d'huile dans votre lampe, que n'en avaient
toutes les vierges de l'évangile. Puiffe-t-elle durer
toujours, et puiffe au moins votre corps fubfifter à
proportion de ce que durera votre réputation ! Vous
toucheriez à l'immortalité.

J'attends le retour de mes forces et de mes penfées
pour vous écrire d'un ftyle moins laconique', en vous
affurant que le malade de Sans-fouci aimera toujours
le patriarche de Ferney. *Vale.*

FÉDÉRIC.

LETTRE C.

DU ROI.

A Potſdam , le 4 de décembre.

AUCUNE de vos lettres ne m'a fait autant de plaiſir
que celle que je viens de recevoir : elle me tire des
inquiétudes que la nouvelle de votre maladie m'avait
cauſées. Il faut que le patriarche de Ferney vive
longues années pour la gloire des lettres, et pour
honorer le dix-huitième ſiècle. J'ai ſurvécu vingt-ſix
ans à une attaque d'apoplexie que j'eus l'année 1749 :
j'eſpère que vous en ferez de même. Ce qu'on appelle
ſemi-apoplexie n'eſt pas ſi dangereux ; et en obſer-
vant un bon régime, en renonçant aux ſoupers,
j'eſpère que nous pourrons vous conſerver encore
pour la ſatisfaction de tous ceux qui penſent.

Vous me demandez ce que c'eſt que l'*eſprit*.
Hélas ! je vous dirai tout ce qu'il n'eſt pas. J'en ai
ſi peu moi-même, que je ferais bien embarraſſé de
le définir. Si cependant vous voulez, pour vous
amuſer, que je faſſe mon roman comme un autre,
je m'en tiendrai aux notions que l'expérience m'a
données.

Je ſuis très-certain que je ne ſuis pas double : de là
je me conſidère comme un être unique. Je ſais que
je ſuis un animal matériel, animé, organiſé, et qui
penſe ; d'où je conclus que la matière animée peut
penſer, ainſi qu'elle a la propriété d'être électrique,

1775.

Je vois que la vie de l'animal dépend de la chaleur et du mouvement : je foupçonne donc qu'une parcelle de feu élémentaire pourrait bien être la caufe de l'un et l'autre de ces phénomènes. J'attribue la penfée aux cinq fens que la nature nous a donnés ; les connaiffances qu'ils nous communiquent s'impriment dans les nerfs qui en font les meffagers. Ces impreffions, que nous appelons *mémoire*, nous fourniffent les idées ; la chaleur du feu élémentaire, qui tient le fang dans une agitation perpétuelle, réveille ces idées, occafionne l'imagination. Selon que ce mouvement eft vif et facile, les penfées fe fuccèdent rapidement ; fi le mouvement eft lent et embarraffé, les penfées ne viennent que de loin en loin. Le fommeil confirme cette opinion : quand il eft parfait, le fang circule fi doucement, que les idées font comme engourdies, que les nerfs de l'entendement fe détendent, et l'ame demeure comme anéantie. Si le fang circule avec trop de véhémence dans le cerveau, comme chez les ivrognes ou dans les fièvres chaudes, il confond, il bouleverfe les idées ; fi quelque légère obftruction fe forme dans les nerfs du cerveau, elle occafionne la folie ; fi une goutte d'eau fe dilate dans le crâne, la perte de la mémoire s'enfuit ; fi enfin une goutte de fang extravafé preffe le cerveau et les nerfs de l'entendement, voilà la caufe de l'apoplexie.

Vous voyez que j'examine l'*ame* plutôt en médecin qu'en métaphyficien. Je m'en tiens à ces vraifemblances, en attendant mieux. Je me contente de jouir des fruits de votre entendement, de votre imagination renaiffante, de votre beau génie, fans m'embarraffer fi ces dons admirables nous viennent d'idées innées , ou fi DIEU vous infpire toutes vos penfées, ou fi vous êtes une horloge dont le cadran montre *Henri IV*, tandis que votre carillon fonne la Henriade.

Qu'un autre fe faffe un labyrinthe pour s'y égarer, je me délecte dans vos ouvrages , et je bénis l'Etre des êtres de ce qu'il m'a rendu votre contemporain.

Je n'ai pu vous écrire de long-temps : je fors de mon quatorzième accès de goutte. Jamais elle ne m'a plus maltraité ; je fuis à demi perclus de tous mes membres. Cela ne m'a pas empêché de voir *Morival*, et de m'entretenir longuement fur votre fujet. Il faut bien que nous fêtions nos martyrs ; ils fouffrent pour la vérité, et les autres n'ont été que les victimes de l'erreur et de la fuperftition. Je m'attends de jour à autre que *Morival* fera des miracles. Le plus célèbre ferait de confondre et de caufer des remords à fes juges iniques qui l'ont condamné à fubir une mort affreufe.

J'ai participé à la faveur que le roi de France a faite à M. de *Saint-Germain*. Ce brave officier m'eft connu de long-temps ; il ne fe rendra pas indigne de la place qu'il a obtenue. Il a tout le mérite qu'il faut pour la remplir , et un zèle bien louable pour le bien public ; ce qui doit le rendre recomman-dable à tous les honnêtes gens.

Je vous félicite en même temps , mon cher *Voltaire;* on m'affure que vous êtes devenu directeur des impôts dans le pays de Gex ; que vous réduifez toutes les taxes fous un feul titre ; et que l'exemple que vous donnerez de cette fimplification fera

—— introduit dans toute la France. Les bons esprits sont

1775. propres à tous les emplois. Un raisonnement juste, des idées nettes, et un peu de travail, servent également d'instrument pour les arts, pour la guerre, pour les finances et pour le commerce.

Il sera donc dit que celui, dont l'imagination enfanta la Henriade, l'Oedipe, et tant d'autres admirables tragédies, que le traducteur de *Newton*, l'auteur de l'Essai sur les mœurs et l'esprit des nations, l'oracle de la tolérance, l'émule de l'*Arioste*, aura encore instruit sa nation dans l'art de soulager les peuples dans la perception des impôts.

Nous ne connaissons pas trop *Homère*, mais *Virgile* n'était que poëte. *Racine* n'écrivait pas bien en prose; *Milton* n'avait été que l'esclave du tyran de sa patrie: il n'y a que vous seul qui ayez réuni tant de genres si différens. Vivez donc pour éclairer votre patrie dans cette nouvelle carrière : elle vous devra son goût, sa raison, et les laboureurs leur conservation. Quel bien de plus vous reste-t-il à faire, sinon de ne pas oublier le solitaire de Sans-souci, qui vous admire trop pour que vous ne l'aimiez pas un peu. *Vale.*

FÉDÉRIC.

LETTRE

LETTRE CI.

DU ROI.

A Potſdam, le 5 de décembre.

Je vous ai mille obligations de la ſemence que vous avez bien voulu m'envoyer. Qui aurait dit que notre correſpondance roulerait ſur l'art de *Triptolême*, et qu'il s'agirait entre nous deux qui cultiverait le mieux ſon champ ? C'eſt cependant le premier des arts, et ſans lequel il n'y aurait ni marchands, ni rois, ni courtiſans, ni poëtes, ni philoſophes. Il n'y a de vraies richeſſes que celles que la terre produit. Améliorer ſes terres, défricher des champs incultes, ſaigner des marais, c'eſt faire des conquêtes ſur la barbarie, et procurer de la ſubſiſtance à des colons qui, ſe trouvant en état de ſe marier, travaillent gaiement à perpétuer l'eſpèce, et augmentent le nombre des citoyens laborieux.

Nous avons imité ici les prairies artificielles des Anglais ; ce qui réuſſit très-bien, et a fait augmenter nos beſtiaux d'un tiers. Leur charrue et leur ſémoir n'ont pas eu le même ſuccès : la charrue, parce qu'en partie nos terres ſont trop légères ; le ſemoir, parce qu'il eſt trop cher pour le peuple et pour les payſans.

En revanche nous ſommes parvenus à cultiver la rhubarbe dans nos jardins ; elle conſerve toutes ſes propriétés et ne diffère point, pour l'uſage, de celle qu'on fait venir des pays orientaux.

Correſp. du roi de P... &c.   Tome III.   Q

1775.

Nous avons gagné cette année dix mille livres de foie, et l'on a augmenté les ruches à miel d'un tiers.

Ce font-là les hochets de ma vieilleffe, et les plaifirs qu'un efprit, dont l'imagination eft éteinte, peut goûter encore. Il n'eft pas donné à tout le monde d'être immortel comme vous. Notre bon patriarche eft toujours le même. Pour moi j'ai déjà envoyé une partie de ma mémoire, le peu d'imagination que j'avais, et mes jambes, fur les bords du Cocyte. Le gros bagage prend les devans, en attendant que le corps de bataille le fuive. C'eft une difpofition d'arrière-garde, à laquelle *Feuquières* et M. de *Saint-Germain* donneraient leur approbation.

J'efpère que vous continuerez de me donner de bonnes nouvelles de votre fanté, qui certainement ne m'eft pas indifférente, et que vous vous fouviendrez quelquefois du folitaire de Sans-fouci. *Vale.*

FÉDÉRIC.

LETTRE CII.

DE M. DE VOLTAIRE.

A Ferney, le 21 décembre.

SIRE,

Il n'y a jamais eu ni de roi ni de goutteux plus philofophe que vous. Il faut que vous foyez comme celui qui difait : *Non, la goutte n'eft point un mal.* Vos réflexions fur cette machine qui a , je ne fais comment, la faculté d'éternuer par le nez et de penfer par la cervelle, valent mieux que tout ce que les docteurs en grec et en hébreu ont jamais dit fur cette matière.

Votre Majefté eft actuellement dans le cas de *Xénophon*, qui s'occupait de l'agriculture dans le loifir de la paix. Mais ce n'eft pas après une retraite de dix mille, c'eft après des victoires de cinquante mille.

Je crois que vous aurez un peu de peine à faire produire à votre fablonnière du Brandebourg d'auffi riches moiffons que celles des plaines de Babylone, quoiqu'à mon avis, vous valiez beaucoup mieux que tous les rois de ce pays-là. Mais du moins vos foins rendront la Marche et la nouvelle Marche et la Poméranie plus fertiles que le pays de *Salomon*, qu'on appela fi mal à propos la terre promife, et qui était encore plus fablonneux que le chemin de Berlin à Sans-fouci.

1775.

Q 2

Votre Majefté eft trop bonne de daigner jeter les yeux fur mes petits travaux ruftiques. Elle m'encourage en m'approuvant. Je n'ai qu'un petit coin de terre à défricher, et encore eft-il un des plus mauvais de l'Europe. Vous daignez encourager de même ma chétive faculté intellectuelle, en me perfuadant qu'une demi-apoplexie n'eft qu'une bagatelle : je ne favais pas que votre Majefté eût jamais eu affaire à un pareil ennemi. Vous l'avez vaincu comme tous les autres, et vous triomphez enfin de la goutte qui eft plus formidable. Vous tendez une main protectrice du haut de votre génie à ma petite machine penfante : je ferai affez hardi, dans quelque temps, pour mettre à vos pieds des lettres affez fcientifiques, affez ridicules, que j'ai pris la liberté d'écrire à M. *Paw* fur fes chinois, fes égyptiens et fes indiens.

La barbare aventure du général *Lalli*, le défaftre et les friponneries de notre compagnie des Indes m'ont mis à portée de me faire inftruire de bien des chofes concernant l'Inde et les anciens Brachmanes. Il m'a paru évident que notre fainte religion chrétienne eft uniquement fondée fur l'antique religion de *Brama*. Notre chute des anges qui a produit le diable, et le diable qui a produit la damnation du genre-humain, et la mort de DIEU pour une pomme, ne font qu'une miférable et froide copie de l'ancienne théologie indienne. J'ofe affurer que votre Majefté trouvera la chofe démontrée.

Je ne connais point M. *Paw*. Mes lettres font d'un petit bénédictin tout différent de M. *Pernetti*. Je trouve ce M. *Paw* un très-habile homme, plein d'efprit et d'imagination : un peu fyftématique

à la vérité, mais avec lequel on peut s'amufer et
s'inftruire.

J'efpère mettre dans un mois ou deux ce petit
ouvrage de St *Benoît* à vos pieds.

On me mande qu'on a imprimé à Berlin une
traduction fort bonne d'*Ammien-Marcellin* avec des
notes inftructives : comme cet *Ammien-Marcellin* était
contemporain du grand *Julien*, que nos miférables
prêtres n'ofent plus appeler *apoftat*, fouffrez, Sire,
que je prenne une liberté avec celui auquel il n'a
manqué, felon moi, pour être en tout très-fupérieur
à ce *Julien*, que de faire à peu-près ce qu'il fit, et
que je n'ofe pas dire.

Cette liberté eft de fupplier votre Majefté d'ordonner qu'on m'envoie par les *Michelet* et *Gérard* un
exemplaire de cet ouvrage. Je vous demande très-
humblement pardon de mon impudence : tout ce
qui regarde ce *Julien* m'eft précieux, mais vos
bontés me le font bien davantage.

Je me mets à vos pieds plus que jamais ; je me
flatte qu'ils ne font plus enflés du tout.

LETTRE CIII.

DE M. DE VOLTAIRE.

A Ferney, 17 janvier.

SIRE,

1776.

IL y avait autrefois vers le cinquante-troisième degré de latitude un bel aigle, dont le vol était admiré dans toutes les latitudes du monde. Un petit rat était forti de fa fouricière pour aller contempler l'aigle, et il fut épris d'une violente paffion pour ce roi des oifeaux ; le rat vieillit depuis dans fa retraite, et fut réduit à ronger des livres ; encore les rongeait-il fort mal, parce qu'il n'avait plus de dents. L'aigle conferva toujours fon beau bec, mais il eut mal à fes royales pattes.

Ce qu'on ne croira jamais, c'eft que cet aigle, pendant fa maladie, s'amufait quelquefois à faire de fort jolis vers, qu'il daignait envoyer au rat. Puifque les chênes de *Dodone* parlaient, pourquoi un aigle ne ferait-il pas des vers ? Le rat devenu décrépit ne pouvait plus faire que de la profe : il prit la liberté d'envoyer à fon ancien patron l'aigle quelques feuillets d'un ancien livre qu'il avait trouvé dans une bibliothéque ; ces fragmens commençaient à la page 86.

Les chofes dont il eft parlé dans ces fragmens font très-vraies et très-fingulières. Le rat s'imagina qu'elles pourraient amufer l'aigle. S'il fe trompa, on

peut lui pardonner, car, dans le fond, il n'avait que
de bonnes intentions ; il ne voyait pas la vérité avec
un coup d'œil d'aigle ; mais il l'aimait tant qu'il
pouvait. C'était même pour cultiver cette vérité, et
pour la contempler de plus près, qu'il avait fait
autrefois un voyage dans la moyenne région de l'air
pour fe mettre fous la protection de fon aigle,
auquel il refta attaché bien refpectueufement et bien
tendrement jufqu'à ce qu'il fût mangé des chats.

P. S. Si par hafard fa Majefté l'aigle pouvait
s'amufer de ces chiffons, fon vieux vaffal le rat lui
enverrait tout l'ouvrage par les chariots de pofte,
dès qu'il fera imprimé.

LETTRE CIV.

DU ROI.

A Potfdam, le 13 de février.

LA fable du rat et de l'aigle vaut bien celle de
l'âne et du roffignol. L'aigle troquerait volontiers
avec le rat, fi par ce troc il pouvait s'approprier
les rares talens du dernier. Mais il n'eft pas donné
à tout le monde d'aller à Corinthe, de même que
n'eft pas *Protée* qui veut.

Dans la Fable, jadis dans la Gréce inventée,
Nous admirons fur tout le grand art de Protée,

Q 4

Qui toujours à propos fachant fe transformer,
A tous les cas divers pouvait fe conformer;
Mais, bien plus merveilleux encor que cette fable,
Voltaire la rendit de nos jours véritable.

En effet il n'y a point de mutation, dont vous ne
foyez fufceptible; et pour vous rendre entièrement
univerfel, il ne nous manque de vous qu'un ouvrage
fur la tactique. Je l'attends inceffamment comme
devant éclore de votre univerfalité.

J'ai lu la brochure que vous m'avez envoyée, et
j'efpère bien que vous voudrez y joindre la continuation, qui contiendra fans doute des découvertes
et des combinaifons curieufes.

Je viens d'effuyer encore un violent accès de
goutte qui me met bien bas. Il faut que la belle
faifon vienne à mon fecours pour me rendre mes
forces. En attendant, le marquis de Ferney, intendant
du pays de Gex, foulagera les peuples du fardeau
des impôts; il réglera les corvées, et donnera l'échantillon de ce qui pourra fervir à établir le bonheur
des Velches. Je finirai ma lettre comme *Boileau*,
épître à *Louis XIV : j'admire, et je me tais. Vale.*

FÉDÉRIC.

LETTRE CV.

DE M. DE VOLTAIRE.

A Ferney, 11 mars.

SIRE,

L'INFATIGABLE *Achille* sera-t-il toujours pris par le pied? L'ingénieux et sage *Horace* souffrira-t-il toujours de cette main qui a écrit de si belles choses? Vos fréquens accès de goutte alarment ce pauvre vieillard qui vous dit autrefois qu'il voudrait mourir à vos pieds, et qui vous le dit encore. La saison où nous sommes, est bien mal saine; notre printemps n'est pas celui que les Grecs ont tant chanté; nous avons cru nous autres pauvres habitans du septentrion que nous avions aussi un printemps, parce que les Grecs en avaient un, mais nous n'avons en effet que des vents, du froid, et des orages. Votre Majesté brave tout cela dès qu'elle est quitte de sa goutte: il n'en est pas de même des octogénaires qui ne peuvent remuer, et à qui la nature n'a laissé qu'une main pour avoir l'honneur de vous écrire, et un cœur pour regretter le temps où il était auprès de vous.

Puisque votre Majesté m'ordonne de lui envoyer la correspondance d'un bénédictin avec M. *Paw*, je la mets à vos pieds; j'en retranche un fatras de pièces étrangères qui grossissaient cet inutile volume; j'y

1776.

1776. laisse seulement un petit ouvrage de *Maxime de Madaure*, célèbre païen, ami de St *Augustin*, célèbre chrétien. Il me semble que ce *Maxime* pensait à peu-près comme le héros de nos jours, et qu'il avait l'esprit plus conséquent et plus solide que M. l'évêque d'Hippone. Le paquet est un peu gros pour partir par la poste, mais votre Majesté l'ordonne.

Je lui souhaite la santé et la longue vie du maréchal *Keit :* je lui souhaite un doux repos qu'il a bien mérité par son activité en tout genre. Je suis au désespoir de mourir loin de lui ; j'ose lui demander avec autant de respect et de tendresse la continuation de ses bontés.

LETTRE CVI.

DU ROI.

A Potsdam, le 19 de mars.

IL est vrai, comme vous le dites, que les chrétiens ont été les plagiaires grossiers des fables qu'on avait inventées avant eux. Je leur pardonne encore *les vierges* en faveur de quelques beaux tableaux que les peintres en ont faits; mais vous m'avouerez cependant que jamais l'antiquité, ni quelque autre nation que ce soit, n'a imaginé une absurdité plus atroce et plus blasphématoire que celle de manger son Dieu. C'est le dogme le plus révoltant, le plus injurieux à l'Etre suprême, le comble de la folie et de la démence. Les gentils, il est vrai, fesaient jouer à leurs dieux des rôles assez ridicules, en leur prêtant toutes les paſſions et les faibleſſes humaines. Les Indiens font incarner trente fois leur *Sommona-codom*, à la bonne heure : mais tous ces peuples ne mangeaient point les objets de leur adoration. Il n'aurait été permis qu'aux Egyptiens de dévorer leur dieu *Apis*. Et c'eſt ainſi que les chrétiens traitent l'autocrateur de l'univers.

Je vous abandonne, ainſi qu'à l'abbé *Paw*, les Chinois, les Indiens et les Tartares. Les nations européanes me donnent tant d'occupation, que je ne ſors guère, avec mes méditations, de cette partie la plus intéreſſante de notre globe. Cela n'empêche pas que je n'aye lu avec plaiſir les diſſertations que vous avez eu la bonté de m'envoyer. Comment recevrait-on autrement ce qui ſort de votre plume ! L'abbé *Paw* prétend ſavoir que l'empereur *Kienlong* eſt mort, que ſon fils gouverne à préſent, et que le défunt empereur a exercé d'énormes cruautés envers les jéſuites. Peut-être veut-il que je prenne fait et cauſe contre *Kienlong*, d'autant plus qu'il ſait combien je protège les débris du troupeau de Sᵗ *Ignace*. Mais je demeure neutre, plus occupé d'apprendre ſi la colonie de *Penn* continuera de pratiquer ſes vertus pacifiques, ou ſi, tous quakers qu'ils ſont, ils voudront défendre leur liberté et combattre pour leurs foyers. Si cela arrive, comme il eſt apparent, vous ſerez obligé de convenir qu'il eſt des cas où la guerre devient néceſſaire, puiſque les plus humains de tous les peuples la font.

Ammien-Marcellin doit être bien près de Ferney, à compter le temps qu'on vous l'a expédié. Nos académiciens conviennent tous que c'eſt un des

—————— auteurs de l'antiquité les plus difficiles à traduire, à caufe de fon obfcurité. Il eft fûr que fi d'ailleurs nous ne furpaffons pas les anciens en autre chofe, du moins écrit-on mieux dans ce fiècle qu'à Rome après les douze Céfars. La méthode, la clarté, la netteté règnent dans tous les ouvrages, et l'on ne s'égare pas dans des épifodes, comme les Grecs en avaient l'habitude.

Je n'aime point les auteurs qu'on admire en bâillant, fuffent-ils même empereurs de la Chine. Mais j'aime ceux qu'on lit et qu'on relit toujours volontiers, comme les ouvrages d'un certain patriarche de Ferney dont l'antiquité nous fournit quelques-uns de la même trempe.

Il faut par toutes ces raifons que vous ne mouriez point, et que, tandis que le parlement qui radote vous brûle à Paris, vous preniez de nouvelles forces pour confondre les tuteurs des rois, et ceux qui empoifonnent les ames du venin de la fuperftition. Ce font les vœux d'un pauvre goutteux qui fe réjouit de fa convalefcence, jouiffant par là du plaifir de vous admirer encore. *Vale.*

FÉDÉRIC.

LETTRE CVII.

DE M. DE VOLTAIRE.

A Ferney, le 30 mars.

SIRE,

Si votre camarade l'empereur *Kienlong* eſt mort, —— 1776.
comme on vous l'a dit, j'en ſuis très-fâché. Votre
Majeſté ſait aſſez combien j'aime et révère les rois
qui font des vers ; j'en connais un qui en fait aſſurément de bien meilleurs que *Kienlong*, et à qui je
ferai bien attaché juſqu'à ce que j'aille faire ma cour
là-bas à feu l'empereur chinois.

Nous avons actuellement en France un jeune roi
qui, à la vérité, ne fait point de vers, mais qui fait
d'excellente proſe. Il a donné en dernier lieu ſept
beaux ouvrages, qui font tous en faveur du peuple.
Les préambules de ces édits font des chefs-d'œuvre
d'éloquence, car ce font des chefs-d'œuvre de raiſon
et de bonté. Le parlement de Paris lui a fait des
remontrances ſéduiſantes : c'était un combat d'eſprit ;
s'il avait fallu donner un prix au meilleur diſcours,
les connaiſſeurs l'auraient donné au roi ſans difficulté.

Ce droit d'enregiſtrer et de remontrer, que vous
ne connaiſſez pas dans votre royaume, eſt fondé ſur
l'ancien exemple d'un prévôt de Paris du temps
de St *Louis*, et de votre *Conrad Hohenzollern II*,
lequel prévôt s'aviſa de tenir un regiſtre de toutes
les ordonnances royales, en quoi il fut imité par

—— un greffier du parlement, nommé *Jean Montluc*,
1776. en 1313. Les rois trouvèrent cette invention fort
utile. *Philippe de Valois* fit enregiftrer au parlement fes droits de *régale*. *Charles V* prit la même
précaution pour le fameux édit de la majorité
des rois à quatorze ans. Des traités de paix furent
fouvent enregiftrés; on ne favait pas dans ce temps-
là ce que c'était que des remontrances. Les premières
remontrances fur les finances furent faites fous
François I pour une grille d'argent maffif, qui entourait
le tombeau de St *Martin*. Ce faint n'ayant nullement
befoin de fa grille , et *François I* ayant grand befoin
d'argent comptant, il prit la grille qui lui fut cédée
par les chanoines de Tours, et dont le prix devait
être rembourfé fur les domaines de la couronne.
Le parlement repréfenta au roi l'irrégularité de ce
marché. Voilà l'origine de toutes les remontrances
qui ont depuis tant embarraffé nos rois, et qui ont
enfin produit la guerre de la fronde dans la minorité
de *Louis XIV*. Nous n'avons pas de fronde à craindre
fous *Louis XVI*; nous avons encore moins à craindre
les horreurs ridicules des jéfuites, des janféniftes et
des convulfionnaires. Il eft vrai que nos dettes font
auffi immenfes que celles des Anglais ; mais nous
goûtons tous les biens de la paix , d'un bon gouvernement, et de l'efpérance. Votre Majefté a bien raifon
de me dire que les Anglais ne font pas auffi heureux
que nous; ils fe font laffés de leur félicité. Je ne
crois pas que mes chers quakers fe battent; mais ils
donneront de l'argent, et on fe battra pour eux. Je
ne fuis pas grand politique, votre Majefté le fait
bien ; mais je doute beaucoup que le miniftère de

Londres vaille le nôtre. Nous étions ruinés, les Anglais fe ruinent aujourd'hui : chacun fon tour.

Pour vous, Sire, vous bâtiffez des villes et des villages ; vous encouragez tous les arts, et vous n'avez plus pour ennemi que la goutte ; j'efpère qu'elle fera fa paix avec votre Majefté, comme ont fait tant d'autres puiffances.

Quant aux jéfuites que vous aimez tant, la protection que vous leur donnez eft bien noble dans un excommunié tel que vous avez l'honneur de l'être ; j'ai quelque droit en cette qualité de me flatter auffi de la même protection. Je ne crois point comme M. *Paw*, que l'empereur *Kienlong* ait traité cruellement les jéfuites qui étaient dans fon empire. Le père *Amiot* avait traduit fon poëme ; on aime toujours fon traducteur, et je maintiens qu'un monarque qui fait des vers ne peut être cruel.

J'oferais demander une grâce à votre Majefté. C'eft de daigner me dire, lequel eft le plus vieux de milord *Maréchal* ou de moi ; je fuis dans ma quatre-vingt-troifième année, et je penfe qu'il n'en a que quatre-vingt deux. Je fouhaite que vous foyez un jour dans votre cent douzième.

LETTRE CVIII.

DU ROI.

A Potsdam, le 8 d'avril.

1776.

J'AI lu avec plaisir les lettres curieuses que vous avez bien voulu m'envoyer. J'ai beaucoup ri de l'anecdote sur *Alexandre* rapportée par *Oléarius*. L'abbé *Paw* est tout vain de ce que ces lettres lui sont adressées ; il croit n'avoir aucune dispute avec vous, pour le fond des choses ; il croit qu'il ne diffère de vos opinions sur les Chinois que de quelques nuances ; il croit que l'empire de la Chine remonte à la plus haute antiquité, qu'on y connaît les principes de la morale, que les lois y sont équitables : mais il est aussi très-persuadé qu'avec ces lois et cette morale les hommes sont les mêmes à Pékin, qu'à Paris, à Londres et à Naples.

Ce qui le révolte le plus contre cette nation, c'est l'usage barbare d'exposer les enfans, c'est la friponnerie invétérée dans ce peuple, ce sont les supplices plus atroces que ceux dont on ne se sert encore que trop en Europe.

Je lui dis : Mais ne voyez-vous pas que le patriarche de Ferney suit l'exemple de *Tacite* ? Ce romain pour animer ses compatriotes à la vertu, leur proposait pour modèle de candeur et de frugalité, nos anciens Germains qui certainement ne méritaient alors d'être imités de personne. De même M. de *Voltaire* se tue

de

de dire à fes Velches: apprenez des Chinois à récompenfer les actions vertueufes; encouragez comme eux l'agriculture, et vous verrez vos landes de Bordeaux et votre Champagne pouilleufe, fécondées par vos travaux, produire d'abondantes moiffons: faites de vos encyclopédiftes des mandarins, et vous ferez bien gouvernés. Si les lois font uniformes et les mêmes dans tout le vafte empire de la Chine, ô Velches, n'êtes-vous pas honteux de ce que dans votre petit royaume, vos lois changent à chaque pofte, et qu'on ne fait jamais par quelle coutume on eft jugé ?

L'Abbé me répond que vous faites fort bien; mais il prétend que la Chine n'eft ni fi heureufe, ni fi fage que vous le foutenez, et qu'elle eft rongée par des abus plus intolérables que ceux dont on fe plaint dans notre Occident.

Il me femble donc que votre difpute fe réduit à ceci: eft-il permis d'employer des menfonges officieux pour parvenir à de bonnes fins? On pourra foutenir le pour et le contre, et fur cette queftion les avis ne fe réuniront jamais.

Pour moi, pauvre *Achille*, fi tant y a, je ne fuis invulnérable ni aux talons, ni aux genoux, ni aux mains. La goutte s'eft promenée fucceffivement dans tout mon corps, et m'a donné une bonne leçon de patience. Il n'y a que ma tête qui eft demeurée hors d'atteinte. A préfent j'ai fait divorce avec cette harpie, et j'efpère au moins d'en être délivré pour un temps. Il faut bien que notre frêle machine foit détruite par le temps qui abforbe tout. Mes fondemens font déjà fappés; je défends encore la citadelle,

—— et j'abandonne les ouvrages extérieurs à la force
1776. majeure qui bientôt m'achèvera par quelque affaut
bien préparé.

Mais tout cela ne m'embarraffe guère, pourvu
que j'apprenne que le *Protée* de Ferney a eu quelques fuccès contre l'*inf*..., qu'il éclaire encore la
littérature, la raifon, les finances, &c. &c. Cela me
fuffit, et j'efpère qu'il n'oubliera pas l'ex-jéfuite de
Sans-fouci. *Vale.*

FÉDÉRIC.

Je reçois une lettre de ma nièce de Hollande,
qui me marque qu'un mandarin chinois étant arrivé
à la Haye, elle avait eu la curiofité de le voir et de
lui parler par le moyen d'un interprète; qu'il paffait
pour être fort ignorant et pour avoir peu d'efprit.
L'abbé *Paw* triomphe de cette nouvelle. Je lui ai
répondu qu'une hirondelle ne fait pas l'été, et qu'il
faut néceffairement, felon les lois éternelles de la
nature, que fur une population de cent foixante
millions d'ames, dont vous gratifiez la Chine, il y
ait au moins quatre-vingt-dix millions de bêtes et
d'imbécilles; et que la mauvaife étoile de la Chine
a voulu que précifément un être de cette efpèce eût
fait le voyage de Hollande. Si je ne l'ai pas affez
réfuté, je vous abandonne le refte.

LETTRE CIX.

DU ROI.

A Potſdam, le 20 d'avril.

L'ABBÉ *Paw* marque une foi ſincère pour toutes les relations des jéſuites de la Chine de la mort de l'empereur *Kienlong*, parce qu'ils l'ont annoncée. Pour moi, en qualité de rigide pyrrhonien, je crois qu'il n'eſt ni mort, ni vivant. La curioſité s'affaiblit avec l'âge; l'on ſe reſſerre dans une ſphère plus bornée. *Walpole* diſait: J'abandonne l'Europe à mon frère, et ne me réſerve que l'Angleterre. Moi, je me contente de ce qui s'eſt fait, de ce qui ſe fait, et de ce qui pourra arriver dans notre Europe.

Louis XVI attire bien autrement ma curioſité que l'empereur *Kienlong*. J'ai lu un placet, ou plutôt un remercîment du pays de Gex, adreſſé à ce monarque; et dans l'intérieur de mon ame, j'ai béni le bien que ce ſouverain a fait, ainſi que ceux qui lui ont donné d'auſſi bons conſeils. Le parlement aurait dû applaudir aux édits de ſon ſouverain, au lieu de lui faire des remontrances ridicules. Mais le parlement eſt compoſé d'hommes, et la fragilité des vertus humaines ſe cache moins dans les délibérations des grands corps que dans les réſolutions priſes entre peu de perſonnes.

Si notre eſpèce n'abuſait pas de tout généralement, il n'y aurait point de meilleure inſtitution que celle

1776.

R 2

—— d'une compagnie qui eût droit de faire des repréfentations aux fouverains fur les injuftices qu'ils
feraient au moment de commettre. Nous voyons en
France combien peu cette compagnie penfe au bien
du royaume. M. *Turgot* a même trouvé dans les
papiers de fes prédéceffeurs les fommes qu'il en a
coûté à *Louis XV* pour corrompre les confeillers de
fon parlement, afin de leur faire enregiftrer, fans
oppofition, je ne fais quels édits.

Comme vos Français font poffédés de la manie
anglicane, ils ont imité, en fe laiffant corrompre,
ce qu'il y a de plus blâmable en Angleterre. Les
républicains prétendent avoir le droit de vendre leur
voix : mais des juges ! mais des gens de juftice ! mais
ceux qui fe difent les tuteurs des rois !...

Pour nous autres obotrites, nous fommes en comparaifon de l'Europe ce qu'eft une fourmillière pour
le parc de Verfailles. Nous accommodons nos petites
demeures, nous nous pourvoyons de vivres pour
l'hiver, nous travaillons et végétons dans le filence.
Ma voifine la fourmi (le bon milord *Maréchal* dont
vous me demandez des nouvelles) a préfentement
quatre-vingt-fix ans paffés : il lit l'ouvrage du
P. *Sanchez*, *de matrimonio*, pour s'amufer, et il fe
plaint que ce livre réveille en lui des idées qui le
tracaffent quelquefois. Comme il a quatre années
de plus que le protecteur des capucins de Ferney,
je me flatte que ce dernier pourrait bien encore
nous donner de fa progéniture, pour peu qu'il le
voulût.

L'ex-jéfuite de Sans-fouci eft toujours occupé à
recouvrer fes forces qui ne reviennent que lentement.

Il a reçu des remarques fur la Bible, un ouvrage de morale, et un autre fur les lois : il foupçonne d'où ce préfent peut lui venir. Ce ne fera qu'après la lecture de ces livres qu'il pourra juger, s'il a bien rencontré, ou s'il a mal deviné ; et les remercîmens s'enfuivront comme de raifon.

J'implore tous mes faints, *Ignace*, *Xavier*, *Lainez*, &c. &c. pour qu'ils protègent le protecteur des capucins à Ferney, que leurs faintes prières prolongent fes jours, afin qu'il confomme le bel ouvrage qu'il a entrepris dans le pays de Gex, qu'il éclaire long-temps encore la France et l'univers, et qu'il n'oublie point l'ex-jéfuite de Sans-fouci. *Vale*.

F É D É R I C.

L E T T R E   C X.

D E   M.   D E   V O L T A I R E.

A Ferney, 21 mai.

S I R E,

Vous allez être étonné en jetant les yeux fur la petite brochure que j'envoie à votre Majefté : devineriez-vous qu'elle eft de M. le landgrave de Heffe ? Son génie s'eft déployé depuis qu'il eft devenu votre neveu, et qu'il a lu vos ouvrages. Je ne fais pas pofitivement s'il avoue ce petit livre ; mais je fais certainement qu'il eft de lui ; c'eft un tableau qu'on reconnaîtra aifément pour être d'un peintre de votre

R 3

école. Vous avez fait naître un nouveau fiècle, vous avez formé des hommes et des princes. Dans combien de genres votre nom n'étonnera-t-il pas la poftérité!

Nous avons grand befoin que votre Majefté philo-fophique règne long-temps ; nous avions chez les Velches deux miniftres philofophes, les voilà tous deux à la fois exclus du miniftère ; et qui fait fi les fcènes des *la Barre* et des *d'Etallonde* ne fe renouvel-leront pas dans notre malheureux pays ? La raifon commence à fe faire un parti fi nombreux, que fes ennemis fe mettent fous les armes , et on fait combien ces armes font dangereufes. Il faudra que cette mal-heureufe raifon vienne fe réfugier dans vos Etats avec fes difciples, comme les proteftans vinrent chercher un afile chez le roi votre grand-père. Depuis que je fuis au monde, je n'ai vu cette raifon que perfécutée ; je la laifferai fans doute dans le même état ; mais je me confolerai en me flattant qu'elle a un appui inébranlable dans le héros qui a dit :

Mais quoique admirateur d'Alexandre et d'Alcide,
J'euffe aimé mieux pourtant les vertus d'Ariftide.

Je me mets aux pieds de l'*Alcide* et de l'*Ariftide* de nos jours.

LETTRE CXI.

DU ROI.

A Potſdam , le 18 de juin.

JE reviens après avoir viſité mes demi-ſauvages de ——
la Pruſſe : et pour me corroborer , j'ai trouvé ici 1776.
la lettre que vous avez bien voulu m'écrire.

Je vous remercie du *catéchiſme des ſouverains*,
production que je n'attendais pas de la plume de
M. le landgrave de Heſſe. Vous me faites trop
d'honneur de m'attribuer ſon éducation. S'il était
ſorti de mon école, il ne ſe ferait point fait catholique, et il n'aurait pas vendu ſes ſujets aux Anglais,
comme on vend du bétail pour le faire égorger.
Ce dernier trait ne s'aſſimile point avec le caractère
d'un prince qui s'érige en précepteur des ſouverains.
La paſſion d'un intérêt ſordide , eſt l'unique cauſe de
cette indigne démarche. Je plains ces pauvres heſſois
qui termineront auſſi malheureuſement qu'inutilement leur carrière en Amérique.

Nous avons appris également ici le déplacement
de quelques miniſtres français. Je ne m'en étonne
point. Je me repréſente *Louis XVI* comme une jeune
brebis entourée de vieux loups : il ſera bien heureux
s'il leur échappe. Un homme qui a toute la routine
du gouvernement trouverait de la beſogne en France ;
épié , ſéduit par des détours fallacieux , on lui ferait
faire des faux pas : il eſt donc tout ſimple qu'un
jeune monarque ſans expérience , ſe ſoit laiſſé entraîner

par le torrent des intrigues et des cabales. Mais je ne croirai jamais que la patrie de *Voltaire* redevienne de nos jours l'afile, ou le dernier retranchement de la fuperftition. Il y a trop de connaiffances et trop d'efprit en France pour que la barbarie fuperftitieufe du clergé puiffe commettre déformais des atrocités dont les temps paffés fourmillent d'exemples. Si *Hercule* a domté le lion de Némée, un fort athléte, nommé *Voltaire*, a écrafé fous fes pieds l'hydre du fanatifme.

La raifon fe développe journellement dans notre Europe; les pays les plus ftupides en reffentent les fecouffes. Je n'en excepte que la Pologne. Les autres Etats rougiffent des bêtifes où l'erreur a entraîné leurs pères: l'Autriche, la Veftphalie, tous, jufqu'à la Bavière, tâchent d'attirer fur eux quelques rayons de lumière. C'eft vous, ce font vos ouvrages qui ont produit cette révolution dans les efprits. L'hélépole de la bonne plaifanterie a ruiné les remparts de la fuperftition que la bonne dialectique de *Bayle* n'a pu abattre.

Jouiffez de votre triomphe; que votre raifon domine longues années fur les efprits que vous avez éclairés, et que le patriarche de Ferney, le coryphée de la vérité, n'oublie pas le vieux folitaire de Sans-fouci. *Vale.*

FÉDÉRIC.

LETTRE CXII.

D U R O I.

A Potfdam , le 7 de feptembre.

On me fait bien de l'honneur de parler de moi —————
en Suiffe , et les gazetiers doivent prodigieufement 1776.
manquer de matière puifqu'ils emploient mon nom
pour remplir leurs feuilles.

J'ai été malade, il eft vrai, l'hiver paffé ; mais
depuis ma convalefcence je me porte à peu - près
comme auparavant. Il y a peut-être des gens au
monde au gré defquels je vis trop long-temps,
et qui calomnient ma fanté dans l'efpérance qu'à
force d'en parler, je pourrais peut-être faire le faut
périlleux auffi vîte qu'ils le défirent. *Louis XIV* et
Louis XV laffèrent la patience des Français : il y a
trente-fix ans que je fuis en place ; peut-être qu'à
leur exemple j'abufe du privilége de vivre, et que
je ne fuis pas affez complaifant pour décamper quand
on fe laffe de moi.

Quant à ma méthode de ne me point ménager,
elle eft toujours la même. Plus on fe foigne, et
plus le corps devient délicat et faible. Mon métier
veut du travail et de l'action ; il faut que mon corps
et mon efprit fe plient à leur devoir. Il n'eft pas
néceffaire que je vive, mais bien que j'agiffe. Je
m'en fuis toujours bien trouvé. Cependant je ne
prefcris cette méthode à perfonne, et me contente
de la fuivre.

Enfin j'ai pu affifter à toutes les fêtes qu'on a données au grand-duc. Ce jeune prince eft le digne fils de fon augufte mère. On a fait ce qu'on a pu pour adoucir la fatigue et l'ennui d'un long voyage, et pour lui rendre ce féjour agréable. Il a paru content; nous le favons de retour à Pétersbourg, en parfaite fanté. Sa promife y fera le 12 de ce mois; et après quelques fimagrées en l'honneur de St *Nicolas*, les noces fe célébreront.

Grimm a paffé ici pendant le féjour du grand-duc: il vous a vu malade, cela m'a inquiété. Enfuite, après avoir fupputé le temps, j'ai conclu que vous étiez entièrement remis. Nous avons de mauvaifes gazettes à Berlin, comme vous en avez à Ferney: elles affurent que notre vieux patriarche s'était fait moine de *Cluni*. En tout cas vous ne garderez pas long-temps votre abbé. Mais je m'intéreffe peu à ce dernier, et beaucoup au fort du prétendu moine.

Me voici de retour de la Siléfie, où j'ai fait l'économe comme vous à Ferney. J'ai bâti des villages, défriché des marais, établi des manufactures, et rebâti quelques villes brûlées. Il s'eft préfenté à Breflau un M. de *Férière*, ingénieur du cabinet; il prétend vous connaître: il fait fans doute que cela vaut une recommandation auprès de moi. Il a été employé en Alface, il a fervi en Corfe, actuellement il eft à la fuite de M. de *Breteuil*, à Vienne. Vous l'aurez vu, et peut-être oublié; car parmi ce peuple innombrable qui fe préfente à votre cour, des paffe-volans doivent vous échapper. Des imbécilles fefaient autrefois des pélerinages à Jérufalem ou à Lorette ; à préfent quiconque fe croit de l'efprit ——— va à Ferney, pour dire en revenant chez foi : *je* **1776.** *l'ai vu.*

Jouiffez long-temps de votre gloire, marquis de Ferney, moine de *Cluni*, ou intendant du pays de Gex, fous quel titre il vous plaira ; mais n'oubliez pas qu'au fond de l'Allemagne il eft un vieillard qui vous a poffédé autrefois, et qui vous regrettera toujours. *Vale.*

FÉDÉRIC.

LETTRE CXIII.

DU ROI.

Le 22 d'octobre.

Voici près de deux mois qu'aucune goutte de rofée du ciel de Ferney n'eft tombée fur le rivage de la Baltique : les foi-difantes mufes et les habitans de notre Parnaffe fablonneux defsèchent à vue d'œil, et ils feraient déjà diaphanes fi certain commentaire fur je ne fais quelle bible, ne leur était tombé entre les mains. C'eft à cet ouvrage qu'ils doivent l'exiftence et la vie. Tout le monde a ri, parce que par *Nazareth* il fallait entendre l'*Egypte*; et par l'*Egypte*, *Nazareth*. Cet éclat de rire s'eft porté par l'écho depuis le Mansfeld jufqu'à Mémel : il a diffipé les humeurs noires, et rapporté la joie dans nos contrées.

Que le ciel béniffe le plaifant commentateur de ce profond ouvrage ! Je le crois auffi habile à expliquer les traités entre les nations que les vifions hébraïques ; et peut-être que fi les Français et les Anglais fe fuſſent fervis de lui pour régler leurs anciens démêlés fur le Canada, qu'il les aurait accordés. On fe ferait épargné la dernière guerre : ce qui n'eût pas été une bagatelle.

Voici des vers qu'un rêve-creux avait fabriqués ici avant l'arrivée du divin commentaire : ceux qu'il fera à préfent feront plus gais. Il fe propofe de démontrer que quatre-vingts ans et vingt font la même chofe, et cela par l'exemple de perſonnes qui ne vieilliſſent point, et dont l'hiver des ans reſſemble au printemps de leur jeuneſſe. (1)

Vos Velches fe préparent à faire la guerre fur mer à je ne fais qui ; ils ont acheté beaucoup de bois dans mes chantiers, dont Dieu les béniſſe. Voilà comme la chaîne des événemens lie enfemble différens objets. Il fallait que les Portugais fiſſent les impertinens dans le Paraguay, pour que don *Carlos* fe mît en colère ; il fallait qu'un pacte de famille obligeât par conféquent *Louis XVI* à fe fâcher et à faire raccommoder fa flotte ; et que pour avoir du bois et des mâtures, il en fît chercher dans nos chantiers. Voilà du *Wolf* tout pur. Vous l'avez auſſi commenté du temps de madame *du Châtelet*, fans adopter cependant tous les brillans écarts de *Leibnitz*.

Oh çà, commentez, ou ne commentez pas, felon votre bon plaifir ; mais faites-moi au moins favoir quelques nouvelles de la fanté du vieux patriarche. Je n'entends pas raillerie fur fon compte ; je me

(1) On n'a pas retrouvé ces vers.

flatte que le quart-d'heure de *Rabelais* fonnera pour nous deux la même minute, et que nous pourrons aller métaphyfiquer enfemble là-bas ; ou du moins je n'aurai pas le chagrin de lui furvivre et d'apprendre fa perte qui en fera une pour toute l'Europe. Ceci eft férieux : ainfi je vous recommande à la fainte garde d'*Apollon*, des Grâces qui ne vous quittent jamais, et des Mufes qui veillent autour de vous.

FÉDÉRIC.

LETTRE CXIV.

DE M. DE VOLTAIRE.

8 novembre.

SIRE,

VOUS m'avez envoyé un ouvrage bien rare, car tout y eft vrai. C'eft au philofophe d'*Alembert* à remercier en vers votre Majefté philofophique. Hélas! ce ne font pas mes quatre - vingt - deux ans qui m'empêchent de vous dire en vers que vous avez raifon ; c'eft que j'éprouve depuis plus de deux mois ce que vous dites dans votre belle épître :

Et la pourpre et la bure éprouvent le malheur ;
L'un pleure fur le trône, et l'autre en fa chaumière.

Si je ne pleure pas dans ma chaumière, attendu que je fuis trop fec, j'ai du moins de quoi pleurer ;

——— messieurs de Nazareth ne rient point comme messieurs
1776. du rivage de la mer Baltique ; ils persécutent les
gens sourdement et cruellement ; ils déterrent un
pauvre homme dans sa tannière, et le punissent
d'avoir ri autrefois à leurs dépens. Tous les malheurs
qui peuvent accabler un pauvre homme, ont fondu
sur moi à la fois, procès, pertes de biens, tourmens
du corps, tourmens de ce qu'on appelle ame ; je suis
absolument *l'autre* dans sa chaumière ; mais pardieu,
Sire, vous n'êtes pas *l'un* qui pleurez sur le trône,
vous tâtâtes un moment de l'adversité, il y a bien
des années ; mais avec quel courage, avec quelle
grandeur d'ame vous avalâtes le calice ! Comme ces
épreuves servirent à votre gloire ; comme dans tous
les temps vous avez été par vous-même au-dessus
du reste des hommes ! Je n'ose lever les yeux vers
vous du sein de ma décrépitude et du fond de ma
misère. Je ne sais plus où j'irai mourir. M. le duc
de Virtemberg régnant, oncle de la princesse que
vous venez de marier si bien, me doit quelque argent
qui aurait servi à me procurer une sépulture honnête ;
il ne me paye point, ce qui m'embarrassera beaucoup
quand je serai mort. Si j'osais, je vous demanderais
votre protection auprès de lui, mais je n'ose pas,
j'aimerais mieux avoir votre Majesté pour caution.

Sérieusement parlant, je ne sais pas où j'irai
mourir. Je suis un petit *Job* ratatiné sur mon fumier
de Suisse ; et la différence de *Job* à moi, c'est que
Job guérit, et finit par être heureux. Autant en
arriva au bon homme *Tobie*, égaré comme moi dans
un canton Suisse du pays des Mèdes ; et le plaisant
de l'affaire, est qu'il est dit dans la sainte écriture

que fes petits-enfans l'enterrèrent avec allégreffe ;
apparemment qu'ils trouvèrent une bonne fucceffion.

Pardonnez-moi, Sire, fi, étant devenu prefque
aveugle comme *Tobie*, et miférable comme *Job*, je
n'ai pas eu l'efprit affez libre pour ofer vous écrire
une lettre inutile.

Il eft venu dans ma cabane un jeune baron ou
comte faxon, qui s'appelle, je crois, *Gefdorf*. Il
eft très-aimable, plein d'efprit et de grâces, poli,
circonfpect. On dit que votre Majefté a pris la peine
de l'élever elle-même pour s'amufer. Il y paraît ; c'eft
Achille qui élève *Phénix*, au lieu qu'autrefois *Phénix*
fut le précepteur d'*Achille*.

Je me mets aux pieds de votre Majefté , *de pro-
fundis*.

LETTRE CXV.

D U   R O I.

Le 25 de novembre.

J'AI été affligé de votre lettre, et je ne faurais
deviner les fujets de chagrin que vous avez. Les
gazettes font muettes ; les lettres de Genève et de la
Suiffe n'ont fait aucune mention de votre perfonne ;
de forte que je devine en gros que l'*inf*..., plus
inf.... que jamais, s'acharne à perfécuter vos vieux
jours. Mais vous avez Genève, Laufane, Neuchâtel
dans le voifinage, qui font autant de ports contre
l'orage.

Je ne devine pas les procès perdus. Vous avez la
plupart de vos fonds placés à Cadix : il eft fûr que

—— la juridiction de l'évêque d'Annecy ne s'étend pas
1776. jufque-là.

Vous aurait-on chagriné pour les changemens
que vous avez introduits dans le pays de Gex? La
valetaille de *Plutus* fe ferait-elle liguée avec les charlatans de la meffe pour vous fufciter des affaires?
Je n'en fais rien; mais voilà tout ce que l'art conjectural me permet d'entrevoir.

En attendant j'ai écrit dans le Virtemberg pour
vous donner affiftance pour une dette qui m'eft
connue. Je crois cependant vous devoir avertir que
je ne fuis pas trop bien en cour chez fon alteffe
féréniffime. On fera néanmoins ce qu'on pourra. Il
eft fingulier que ma deftinée ait voulu me rendre
le confolateur des philofophes. J'ai donné tous les
lénitifs de ma boutique pour foulager la douleur
de d'*Alembert*. Je vous en donnerais volontiers de
même, fi je connaiffais votre mal à fond. Mais j'ai
appris d'*Hyppocrate* qu'il ne faut pas fe mêler de
guérir un mal avant de l'avoir bien examiné et
étudié. Ma pharmacie eft à votre fervice: il vaudrait
mieux que vous n'en euffiez pas befoin. En attendant
je fais des vœux fincères pour votre contentement
et votre longue confervation. *Vale*.

FÉDÉRIC.

P. S. Bon Dieu! quelle cruauté de perfécuter la
vieilleffe d'un homme qui illuftre fa patrie, et
fert de plus grand ornement à notre fiècle! Quels
barbares!

LETTRE

LETTRE CXVI.

DE M. DE VOLTAIRE.

A Ferney, 9 décembre.

SIRE,

Il n'est pas étonnant qu'un homme qui a passé sa vie à barbouiller du papier contre ceux qui trompent les hommes, qui les volent et qui les persécutent, soit un peu poursuivi par ces gens-là sur la fin de ses jours. Il est encore moins étonnant que le *Marc-Aurèle* de notre siècle prenne pitié de ce vieil *Epictète*. Votre Majesté daigne me consoler d'un trait de plume des cris de la canaille superstitieuse et implacable.

J'ai pris la liberté de déposer à vos pieds les raisons qui m'avaient privé long-temps de l'honneur de vous écrire, et parmi ces raisons, la première a été la nécessité où je suis réduit, d'être un petit *Libanius* qui répond aux *Grégoires de Nazianze* et aux *Cyrilles*.

La fourmillière que je fais bâtir dans ma retraite, et qui est rongée par les rats de la finance française, était le second motif de ma douleur et de mon silence, et l'oubli de votre ancien pupille M. le duc de Virtemberg était le troisième.

Dans le chaos des petites affaires qui dérangent les petites têtes, je n'osais pas à mon âge écrire à

1776.

votre Majefté ; je tremblais de radoter devant le maître de l'Europe.

La même main qui inftruit les rois et qui confole d'*Alembert*, daigne auffi s'étendre pour moi. Votre Majefté eft trop bonne d'avoir bien voulu écrire un mot en ma faveur dans le Virtemberg ; c'eft malheureufement dans le comté de Montbéliard qu'eft ma dette, et cette principauté de Montbéliard reffortit au parlement de Befançon, ce font des affaires qui ne finiffent point, et moi je vais bientôt finir. M. le duc de Virtemberg me donne aujourd'hui fa parole de me fatisfaire dans le courant de l'année prochaine ; fa régence me doit cent mille francs ; cela ruine un homme qui fe ruinait déjà à faire bâtir une petite ville. Mais il faut que je prenne patience, et que j'attende le payement de M. le duc de Virtemberg, ou la mort qui paye tout.

Je mets mes mifères aux pieds de votre Majefté puifqu'elle daigne me l'ordonner. La poftérité rira fi elle fait jamais qu'un chétif parifien a conté fes affaires à *Frédéric le grand*, et que *Frédéric le grand* a daigné les entendre.

On vient d'imprimer à Paris un livre affez curieux fur la littérature de la Chine, fa religion et fes ufages. La plus grande partie de ce livre eft compofée par un chinois que les jéfuites dérobèrent à fes parens dans fon enfance, et qui a été élevé par eux à leur collége de Paris : il parle français parfaitement ; mais malheureufement c'eft un jéfuite lui-même, et c'eft le plus infolent énergumène qui foit parmi eux, il a la rage du *contrains-les d'entrer.* Le fcélérat eft capable de bouleverfer l'empire. Je me

flatte que fi votre écolier en poëfie, et votre très-plat
écolier *Kienlong* eft inftruit enfin de ce fanatifme
qui couve dans fa ville capitale, il enverra bientôt
tous ces convertiffeurs en Occident.

Daignez conferver, Sire, vos bontés pour ma
vieille ame qui va bientôt quitter fon vieux corps.

LETTRE CXVII.

DU ROI.

A Potfdam, le 26 de décembre.

POUR écrire à *Voltaire* il faut fe fervir de fa langue:
celle des dieux. Faute de me bien exprimer dans ce
langage, je bégayerai mes penfées.

> Serez-vous donc toujours en butte
> Au dévot qui vous perfécute?
> A l'envieux obfcur, ébloui de l'éclat
> Dont vos rares talens offufquent fon état?
> Quelque odieux que foit cet indigne manége,
> Les exemples en font nombreux;
> On a pouffé le facrilége
> Jufqu'au point d'infulter les Dieux:
> Ces Dieux dont les bienfaits enrichiffent la terre
> Ont été déchirés par des blafphémateurs.
> Eft-il donc étonnant que l'immortel Voltaire
> Ait à gémir des traits des calomniateurs!

Je ne m'en tiens pas à ces mauvais vers: j'ai fait
écrire dans le Virtemberg pour folliciter vos arré-
rages....

—————
1776.

Au reſte je crois que pour vous ſouſtraire à l'âcreté du zèle des bigots, vous pourriez vous réfugier en Suiſſe, où vous feriez à l'abri de toute perſécution et des déſagrémens dont vous vous plaignez. A l'égard de vos nouveaux établiſſemens de Ferney, je les attribue à l'eſprit de vengeance des commis de vos financiers qui vous haïſſent à cauſe du bien que vous avez voulu faire au pays de Gex, en le dérobant un temps à la voracité de ces gens-là.

Quant à ce point, je vous avoue que je ſuis embarraſſé d'y trouver un remède, parce qu'on ne ſaurait inſpirer des ſentimens raiſonnables à des drôles qui n'ont ni raiſon ni humanité. Toutefois ſoyez perſuadé que ſi la terre de Ferney appartenait à *Apollon* même, cette race maudite ne l'eût pas mieux traitée. Quelle honte pour la France de perſécuter un homme unique qu'un deſtin favorable a fait naître dans ſon ſein! Un homme dont dix royaumes ſe diſputeraient à qui pourrait le compter parmi ſes citoyens, comme jadis tant de villes de la Grèce ſoutenaient qu'*Homère* était né chez elles. Mais quelle lâcheté plus révoltante de répandre l'amertume ſur vos derniers jours! Ces indignes procédés me mettent en colère: et je ſuis fâché de ne pouvoir vous donner des ſecours plus efficaces que le ſouverain mépris que j'ai pour vos perſécuteurs. Mais *Maurepas* n'eſt pas dévot; M. de *Vergennes* ſe contente d'entendre la meſſe, quand il ne peut pas ſe diſpenſer d'y aller; *Necker* eſt hérétique: de quelle main peut donc partir le coup qui vous accable? L'archevêque de Paris eſt connu pour ce qu'il eſt, et j'ignore ſi ſon Mentor ex - jéſuite eſt

encore auprès de lui ; perſonne ne connaît le nom
du confeſſeur du roi : le diable incarné dans la perſonne de l'évêque du Puy aurait-il excité cette
tempête ? Enfin plus j'y penſe, et moins je devine
l'auteur de cette tracaſſerie.

Je n'ai point vu cet ouvrage ſur la Chine dont
vous me parlez. J'ajoute d'autant moins de foi à ce
qui nous vient de contrées auſſi éloignées, qu'on eſt
ſouvent bien embarraſſé de ce qu'on doit croire des
nouvelles de notre Europe.

Cependant ſoyez ſûr que le plus grand crève-cœur
que vous puiſſiez faire à vos ennemis, c'eſt de vivre
en dépit d'eux. Je vous prie de leur bien donner ce
chagrin-là, et d'être perſuadé que perſonne ne s'intéreſſe plus à la conſervation du vieux patriarche de
Ferney que le ſolitaire de Sans-ſouci. *Vale.*

FÉDÉRIC.

LETTRE CXVIII.

DU ROI.

A Potſdam, le 10 de février.

Il vaut mieux que vous ayez terminé vous-même
votre affaire avec le duc de Virtemberg que s'il
avait fallu recourir à mon aſſiſtance. Je vous félicite
d'avoir cet embarras de moins, et je me réjouirai
ſi j'apprends que tous vos ſujets de chagrin ſont
diſſipés.

L'âge où vous êtes devrait rendre votre perſonne
ſacrée et inviolable. Je m'indigne, je me mets en

—— colère contre les malheureux qui empoifonnent la fin
1777. de vos jours. Je me fuis dit fouvent : comment fe
peut-il que ce *Voltaire*, qui fait l'honneur de la
France et de fon fiècle, foit né dans une patrie affez
ingrate pour fouffrir qu'on le perfécute? Quel décou-
ragement pour la race future! où fera le français
qui voudra déformais vouer fes talens à la gloire
d'une nation qui méconnaît les grands hommes
qu'elle produit, et qui les punit au lieu de les
récompenfer?

Le mérite perfécuté me touche, et je vole à fon
fecours, fût-ce jufqu'au bout du monde. S'il faut
renoncer à revoir l'immortel *Voltaire*, du moins pour-
rai-je m'entretenir cet été avec le fage *Anaxagore*.
Nous philofopherons enfemble; votre nom fera mêlé
dans tous nos entretiens, et nous gémirons du trifte
deftin des hommes qui par faibleffe ou par ftupidité
retombent dans le fanatifme.

Deux dominicains qui ont le roi d'Efpagne à
leurs pieds, difpofent de tout le royaume : leur faux
zèle fanguinaire a rétabli dans toute fa fplendeur
cette inquifition que M. d'*Aranda* avait fi fagement
abolie. Selon que le monde va, les fuperftitieux
l'emportent fur les philofophes, parce que le gros
des hommes n'a l'efprit ni cultivé, ni jufte, ni
géométrique. Le peuple fait qu'avec des préfens on
apaife ceux qu'on a offenfés; il croit qu'il en eft
de même à l'égard de la divinité, et qu'en lui
donnant à flairer la fumée qui s'élève d'un bûcher
où l'on brûle un hérétique, c'eft un moyen infaillible de lui plaire. Ajoutez à cela des cérémonies,
des déclamations de moines, les applaudiffemens

des amis, et la dévotion ſtupide de la multitude, vous trouverez qu'il n'eſt pas ſurprenant que les Eſpagnols aveuglés aient encore de l'attachement pour ce culte digne des anthropophages.

Les philoſophes pouvaient proſpérer chez les Grecs et chez les Romains, parce que la religion des gentils n'avait point de dogmes ; mais les dogmes de notre *inf*... gâtent tout. Les auteurs ſont obligés d'écrire avec une circonſpection gênante pour la vérité. La prêtraille venge la moindre égratignure que ſouffre l'orthodoxie ; l'on n'oſe montrer la vérité à découvert ; et les tyrans des ames veulent que les idées des citoyens ſoient toutes moulées dans le même moule.

Vous aurez toutefois eu l'avantage de ſurpaſſer tous vos prédéceſſeurs dans le noble héroïſme avec lequel vous avez combattu l'erreur. Et de même qu'on ne reproche pas au fameux *Boerhaave* de n'avoir pas détruit la fièvre chaude, ni l'etiſie, ni le haut-mal, mais qu'il s'eſt borné à guérir de ſon temps quelques-uns de ſes contemporains ; auſſi peu pourra-t-on reprocher au ſavant médecin des ames de Ferney de n'avoir pu détruire la ſuperſtition ni le fanatiſme, et de n'avoir appliqué ſon remède qu'à ceux qui étaient guériſſables.

Mon individu qui s'eſt mis à ſon régime, le bénit mille fois en lui ſouhaitant longue vie et proſpérité : c'eſt dans ces ſentimens que le ſolitaire de Sans-ſouci ſalue le patriarche des incrédules. *Vale.*

FÉDÉRIC.

LETTRE CXIX.

DU ROI.

A Potſdam, le 26 de mars.

—— DES trois raiſons qui vous ont empêché de me
1777. répondre, la première et la ſeconde ſont une ſuite
des lois de la nature, mais la troiſième eſt un effet
de la méchanceté des hommes, qui me les ferait haïr
ſi, par bonheur pour l'humanité, il n'y avait encore
des ames vertueuſes en faveur deſquelles on fait
grâce à l'eſpèce. Mais quelle cruelle méchanceté de
perſécuter un vieillard et de prendre plaiſir à empoi-
ſonner les derniers jours de ſa vie ! Cela fait horreur,
et me révolte de telle ſorte contre les bourreaux
tonſurés qui vous perſécutent, que je les extermi-
nerais de la face de la terre ſi j'en avais le pouvoir.
Le pauvre *Morival*, qui jeune encore a eſſuyé leurs
perſécutions, en a eu le cœur ſi navré, et principalement de l'inhumanité de ſes parens, qu'il a été,
ces jours paſſés, attaqué d'apoplexie. On eſpère
cependant qu'il s'en remettra. C'eſt un bon et honnête garçon qui mérite qu'on lui veuille du bien
par ſon application et le déſir qu'il a de bien faire.
Je ſuis perſuadé que vous compatirez à ſa ſituation.

Ceux qui vous ont parlé du gouvernement français,
ont, ce me ſemble, un peu exagéré les choſes. J'ai
eu occaſion de me mettre au fait des revenus et des
dettes de ce royaume : ſes dettes ſont énormes, les

reſſources épuiſées , et les impôts multipliés d'une
manière exceſſive. Le ſeul moyen de diminuer, avec
le temps , le fardeau de ces dettes, ſerait de reſſerrer
les dépenſes, et de retrancher tout le ſuperflu. C'eſt
à quoi on ne parviendra jamais ; car au lieu de dire:
j'ai tant de revenu , et je puis dépenſer tant ; on dit :
il me faut tant, trouvez des reſſources.

Une forte ſaignée faite à ces faquins tonſurés
pourrait procurer quelques reſſources : cependant cela
ne ſuffirait pas pour éteindre en peu les dettes , et
procurer au peuple les ſoulagemens dont il a le plus
grand beſoin. Cette ſituation fâcheuſe a ſa ſource
dans les règnes précédens qui ont contracté des
dettes , et ne les ont jamais acquittées.

C'eſt ce dérangement des finances qui influe maintenant ſur toutes les branches du gouvernement ; il
a arrêté les ſages projets de M. de *Saint-Germain* qui
ne ſont pas même exécutés à demi ; il empêche le
miniſtère de reprendre cet aſcendant dans les affaires
de l'Europe , dont la France était en poſſeſſion depuis
Henri IV. Enfin, pour ce qui eſt de votre parlement,
en qualité de penſeur, j'ai condamné ſon rappel ,
parce qu'il était contraire aux principes de la dialectique et du bon ſens.

Tenez , voilà comme on découvre et comme on
voit les fautes des autres , tandis que l'on eſt aveugle
ſur ſes propres défauts. Je ferais bien mieux de régler
mes actions , et de m'empêcher de faire des folies
que de diſſéquer les reſſorts qui meuvent les grandes
monarchies.

Vous me parlez d'un auteur allemand qui ſe mêle
auſſi de diriger la politique européane : je puis vous

affurer que c'eſt un rêve - creux qui règle des partages à l'inſtar de ceux qui ſe firent en Pologne. Ce
grand homme ignore que ces ſortes de partages ſont
rares, et ne ſe répètent jamais durant la vie des
mêmes hommes. Le peu de vérités qu'il y a dans
les aſſertions de ce grand politique, ſe réduit à
la poſſibilité de nouveaux troubles qui s'élèvent en
Crimée entre la Ruſſie et la Porte, et à l'envie déme-
ſurée de l'empereur de s'agrandir vers Andrinople.
Ce prince eſt jeune et ambitieux ; mes ſoixante-cinq
ans paſſés doivent mettre mes intentions hors de
ſoupçon. Ai-je le temps encore de faire des projets?

Je vous envoie ci-joint, au lieu de mauvais vers
que j'aurais pu faire, un choix des meilleures pièces
de *Chaulieu* et de madame *Deshoulières* que j'ai fait
imprimer à mon uſage et à celui de mes amis.

Pour en revenir au divin patriarche des incrédules,
je crois qu'il fera bien de tromper ſes ennemis: leur
intention eſt de le chagriner, il ne doit leur oppoſer
que de l'indifférence et du mépris. Et s'il ſe voit
obligé de ſe retirer en Suiſſe, il pourra les régaler,
dans ce pays libre, d'une pièce qui démaſquera leur
turpitude et leur ſcéléráteſſe. Que la nature conſerve
divus Voltarius, et que j'aye encore long-temps la
ſatisfaction de recevoir de ſes nouvelles. *Vale.*

FÉDÉRIC.

Vous me prendrez pour un vieux fou politique
en liſant ma lettre; je ne ſais comment je me ſuis
aviſé de me conſtituer miniſtre du très-chrétien roi
des Velches.

LETTRE CXX.

DE M. DE VOLTAIRE.

Avril.

QUOI, c'eſt donc cet heureux vainqueur
Et de l'Autriche et de la France,
C'eſt ce grave légiſlateur
De qui la ſublime éloquence
Parut égale à ſa valeur ;
C'eſt ce généreux défenſeur
De la raiſon qu'à toute outrance
La fanatique extravagance
Perſécute avec tant d'ardeur ;
C'eſt ce héros mon protecteur
Qui s'eſt fait, dit-on, l'imprimeur
Des idylles de Deshoulière.
Seigneur, je ne m'attendais guère
De voir Céſar ou Cicéron
Sortir de ſa brillante ſphère
Pour devenir un Céladon.

1777.

Mais il faut que tous les goûts entrent dans votre ame univerſelle, elle ſent mieux que perſonne qu'il y a dans les ouvrages de madame *Deshoulières*, quoiqu'un peu faibles, des morceaux naturels et même philoſophiques qui méritent d'être conſervés ; pour *Chaulieu*, il a fait quatre ou cinq pièces dignes de *Frédéric le grand.*

Puifque vous protégez les philofophes après leur mort, votre Majefté les protégera auffi pendant leur vie ; la rage des pédans fanatiques en robe longue vient de condamner au banniffement perpétuel un jeune homme, nommé *de Lisle*, pour avoir fait un livre intitulé *la Philofophie de la nature*. C'eft, dit-on, un favant plein d'imagination, beaucoup plus vertueux que hardi. M. d'*Alembert* eft, je crois, inftruit de fon mérite et de fon malheur.

Pour moi, fi ces ennemis des fages me perfécutent à quatre-vingt-trois ans, j'ai ma bierre toute prête en Suiffe à une lieue de la France ; j'ai quelque reffemblance avec *Morival* ; je fus attaqué, il y a un mois, d'une efpèce d'apoplexie dont les fuites me tourmentent plus que les fanatiques ne me tourmenteront. J'emploierai, fi je puis, mes derniers momens à rendre exécrables les affaffins juridiques de *Morival d'Etallonde*, du chevalier de *la Barre*, du général *Lalli*, de la maréchale d'*Ancre*, et de tant d'autres.

Tout ce que votre Majefté daigne me dire fur notre gouvernement et fur nos finances, eft bien vrai ; c'eft à *Newton* à parler de mathématiques ; c'eft à *Frédéric le grand* à parler de gouverner les hommes : je ferais étonné fi la France attaquait aujourd'hui les Anglais fur mer, comme je ferais très-furpris fi notre puiffance ou impuiffance ofait attaquer votre Majefté fans avoir difcipliné fes troupes pendant vingt années.

Daignez, Sire, me conferver vos bontés jufqu'à mon dernier moment.

LETTRE CXXI.

DU ROI.

A Potſdam , le 17 de juin.

Le talent eſt un don des Dieux
Qu'en nos jours leur main trop avare
Rend plus eſtimable et plus rare
Qu'au temps des Quinaults, des Chaulieux.
Né ſur les bords de la Baltique ,
Sous un ciel chargé de frimats ,
Admirateur du chant lyrique ,
Mon ame épaiſſe et flegmatique
En s'efforçant n'en produit pas.
Que me reſtait-il donc à faire ?
Ne pouvant être un bon auteur ,
Je me rendis l'humble éditeur
D'Epicure et de Deshoulière.

1777.

Si j'étais *Voltaire* ou *Apollon* , j'aurais peut-être reſſerré le volume en le réduiſant à moins de pages ; mais m'aurait-il convenu d'être auſſi ſévère cenſeur, ne pouvant ſurpaſſer ceux que j'aurais ainſi mutilés. Il me ferait arrivé comme à *la Beaumelle* et à *Fréron* : ils jugèrent la Henriade , ils voulurent y ſubſtituer des vers ; et il n'y eut à y critiquer que ce qu'ils avaient ajouté à ce poëme.

J'en viens à vos chagrins et à vos peines : ſouvenez-vous bien que l'intention de ceux qui vous perſé-cutent , eſt d'abréger vos jours. Jouez-leur le tour de vivre à leur dam , et de vous porter mieux qu'eux.

Nous fommes ici tranquilles et auffi pacifiques que les quakres. Nous entendons parler du général *Howe*, dont chaque chien en aboyant prononce le nom. Nous lifons dans les gazettes ce qu'on raconte des hauts faits des *infurgens* d'Amérique. Les uns vantent la force de la flotte anglaife ; d'autres difent que la France et l'Efpagne ont plus de vaiffeaux que ces infulaires.

Actuellement la politique des gazetiers fe repofe : il n'eft plus queftion que du féjour du comte de *Falkenftein* à Paris. Ce jeune prince y jouit des fuffrages du public ; on applaudit à fon affabilité ; et l'on eft furpris de trouver tant de connaiffances dans un des premiers fouverains de l'Europe. Je vois avec quelque fatisfaction que le jugement que j'avais porté de ce prince eft ratifié par une nation auffi éclairée que la françaife. Ce foi-difant comte retournera chez lui par la route de Lyon et de la Suiffe. Je m'attends qu'il paffera par Ferney , et qu'il voudra voir et entendre l'homme du fiècle, le *Virgile* et le *Cicéron* de nos jours. Si cela arrive , vous l'emporterez en tout fur JESUS. Il n'y eut que des rois , ou je ne fais quels mages , qui vinrent à fon étable de Bethléem , et Ferney recevra les hommages d'un empereur.

Pour rendre le parallèle parfait , je fubftitue à l'étoile qui guidait les mages , les lumières de la raifon qui conduit notre jeune monarque. Si cette vifite a lieu , je me flatte que les nouvelles connaif-fances ne vous feront pas oublier les anciennes , et

que vous vous fouviendrez que parmi la foule de ——
vos admirateurs il exifte un folitaire à Sans-fouci , 1777.
qu'il faut féparer de la multitude. *Vale.*

FÉDÉRIC.

J'ai lu cet ouvrage de *de Lisle :* il y a fans doute
de bonnes chofes , mais peu de méthode , et fur la
fin beaucoup de ce que les Italiens appellent *concetti.*

LETTRE CXXII.

DU ROI.

Le 9 de juillet.

OUI, vous verrez cet empereur
Qui voyage afin de s'inftruire,
Porter fon hommage à l'auteur
De Henri quatre et de Zaïre.
Votre génie eft un aimant
Qui, tel que le foleil, attire
A foi les corps du firmament,
Par fa force victorieufe
Amène les efprits à foi :
Et Thérèfe la fcrupuleufe
Ne peut renverfer cette loi.

Jofeph a bien paffé par Rome
Sans qu'il fût jamais introduit
Chez le prêtre que Jurieu nomme
Très-civilement l'Ante-Chrift.

Mais à Genève qu'on renomme,
Joseph plus fortement séduit,
Révérera le plus grand homme
Que tous les siècles aient produit.

Cependant les Autrichiens ont jusqu'à présent encore mal profité des leçons de tolérance que vous avez données à l'Europe. Voilà en Moravie, dans le cercle de Préraw, quarante villages qui se déclarent tous à la fois protestans. La cour, pour les ramener au giron de l'Eglise, a fait marcher des convertisseurs avec des argumens à poudre et à balle, qui ont fusillé une douzaine de ces malheureux, en attendant qu'on brûle les autres. Ces faits, que nous vous communiquons, font par malheur peu consolans pour l'humanité.

Je ne sais si je me trompe, mais il me semble qu'il y a un levain de férocité dans le cœur de l'homme qui reparaît souvent quand on croit l'avoir détruit. Ceux que les sciences et les arts ont décrassés, font comme ces ours que les conducteurs ont appris à danser sur les pattes de derrière; les ignorans font comme les ours qui ne dansent point. Les Autrichiens (j'en excepte l'empereur) pourraient bien être de cette dernière classe.

Il est bien fâcheux que les Français, d'ailleurs si aimables, si polis, ne puissent pas dompter cette fougue barbare qui les porte si souvent à persécuter les innocens. En vérité, plus on examine les fables absurdes sur lesquelles toutes les religions font fondées, plus on prend en pitié ceux qui se passionnent pour ces balivernes.

Voici

Voici un rêve que je vous envoie qui peut-être vous amufera un moment. Vous donner de tels ouvrages d'une imagination tudefque, c'eſt jeter une goutte d'eau dans la mer.

1777.

Je vous remercie du beau projet de politique dont vous me faites l'ouverture ; ce ferait une chofe à exécuter fi j'avais vingt ans. Le pape et les moines finiront fans doute ; leur chute ne fera pas l'ouvrage de la raifon ; mais ils périront à mefure que les finances des grands potentats fe dérangeront. En France, quand on aura épuifé tous les expédiens pour avoir des efpèces, on fera forcé de féculariſer des abbayes et des couvens. Cet exemple fera imité, et le nombre des *cuculati* réduit à peu de chofe. En Aùtriche, le même befoin d'argent donnera l'idée d'avoir recours à la conquête facile des Etats du faint fiége pour avoir de quoi fournir aux dépenfes extraordinaires : et l'on fera une groffe penfion au faint père.

Mais qu'arrivera-t-il ? La France, l'Efpagne, la Pologne, en un mot toutes les puiffances catholiques, ne voudront pas reconnaître un vicaire de J E S U S, fubordonné à la main impériale. Chacun alors créera un patriarche chez foi. On affemblera des conciles nationaux. Petit à petit chacun s'écartera de l'unité de l'Eglife, et l'on finira par avoir dans fon royaume fa religion, comme fa langue à part.

Comme je ne fixe aucune époque à cette prophétie, perfonne ne pourra me reprendre. Cependant il eſt très-probable qu'avec le temps, les chofes prendront le tour que je viens d'indiquer.

Je fuis fort fenfible aux marques de votre fouvenir,

—— et des vieux temps dont vous rappelez la mémoire.
1777. Hélas! que retrouveriez-vous à Sans-souci, s'il était
possible que je pusse espérer de vous y revoir?

> Un vieillard glacé par les ans,
> Froid, taciturne et flegmatique,
> Dont le propos soporifique
> Fait bâiller tous les assistans.
> Au lieu de mots assez plaisans,
> Assaisonnés d'un sel attique,
> Qu'il débitait dans son bon temps,
> Un radotage politique,
> Et d'obscure métaphysique,
> Plus ennuyeux, plus révoltans
> Que ne font les nouveaux romans.
> Ainsi quand le moelleux zéphyre
> Des airs cède l'immense empire
> Au fougueux souffle d'Aquilon,
> La nature aux abois expire.
> Le champ qui portait la moisson
> A perdu sa belle parure;
> L'arbre est dépouillé de verdure;
> Les jardins sont privés de fleurs;
> L'homme ainsi ressent les rigueurs
> Du temps qui vient miner son être.
> Si, jeune il se nourrit d'erreurs,
> Dès qu'il juge et qu'il fait connaître,
> L'âge, les maux et les langueurs
> Le font pour toujours disparaître.

Toutes ces variations sont pour le commun de
l'espèce, mais non pour le divin *Voltaire*. Il est comme

madame *Sara* qui fefait tourner la tête aux roitelets
arabes à l'âge de cent foixante ans. Son efprit rajeunit
au lieu de vieillir : pour lui le temps n'a point
d'ailes ; mais il eft à craindre que la nature n'ait
perdu le moule où elle l'a jeté. On nous conte que
Jupiter prolongea la nuit qu'il coucha avec *Alcmène*
pour fe donner le temps de fabriquer *Hercule :* je
fuis perfuadé que fi l'on examinait les phénomènes de
l'année 1694, pareille merveille s'y trouverait. Enfin,
jouiffez long-temps des prodigalités de la nature ;
perfonne ne s'intéreffe plus à votre confervation que
le folitaire de Sans-fouci. *Vale.*

F É D É R I C.

Il fallait les charmes de l'enchanteur de Ferney
pour tirer des vers de ma vieille et ftérile cervelle.

LETTRE CXXIII.

DE M. DE VOLTAIRE.

Augufte.

Monsieur le grand rêveur, perfonne n'a jamais fait
un plus beau fonge que vous. Si *Nabuchodonofor* avait
rêvé ainfi, il n'aurait jamais oublié un pareil fonge, et
n'aurait point propofé à fes mages de les faire pendre,
s'ils ne devinaient pas ce qu'il avait oublié. L'empereur *Julien*, tout grand philofophe, tout homme
d'efprit, et tout apoftat qu'il était, n'eut pas le
bonheur de raifonner auffi bien étant éveillé, que

T 2

——— vous étant endormi. On reproche à ce grand homme
1777. d'avoir fait enchérir les bœufs et les vaches par fes
fréquens facrifices, dans le temps qu'il fe moquait
du faint facrifice de la meffe, et des autres facéties des
chrifticoles. Pour vous, Monfieur, vous vous moquez
de toute la terre, et vous avez grande raifon. Il y a
même quelque apparence que vous la corrigerez de
fes ridicules avant qu'il foit trois ou quatre mille
ans, et en vérité vous méritez de vivre jufqu'à cette
heureufe révolution. Je ne défefpère pas que vous
ne montriez ce nouveau prodige au monde. En effet,
s'il y a quelque fecret pour l'opérer, c'eft le beau
précepte que vous rapportez à la fin de votre rêve;
réjouis-toi, car tu n'es pas fûr d'en faire autant
demain.

Si vos productions de la nuit m'ont fait un fi
grand plaifir, celles du jour ne m'en font pas moins.
Vos petits vers font délicieux ; mais vous n'avez pas
prophétifé auffi jufte fur moi que fur le refte de
l'univers. Je n'ai point vu M. le comte de *Falkenftein*,
et vous verrez pourquoi dans la lettre que j'eus
l'honneur de vous écrire avant celle-ci, et que je
mets à la fuite. Je vous y demande une grâce fingulière, mais qui me paraît néceffaire, et dont il peut
réfulter un très-grand bien.

Je me jette à vos pieds, &c.

LETTRE CXXIV.

DU ROI.

A Potsdam , le 5 de septembre,

Vous aurez furement reçu à préfent le prix deftiné
en Suiffe à celui qui aura le mieux apprécié la jufteffe
des punitions : mais il me femble que M. *Beccaria*
n'a guère laiffé à glaner après lui. Il n'y a qu'à s'en
tenir à ce qu'il a fi judicieufement propofé. Dès que
les peines font proportionnées au délit , tout eft en
règle.

Je ne m'étonne point de ce qu'on fait en Efpagne :
on y rétablit l'inquifition , on fe gendarme contre le
bon fens , en un mot on y fait des fottifes. Au lieu
du philofophe d'*Aranda* , c'eft un confeffeur , ou
capucin ou cordelier , qui gouverne le roi : *ex ungue
leonem.*

Je reviens de la Siléfie dont j'ai été très-content :
l'agriculture y fait des progrès très-fenfibles ; les manufactures profpèrent ; nous avons débité à l'étranger
pour cinq millions de toile , et pour un million
deux cents mille écus de draps. On a trouvé une
mine de cobolt dans les montagnes , qui fourniffent
à toute la Siléfie. Nous fefons du vitriol auffi bon
que l'étranger. Un homme fort induftrieux y fait
de l'indigo tel que celui des Indes ; on change le fer
en acier avec avantage , et bien plus fimplement que

1777.

T 3

—— de la façon que *Réaumur* le propofe. Notre population
1777. eft augmentée depuis 1756 (qui était l'année de la
guerre) de cent quatre-vingts mille ames. Enfin
tous les fléaux qui avaient abymé ce pauvre pays,
font comme s'ils n'avaient jamais été ; et je vous
avoue que je reffens une douce fatisfaction à voir
une province revenir de fi loin.

Ces occupations ne m'ont point empêché de barbouiller mes idées fur le papier ; et pour épargner
la peine de les tranfcrire, j'ai fait imprimer fix exemplaires de mes rêveries : je vous en envoie un. Je
n'ai eu que le temps de faire une efquiffe ; cela
devrait être plus étendu ; mais c'eft à de vrais favans
à y mettre la dernière main. Meffieurs les encyclopédiftes ne feront peut-être pas toujours de mon
avis : chacun peut avoir le fien. Toutefois fi l'expérience eft le plus fûr des guides, j'ofe dire que mes
affertions font uniquement fondées fur ce que j'ai
vu, et fur ce que j'ai réfléchi.

Vivez, patriarche des êtres penfans, et continuez,
comme l'aftre de la lumière, à éclairer l'univers.
Vale.

FÉDÉRIC.

LETTRE CXXV.

DU ROI.

A Potſdam, le 24 de feptembre.

Si j'exécute votre commiſſion, j'aurai opéré un
miracle plus grand que celui de *Jean-Jacques* à
Veniſe: j'aurai, comme *Bacchus* ou *Moïſe*, fait jaillir
une fontaine d'un rocher. Mais ce rocher ſur lequel
je dois faire mes opérations eſt plus dur que le
diamant. Et vous voulez que j'en faſſe ſortir les
eaux du Pactole! Je crains que mon ſoi-diſant
pupille ne me perde de réputation; et qu'il ne
m'arrive comme à ces prophètes des Cévènes qui
voulurent à Londres reſſuſciter un mort, et qui n'en
purent venir à bout. Cependant j'ai repaſſé tout mon
Cicéron et tout mon Démoſthènes pour compoſer
une lettre bien pathétique à ſon alteſſe féréniſſime,
où par une belle péroraiſon je m'efforce d'amollir
ſes entrailles d'airain, lui repréſentant que le grand
homme auquel il doit, a mérité la reconnaiſſance
de toute l'Europe, et qu'ainſi c'eſt une double dette
dont il doit s'acquitter envers lui. Je lui parle d'une
vieilleſſe reſpectable qu'il faut honorer et ſoulager,
et de la réputation qui rejaillira ſur lui d'avoir aidé
à tranquilliſer ſur la fin de ſa carrière ce patriarche
des êtres penſans, et un homme dont le nom durera
plus long-temps que celui de la Forêt-noire et du
Virtemberg. Enfin ſi des phraſes peuvent trouver

1777.

quelque chofe dans des bourfes vides, peut-être en ferai-je fortir les derniers écus. Mais je n'en réponds pas, car *de nihilo nihil* , &c. , comme vous favez.

Grimm eft arrivé ici de Pétersbourg. Nous avons beaucoup parlé de votre pantocratrice, de fes lois, des grandes mefures qu'elle prend pour civilifer fa nation. *Grimm* eft devenu colonel : je vous en avertis pour ne pas omettre ce titre qui de philofophe l'a rendu militaire. Apparemment que nous entendrons parler de fes hauts faits d'armes en Crimée, fi le délire porte les Turcs à déclarer la guerre à l'impératrice.

Mais l'incertitude où je fuis de ce que deviendra mon miracle, m'occupe plus que tout ceci. Je crains quelque mauvais tour de mon pupille qui , jaloux de ma réputation, me fera manquer mon miracle. Vivez, vivez cependant , et confervez-vous pour la confolation des êtres penfans , et pour le grand contentement du folitaire de Sans-fouci. *Vale.*

FÉDÉRIC.

LETTRE CXXVI.

DU ROI.

A Potfdam , le 9 de novembre.

MONSIEUR *Bitaubé* doit fe trouver fort heureux
d'avoir vu le patriarche de Ferney. Vous êtes **1777.**
l'aimant qui attirez à vous tous les êtres qui penfent:
chacun veut voir cet homme unique qui fait la
gloire de notre fiècle. Le comte de *Falkenflein* a fenti
la même attraction ; mais dans fa courfe, l'aftre de
Thérèfe lui imprima un mouvement centrifuge qui ,
de tangente en tangente, l'attira à Genève. Un traducteur d'*Homère* fe croit gentilhomme de la chambre
de *Melpomène*, ou marmiton dans les offices d'*Apollon;*
et muni de ce caractère , il fe préfente hardiment à
la cour de l'auteur de la Henriade : et celui-là fait
abaiffer fon génie pour fe mettre au niveau de ceux
qui lui rendent leurs hommages.

Bitaubé vous a dit vrai : j'ai fait conftruire à Berlin
une bibliothéque publique. Les œuvres de *Voltaire*
étaient trop mauffadement logées auparavant ; un
laboratoire chimique qui fe trouvait au rez de
chauffée menaçait d'incendier toute notre collection.
Alexandre le grand plaça bien les œuvres d'*Homère*
dans la caffette la plus précieufe qu'il avait trouvée
parmi les dépouilles de *Darius :* pour moi qui ne

—————— fuis ni *Alexandre* ni *grand*, ni qui n'ai dépouillé
1777. perfonne, j'ai fait, felon mes petites facultés, conftruire le plus bel étui poffible pour y placer les
œuvres de l'*Homère* de nos jours.

Si pour compléter cette bibliothéque vous vouliez
bien y ajouter ce que vous avez compofé fur les
lois, vous me ferez plaifir, d'autant plus que je ne
crains pas les ports. Je crois vous avoir donné, dans
ma dernière lettre, des notions générales à l'égard
de nos lois, et du nombre des punitions qui fe font
annuellement. Je dois cependant y ajouter néceffairement que la bonne police empêche autant de
crimes que la douceur des lois. La police eft ce que
les moraliftes appellent le principe réprimant. Si l'on
ne vole point, fi l'on n'affaffine point, c'eft qu'on
eft sûr d'être incontinent découvert et faifi. Cela
retient les fcélérats timides. Ceux qui font plus
aguerris vont chercher fortune dans l'Empire, où la
proximité des frontières de tant de petits Etats leur
offre des afiles en affez grand nombre.

Vous voyez que dans l'Empire on ne reftitue pas
même l'argent qu'on a emprunté des philofophes.
Je vous envoie ci-jointe la copie de la réponfe que
j'ai reçue de M. le duc de Virtemberg. Ce prince,
qui tend au fublime, veut imiter en tout les grandes
puiffances : et comme la France, l'Angleterre, la
Hollande et l'Autriche font furchargées de dettes,
il veut ranger le duché de Virtemberg dans la même
cathégorie. Et s'il arrive que quelqu'une de ces
puiffances faffe banqueroute, je ne garantirais pas
que, piqué d'honneur, il n'en fît autant. Cependant
je ne crois pas que maintenant vous ayez à craindre

pour votre capital, vu que les états de Virtemberg ——
ont garanti les dettes de fon alteffe féréniffime, et
qu'au demeurant il vous refte libre de vous adreffer
aux parlemens de Lorraine et d'Alface. J'avais bien
prévu que fon alteffe féréniffime ferait récalcitrante
fur le fait des rembourfemens, et je vous affure de
plus que ce foi-difant pupille n'a jamais écouté mes
avis ni fuivi des confeils.

Que ces misères ne troublent point la férénité de
vos jours ; tranquille, du palais des fages vous
pouvez contempler de cette élévation les défauts et
les faibleffes du genre-humain, les égaremens des
uns, et les folies des autres : heureux dans la pof-
feffion de vous-même, vous vous conferverez pour
ceux qui favent vous admirer, au nombre defquels,
et en première ligne, vous compterez comme je
l'efpère, le folitaire de Sans-fouci. *Vale.*

FÉDÉRIC.

LETTRE CXXVII.

DU ROI.

A Potſdam, le 18 de novembre.

1777.

J'ATTENDS votre ouvrage inſtructif ſur les abus de la légiſlation, et avec impatience, perſuadé que j'y trouverai l'utile et l'agréable. Il paraît que l'Europe eſt à préſent en train de s'éclairer ſur tous les objets qui influent le plus au bien de l'humanité, et il faut vous rendre le témoignage que vous avez plus contribué qu'aucun de vos contemporains à l'éclairer au flambeau de la philoſophie. Pour vos Velches, ſur leſquels vous gloſez, je croirais qu'en les prenant en maſſe, ils ſont à peu-près ſemblables aux autres habitans de ce globe : ils ont peut-être quelque choſe de trop impétueux dans leur vivacité, qui dégénère même en férocité. D'ailleurs l'homme eſt une eſpèce aſſez méchante, à laquelle il faut par-tout des principes réprimans, ou ſa méchanceté foncière renverſerait toutes les bornes de l'honnêteté et même de la bienſéance. Souvenez-vous que ſi vos Français vont de l'échafaud au ſpectacle, *Cicéron*, *Atticus*, *Varron*, *Catulle* aſſiſtaient au ſpectacle barbare des combats de gladiateurs, et qu'enſuite ils allaient entendre les tragédies d'*Ennius* et les comédies de *Térence*. L'habitude gouverne les hommes : la curioſité les attire à l'exécution d'un coupable, et l'ennui les promène à l'opéra, faute de pouvoir autrement tuer le temps.

Il y a des fainéans dans toutes les grandes villes, et peu de gens qui aient acquis affez de connaiffances pour fe former le goût. Quelques perfonnes, qui paffent pour habiles, décident du fort des pièces; et des ignorans, incapables de juger par eux-mêmes, répètent ce que les autres ont dit. Ces jugemens ne fe bornent pas aux pièces de théâtre, ils fe font remarquer univerfellement, et conftituent ce qu'on appelle la réputation des hommes. Et voilà les folides appuis fur lefquels eft fondée la renommée. Vanité des vanités !

1777.

Vous voulez favoir ce que font devenus les jéfuites chez nous ? J'ignorais l'anecdote du régiment levé de cet ordre, et qui probablement aura eu fa part à l'aventure des chèvres (1) : mais, comme ces animaux font très-rares en Siléfie, je ne crois pas que nos bons pères fe foient avilis en fréquentant cette efpèce. J'ai confervé cet ordre tant bien que mal, tout héré-tique que je fuis, et puis encore incrédule. En voici les raifons.

On ne trouve dans nos contrées aucun catholique lettré, fi ce n'eft parmi les jéfuites; nous n'avions perfonne capable de tenir les claffes ; nous n'avions ni pères de l'oratoire ni puriftes ; le refte des moines eft d'une ignorance craffe : il fallait donc conferver les jéfuites ou laiffer périr toutes les écoles. Il fallait donc que l'ordre fubfiftât pour fournir des profeffeurs à mefure qu'il venait à en manquer ; et la fondation pouvait fournir la dépenfe à ces frais. Elle n'aurait

(1) Allufion à une armée levée par le pape et les jéfuites contre *Henri IV* ; elle amena des chèvres à fa fuite, et fit connaître en France cette turpitude jufque-là ignorée des Velches. C'eft, avec la théologie, la feule chofe que Rome moderne ait pu enfeigner.

—————— pas été suffisante pour payer des professeurs laïques.
1777. De plus, c'était à l'université des jésuites que se for-
maient les théologiens destinés à remplir les cures.
Si l'ordre avait été supprimé, l'université ne subsis-
terait plus, et l'on aurait été nécessité d'envoyer les
Siléfiens étudier la théologie en Bohème. Ce qui
aurait été contraire aux principes fondamentaux du
gouvernement.

Toutes ces raisons valables m'ont fait le paladin
de cet ordre. Et j'ai si bien combattu pour lui que
je l'ai soutenu, à quelques modifications près, tel
qu'il se trouve à présent : sans général, sans troisième
vœu, et décoré d'un nouvel uniforme que le pape
lui a conféré. Le malheur de cet ordre a influé sur
un général qui en avait été dans sa jeunesse : ce
M. de *Saint-Germain* avait de grands et de beaux
desseins très-avantageux à vos Velches ; mais tout le
monde l'a traversé, parce que les réformes qu'il se
proposait de faire auraient obligé des freluquets à
une exactitude qui leur répugnait. Il lui fallait de
l'argent pour supprimer la maison du roi ; on le lui
a refusé. Voilà donc quarante mille hommes dont
la France pouvait augmenter ses forces sans payer
un sou de plus, perdus pour vos Velches, afin de
conserver dix mille fainéans bien chamarrés et bien
galonnés. Et vous voulez que je n'estime pas un
homme qui pense si juste ? Le mépris ne peut tomber
que sur les mauvais citoyens qui l'ont contrecarré.

Souvenez-vous, je vous prie, du P. *Tournemine*
votre nourrice (vous avez sucé chez lui le doux
lait des muses), et réconciliez-vous avec un ordre
qui a porté, et qui, le siècle passé, a fourni à la France

des hommes du plus grand mérite. Je fais très-bien
qu'ils ont cabalé et fe font mêlés d'affaires ; mais 1777.
c'eft la faute du gouvernement. Pourquoi l'a-t-il
fouffert? Je ne m'en prends pas au père *le Tellier*,
mais à *Louis XIV*.

Mais tout cela m'embarraffe moins que le patriarche
de Ferney : il faut qu'il vive, qu'il foit heureux et
qu'il n'oublie pas les abfens. Ce font les vœux du
folitaire de Sans-fouci. *Vale.*

FÉDÉRIC.

LETTRE CXXVIII.

DE M. DE VOLTAIRE.

25 novembre.

GRAND homme en tout, et fans rival
Depuis Paris jufqu'à la Mecque,
Vous fondez donc un hôpital
Pour la langue latine et grecque !
Vous placez leur bibliothéque
Vis-à-vis de votre arfenal.
Vous avez paffé votre vie
Entre le Dieu des grenadiers
Et le Dieu de la poëfie.
Tous deux épris de jaloufie
Vous ont accablé de lauriers.
Vous les avez aimés en fage ;
Vous les careffez tour à tour ;
Et l'on pourra douter un jour
Qui des deux vous plut davantage.

J'apprends, Sire, que M. d'*Alembert* vous a propofé un des martyrs de la philofophie pour un de
vos bibliothécaires. C'eſt ce *de Liſle*, dont votre
Majeſté a entendu parler, qui a été tout près d'être
condamné comme *Morival* par un ſanhédrin de barbares imbécilles. Cè *de Liſle* eſt aſſez ſavant pour un
bel eſprit ; il eſt très-laborieux ; il a autant de véritable vertu, que les bigots en affectent de fauſſe.
Je le crois très-digne de ſervir votre Majeſté dans
toutes les parties de la littérature ; votre vocation
eſt de réparer nos ſottiſes et nos injuſtices.

J'ai mis aux chariots de poſte des exemplaires du
Prix de la juſtice et de l'humanité, pour lequel vous
avez contribué ſi généreuſement, ils arriveront quand
il plaira à DIEU.

J'ai aujourd'hui quatre-vingt-quatre ans. J'ai plus
d'averſion que jamais pour l'extrême-onction et
pour ceux qui la donnent. En attendant je ſuis à
vos pieds, et je vous invoque comme mon conſo-
lateur dans cette vie et dans l'autre.

Le vieux malade.

LETTRE

LETTRE CXXIX.

DU ROI.

A Potſdam , le 17 de décembre.

Il eſt agréable d'avoir le monument de toutes les penſées des hommes , qu'on a pu recueillir : pour les 1777. ouvrages d'imagination , je prévois qu'il faudra s'en tenir à *Homère* , *Virgile* , le *Taſſe* , *Voltaire* et l'*Arioſte*. Il ſemble qu'en tout pays les cervelles ſe defsèchent et ne produiſent plus ni fleurs ni fruits. Pour les ouvrages hiſtoriques , il faudrait , pour les rendre utiles , les purger , ſi l'on pouvait , de l'eſprit de parti , des fauſſes anecdotes et des menſonges. Quant aux métaphyſiciens , on n'apprend chez eux que l'incompréhenſibilité de nombre d'objets que la nature a mis hors de la portée de notre eſprit ; et quant à tout le fatras théologique d'auteurs hypo-condriaques et fanatiques , il ne mérite pas qu'on perde ſon temps à lire les chimères ineptes qui leur ont paſſé par le cerveau ; je ne dis rien de meſſieurs les géomètres qui carrent éternellement des courbes inutiles : je les laiſſe avec leurs points ſans étendue et leurs lignes ſans profondeur , ainſi que meſſieurs les médecins qui s'érigent en arbitres de notre vie , et qui ne ſont que les témoins de nos maux. Que vous dirai-je des chimiſtes qui , au lieu de créer de l'or , le diſſipent en fumée par leurs opérations ?

Il ne reſte donc pour notre utilité et pour notre conſolation que les belles-lettres qu'on a nommées à juſte titre *les lettres humaines;* et c'eſt à elles que je m'en tiens. Le reſte peut être utile dans une capitale où des amateurs mal partagés des dons de la fortune ne peuvent pas vérifier des citations qu'ils ont trouvées en d'autres livres, et dont ils trouvent là les originaux: et voilà à quoi cette bibliothéque eſt deſtinée. Mais les œuvres de *Voltaire* y occupent la place la plus brillante; la belle édition in-4° y eſt étalée dans toute ſa pompe.

Vous me propoſez un M. *de Liſle* pour bibliothé-caire: màis je dois vous apprendre que nous en avons déjà trois; et que, ſelon l'axiome des nomi-naux, il ne faut pas multiplier les êtres ſans néceſſité. Je crois qu'il faudra nous en tenir au nombre que nous en avons.

Pour mon très-indigne pupille, le duc de *Vir-temberg*, je ſuis bien loin de vouloir excuſer ſes mauvais procédés. Il ne faut pas le rebuter; on gagne plus avec lui en l'importunant qu'en le con-vainquant de ſon droit. Et j'eſpère encore de pouvoir ériger un trophée à *Voltaire vainqueur du Duc.*

Je ſuis ſur le point d'aller à Berlin donner le carnaval aux autres ſans y participer moi-même. Il s'y trouve un comte de *Montmorency-Laval*, très-aimable garçon que j'ai vu en Siléſie. Je me diſpute avec lui: il veut apprendre l'allemand; je lui dis que cela n'en vaut pas la peine, parce que nous n'avons pas de bons auteurs, et qu'il ne veut apprendre cette langue que pour nous faire la guerre. Il entend raillerie, et n'eſt certainement pas ennemi des Pruſſiens.

Puiſſe la nature fortifier les fibres du vieux ——
patriarche : je ne m'intéreſſe qu'à ſon corps, car 1777.
ſon eſprit eſt immortel. *Vale.*

FÉDÉRIC.

LETTRE CXXX.

DE M. DE VOLTAIRE.

A Ferney, 6 janvier.

SIRE, GRAND HOMME,

QUE vous m'inſtruiſez, que vous me conſolez, ——
que vous me fortifiez dans toutes mes idées au bout 1778.
de ma carrière! Votre Majeſté, ou plutôt votre
humanité a bien raiſon; le fatras métaphyſique,
théologique, fanatique, eſt ſans doute ce que nous
avons de plus mépriſable, et cependant on écrira
ſur ces chimères abſurdes tant qu'il y aura des
univerſités, des eſprits faux, et de l'argent à gagner.

Parmi les géomètres, il n'y a guère eu qu'*Archimède*
et *Newton* qui aient acquis une véritable gloire,
parce qu'ils ont inventé des choſes très-difficiles,
très-inconnues et très-utiles; il n'y a point de gloire
pour ceux qui ne ſavent que diviſer A — B, plus C
par X moins Z, et qui paſſent leur vie à écrire ce
que les autres ont imaginé.

Pour l'hiſtoire, ce n'eſt après tout qu'une gazette;
la plus vraie eſt remplie de fauſſetés; et elle ne peut
avoir de mérite que celui du ſtyle. Ce ſtyle eſt le
fruit de la littérature; c'eſt donc à la littérature qu'il

V 2

faut s'en tenir. C'est ainsi que pensa le grand *Condé*
dans sa retraite de Chantilly, c'est ainsi que pense
le grand *Frédéric* à Sans-souci.

Quand j'ai proposé à votre Majesté le sieur *de Lisle*
pour arranger votre nouvelle bibliothéque, je ne
savais pas que vous aviez déjà plusieurs gens de
lettres occupés de ce service. Je le proposais comme
un homme laborieux et exact, très-capable de faire
des extraits et de tenir tout en ordre. J'avais éprouvé
ses talens dans ce travail, et j'osais vous le présenter
comme un subalterne qui aurait bien servi dans cette
partie.

Je vous ai plus d'obligation que vous ne pensez ;
votre pupille vient enfin de se laisser un peu attendrir,
il m'a payé vingt mille francs sur les quatre-vingt
mille que je lui avais prêtés ; et peut-être avant ma
mort me payera-t-il le reste ; c'est vous que j'en
dois remercier.

M. le comte de *Montmorency-Laval* saura bientôt
assez d'allemand pour faire tourner à droite et à
gauche, et pour commander l'exercice ; mais en vous
entendant parler français il donnera la préférence à
la langue des *Montmorency* ; sans doute les hommes
de sa maison doivent aimer les Prussiens. Il n'y a
jamais eu que le cardinal de *Bernis*, qui ait imaginé
d'unir la France avec la maison d'Autriche contre
la maison de Brandebourg ; il en a été bien puni.
Sa politique a été aussi malheureuse que les chimères
théologiques de trente autres cardinaux ont été ridicules.

Je ne sais si les chariots de poste ont apporté
à votre Majesté le petit paquet, contenant deux

1778.

exemplaires du petit livre contre la torture et
contre la caroline de *Charles-Quint* : nous allons
tâcher d'être humains chez nos Suiſſes, ce ſera à
votre exemple ; vous en donnez à la terre entière
dans tous les genres. Je me jette à vos pieds du fond
de mon trou, avec tout le reſpect, toute la reconnaiſſance, toute l'admiration que vous ne pouvez
pas m'empêcher de reſſentir, quoique cela doive
vous être fort indifférent dans le comble de votre
grandeur et de votre gloire.

LETTRE CXXXI.

DE M. DE VOLTAIRE.

A Paris, le premier d'avril.

SIRE,

LE gentilhomme français qui rendra cette lettre
à votre Majeſté, et qui paſſe pour être digne de
paraître devant elle, pourra vous dire que ſi je n'ai
pas eu l'honneur de vous écrire depuis long-temps,
c'eſt que j'ai été occupé à éviter deux choſes qui me
pourſuivaient dans Paris, les ſifflets et la mort.

Il eſt plaiſant qu'à quatre-vingt-quatre ans j'aye
échappé à deux maladies mortelles. Voilà ce que
c'eſt que de vous être conſacré : je me ſuis renommé
de vous, et j'ai été ſauvé.

J'ai vu avec ſurpriſe et avec une ſatisfaction bien
douce, à la repréſentation d'une tragédie nouvelle,
que le public qui regardait, il y a trente ans,

V 3

Conftantin et *Théodofe* comme les modèles des princes et même des faints, a applaudi avec des tranfports inouis à des vers qui difent que *Conftantin* et *Théodofe* n'ont été que des tyrans fuperftitieux. J'ai vu vingt preuves pareilles du progrès que la philofophie a fait enfin dans toutes les conditions. Je ne défefpérerais pas de faire prononcer dans un mois le panégyrique de l'empereur *Julien* : et affurément fi les Parifiens fe fouviennent qu'il a rendu chez eux la juftice comme *Caton*, et qu'il a combattu pour eux comme *Céfar*, ils lui doivent une éternelle reconnaiffance.

Il eft donc vrai, Sire, qu'à la fin les hommes s'éclairent, et que ceux qui fe croient payés pour les aveugler ne font pas toujours les maîtres de leur crever les yeux ! Grâces en foient rendues à votre Majefté. Vous avez vaincu les préjugés comme vos autres ennemis : vous jouiffez de vos établiffemens en tout genre. Vous êtes le vainqueur de la fuperftition, ainfi que le foutien de la liberté germanique.

Vivez plus long-temps que moi pour affermir tous les empires que vous avez fondés. Puiffe *Fédéric le grand* être *Fédéric immortel* !

Daignez agréer le profond refpect et l'inviolable attachement de *Voltaire*.

Fin des Lettres du roi de Pruffe et de M. de Voltaire.

LETTRES

DES

PRINCES DE PRUSSE, &c.

ET

DE M. DE VOLTAIRE.

AVERTISSEMENT.

ON a cru devoir placer à la fin de ce troisième volume, ce qu'on a pu recueillir des différentes correspondances relatives à la maison de Brandebourg.

LETTRES

DES

PRINCES DE PRUSSE, &c.

ET

DE M. DE VOLTAIRE.

LETTRE PREMIERE.

DE LA PRINCESSE ULRIQUE,

DEPUIS REINE DE SUEDE.

Octobre.

C'EST pour vous faire part, Monfieur, de l'aventure la plus étrange de ma vie, que j'ai le plaifir de vous écrire. Comme vous y avez donné lieu, je ne pouvais me difpenfer de vous en faire le récit. Retirée dans ma folitude, dans le temps que *Morphée* sème fes pavots, je goûtais le plaifir d'un fommeil doux et tranquille. Un fonge charmant s'emparait de mes fens. *Apollon*, d'un port majeftueux, l'air doux et gracieux, fuivi des neuf fœurs, fe préfente à ma vue. J'apprends, dit-il, jeune mortelle,

1743.

que tu reçus des vers de mon favori (1). Une chétive profe fut toute ta réponfe, j'en fus offenfé. Ton ignorance fit ton crime ; te pardonner, c'eft l'ouvrage des Dieux. Viens, je veux te dicter. J'obéis en écrivant ce qui fuit :

> Quand vous fûtes ici, Voltaire,
> Berlin, de l'arfenal de Mars,
> Devint le temple des beaux arts ;
> Mais trop plein de l'objet dont le cœur vous fut plaire,
> Emilie en tous lieux préfente à vos regards, . . .
> Enfin l'illufion, une douce chimère,
> Me fit paffer chez vous pour reine de Cythère.
> Au fortir de ce fonge heureux,
> La vérité toujours févère
> A Bruxelles bientôt deffillera vos yeux ;
> Je fens affez de nous la différence extrême.
> O vous, tendres amis, qui vous rendez fameux,
> Au haut de l'Hélicon vous vous placez vous-même ;
> Moi, je dois tout à mes aïeux.
> Tel eft l'arrêt du fort fuprême :
> Le hafard fait les rois, la vertu fait les Dieux.

A ces mots je m'éveillai ; à mon réveil vous perdites un empire, et moi l'art de rimer. Contentez-vous, Monfieur, qu'une deuxième fois en profe, je vous affure de l'eftime parfaite avec laquelle je fuis votre affectionnée

ULRIQUE.

---

(1) Voyez le madrigal, *Souvent un peu de vérité*, &c. dans les Poëfies mêlées, volume de Contes.

LETTRE II.

DE LA MEME.

Berlin, ce 29 octobre.

C'EST avec un vrai plaisir, Monsieur, que j'ai reçu votre lettre. Je me trouve fort embarrassée à y répondre. Ce n'est que la satisfaction de vous assurer de mon estime, qui me fait sacrifier mon amour propre. Je sais qu'il faudrait une autre plume et un esprit bien au-dessus du mien pour écrire à un homme tel que vous ; mais j'espère que vous aurez quelque indulgence pour les défauts du style, qui ne vous convaincra que trop que je ne suis point déesse, mais un être des plus matériels. Je ne veux pas vous priver plus long-temps de ce qui vous sera le plus agréable. Ce sont les marques de bonté de la reine, ma mère, qui m'ordonne de vous assurer de son estime. Elle vous enverra la boîte et les portraits, et vous les auriez déjà reçus si le peintre avait été plus diligent.

Ma sœur implore le secours d'*Euterpe* pour animer les enfans de *Terpsicore*. La composition de la musique des ballets est à présent son occupation. Comme vous êtes le favori des neuf sœurs, je vous prie d'intercéder en sa faveur, pour la réussite de son ouvrage. Par reconnaissance, je ferai des vœux pour l'accomplissement de votre bonheur, que vous faites

1743.

1743.

confifter à finir vos jours ici. J'y trouverai mon compte, ayant alors plus fouvent le plaifir de vous affurer de l'eftime et de la confidération avec laquelle je fuis votre affectionnée

ULRIQUE.

LETTRE III.

DU PRINCE LOUIS DE VIRTEMBERG.

Stutgard, ce 17 octobre.

1750.

J'AI reçu, Monfieur, la lettre dont il vous a plû m'honorer. J'y vois, avec plaifir, les raifons qui vous ont engagé à vous établir à la cour de Berlin ; elles font dignes de vous, et d'un fage qui cherche fon pareil. Vous le trouverez fur le trône. Il eft à même de répandre fa vertu fur un peuple innombrable, et toutes fes actions tendent à ce but élevé. Quel bonheur pour vous de pouvoir l'admirer, et de voir de plus près les rayons divins qui partent de fon génie! La Divinité a vengé la nature en nous rendant un *Marc-Aurèle.*

Il eft temps actuellement de plaider ma caufe. Vous dites, Monfieur, que je me fuis expatrié, et vous ne voulez point entrevoir les raifons qui m'invitent à fervir en France. J'imagine que j'y fuis plus à même de rendre des fervices importans à ma patrie, que dans fon fein même. Voilà, Monfieur, ce qui m'y a engagé. Trouvez-vous encore que je lui fois rebelle,

et oferez-vous encore me défapprouver? Le but de
tout homme de bien doit être le bonheur de fes concitoyens. Je puis vous affurer que ce font-là mes vues,
et que jamais je ne m'en écarterai. Vous me dites
encore que le féjour de Paris eft plus fait pour moi
que pour vous. Les plaifirs brillans qu'on y rencontre
ne me tentent nullement. J'en cherche de plus folides,
et celui d'ofer et de pouvoir me refpecter eft le feul
que j'envie. Les fêtes agréables dont Paris eft furchargé
me paraiffent infipides et mauffades. J'y trouve un vide
affreux, indigne de tout homme qui penfe. J'envifage
Paris d'un côté tout oppofé. C'eft un théâtre immenfe.
Les acteurs qui le montent ne font pas tous égaux ;
mais la repréfentation, la plupart du temps, en eft
fort comique. Le rôle que j'y veux remplir eft difficile ; mais il eft convenable. Voilà mes plaifirs,
Monfieur ; le dîner que vous me propofez n'eft point
de refus ; au contraire, il me flatte infiniment. J'ai
une grâce à vous demander, et je fuis perfuadé
d'avance que vous ne me l'accorderez pas : j'en con-
çois l'impoffibilité ; mais on me force à vous en
parler. C'eft la ducheffe régnante, ma belle-fœur,
qui eft très-fenfible à votre fouvenir, qui défirerait
lire votre Rome fauvée, et vous fait fommer de la lui
envoyer. C'eft vous embarraffer cruellement. Il ne
fait pas bon vous ennuyer plus long-temps : je finis
donc en vous affurant de toute l'amitié et de tout
l'attachement poffibles avec lefquels je fuis, Monfieur,
votre très-humble et très-obéiffant ferviteur,

LOUIS, *prince de Virtemberg*.

LETTRE IV.

DU MÊME.

—— 1750.

Q UE je fuis fâché, Monfieur, de n'avoir pu affifter aux repréfentations de Rome fauvée, que vous avez bien voulu accorder à madame la ducheffe *du Maine!* Les perfonnes qui ont été plus heureufes que moi, ne peuvent affez m'exprimer leur contentement. Je vous prie de ne pas douter de la part que j'y prends. J'en fuis pénétré de joie, mais je ne m'en fuis point étonné; vous êtes fait pour nous donner du parfait, et on doit l'attendre d'un génie tel que le vôtre. Mais pourquoi être ingrat à votre patrie? Pourquoi nous fouftraire un morceau digne des Romains, que vous dépeignez fi bien, pour l'emporter dans des contrées éloignées? Eft-ce pour nous priver du plaifir de vous applaudir? ou eft-ce que vous ne nous croyez pas dignes de pofféder du bon? Je crois, à vous dire la vérité, avoir deviné jufte, et ne puis que vous donner raifon. Vous n'êtes pas fait, Monfieur, pour être en concurrence avec l'auteur d'Ariftomène et de Cléopâtre. Quoi de plus infultant pour nous que de voir réuffir ces deux pièces avec tant d'éclat? Quoi de plus cruel et de plus infultant pour la France que de voir fon plus beau génie s'éloigner d'elle, lui à qui on devrait élever des autels, et qu'on devrait encenfer comme un Dieu? Et que de gloire pour vous d'être le feul, dans ce fiècle lâche et efféminé, qui penfiez avec force et avec élévation!

Je vous le répète encore, Monfieur ; rien ne m'a
plus flatté que les applaudiffemens que mes amis 1750.
vous ont juftement accordés. Je défirerais pouvoir vous
prouver tout le plaifir que cela m'a fait, et en même
temps l'amitié et l'attachement avec lefquels je fuis,
Monfieur, votre très-humble et très-obéiffant ferviteur,

LOUIS, prince de Virtemberg.

LETTRE V.

DE MADAME LA MARGRAVE DE BAREITH.

Le 10 décembre.

JE vous ai promis, Monfieur, de vous écrire, et je
vous tiens parole. J'efpère que notre correfpondance
ne fera pas auffi maigre que nos deux individus, et
que vous me donnerez fouvent fujet de vous répondre.
Je ne vous parlerai point de mes regrets ; ce ferait
les renouveler. Je fuis fans ceffe tranfportée dans
votre abbaye, et vous jugez bien que celui qui en
eft abbé m'occupe toujours. Je me fuis acquittée de
vos commiffions auprès du margrave. Il me charge
de vous affurer de fon amitié, et vous prie de mettre
à fin l'affaire du marquis d'<i>Adhémar</i>. Il fera charmé
de le prendre à fon fervice en qualité de chambellan,
et lui fera des conditions dont il pourra être content.
Quoique votre recommandation fuffife auprès du
margrave, il ferait pourtant néceffaire, pour l'agrément du marquis, d'en avoir une ou de M. de <i>Puifieulx</i>

1750.

ou de M. d'*Argenfon*, qu'il pût produire à la cour. Je vous ferai bien obligée fi vous pouvez le déterminer à venir bientôt ici, où nous avons grand befoin de fecours pour remplir les vides de la converfation. Nos entretiens me femblent comme la mufique chinoife où il y a de longues paufes qui finiffent par des tons difcordans. Je crains que ma lettre ne s'en reffente; tant mieux pour vous, Monfieur; il faut des momens d'ennui dans la vie pour faire valoir d'autant plus ceux qui font plaifir. Après la lecture de cette lettre, les petits foupers vous paraîtront bien plus agréables. Penfez-y quelquefois à moi, je vous en prie, et foyez perfuadé de ma parfaite eftime.

WILHELMINE.

LETTRE VI.

DE LA MEME.

Le 18 février.

1751.

Si vous défirez grandement de me revoir, je vous rends le réciproque; partant frère *Voltaire* fera le bien venu, en quelque temps que ce foit: et nous tâcherons de lui rendre notre abbaye agréable, autant que faire fera poffible. Ne vous émerveillez pas de mon langage de jadis. Il était naïf; et qui dit naïf, dit fincère. Bref, je lis les Mémoires de *Sully*, et j'ai parcouru tous ceux que j'ai fur l'Hiftoire de France.

Ces

Ces mémoires secrets mettent infiniment mieux au fait que les histoires générales où les auteurs attribuent souvent les belles actions, tant politiques que militaires, à ceux qui n'y ont eu que peu de part. J'ai conclu que vous avez eu de très-grands hommes, et des rois très-ordinaires. *Henri IV* n'aurait peut-être jamais régné, ou ne se serait pas maintenu, sans un *Sully*; et *Louis XIV*, sans les *Louvois*, les *Colbert* et les *Turenne*, n'aurait jamais acquis le surnom de *grand*. Tel est le monde : on sacrifie à la grandeur et rarement au mérite.

Vous me mandez des choses bien extraordinaires. *Apollon* est en procès avec un juif! Fi donc, Monsieur, cela est abominable. J'ai cherché dans toute la mythologie, et n'ai trouvé ombre de plaidoyer dans ce goût au Parnasse. Quelque comique qu'il soit, je ne veux point le voir représenter sur la scène. Les grands hommes n'y doivent paraître que dans leur lustre. Je veux vous y contempler juge de l'esprit, des talens et des sciences, triomphant des *Racine* et des *Corneille*, et dictateur perpétuel de la république des belles-lettres. J'espère que votre israélite aura porté la peine de sa fourberie, et que vous aurez l'esprit tranquille.

Envoyez-nous bientôt le marquis d'*Adhémar*; songez à la joie, renoncez à la repentance; portez-vous bien; pensez quelquefois à moi, et comptez sur ma parfaite estime.

WILHELMINE.

LETTRE VII.

DE LA MEME.

25 décembre.

1751. — SOEUR *Guillemette* à frère *Voltaire*, falut ; car je me compte parmi les heureux habitans de votre abbaye, quoique je n'y fois plus : et je compte très-fort, fi DIEU me donne bonne vie et longue, d'y aller reprendre ma place un jour. J'ai reçu votre confolante épître. Je vous jure mon grand juron, Monfieur, qu'elle m'a infiniment plus édifiée que celle de faint *Paul* à la dame élue. Celle-ci me caufait un certain affoupiffement qui valait l'opium, et m'empêchait d'en apercevoir les beautés. La vôtre a fait un effet contraire ; elle m'a tirée de ma léthargie, et a remis en mouvement mes efprits vitaux.

Quoique vous ayez remis votre voyage de Paris, j'efpère que vous me tiendrez parole, et que vous viendrez me voir ici. *Apollon* vint jadis fe familiarifer avec les mortels, et ne dédaigna pas de fe faire pafteur pour les inftruire. Faites-en de même, Monfieur ; vous ne pouvez fuivre de meilleur modèle.

Que dites-vous de l'arrivée du Meffie à Drefde ? Pourrez-vous après cela révoquer en doute les miracles ? Si j'avais été le prince royal de Saxe, j'en aurais laiffé tout l'honneur au Saint Efprit ; mais il penfe comme *Charles VI.* Lorfque l'impératrice accoucha de l'archiduc, on cria que c'était à *Népomucène* qu'on en avait l'obligation; à Dieu ne plaise, dit l'empereur; je ferais donc cocu.

Mais laiffons là le Saint Efprit et le Meffie. Quoi-qu'il foit né aujourd'hui, je vous affure que je n'au-rais pas penfé à lui, fans l'aventure merveilleufe de Saxe. J'aime mieux penfer aux beaux efprits de Potfdam, à fon abbé et à fes moines. Reffouvenez-vous quelquefois en revanche, des abfens; et comptez toujours fur moi, comme fur une véritable amie.

WILHELMINE.

LETTRE VIII.

DE LA MEME.

Le 6 de janvier.

JE profite d'un moment qui me refte pour vous avertir, Monfieur, que le duc de *Virtemberg* a deffein d'engager le marquis d'*Adhémar* dans fon fervice. Il a fait connaiffance avec lui à Paris, et j'ai appris, par un cavalier de la fuite du duc, que le marquis d'*Adhémar* fe propofait de venir ici. Je vous prie de le prévenir, et de l'engager à fe rendre bientôt en cette cour. Je vous fouhaite, dans le cours de cette année, une fanté parfaite. C'eft la feule chofe qui vous manque pour vous rendre heureux. Nous hiftrionons ici comme vous le faites à Berlin. Adieu; il faut que je vous quitte pour repaffer mon rôle. Soyez perfuadé de ma parfaite eftime.

WILHELMINE.

LETTRE IX.

DE LA MEME.

Le 23 janvier.

1752.

Il faut que je me fois très-mal expliquée dans ma dernière lettre, puifque vous n'en avez pas compris le fens. Peut-être étais-je dans ce moment-là infpirée du Saint Efprit. Comme vous n'êtes pas apôtre, vous avez trouvé fort obfcur ce que je croyais fort clair. J'en viens à l'explication. Le duc de *Virtemberg* m'a marqué qu'il avait deffein d'engager le marquis d'*Adhémar* à fon fervice. J'ai craint qu'il ne vous prévînt, et vous ai prié de faire en forte que le marquis refufe les propofitions qu'on lui fera de la part du duc. Le margrave ne vous démentira point par rapport aux quinze cents écus d'appointemens que vous lui avez offerts. Je vous prie de dépêcher cette affaire, et d'engager M. d'*Adhémar* à fe rendre bientôt ici. On lui deftine une charge de cour au-deffus de celle de chambellan, et vous pouvez compter que le margrave aura pour lui toutes les attentions imaginables.

Je crois que votre féjour en Allemagne infpire dans tous les cœurs la fureur de réciter des vers. La cour de Virtemberg revient exprès ici pour hiftrioner avec nous. Le fenfé *Vriot* nous a choifi, felon moi, la plus déteftable pièce de théâtre qu'il y ait pour la verfification : c'eft Orefte et Pilade de *la Motte*. J'admire

les différentes façons de penfer qu'il y a dans le ———
monde. Vous excluez les femmes de vos tragédies de 1752.
Potfdam, et nous voudrions, fi nous avions un
Voltaire, retrancher les hommes de celles que nous
jouons ici. N'y aurait-il pas moyen que vous puiffiez
nous accommoder une de vos pièces, et y donner les
deux principaux rôles aux femmes? Le duc et ma fille
jouent fort joliment; mais c'eft tout. Le pauvre
Monperni eft encore trop languiffant pour prendre
un grand rôle, et le refte ne fait qu'eftropier vos
pièces. Je n'ai ofé propofer Sémiramis; la ducheffe
mère ayant repréfenté cette pièce à Stutgard.

J'ai vu, ces jours paffés, un perfonnage fingulier.
C'eft un référendaire du pape, prélat, chanoine de
Sainte-Marie, et malgré tout cela homme fenfé;
déchaîné contre les moines, à l'abri du préjugé, et ne
parlant que de tolérance.

Votre petit acteur eft arrivé. Comme j'ai été tout
ce temps fort incommodée, je ne l'ai point encore vu;
mais on m'en dit beaucoup de bien.

Venez bientôt nous voir dans notre couvent; c'eft
tout ce que nous fouhaitons. Le margrave vous fait
bien des amitiés. Saluez tous les frères qui fe fouviennent encore de moi, et foyez perfuadé que
l'abbeffe de Bareith ne défire rien tant que de pouvoir convaincre frère *Voltaire* de fa parfaite eftime.

WILHELMINE.

LETTRE X.

DE MADAME LA DUCHESSE DE BRUNSVICK.

Brunsvick, ce 20 février.

1752.

J'AI reçu, Monfieur, avec toute la fatisfaction poffible le *Siècle de Louis XIV*, qu'il vous a plu de m'envoyer. Je vous affure que je le lirai avec toute l'attention et le plaifir que méritent vos ouvrages. Ce fera enfuite l'ornement le plus diftingué de ma bibliothéque, accompagné de toutes vos productions qui vous rendent fi célèbre et immortel. Je ferais charmée fi la fituation de votre fanté fe rétablit au point que je puiffe efpérer que vous ne me flattez pas vainement et que vous me procurerez l'agrément de vous voir cet été ici. Je vous attends pour vous remercier de bouche, comme par écrit, de votre obligeante attention, et pour vous marquer combien je fuis votre affectionnée.

CHARLOTTE.

LETTRE XI.

DE MADAME LA MARGRAVE DE BAREITH.

Le 20 avril.

LA pénitence que vous vous impofez a achevé de fléchir mon courroux. Je n'avais pu encore oublier votre indifférence. Il ne fallait pas moins qu'un péle-rinage à Notre-Dame de Bareith pour effacer votre péché. Frère *Voltaire* fera pardonné à ce prix. Il fera le bien venu ici, et y trouvera des amis empreffés à l'obliger et à lui témoigner leur eftime. Je doute encore de l'accompliffement de vos promeffes. Le climat d'Allemagne a-t-il pu en fi peu de temps réformer la légéreté françaife ? Le voyage de France et d'Italie, réduits en châteaux en Efpagne, me font craindre le même fort pour celui-ci. Soyez donc archi-germain dans vos réfolutions, et procurez-moi bientôt le plaifir de vous revoir.

1752.

Quoiqu'abfent vous avez eu la faculté de m'ar-racher des larmes. J'ai vu hier repréfenter votre faux prophète. Les acteurs fe font furpaffés, et vous avez eu la gloire d'émouvoir nos cœurs franconiens, qui d'ailleurs reffemblent affez aux rochers qu'ils habitent.

Le marquis d'*Adhémar* a fait écrire, il y a quatre femaines, à M. de *Folard*. J'ai oublié de vous le mander dans ma dernière lettre. Vous jugez bien que fes offres ont été reçues avec plaifir. *Monperni* lui a écrit en conféquence. J'efpère qu'il fera content

——— des conditions. Elles font plus avantageufes que celles qu'il avait défirées. Elles confiftent en 4000 livres, la table, et l'entretien de fes équipages. Je vous prie d'achever votre ouvrage et de faire en forte qu'il foit bientôt fini. Je vous en aurai une grande obligation. Vous favez que le titre qu'il demande n'eft point ufité en Allemagne. Comme il répond à celui de chambellan, il aura ce titre auprès de moi.

Le temps m'empêche de vous en dire davantage aujourd'hui. Sòyez perfuadé que je ferai toujours votre amie.

WILHELMINE.

LETTRE XII.

DE LA MEME.

Le 12 juin.

LE marquis d'*Adhémar* n'eft point encore arrivé ici, mais nous l'attendons à toute heure. Il a été malade, ce qui a différé fon départ. Je crois qu'il eft beaucoup plus facile d'avoir des *Adhémar* et des *Graffigny* que des *Voltaire*. Il n'y a que le roi qui foit en droit de poffeder ceux-ci. Vous me faites éprouver le fort de *Tantale*. Vous me flattez toujours par la promeffe de venir faire un tour ici, et lorfque je m'attends à vous voir, mes efpérances s'évanouiffent. Si vous en aviez eu bonne envie, vous auriez pu profiter de l'abfence du roi ; mais vous fuivez la maxime de beaucoup de grands miniftres, qui payent de belles

LETTRE XI.

DE MADAME LA MARGRAVE DE BAREITH.

Le 20 avril.

La pénitence que vous vous impósez a achevé de
fléchir mon courroux. Je n'avais pu encore oublier
votre indifférence. Il ne fallait pas moins qu'un pèle-
rinage à Notre-Dame de Bareith pour effacer votre
péché. Frère *Voltaire* fera pardonné à ce prix. Il fera
le bien venu ici, et y trouvera des amis empreffés à
l'obliger et à lui témoigner leur eftime. Je doute
encore de l'accompliffement de vos promeffes. Le climat
d'Allemagne a-t-il pu en fi peu de temps réformer
la légéreté françaife? Le voyage de France et d'Italie,
réduits en châteaux en Efpagne, me font craindre le
même fort pour celui-ci. Soyez donc archi-germain
dans vos réfolutions, et procurez-moi bientôt le plaifir
de vous revoir.

Quoiqu'abfent vous avez eu la faculté de m'ar-
racher des larmes. J'ai vu hier repréfenter votre faux
prophète. Les acteurs fe font furpaffés, et vous avez
eu la gloire d'émouvoir nos cœurs franconiens, qui
d'ailleurs reffemblent affez aux rochers qu'ils habitent.

Le marquis d'*Adhémar* a fait écrire, il y a quatre
femaines, à M. de *Folard*. J'ai oublié de vous le
mander dans ma dernière lettre. Vous jugez bien
que fes offres ont été reçues avec plaifir. *Monperni*
lui a écrit en conféquence. J'efpère qu'il fera content

X 4

Soyez perfuadé que je ne cherche que les occafions de vous convaincre de ma parfaite eftime.

WILHELMINE,

P. S. Le roi me dit lorfque j'étais à Berlin qu'il
voulait faire écrire l'Efprit de *Bayle.* Si cet ouvrage a
eu lieu, et qu'on puiffe l'avoir, je vous prie de me
le procurer. J'ai reçu un fupplément au dictionnaire
fait en Angleterre. Selon moi, il répond très-mal à fon
original.

LETTRE XIII.

DE LA MEME.

Erlang, le premier de novembre.

IL faudrait avoir plus d'efprit et de délicateffe que
je n'en ai pour louer dignement l'ouvrage que j'ai
reçu de votre part. On doit s'attendre à tout de
frère *Voltaire.* Ce qu'il fait de beau ne furprend
plus, l'admiration depuis long-temps a fuccédé à la
furprife. Votre poëme, fur la loi naturelle, m'a
enchantée. Tout s'y trouve : la nouveauté du fujet,
l'élévation des penfées, et la beauté de la verfification.
Oferai-je le dire ? il n'y manque qu'une chofe pour
le rendre parfait. Le fujet exige plus d'étendue que
vous ne lui en avez donné. La première propofition demande furtout une plus ample démonftration.
Permettez que je m'inftruife, et que je vous faffe part
de mes doutes.

paroles fans effet. J'ai écrit au roi ce que vous me
mandez fur fon fujet. Il eft difficile de le connaître
fans l'aimer, et fans s'attacher à lui. Il eft du nombre
de ces phénomènes qui ne paraiffent tout au plus
qu'une fois dans un fiècle. Vous connaiffez mes fentimens pour ce cher frère, ainfi je tranche court fur
ce fujet. Nous menons préfentement une vie cham-
pêtre. Je partage mon temps entre mon corps et mon
efprit : il faut bien foutenir l'un pour conferver l'autre,
car je m'aperçois de plus en plus que nous ne penfons
et n'agiffons que felon que notre machine eft montée.
Vous femblez devenu bien mifanthrope. Vous reftez à
Potfdam tandis que le roi eft à Berlin, et vous vous
imaginez qu'un philofophe ne convient point à une
noce. On voit bien que vous n'avez jamais tâté du
mariage, et que vous ignorez qu'un des points
effentiels dans cet état eft d'être bon philofophe, furtout en Allemagne. Les quatre vers que vous faites
fur ce fujet me paraiffent un peu épicuriens, et cet
épicurianifme eft incompatible avec la mifanthropie.
Il ne vous faudrait qu'une nouvelle *Uranie* pour
vous tirer de vos réflexions noires, et pour vous
remettre dans le goût des plaifirs.

Le margrave vous fait bien des amitiés. *Monperni*
eft toujours de vos amis. Nous parlons fouvent de
vous ; mais cacochyme, et d'ailleurs accablé d'affaires,
il ne peut vous écrire. Ses douleurs diminuent, mais
il les a tous les jours pendant quelques heures, et
vit comme un moine pour tâcher de fe rétablir. Je
ne le vois qu'un moment par jour. Il fefait la meilleure pièce de notre petite fociété. J'efpère qu'*Adhémar*
y fuppléera.

1752.

particulière d'approfondir le cœur humain. Je juge par ce que je vois de ce qui a été. Mais je m'enfonce trop dans cette matière, et pourrais bien, comme *Icare*, me voir précipiter du haut des cieux. J'attends vos décisions avec impatience ; je les regarderai comme des oracles. Conduisez - moi dans le chemin de la vérité, et soyez persuadé qu'il n'y en a point de plus évidente que le désir que j'ai de vous prouver que je suis votre sincère amie.

WILHELMINE.

LETTRE XIV.

DU PRINCE FREDERIC DE HESSE-CASSEL.

Cassel , le 16 juin.

MONSIEUR,

1753.

JE suis charmé que vous soyez content du peu de séjour que vous avez fait à notre cour. Vous ne devez qu'à vous-même les politesses qu'on vous y a faites. J'aurais été dans la joie si j'avais pu contribuer à vous rendre les jours que vous avez passés avec nous, agréables, pour tâcher de vous témoigner par-là mes sentimens qui ne varieront jamais à votre égard. Votre indisposition m'inquiète d'autant plus que je vous crois très-mal logé au *Lion d'or*. J'espère d'apprendre bientôt que vous vous portez mieux, et que vous aurez continué votre route. Toutefois il ne paraît pas, à la lettre que vous m'avez écrite, que

1752.

DIEU, dites-vous, a donné à tous les hommes la juſtice et la conſcience pour les avertir, comme il leur a donné ce qui leur eſt néceſſaire.

DIEU ayant donné à l'homme la juſtice et la conſcience, ces deux vertus ſont innées dans l'homme et deviennent un attribut de ſon être. Il s'enſuit de toute néceſſité que l'homme doit agir en conſé-quence et qu'il ne ſaurait être ni injuſte ni ſans remords, ne pouvant combattre un inſtinct attaché à ſon eſſence. L'expérience prouve le contraire. Si la juſtice était un attribut de notre être, la chicane ſerait bannie; les avocats mourraient de faim; vos conſeil-lers au parlement ne s'occuperaient pas, comme ils ſont, à troubler la France pour un morceau de pain donné ou refuſé; les jéſuites et les janſéniſtes con-feſſeraient leur ignorance en fait de doctrine.

Les vertus ne ſont qu'accidentelles et relatives à la ſociété. L'amour propre a donné le jour à la juſtice. Dans les premiers temps les hommes s'entre-déchi-raient pour des bagatelles (comme ils ſont encore de nos jours); il n'y avait ni ſureté pour le domicile, ni ſureté pour la vie. Le tien et le mien, malheu-reuſes diſtinctions (qu'on ne fait que trop de notre temps), banniſſaient toute union. L'homme, éclairé par la raiſon, et pouſſé par l'amour propre, s'aperçut enfin que la ſociété ne pouvait ſubſiſter ſans ordre. Deux ſentimens attachés à ſon être, et innés en lui, le portèrent à devenir juſte. La conſcience ne fut qu'une ſuite de la juſtice. Les deux ſentimens dont je veux parler ſont l'averſion des peines et l'amour du plaiſir.

Le trouble ne peut qu'enfanter la peine, la tran-quillité eſt mère du plaiſir. Je me ſuis fait une étude

LETTRE XV.

DE M. DE VOLTAIRE,

A. S. A. S. LE LANDGRAVE DE HESSE-CASSEL.

A Suhwetzingen , près de Manheim , le 4 augufte.

MONSEIGNEUR,

VOTRE Alteffe féréniffime m'a recommandé de lui apprendre la fuite de l'aventure odieufe de Francfort. Le roi de Pruffe l'a fait défavouer par fon envoyé en France. Cependant le brigandage exercé par *Freitag*, qui fe dit miniftre du roi de Pruffe à Francfort, n'a pas encore été réparé; les effets volés n'ont point été reftitués, et on n'a point rendu encore l'argent qu'on avait pris dans nos poches. Il ne faut point de formalités pour voler, et il en faut pour reftituer. Il y a grande apparence que le confeil de la ville de Francfort ne voudra pas fe couvrir d'opprobre ; et on doit efpérer que le roi de Pruffe fera juftice du malheureux qui , pour fe faire valoir, d'un côté auprès de fon maître , et de l'autre pour dépouiller des étrangers, a commis des violences fi atroces. Il aurait peut-être fallu être fur les lieux pour obtenir une juftice plus prompte. Voilà en partie pourquoi j'avais eu deffein de paffer quelques femaines à Hanau. Mais ma fanté, et les bontés de ma cour m'ont rappelé en France ; et je compte y retourner après avoir profité quelque temps des agrémens de la cour de Manheim , dont je jouis fans oublier ceux

vous foyez malade ; et il faut être fain pour écrire
des lettres auffi énergiques et auffi dégagées d'un
fatras d'expreffions inutiles. Je fuis charmé que vous
foyez content de nos falines ; elles coûtent beaucoup,
cependant les revenus en font affez confidérables. Le
grand défaut qu'elles ont, felon moi, c'eft que les
bâtimens font trop près les uns des autres, et par
conféquent fujets à être mis en cendre au moindre
feu ; ce qui ferait une perte irréparable.

J'ai lu, ces jours paffés, dans M. l'abbé *Nollet*, que
la mer n'était falée que parce qu'elle diffout des mines
de fel qui fe rencontrent dans fon lit comme il s'en
trouve dans les autres parties de la terre. Je vous prie
de m'en dire votre fentiment. Je fuis perfuadé, comme
vous, qu'on ne change jamais un métal en un autre.
Je n'avais auffi jamais entendu parler de cet homme
qui veut changer le plomb en étain. Nous mettrons
cette découverte dans le même rang que ces mines
d'acier qu'on croit avoir trouvées dans ce pays ; l'acier
n'étant rien autre chofe qu'un fer rougi et trempé,
par conféquent ne pouvant fe trouver naturellement
dans la terre. Cela faute, felon moi, aux yeux. Vous
avez raifon de dire que je fuis au-deffus des étiquettes
et des formules ; je ne les ai jamais aimées, et les
aimerai encore bien moins que jamais avec des perfonnes comme vous dont je ferai toujours charmé
de cultiver l'amitié, et que je voudrais convaincre de
plus en plus de l'eftime la plus parfaite et de la confidération la plus diftinguée.

FRÉDÉRIC.

P. S. Mon père m'a chargé de vous faire fes complimens.

1754.

quoique cette façon d'écrire ne foit pas en elle-même fi agréable que l'hiftoire, vous y avez donné cependant une tournure qui convient et qui eft digne de fon auteur, dont les ouvrages l'immortaliferont.

J'ai fait venir, il y a quelque temps, de Hollande, tous ces ouvrages. Je les relis tant que je peux, et je fouhaiterais d'avoir plus de mémoire pour n'en rien perdre. Ils ne quittent point ma table, et d'abord que j'ai un moment à moi, je m'entretiens avec vous par le moyen de vos ouvrages. Permettez que je vous faffe reffouvenir que vous m'en avez promis une édition complète.

Faites-moi le plaifir de me donner bientôt de vos nouvelles. Il y en a qui difent que vous allez à Bareith, d'autres que vous retournerez à Berlin. J'y prends trop de part pour ne pas m'y intéreffer vivement. Votre amitié me fera toujours précieufe ; comptez fur un parfait retour de mon côté, étant avec toute la confidération imaginable

FRÉDÉRIC, *prince héréditaire de Heffe.*

de la vôtre. Je ferai pénétré toute ma vie, Monfei- 1753.
gneur, des bontés dont votre Alteffe féréniffime
m'a honoré depuis que j'ai eu l'honneur de lui faire
ma cour à Paris. Si j'étais plus jeune, je me flatterais
de pouvoir encore venir me mettre à fes pieds.
Mais fi je n'ai pas cette confolation, j'aurai du moins
celle de penfer que vous me confervez votre bienveillance; et je ferai attaché à votre Alteffe féréniffime jufqu'au dernier moment de ma vie avec le
plus profond refpect et le plus tendre dévouement.

L E T T R E X V I.

DU PRINCE FREDERIC DE HESSE-CASSEL.

Caffel, le 16 d'avril.

Il y a long-temps, mon cher ami, que je vous
cherche par-tout, et que je ne puis rien entendre de 1754.
certain de l'endroit de votre féjour. Dernièrement un
M. de *Wakenits*, qui vient de Gotha, m'affura que vous
étiez à Colmar, et que vous aviez envoyé le deuxième
tome des *Annales de l'Empire* à madame la ducheffe,
et que vous y aviez ajouté une dédicace à la fin
pour cette princeffe. Il m'eft donc impoffible de
garder plus long-temps le filence fans vous demander
des nouvelles de votre fanté; j'y prends trop de part
pour tarder davantage à m'en informer. J'ai lu avec
plaifir le premier tome de vos *Annales*. On y remarque par-tout le feu qui brille dans tous vos écrits; et

1754.

de phyfique, d'aftronomie, de nouvelles découvertes, me font grand plaifir. Il a paru ces jours paffés un livre intitulé *Songes phyfiques*. On l'attribue à M. de *Maupertuis*. Le titre m'invita à le lire. Le fublime auteur y traite de toutes les matières imaginables. Il prétend que la gêne eft le principe de tout ce qu'on fait dans ce monde ; qu'un homme qui fe tue, le fait pour fortir de l'état de gêne où il croit être, pour chercher mieux ; que quelqu'un qui boit, le fait pour fortir de l'état de gêne où la foif le retenait. Enfin il fait de cela un fyftême, et en tire des conféquences extrêmement forcées. Tout ce que l'on peut dire, à l'honneur de l'auteur et du livre, c'eft que ce font des fonges qu'il réfutera peut-être à fon réveil. Ces fonges peuvent aller de pair avec les lettres du même auteur, où il nous parle de la ville latine, des terres Auftrales, &c. Le ftyle en eft extrêmement confus ; auffi les éditeurs n'ont pu s'empêcher de dire, dans leur préface, que l'auteur avait promis un dernier fonge pour expliquer les autres.

Confervez-moi votre fouvenir, et foyez perfuadé, mon cher ami, de ma parfaite et fincère amitié.

FRÉDÉRIC.

P. S. Les cérémonies m'ennuient ; auffi voyez-vous bien que je n'en fais pas à la fin de ma lettre. Mon père et la princeffe vous font leurs complimens. Quel ne ferait pas le plaifir que je reffentirais de vous voir en Allemagne !

LETTRE XVII.

DU MEME.

Caffel, le 7 mai.

VOTRE lettre, mon cher ami, m'a fait grand plaifir. Je vous fuis bien obligé des *Annales de l'Empire* que vous m'avez envoyées. J'ai commencé à les lire, et j'en fuis prefqu'à la fin du premier tome. Je fouhaiterais de trouver quelque chofe qui pût être à votre goût dans ces pays, pour vous l'offrir. Vous ne me dites rien de l'état de votre fanté. Je veux donc la croire bonne pour ma propre fatisfaction.

1754.

Le cabinet de phyfique me ferait grand plaifir fi nous n'en étions richement pourvus mon père et moi. J'ofe même dire que le mien eft fort complet. Il n'en eft pas de même des tableaux dont je ferai charmé d'avoir une lifte des largeurs et hauteurs, en y joignant les prix, comme auffi les fujets. J'ai grande opinion des deux tableaux du *Guide* et de *Paul Véronèfe*. Le luftre d'émail me ferait auffi plaifir fi j'en favais la grandeur, de même que des ftatues.

Je compte aller paffer quelques mois à Aix-la-Chapelle et à Spa. L'exercice m'occupe à préfent; c'eft de ces chofes qui fatiguent beaucoup le corps, fans donner de la nourriture à l'efprit. La lecture eft un de mes amufemens les plus chéris. Je préfère celle qui fournit à la réflexion; les livres qui traitent falpêtre, à grands frais, comme on fait de l'or ; et ce n'eft pas là notre compte. Les deux opérateurs qui travaillent à Colmar en préfence des députés de la compagnie des poudres en France, ont demandé quatre cents cinquante mille écus d'Allemagne pour leur fecret, et un quart dans le bénéfice de la vente. Ces propofitions ont fait croire qu'ils font sûrs de leur opération. L'un eft un baron de Saxe nommé *Planets*, l'autre un notaire de Manheim nommé *Boull* qui fait actuellement de l'or aux Deux-Ponts, et qui a quitté fon creufet pour les chaudières de Colmar. Il y a trois mois qu'ils difent que la converfion fe fera demain. Enfin, le baron eft parti pour aller demander en Saxe de nouvelles inftructions à un de fes frères qui eft grand magicien. Le notaire refte toujours pour achever fon acte authentique, et il attend patiemment que le nitre de l'air vienne cuire fon fel dans fes chaudières et le faire falpêtre. Il eft bien beau à un homme comme lui de quitter le grand œuvre pour ces bagatelles. Jufqu'à préfent le nitre de l'air ne l'a pas exaucé ; mais il ne doute pas du fuccès. Voilà de ces cas où il ne faut avoir de foi que celle de St *Thomas*, et demander à voir et à toucher.

Je fuis bien fâché, Monfeigneur, d'aller à Plombières pendant que votre Alteffe féréniffime va à Spa et à Aix. Peut-être ne dirigerai-je pas toujours ma courfe fi mal.

Je renouvelle à votre Alteffe féréniffime, Monfeigneur, mon refpect, &c.

LETTRE XVIII.

DE M. DE VOLTAIRE,

A. S. A. S. LE PRINCE HEREDITAIRE DE
HESSE-CASSEL.

14 mai.

MONSEIGNEUR,

JE fuis toujours émerveillé de votre belle écriture. ——
La plupart des princes griffonnent, et votre Alteffe 1754.
féréniffime aura peine à trouver des fecrétaires qui
écrivent auffi bien qu'elle. Permettez-moi d'en dire
autant de votre ftyle. Ce que vous dites des *Songes
phyfiques* eft bien digne d'un efprit fait pour la vérité.
Je ne fais qui eft l'auteur de cet ouvrage, que je n'ai
point vu; mais votre extrait vaut affurément mieux
que le livre.

On fait à préfent à Colmar une expérience de
phyfique fort au-deffus de celles de l'abbé *Nollet*.
Elle eft doublement de votre reffort, puifque vous
êtes phyficien et prince : il s'agit de tuer le plus
d'hommes qu'on pourra, au meilleur marché poffible,
au moyen d'une poudre nouvelle, faite avec du fel
qu'on convertit en falpêtre. Le fecret a déjà fait
beaucoup de bruit en Allemagne, et a été propofé
en Angleterre et en Danemarck. En effet, on a fait
du bon falpêtre avec du fel, en y verfant beaucoup
de nitre; c'eft-à-dire, on a fait du falpêtre avec du

Y 2

1755.

L'abbé, car je ne fais quel démon l'a mis aux trousses de M. de *Montesquieu*, vous demande si le présidént a imaginé avant que de penser, ou s'il a pensé avant que d'imaginer?

Et moi, je vous demande si un prince qui gouverne despotiquement peut ne pas craindre le diable? et si les loups bleus font plus de mal que les ours noirs qui travaillent sans relâche à rappeler la barbarie que les arts et les sciences repoussent avec peine? A propos d'ours, l'archevêque est exilé.

Autre question de l'abbé, qui s'imagine que la mère babillarde du marquis, dans votre comédie de Nanine, est la parodie du babillard *Polydore* de la Mérope, du marquis *Maffei*.

Pour moi, qui aime fort à rendre justice aux héros, je vous prie de me dire s'il vaut mieux sacrifier le tout à une de ses parties, ou n'avoir pas leurs cinquante mille hommes, et faire le bonheur de son peuple?

L'abbé et moi nous voulons bien vous épargner un millier de questions que nous avions encore à vous faire, pour nous livrer tout entiers à l'enthousiasme dont vous nous avez remplis.

Maintenant que mon second ne s'en mêle plus, je vous prie de me dire s'il est vrai qu'on imprime la Pucelle. Ce serait le comble de la perfidie, et vraisemblablement vous sauriez à qui vous en prendre. Je ne le crois pas. Le trait serait trop noir. J'aime toujours mon maître, car il est impossible de ne le pas aimer. C'est avec ces sentimens que je serai toujours votre très-humble et très-dévoué serviteur,

LOUIS-EUGENE, *duc de Virtemberg.*

LETTRE XIX.

DU DUC DE VIRTEMBERG.

A Paris, le 28 février.

Nous sommes deux à vous écrire cette lettre ; l'un 1755. est un abbé qui écrit sur la musique , non pas en muficien , mais en philosophe , grand admirateur de M. de *Voltaire* , et qui réunit l'ame de *Socrate* et l'efprit de *Pythagore* ; et l'autre enfin eft un jeune fuève que vous avez grondé quelquefois , et qui n'a d'autre mérite que celui d'aimer beaucoup vous et la vérité, et un peu la gloire. Notre lettre fera remplie de queftions. Nous voulons jouir de cet efprit philofophique qui voit, qui comprend , qui faifit , qui éclaire tous les fujets fur lefquels il fe répand.

D'abord ce même abbé , qui peut dire la meffe et qui ne la dit pas, qui adore vos ouvrages quoiqu'ils renverfent des préjugés , qui ne va point à vos tragédies parce que les trop grandes émanations l'incommodent , voudrait favoir de vous , Monfieur (vous voyez bien que je ne fais qu'écrire ce que l'on me dicte , car j'aurais dit : Mon cher maître), fi M. de *Montefquieu* , qui avait de la probité , ne renvoyait point en fecret à nombre d'auteurs qui affurément ne vous font pas inconnus, une bonne partie de l'eftime que le public lui a accordée ?

Pour moi , fans confulter *Montefquieu* , je ferais bien aife de favoir de vous quelle doit être la philofophie des princes ?

Y 3

1755. aimable des hommes. Quand je vous dirai que ce protecteur eſt M. le duc de *Nivernois*, vous ceſſerez de la plaindre. Oui, les ſoins officieux qu'il daigne prendre pour elle, m'attachent à lui pour toujours. Il eſt digne d'être aimé de vous; mais je finis, car la douleur et l'admiration m'empêchent également de vous en dire davantage.

Je vous aime du fond de mon cœur.

LOUIS-EUGENE, *duc de Virtemberg.*

LETTRE XXI.

DU PRINCE DE VIRTEMBERG.

A Paris, ce 4 juin.

J'AI reçu les deux lettres, Monſieur, que vous m'avez écrites, la première concernant notre calculateur, et la ſeconde dans laquelle vous me parlez de la Pucelle.

D'abord je vous promets de ne me plus rapporter au calcul des autres, et de laiſſer pendus ceux que leur mérite a élevés à ce ſublime degré d'honneur; ſecondement, je vous aſſure de ne me plus livrer aux apparences, et d'approfondir le caractère de ceux qui voudront bien s'attacher à moi.

Pour ce qui eſt de la Pucelle je croirais vous manquer ſi j'acceptais vos offres, et j'oſe vous engager ma parole d'honneur que je n'en ai pas le moindre lambeau. Soyez ſûr que je vous l'aurais envoyée, et

LETTRE XX.

DU MEME.

A Paris, le 2 mai.

LE porteur de cette lettre, Monfieur, eft un garçon auquel je m'intéreffe fincèrement. Il s'appelle *Fierville*, et il eft attaché à la cour de fon Alteffe royale madame la margrave de Bareith. C'eft un très-bon acteur, et qui s'eft furtout appliqué à remplir les rôles principaux de vos tragédies. Il vous a étudié avec beaucoup de foin, et il m'a demandé une lettre pour vous, que je lui ai accordée avec bien du plaifir.

1755.

Je fuis dans la douleur la plus profonde. Naguère que d'*Han*..., par fa mauvaife conduite, s'eft montré indigne de l'opinion que j'avais conçue de lui; je dis mauvaife conduite pour n'en pas dire plus; et aujourd'hui je viens de perdre un ami, qui était le vôtre; un homme dont les connaiffances étaient auffi étendues, le génie auffi élevé que fon ame était fimple; M. de *Lironcourt* eft mort. Je l'ai toujours regardé comme une machine merveilleufe; toute la nature était raffemblée dans fa tête. O vous qui êtes fenfible, jugez de mon affliction! il eft mort le moment après m'avoir rendu les plus grands fervices. Il laiffe une famille nombreufe, fans bien, défolée, et fon malheur ferait affreux, fi elle n'était appuyée du plus noble, du plus généreux, du plus

Y 4

LETTRE XXIII.

DE M. DE VOLTAIRE,

AU PRINCE LOUIS DE VIRTEMBERG.

Aux Délices, le 14 juin.

1756. Un ſuiſſe, un ſolitaire, un de vos ſerviteurs les plus tendrement attachés, qui ne lit point les gazettes, qui ne ſait rien de ce qui ſe paſſe dans ce monde, fait pourtant que votre Alteſſe ſéréniſſime eſt au milieu des coups de canon, dans une île de la Méditerranée, qui appartenait autrefois à *Vénus*, enſuite aux Carthaginois ; qui n'était pas faite pour des Anglais, et qui ſera bientôt toute entière à M. le maréchal de *Richelieu*. Si vous êtes là, Monſeigneur, comme je n'en doute pas, vous avez très-bien fait d'y venir en ſi bonne compagnie. On ne peut pas toujours être à l'affût d'un canon ou au bivouac : on ne peut pas toujours expoſer ſa vie, quelque agréable que cela ſoit. Il y a toujours du temps de reſte avec la gloire, et c'eſt ce qui m'encourage à écrire à votre Alteſſe ſéréniſſime. Je me donne rarement cet honneur parce que les plaiſirs ne ſont pas faits pour moi. Un vieux malade, retiré ſur les bords d'un lac, n'eſt plus fait pour entretenir un jeune prince guerrier, quelque philoſophe que ſoit ce prince.

Si dans les momens de relâche que vous donne le ſiége, vous vous occupez à lire, il paraît depuis peu

des Mémoires du feu marquis de *Torcy*, dignes d'être —————
lus de votre Alteffe. Elle y verra un détail vrai et
inftructif des humiliations que *Louis XIV* eut à
effuyer pendant qu'il demandait grâce aux Hollandais. Vous contribuez actuellement, Monfeigneur, à
une gloire auffi grande que ces abaiffemens furent
triftes.

La Beaumelle, après avoir déterré, je ne fais comment, les Lettres de madame de *Maintenon*, en a
inondé le public. Vous verrez dans ces lettres peu
de faits, et encore moins de philofophie.

Le même *la Beaumelle* a compilé fur des manufcrits
fix volumes de Mémoires pour fervir à l'hiftoire de
Louis XIV et de la cour; mais il a mêlé, au peu de
vérités que ces Mémoires contenaient, toutes les
fauffetés que l'envie de vendre fon livre lui a fuggé-
rées, et toutes les indécences de fon caractère. Peu
d'écrivains ont menti plus impudemment.

Je vous dirai la vérité, Monfeigneur, quand je
vous dirai qu'il ne tient qu'à moi d'aller dans un
pays où j'ai fait autrefois ma cour à votre Alteffe,
et que ce n'eft pas dans ce pays-là que je voudrais
lui renouveler mes hommages.

Je crois que M. le prince de *Beauvau* a fouvent
le bonheur de vous voir. C'eft après vous, Monfeigneur, celui dont je fuis le plus fâché d'être éloigné.
Votre Alteffe féréniffime fait à quel point et avec
quel tendre refpect je lui ferai toujours dévoué.

LETTRE XXIV.

DE M. DE VOLTAIRE,

A MADAME LA MARGRAVE DE BAREITH.

Auguste.

MADAME,

1757. Mon cœur est touché plus que jamais de la bonté et de la confiance que votre Altesse royale daigne me témoigner. Comment ne serais-je pas attendri avec transport ? Je vois que c'est uniquement votre belle ame qui vous rend malheureuse. Je me sens né pour être attaché avec idolâtrie à des esprits supérieurs et sensibles qui pensent comme vous. Vous savez combien dans le fond j'ai toujours été attaché au roi votre frère. Plus ma vieillesse est tranquille, plus j'ai renoncé à tout, plus je me suis fait une patrie de la retraite, et plus je suis dévoué à ce roi philosophe. Je ne lui écris rien que je ne pense du fond de mon cœur ; rien que je ne croye très-vrai ; et si ma lettre paraît convenable à votre Altesse royale, je la supplie de la protéger auprès de lui comme les précédentes. (1)

Votre Altesse royale trouvera dans cette lettre des choses qui se rapportent à ce qu'elle a pensé elle-même. Quoique les premières insinuations pour la paix n'aient pas réussi, je suis persuadé qu'elles peuvent enfin avoir du succès. Permettez que j'ose vous

(1) Voyez les lettres au roi ; année 1757. Tome II.

communiquer une de mes idées. J'imagine que le ——
maréchal de *Richelieu* ferait flatté qu'on s'adrefsât à 1757.
lui. Je crois qu'il penfe qu'il eft néceffaire de tenir
une balance ; et qu'il ferait fort aife que le fervice
du roi fon maître s'accordât avec l'intérêt de fes alliés
et avec les vôtres. Si dans l'occafion vous vouliez le
faire fonder, cela ne ferait pas difficile. Perfonne ne
ferait plus propre que M. de *Richelieu* à remplir un
tel miniftère. Je ne prends la liberté d'en parler,
Madame, que dans la fuppofition que le roi votre
frère fût obligé de prendre ce parti ; et j'ofe vous dire
qu'en ce cas il vous aurait beaucoup d'obligation,
quand même les conjonctures le forceraient à faire des
facrifices. Je hafarde cette idée, non pas comme
une propofition, encore moins comme un confeil ;
il ne m'appartient pas d'ofer en donner, mais comme
un fimple fouhait qui n'a fa fource que dans mon
zèle.

LETTRE XXV.

DE MADAME LA MARGRAVE DE BAREITH.

Le 19 auguste.

ON ne connaît fes amis que dans le malheur. La
lettre que vous m'avez écrite fait bien honneur à
votre façon de penfer. Je ne faurais vous témoigner
combien je fuis fenfible à votre procédé. Le roi l'eft
autant que moi. Vous trouverez ci-joint un billet
qu'il m'a ordonné de vous remettre. Ce grand homme
eft toujours le même. Il foutient fes infortunes avec

1757.

—— un courage et une fermeté digne de lui. Il n'a pu tranfcrire la lettre qu'il vous écrivait. Elle commençait par des vers. Au lieu d'y jeter du fable, il a pris l'encrier, ce qui eft caufe qu'elle eft coupée. Je fuis dans un état affreux, et ne furvivrai pas à la deftruction de ma maifon et de ma famille. C'eft l'unique confolation qui me refte. Vous aurez de beaux fujets de tragédies à travailler. O temps! ô mœurs! Vous ferez peut-être verfer des larmes par une repréfentation illufoire, tandis qu'on contemple d'un œil fec les malheurs de toute une maifon, contre laquelle, dans le fond, on n'a aucune plainte réelle. Je ne puis vous en dire davantage; mon ame eft fi troublée que je ne fais ce que je fais. Mais quoi qu'il puiffe arriver, foyez perfuadé que je fuis plus que jamais votre amie.

WILHELMINE.

LETTRE XXVI.

DE LA MEME. (1)

Le 12 feptembre.

VOTRE lettre m'a fenfiblement touchée; celle que vous m'avez adreffée pour le roi a fait le même effet fur lui. J'efpère que vous ferez fatisfait de fa réponfe pour ce qui vous concerne; mais vous le ferez auffi peu que moi de fes réfolutions. Je m'étais flattée que vos réflexions feraient quelque impreffion fur fon efprit. Vous verrez le contraire dans le billet ci-joint. Il ne me refte qu'à fuivre fa deftinée, fi elle eft

(1) Cette lettre eft rapportée par M. de *Voltaire*, dans le Commentaire hiftorique. Mél. littér. tome premier.

malheureufe. Je ne me fuis jamais piquée d'être philofophe. J'ai fait mes efforts pour le devenir. Le peu 1757.
de progrès que j'ai fait m'a appris à méprifer les
grandeurs et les richeffes ; mais je n'ai rien trouvé
dans la philofophie qui puiffe guérir les plaies du
cœur, que le moyen de s'affranchir de fes maux en
ceffant de vivre. L'état où je fuis eft pire que la mort.
Je vois le plus grand homme du fiècle, mon frère,
mon ami, réduit à la plus affreufe extrémité. Je vois
ma famille entière expofée aux dangers et aux périls ;
ma patrie déchirée par d'impitoyables ennemis ; le
pays où je fuis peut-être menacé de pareils malheurs.
Plût au ciel que je fuffe chargée toute feule des maux
que je viens de vous décrire ! Je les fouffrirais, et avec
fermeté.

Pardonnez-moi ce détail. Vous m'engagez, par la
part que vous prenez à ce qui me regarde, de vous
ouvrir mon cœur. Hélas ! l'efpoir en eft prefque
banni. La fortune, lorfqu'elle change, eft auffi conf-
tante dans fes perfécutions que dans fes faveurs.
L'hiftoire eft pleine de ces exemples ; mais je n'y en ai
point trouvé de pareils à celui que nous voyons, ni
une guerre auffi inhumaine et cruelle, parmi des
peuples policés. Vous gémiriez fi vous faviez la trifte
fituation de l'Allemagne et de la Pruffe. Les cruautés
que les Ruffes commettent dans cette dernière font
frémir la nature. Que vous êtes heureux dans votre
hermitage, où vous vous repofez fur vos lauriers,
et où vous pouvez philofopher de fang froid fur
l'égarement des hommes ! Je vous y fouhaite tout
le bonheur imaginable. Si la fortune nous favo-
rife encore, comptez fur toute ma reconnaiffance ; et

—— je n'oublierai jamais les marques d'attachement que
1757. vous m'avez données : ma fenfibilité vous en eft garant ;
je ne fuis jamais amie à demi, et je le ferai toujours
véritablement de frère *Voltaire.*

WILHELMINE.

Bien des complimens à madame *Denis ;* continuez,
je vous prie, d'écrire au roi.

LETTRE XXVII.

DE LA MEME.

LETTRE DES PANDOURES AU FRERE SUISSE.

POURQUOI nous nommez-vous vilains ? Nous
pillons, nous faccageons, et fommes larrons privilégiés, cela eft vrai. Sommes-nous en cela plus con-
damnables que ceux qui gouvernent le monde, que
les autèurs qui dérobent les penfées d'autrui, et que
les faints du paradis, qui, pour fonder des églifes et
des couvens, s'appropriaient les biens du peuple et
des particuliers ? Non affurément. Rendez-nous donc
plus de juftice, et fouhaitez, au lieu de nous injurier,
que les fouverains de l'Europe fuivent à l'avenir notre
exemple ; qu'ils deviennent auffi avides que nous de
poffèder vos lettres, qu'ils apprennent par leur lecture
à devenir philofophes, et pandoures de la vertu. Si
jamais nous avons le bonheur de vous attraper, nous
tâcherons de piller votre efprit et vos connaiffances,
pour nous venger de votre mépris. Nos *Roffinantes*
feront

feront alors métamorphofés en *Pégafes*, et nous faurons
bien, avec le fecours d'une certaine dame, qui fe
nomme *Raifon*, vous empêcher de faire des neuvaines
contre nous. Adieu.

P. S. J'ai reçu toutes vos lettres, et j'y réponds à la
fois. Le plan de la comédie italienne n'eft pas tout-à-
fait affez jufte. Mais il me fiérait mal de vouloir
critiquer vos ouvrages. La fœur de *Mézetin* n'ofe fe
mêler que de ce qui la regarde, et d'ailleurs il eft
bien dangereux d'entreprendre de jouer la comédie,
puifqu'on rifque d'être enlevé par les pandoures, ou
que les rôles ne foient interceptés. Il y a plus de
quatre femaines que je n'ai aucunes nouvelles du roi.
Il fe peut qu'il m'ait écrit, ce que je crois très-fure-
ment; mais je penfe que fes lettres ont peut-être pris
des routes qui ne conduifent pas ici.

On dit que les Français ont reçu un petit échec à
Bremen, et qu'il y a eu fept mille hommes de battus.
Les Suédois font au pis en Poméranie. Leur cavalerie
s'eft retirée dans l'île de Rugen. L'infanterie eft à
Stralfund où on les a bloqués et où on va les bom-
barder. Voilà tout ce que je fais. Mon frère de Pruffe
m'a adreffé cette lettre pour vous. Vous pouvez voir
par la date combien les lettres arrivent régulièrement
ici. Je plains votre aveuglement de ne croire qu'un
Dieu, et de renier J.... Comment ferez-vous pour
plaider votre caufe? Si quelque chofe pouvait me
divertir encore, ce ferait de voir votre apologie.
Adieu, donnez-moi, je vous prie, de vos nouvelles,
et furtout de celles de mon amant. Veuille le Ciel
qu'elles foient bonnes!

WILHELMINE.

1757. J'ai oublié de vous dire que c'eft moi qui fuis la pandoure. Je me fuis méprife, et j'ai envoyé un papier blanc au roi au lieu de votre lettre que j'ai retrouvée. Je l'ai fait repartir. Si elle arrive à bon port, vous aurez bientôt réponfe.

LETTRE XXVIII.

DE LA MEME.

Le 16 octobre.

ACCABLÉE par les maux de l'efprit et du corps, je ne puis vous écrire qu'une petite lettre. Vous en trouverez une ci-jointe, qui vous récompenfera au centuple de ma briéveté. Notre fituation eft toujours la même. Un tombeau fait notre point de vue. Quoique tout femble perdu, il nous refte des chofes qu'on ne pourra nous enlever : c'eft la fermeté et les fentimens du cœur. Soyez perfuadé de notre reconnaiffance, et de tous les fentimens que vous méritez par votre attachement et votre façon de penfer, digne d'un vrai philofophe.

WILHELMINE.

LETTRE XXIX.

DE LA MÊME.

Vos lettres me font toutes bien parvenues. L'agitation de mon esprit a si fort accablé mon corps que je n'ai pu vous répondre plutôt. Je suis surprise que vous soyez étonné de notre désespoir. Il faut que les nouvelles soient bien rares dans vos cantons, puisque vous ignorez ce qui se passe dans le monde. J'avais dessein de vous faire une relation détaillée de l'enchaînement de nos malheurs. Ma faiblesse y a mis obstacle. Je ne vous la ferai que très-abrégée. La bataille de Kolin était déjà gagnée, et les Prussiens étaient les maîtres du champ de bataille, sur la montagne, à l'aile droite des ennemis, lorsqu'un certain mauvais génie, que vous n'aimiez point, s'avisa, contre les ordres exprès qu'il avait reçus du roi, d'attaquer le corps de bataille autrichien ; ce qui causa un grand intervalle entre l'aile gauche prussienne, qui était victorieuse, et ce corps. Il empêcha aussi que cette aile fût soutenue. Le roi boucha le vide avec deux régimens de cavalerie. Une décharge de canons à cartouche les fit reculer et fuir. Les Autrichiens, qui avaient eu le temps de se reconnaître, tombèrent en flanc et à dos sur les Prussiens. Le roi, malgré son habileté et ses peines, ne put remédier au désordre. Il fut en danger d'être pris ou tué. Le premier bataillon des

1757.

gardes à pied lui donna le temps de se retirer, en se jetant devant lui. Il vit massacrer ses braves gens, qui périrent tous, à la réserve de deux cents, après avoir fait une cruelle boucherie des ennemis. Le blocus de Prague fut levé le lendemain. Le roi forma deux armées. Il donna le commandement de l'une à mon frère de Prusse et garda l'autre. Il tira un cordon depuis Lissa jusqu'à Leitmeritz où il posa son camp. La désertion se mit dans son armée. De près de trente mille saxons à peine il en resta deux à trois mille. Le roi avait en face l'armée de *Nadasti*, mon frère qui était à Lissa celle de *Tawn*. Mon frère tirait ses vivres de Zittaw, le roi du magasin de Leitmeritz. *Tawn* passa l'Elbe, et déroba une marche au prince de Prusse. Il prit Gabel où étaient quatre bataillons prussiens, et marcha à Zittaw. Le prince décampa pour aller au secours de cette ville. Il perdit les équipages et les pontons, les voitures étant trop larges et ne pouvant passer par les chemins étroits des montagnes. Il arriva à temps pour sauver la garnison et une partie du magasin. Le roi fut obligé de rentrer en Saxe. Les deux armées combinées campèrent à Bautzen et Bernstadt, celle des Autrichiens entre Gorlitz et Schonaw dans un poste inattaquable. Le 17 de septembre le roi marcha à l'ennemi pour tâcher de s'emparer de Gorlitz. Les deux armées en présence se canonnèrent sans effet; mais les Prussiens parvinrent à leur but et prirent Gorlitz. Ils se campèrent alors depuis Bernstadt sur les hauteurs de Javernic, jusqu'à la Neisse, où le corps du général *Vinterfeld* commençait, s'étendant jusqu'à Radomeritz. L'armée du prince de *Soubise*, combinée avec celle de l'Empire, s'était

avancée jufqu'à Erfort. Elle pouvait couper l'Elbe,
en fe poftant à Leipfick, ce qui aurait rendu la
pofition du roi fort dangereufe. Il quitta donc l'armée,
dont il donna le commandement au prince de *Bevern*,
et marcha avec beaucoup de précipitation et de fecret
fur Erfort. Il faillit à furprendre l'armée de l'Empire;
mais ces troupes craintives s'enfuirent en défordre
dans les défilés impénétrables de la Thuringe, derrière
Eifenach. Le prince de *Soubife*, trop faible pour
s'oppofer aux Pruffiens, s'y était déjà retiré. Ce fut
à Erfort et enfuite à Naumbourg où le deftin déchaîna
fes flèches empoifonnées contre le roi. Il apprit
l'indigne traité conclu par le duc de *Cumberland*, la
marche du duc de *Richelieu*, la mort et la défaite de
Vinterfeld, qui fut attaqué par tout le corps de *Nadafti*,
confiftant en vingt-quatre mille hommes, et n'en
ayant que fix mille pour fe défendre; l'entrée des
Autrichiens en Siléfie, et celle des Suédois dans
l'Uter-Marc, où ils femblaient prendre la route de
Berlin. Joignez à cela la Pruffe depuis Memmel jufqu'à
Konigsberg réduite en un vafte défert : Voilà un
échantillon de nos infortunes. Depuis, les Autrichiens
fe font avancés jufqu'à Breflaw. L'habile conduite du
prince de *Bevern* les a empêchés d'y mettre le fiége.
Ils font préfentement occupés à celui de Schweidnitz.
Un de leurs partis, de quatre mille hommes, a
tiré des contributions de Berlin même. L'arrivée du
prince *Maurice* leur a fait vider le pays du roi. Dans
ce moment, on vient me dire que Leipfick eft bloqué;
mon frère de Pruffe y eft fort malade; le roi eft à
Torgau; jugez de mes inquiétudes et de mes douleurs : à peine fuis-je en état de finir cette lettre. Je

1757.

Z 3

—— tremble pour le roi , et qu'il ne prenne quelque réfo-
1757. lution violente. Adieu , fouhaitez-moi la mort , c'eft
ce qui pourra m'arriver de plus heureux.

WILHELMINE.

LETTRE XXX.

DE LA MEME.

Le 23 de novembre.

MON corps a fuccombé fous les agitations de mon
efprit , ce qui m'a empêché de vous répondre. Je
vous entretiendrai aujourd'hui de nouvelles bien plus
intéreffantes que celles de mon individu. Je vous
avais mandé que l'armée des alliés bloquait Leipfick ;
je continue ma narration. Le 26, le roi fe jeta dans
la ville avec un corps de dix mille hommes ; le maréchal *Keit* y était déjà entré avec un pareil nombre
de troupes ; il y eut une vive efcarmouche entre
les Autrichiens , ceux de l'Empire et les Pruffiens :
les derniers remportèrent tout l'avantage et prirent
cinq cents autrichiens. L'armée alliée fe retira à
Mersbourg ; elle brûla le pont de cette ville et celui
de Veiffenfeld ; celui de Halle avait déjà été détruit.
On prétend que cette fubite retraite fut caufée
par les vives repréfentations de la reine de Pologne ,
qui prévit , avec raifon , la ruine totale de Leipfick , fi
on continuait à l'affiéger. Le projet des Français
était de fe rendre maîtres de la Sale. Le roi marcha fur
Mersbourg , où il tomba fur l'arrière-garde françaife,

s'empara de la ville, où il fit cinq cents prisonniers français. Les Autrichiens, pris à l'escarmouche
devant Leipsick, avaient été enfermés dans un vieux
château sur les murs de la ville. Ils furent obligés de
céder leur gîte aux cinq cents français, parce qu'il
était plus commode, et on les mit dans la maison de
correction. C'est pour vous marquer les attentions
qu'on a pour votre nation que je vous fais part de
ces bagatelles. Le maréchal *Keit* marcha à Halle où il
rétablit le pont. Le roi, n'ayant point de pontons, se
servit de treteaux sur lesquels on assura des planches,
et releva de cette façon les deux ponts de Mersbourg
et de Veissenfeld. Le corps qu'il commandait se réunit
à celui du maréchal *Keit* à Bornerode. Ce dernier
avait tiré à lui huit mille hommes, commandés par
le prince *Ferdinand de Brunsvick*. On alla reconnaître,
le 4, l'ennemi campé sur la hauteur de Saint-Micheln;
le poste n'étant pas attaquable, le roi fit dresser le
camp à Rosbac, dans une plaine. Il avait une colline
à dos, dont la pente était fort douce. Le 5, tandis
que le roi dînait tranquillement avec ses généraux,
deux patrouilles vinrent l'avertir que les ennemis
fesaient un mouvement sur leur gauche. Le roi se
leva de table; on rappela la cavalerie qui était au
fourrage, et on resta tranquille, croyant que l'ennemi
marchait à Freibourg, petite ville qu'il avait à dos;
mais on s'aperçut qu'il tirait sur le flanc gauche des
Prussiens. Sur quoi le roi fit lever le camp, et défila
par la gauche sur cette colline, ce qui se fit au galop,
tant pour l'infanterie que pour la cavalerie. Cette
manœuvre, selon toute apparence, a été faite pour
donner le change aux Français. Aussitôt, comme

par un coup de fifflet, cette armée en confufion fut rangée en ordre de bataille fur une ligne. Alors l'artillerie fit un feu fi terrible que des français, auxquels j'ai parlé, difent que chaque coup tuait ou bleffait huit ou neuf perfonnes. La moufqueterie ne fit pas moins d'effet. Les Français avançaient toujours en colonne pour attaquer avec la baïonnette. Ils n'étaient plus qu'à cent pas des Pruffiens lorfque la càvalerie pruffienne, prenant un détour, vint tomber en flanc fur la leur avec une furie incroyable. Les Français furent culbutés et mis en fuite. L'infanterie, attaquée en flanc, foudroyée par les canons, et chargée par fix bataillons et le régiment des gendarmes, fut taillée en pièces et entièrement difperfée.

Le prince *Henri*, qui commandait à la droite du roi, a eu la plus grande part à cette victoire, où il a reçu une légère bleffure. La perte des Français eft très-grande. Outre cinq mille prifonniers et plus de trois cents officiers pris dans cette bataille, ils ont perdu prefque toute l'artillerie. Au refte, je vous mande ce que j'ai appris de la bouche des fuyards et de quelques rapports d'officiers pruffiens. Le roi n'a eu que le temps de me notifier fa victoire, et n'a pu m'envoyer la relation. Le roi diftingue et foigne les officiers français, comme il pourrait faire les fiens propres. Il a fait panfer les bleffés en fa préfence, et a donné les ordres les plus précis pour qu'on ne leur laiffe manquer de rien. Après avoir pourfuivi l'ennemi jufqu'à Spielberg, il eft retourné à Leipfick, d'où il eft reparti le 10 pour marcher à Torgau. Le général *Marchal* des Autrichiens fefant mine d'entrer dans le Brandebourg avec treize ou quatorze mille hommes, à l'approche des Pruffiens,

ce corps a rétrogradé à Bautzen en Lusace. Le roi le ———
poursuit pour l'attaquer s'il le peut. Son dessein est **1757.**
d'entrer ensuite en Silésie. Malheureusement nous
avons appris aujourd'hui la reddition de Schweidnitz,
qui s'est rendu le 13 après avoir soutenu l'assaut, ce
qui me rejette dans les plus violentes inquiétudes.
Pour répondre aux articles de vos deux lettres, je
vous dirai que la surdité devient un mal épidémique en France. Si j'osais, j'ajouterais qu'on y joint
l'aveuglement. Je pourrais vous dire bien des choses
de bouche, que je ne puis confier à la plume, par où
vous seriez convaincu des bonnes intentions qu'on a
eues. On les a encore. J'écrirai au premier jour au
cardinal (1). Assurez - le, je vous prie, de toute
mon estime, et dites-lui que je persiste toujours dans
mon système de Lyon, mais que je souhaiterais
beaucoup que bien des gens eussent sa façon de
penser ; qu'en ce cas nous ferions bientôt d'accord.
Je suis bien folle de me mêler de politiquer. Mon
esprit n'est plus bon qu'à être mis à l'hôpital. Vous
me faites faire des efforts tant d'esprit que de corps,
pour écrire une si longue lettre. Je ne puis vous
procurer que le plaisir des relations. Il faut bien que
j'en profite, ne pouvant vous en procurer de plus
grands, et tels que ma reconnaissance les désire. Bien
des complimens à madame *Denis*, et comptez que
vous n'avez de meilleure amie que

WILHELMINE.

(1) De *Tencin.*

LETTRE XXXI.

DE LA MEME.

Le 30 de novembre.

—— Schweidnitz eſt pris , et le prince *Charles*
1757. battu. C'eſt ainſi que la vie de l'homme eſt un mélange
de biens et de maux. Les traîtres ſaxons ont cauſé, par
leur rebellion , la reddition de la place , qui a pourtant
eſſuyé un aſſaut avant de ſe rendre. Je n'ai encore
aucune particularité de la bataille de Breſlaw ; tout
ce que je ſais , eſt que le prince *Charles* , avec une
armée de près de ſoixante mille hommes , a attaqué
le prince de *Bevern* , qui à peine en avait la moitié , et
que la victoire de ce dernier eſt complette. Le roi
était déjà ſur les frontières de Siléſie lorſqu'il a appris
cette heureuſe nouvelle. Il marche en hâte pour
couper la retraite aux Autrichiens. Je doute qu'il y
parvienne, étant trop éloigné. Il s'eſt emparé de tous
leurs magaſins en Luſace , ce qui a obligé le corps de
Marchal à ſe retirer. J'ai reçu deux de vos lettres
avec des incluſes pour le roi , que je lui enverrai par
la première occaſion. J'ai pris la liberté d'en tirer
copie. *Adhémar* vous a fait , à ce qu'il m'a dit , une
relation de la bataille , ſans quoi je vous l'aurais
envoyée. Je ne veux point priver le roi de ce plaiſir.
Vous la recevrez de ſa main ; elle vaudra ſans doute
beaucoup mieux que toutes les autres. J'eſpère que le
retour de la fortune aura banni toute idée ſiniſtre

de fon efprit. Si le maréchal de *Richelieu* s'était avancé,
c'était fait de fa vie. Il ferait tombé fur lui, et ferait
mort l'épée à la main. Je puis vous affurer que c'était
fon deffein , ce que je puis prouver par fes lettres.
Je n'ofais vous le dire alors, puifqu'il me l'avait
confié fous le fecret. Nous avons quatre mille lièvres
ou fuyards de l'armée de l'Empire campés dans le
pays. Ce font autant de loups affamés qui pourraient
bien nous communiquer leur faim. Ces pauvres gens
ont été huit jours fans vivres, ne buvant que de
l'eau bourbeufe, et dormant à la belle étoile ; on les
a préparés de cette façon à marcher au combat. Les
Français étaient un peu mieux ; mais ils manquaient
auffi de pain. L'Allemagne n'eft point faite pour les
armées françaifes. On en a déjà vu l'exemple dans
la dernière guerre. Il fera renouvelé dans celle-ci.
Je fouhaite leurs pertes et leurs maux aux Autrichiens.
J'ai un chien de tendre pour eux qui m'empêche de
leur vouloir du mal. Le roi ne leur en fait qu'avec
peine. Il l'a bien prouvé ; il pouvait les abymer, s'il
avait voulu les pourfuivre comme il le fallait. Qu'il eft
à plaindre ! Il paffe fes jours dans le fang et dans le
carnage. C'eft le deftin des héros, mais un deftin bien
trifte pour un philofophe. Continuez, je vous prie,
à me donner de vos nouvelles. Vos lettres font mon
unique récréation. Soyez perfuadé de toute mon
eftime.

WILHELMINE.

Mes amitiés à madame *Denis*.

LETTRE XXXII.

DE LA MEME.

Le 27 de décembre.

—— 1757.
Si mon corps voulait se prêter aux insinuations de mon esprit, vous recevriez toutes les postes de mes nouvelles. *Je suis*, me direz-vous, *aussi cacochyme que vous, et cependant j'écris.* A cela, je vous réponds qu'il n'y a qu'un *Voltaire* dans le monde, et qu'il ne doit pas juger d'autrui par lui-même. Voilà bien du bavardage. Je vois votre impatience d'apprendre les choses qui vous intéressent. Une bataille gagnée ; Breslaw au pouvoir du roi ; trente-trois mille prisonniers ; sept cents officiers et quatorze généraux de pris, outre cent cinquante canons et quatre mille chariots de vivres, de bagages et de munitions, sont des nouvelles que je puis vous donner. Je n'ai pas fini. Il est resté quatre mille morts sur le champ de bataille, quatre mille blessés se sont trouvés à Breslaw, et on compte quatre mille cinq cents déserteurs. Vous pouvez compter que c'est un fait, non-seulement avéré par le roi et toute l'armée, mais même par une foule de déserteurs autrichiens qui ont été ici. Les Prussiens ont cinq cents morts et trois mille blessés. Cette action est unique et paraît fabuleuse. Les Autrichiens étaient forts de quatre-vingt mille hommes. Les Prussiens n'en avaient que trente-six mille. La victoire a été disputée ; mais toute l'affaire n'a duré que quatre

heures. Je ne me fens pas de joie de ce prodigieux
changement de la fortune. Je dois ajouter encore une
anecdote. Le corps que commandait le roi avait fait
quarante-deux milles d'Allemagne en quinze jours
de temps, et n'avait eu qu'un jour pour fe repofer
avant de livrer cette mémorable bataille. Le roi peut
dire, comme *Céfar* : Je fuis venu, j'ai vu, j'ai vaincu.
Il me mande qu'il n'eft embarraffé à préfent que de
nourrir et de placer ce prodigieux nombre de prifonniers. La lettre que vous lui avez écrite, où vous
lui demandez la relation de la bataille de Mersbourg,
a été enlevée avec la mienne. Heureufement il n'y
avait rien qui puiffe vous faire du tort. Je vous adreffe
la lettre ci-jointe pour le chapeau rouge (1). Pour
des coquineries, il n'y en a point; pour des douceurs,
je n'en réponds pas.

Nous avons eu, il y a trois jours, trois fecòuffes
d'un tremblement de terre, à quatre milles d'ici. On
dit que la première était forte, et qu'on a entendu
des bruits fouterrains. Il n'a caufé aucun dommage.
On n'a point d'exemple d'un pareil phénomène dans
ce pays; je vous laiffe le foin d'en trouver la raifon.
Bien des complimens à madame *Denis*. Soyez perfuadé
de toute mon eftime.

WILHELMINE,

(1) Le cardinal de *Tençin*.

LETTRE XXXIII.

DE LA MEME.

Le 2 janvier.

———— Car, grâce au ciel, nous avons fini la plus funeste
1758. des années. Vous me dites tant de choses obligeantes
sur celle qui court, que c'est un sujet de reconnaissance de plus pour moi. Je vous souhaite tout ce qui
peut vous rendre parfaitement heureux. Pour ce qui
me regarde, j'abandonne mon sort à la destinée. On
forme souvent des vœux qui nous feraient préjudi-
ciables s'ils s'accomplissaient, aussi n'en fais-je plus.
Si quelque chose au monde peut contenter mes désirs,
c'est la paix. Je pense comme vous sur la guerre;
nous avons un tiers qui pense certainement comme
nous. Mais peut-on toujours suivre sa façon de
penser? Ne faut-il pas se soumettre à bien des préjugés établis depuis que le monde existe? L'homme
court après le clinquant de la réputation, chacun la
cherche dans son métier et dans ses talens; on veut
s'immortaliser. Ne faut-il pas chercher cette gloire
chimérique dans les idées vraies ou fausses que l'esprit
de l'homme s'en fait? *Démocrite* avait bien raison de
rire de la folie humaine. Je vois une hypocrite, d'un
côté, courant les processions et implorant les saints,
occupée à brouiller toute l'Europe, et à la priver
de ses habitans. Je vois, de l'autre côté, un philosophe
(quoiqu'avec regret) faire couler des flots de sang

1758.

humain. Je vois un peuple avare, conjuré à la perte des mortels pour accumuler fes richeffes. Mais bafte, je pourrais trop voir, et cela n'eft pas néceffaire. Il faut vous contenter pour cette fois de mon verbiage et de mes réflexions, car je n'ai point de nouvelles depuis la dernière lettre que vous avez reçue de moi. Ce que vous me propofez eft un peu fcabreux; je m'explique fur ce fujet dans la lettre que je vous adreffe. J'en reviens à ma vieille phrafe, que l'on eft fourd dans votre patrie. Si je pouvais vous parler, vous jugeriez peut-être différemment que vous ne faites. Le roi eft dans le cas d'*Orphée*, fi fa bonne fortune ne le tire d'affaire. Il fouhaite la paix, mais il y a bien des *mais*. Si elle ne fe fait avant le printemps, toute l'Allemagne fera ruinée et défolée. L'état où elle fe trouve déjà eft affreux. Quelque conduite fage qu'on tienne, on ne peut fe mettre à l'abri des violences et du pillage. Je ne finirais point fi je vous fefais un détail des malheurs qui l'accablent. C'eft une honte que dans un fiècle policé on en agiffe avec tant de cruauté. Le roi n'en fouffre point. Malgré tout ce qu'on en dit, le peuple faxon l'aime, mais la nobleffe le hait, parce qu'elle eft privée des penfions et des appointemens qu'elle retirait. On débite contre lui des calomnies atroces. Peut-on y ajouter foi? Elles viennent de fes ennemis. L'envie a perfécuté tous les grands hommes; il faut y joindre l'animofité. Que n'eft-on fourd quand elle lance fes traits empoifonnés! .... Encore une fois, il faut que je finiffe, car je m'aperçois que je bavarde trop. Soyez perfuadé de toute mon eftime, et que je ferai toute ma vie la véritable amie du frère fuiffe.

LETTRE XXXIV.

DE MADAME LA MARGRAVE DE BADE-DOURLAC.

A Carlsruhe, le 17 auguste.

MONSIEUR,

1758.   JE viens de recevoir la lettre très-obligeante que vous venez de m'écrire. Si j'avais pu vous prouver dans toute son étendue la confidération que j'ai pour vous, j'oferais alors me flatter, Monfieur, de mériter votre eftime. La reconnaiffance que vous me devriez me tiendrait lieu de mérite, et à quelque prix que je me viffe affurée de votre amitié, cela me fuffirait toujours pour me rendre trop heureufe.

Votre paftel eft en train. Jamais je n'ai travaillé avec plus de plaifir. Je m'abandonne à l'idée charmante que cela vous empêchera d'oublier une perfonne qui vous eft tout acquife. C'eft peut-être une illufion, mais ne me l'ôtez point, Monfieur, j'en fuis trop charmée.

J'ai rendu compte au margrave de la juftice que vous rendez à nos fentimens pour vous, et des politeffes que vous me dites à ce fujet : il en eft pénétré. J'aurais bien voulu que vous fuffiez revenu fur vos pas pour connaître par vous-même l'effet que votre départ fefait fur nous. Nos regrets exprimaient notre admiration et notre eftime. Enfin, Monfieur, vous êtes bien fêté parmi nous, et comme

vous

vous avez fi bien fu développer le cœur de *Zaïre*, ———
pourquoi ignoreriez-vous le mien ? Permettez que je 1758.
vous renvoye à cette connaiffance, pour vous faire
comprendre quels font les fentimens d'eftime et de
confidération avec lefquels j'ai l'honneur d'être pour
toute ma vie,

Monfieur,

votre très-affectionnée fervante,
C A R O L I N E , *margrave de Bade-Dourlac.*

P. S. N'oubliez pas, Monfieur, de revenir chez
nous. Le margrave et moi vous en follicitons. Vous
favez bien qu'une écolière vous attend.

L E T T R E   X X X V.

D E   L A   M E M E.

A Carlsruhe, le 17 janvier.

M O N S I E U R ,

J E commets peut-être une indifcrétion de vous ———
dérober des momens dont vous favez faire un meilleur 1759.
ufage ; mais pouvez-vous penfer que je puiffe recevoir
vos vers charmans que j'admire en rougiffant, et en
étouffer ma reconnaiffance ? Non, en vérité, je ne le
puis. Je ne fuis pas digne de votre lyre, Monfieur,
je le fais, mais réellement de votre amitié. Ne la
réfufez donc point à l'eftime la plus pure et la plus
vraie. Je fais de bien fincères vœux pour votre fanté.

Tout m'y intéresse, et la promesse que vous me donnez, Monsieur, de vous revoir chez nous, me les fait redoubler d'ardeur. J'y mets même une telle confiance, que je sens déjà toute la joie de pouvoir vous assurer de vive voix de cette considération et de cette estime distinguée que l'on vous doit, et avec lesquelles j'ai l'honneur d'être plus que personne au monde, Monsieur, votre, &c.

CAROLINE, *margrave de Bade-Dourlac.*

P. S. Le margrave, transporté de joie d'oser espérer de vous revoir cet été, Monsieur, et pénétré de vos mérites, m'ordonne de vous tenir compte de ses sentimens, et de vous dire combien il est sensible à ceux que vous voulez bien témoigner pour lui.

LETTRE XXXVI.

DE M. DE VOLTAIRE,

A S. A. S. MADAME LA MARGRAVE DE
BADE-DOURLAC.

Aux Délices, 2 février.

MADAME,

LA lettre dont votre Alteffe féréniffime m'honore
eft un bienfait nouveau, qui me remplit de reconnaiffance et un nouveau charme qui m'attache à elle;
vos paftels, Madame, votre plume, vos bontés vous
font des fujets ou plutôt des efclaves dans un pays
libre.

1759.

Tout me plaît en vous, tout me touche,
Parlez, belle Princeffe, écrivez ou peignez :
Les Grâces, par qui vous régnez,
Ou conduifent vos mains ou font fur votre bouche.

J'ai une bien forte tentation, Madame, de quitter,
dans les beaux jours de l'été, mes petits hermitages,
mes petits châteaux ou chaumières, pour venir me
mettre aux pieds de vos Alteffes féréniffimes, dans
le palais du meilleur goût que j'aye jamais vu. Je
quitterai mes épinards et mon perfil pour vos trois
mille plantes de l'Afie et de l'Afrique; mes petits bois
pour votre immenfe forêt de Dodone; mes lièvres

1759.

pour vos chevreuils ; enfin, ma liberté pour les belles chaînes dont vous enchaînez tous ceux qui ont l'honneur de vous approcher.

J'ai perdu dans madame la margrave de *Bareith* une princeffe qui m'honora toujours d'une bonté inaltérable ; je retrouve en vous, Madame, fon efprit, fes talens et fes grâces, et tout cela très-embelli ; je voudrais mériter d'y retrouver la même bienveillance.

Faffe le ciel que le faint Empire romain, qui eft fans deffus deffous depuis trois ans, puiffe être auffi tranquille, l'été prochain, qu'on l'eft dans le beau féjour du *Repos de Charles !* Le midi de l'Allemagne eft bien heureux ; il ne fe reffent point des horreurs de la guerre, et il vous pofsède. On attend la mort du roi d'Efpagne pour troubler le refte de l'Europe. Milord *Marechal* ou M. *Keit*, gouverneur de Neuchâtel, vient de paffer par nos Alpes pour aller négocier en Italie ; on dit que ce n'eft pas pour la pacification générale. Mais, Madame, pourquoi vous parler de nouvelles ? Il eft plus doux de s'entretenir de monfeigneur le margrave et de vous. Je fuis avec le plus profond refpect,

Madame,

de votre Alteffe féréniffime, &c.

Elle pardonnera à un pauvre malade qui ne faurait écrire de fa main.

LETTRE XXXVII.

DE M. DE VOLTAIRE,

AU MARGRAVE DE BAREITH,

En lui envoyant l'Ode sur la mort de S. A. R. la princesse de Prusse, son épouse.

Au château de Tourney, 17 février.

MONSEIGNEUR,

Mon cœur remplit un bien triste devoir en envoyant à votre Altesse sérénissime, ainsi qu'au roi votre beau-frère, cet ouvrage que ce monarque m'a encouragé à composer.

Ma vieillesse, mon peu de talent, ma douleur même, ne m'ont pas permis d'être digne de mon sujet; mais j'espère qu'au moins le dernier vers ne vous déplaira pas.

Elle vous aimait, Monseigneur, et après vous, son cœur était à son frère. Ce souvenir, quoique très-douloureux, vous est cher, et peut mêler quelque douceur à son amertume.

Que votre Altesse sérénissime daigne recevoir avec indulgence ce faible tribut d'un attachement que j'aurai jusqu'au tombeau. Puissiez-vous ajouter à de longs jours tous ceux que cette auguste princesse devait espérer de passer avec vous.

Je suis avec le plus profond respect, &c.

1759.

Aa 3

LETTRE XXXVIII.

DU PRINCE HENRI DE PRUSSE.

8 de février.

— 1762.

Monsieur, lorsque je lis un ouvrage qui m'intéresse et m'enlève, je m'écrie: *C'est du Voltaire.* Voilà le sentiment que vous m'inspirez, c'est mon guide, je n'en connais point d'autre.

Les grands peintres peuvent apprécier un tableau; mais combien peu y en a-t-il qui peuvent dire avec *le Corrége,* je suis peintre ? C'est un droit qui vous appartient ; quant à moi, je n'ose être dans les ouvrages de goût esclave de mon jugement.

Après cet aveu, je puis vous dire que l'ode que vous réclamez en faveur d'un autre, m'a plu (1) : j'y ai trouvé un cœur pénétré des maux de l'humanité, de la hardiesse dans les expressions, et plusieurs vérités. Ces sentimens sont dignes de vous.

Puissiez-vous jouir long-temps de l'heureux avantage d'éclairer les hommes ! et puissé-je avoir celui de vous donner des preuves de l'estime avec laquelle je suis,

Monsieur;

votre très-affectionné ami et serviteur,

HENRI, *prince de Prusse.*

(1) Une ode sur la guerre de 1756, qu'on attribuait à M. de *Voltaire,* et qui est de M. de *Bordes.*

LETTRE XXXIX.

DE MADAME LA MARGRAVE DE BADE-DOURLAC.

A Carlsruhe, le 17 augufte.

MONSIEUR,

VOTRE fouvenir eft la chofe du monde qui me flatte le plus. Vous pouvez ainfi juger avec quelle 1762. joie et reconnaiffance je reçois les marques que vous voulez bien m'en donner. Le mémoire que vous m'envoyez, Monfieur, ne ferait pas forti de votre plume s'il ne touchait et n'intéreffait autant qu'il le fait. Ces infortunés font heureux, dans leur malheur, que vous vouliez bien prendre leur défenfe (1). Perfonne n'eft plus en état que vous, Monfieur, de faire percer la vérité au travers des voiles dont la cabale et l'autorité chercheront à la couvrir. Il eft bien louable à vous de donner fujet à votre cœur de fe fignaler autant que votre génie. L'un et l'autre eft fi parfait que non-feulement nous, mais la poftérité la plus reculée ne ceffera de vous chérir et de vous admirer. Confervez-moi votre amitié, je vous en conjure, Monfieur; j'ofe y prétendre par l'eftime très-diftinguée avec laquelle j'ai l'honneur d'être pour toute la vie, Monfieur, votre, &c.

CAROLINE, *margrave de Bade-Dourlac.*

(1) Les *Calas.*

LETTRE XL.

DE LA MEME.

A Carlsruhe, le 24 augufte.

MONSIEUR,

1762.
JE viens de recevoir l'hiftoire d'*Elifabeth Canning* et de *Jean Calas*, que vous m'avez fait l'honneur de m'envoyer. Permettez, Monfieur, que je vous en marque toute ma reconnaiffance. Je prie le baron de *Hahn*, qui vous remettra cette lettre, de vous dire avec quel enthoufiafme je vous eftime, et combien je languis après le moment de vous revoir ici.

Je vous le répète, Monfieur, la malheureufe famille de *Calas* eft bien heureufe d'avoir trouvé un avocat tel que vous. Les chofes que vous écrivez pour elle font autant de pièces d'éloquence qui font honneur et à votre plume et à vos fentimens. Le public les recevra, comme moi, avec mille applaudiffemens, et votre gloire en recevra un nouveau luftre.

J'ai l'honneur d'être avec la confidération la plus vraie et la plus parfaite, Monfieur, votre, &c.

CAROLINE, *margrave de Bade-Dourlac.*

LETTRE XLI.

DU DUC DE VIRTEMBERG.

A Renan; ce 8 janvier.

LE marquis de *Genti*, Monfieur, s'eft acquitté, à 1763. fon retour de Ferney, de la commiffion dont vous m'avez fait l'honneur de le charger, avec cette politeffe qui lui paraît naturelle, et avec toute la chaleur de l'amitié que vous avez fu lui infpirer.

Je fens tout le prix des offres qu'il vous a plu de me faire faire par lui. J'y fuis fenfible comme je le dois, Monfieur; mais certes, je n'en abuferai pas, et parce que je ferais au défefpoir de paraître importun à une perfonne que j'aime tant que vous, et parce que les engagemens que j'ai pris, m'ont déjà fixé ailleurs. Mais je profiterai avec empreffement du bonheur que j'ai d'être dans votre voifinage, et je compte, fi vous voulez bien l'agréer, rendre, mardi prochain, mes devoirs à mon ancien maître et ami.

Je me réjouis d'avance du plaifir que j'aurai de vous renouveler de bouche les affurances fincères de la tendre amitié et de la haute eftime avec lefquelles je n'ai jamais ceffé d'être, Monfieur, votre; &c.

LOUIS-EUGENE, *duc de Virtemberg.*

LETTRE XLII.

DE MADAME LA MARGRAVE DE BADE-DOURLAC.

A Carlsruhe, le 14 janvier.

MONSIEUR,

1763.

Vous qui devez connaître le cas que je fais de votre souvenir, et le prix dont m'est chaque trait de votre plume, pourrez mieux comprendre que personne ma douleur d'avoir été privée jusqu'à cette heure, par une maladie, du plaisir de vous remercier de la lettre charmante qu'il vous a plu m'écrire. J'en fus transportée, et le marquis de *Bellegarde* ne pouvait se charger de rien qui me fît plus de plaisir. Je vous consacre donc ici, Monsieur, les premiers momens où je puis écrire, trop heureuse de pouvoir enfin vous témoigner une reconnaissance dont je suis vivement pénétrée. J'ai bien envié au marquis le bonheur de vous avoir vu à Babylone. Si je dépendais de moi, j'irais avec bien de la joie vous trouver dans cette capitale, vous y porter mes hommages; vous y vénérer, vous y admirer, ce qui me siérait beaucoup mieux que de vous faire ici mon aumônier, comme vous dites bien agréablement. Enfin, Monsieur, le désir de vous revoir m'occupe tout entièrement. Il n'est pas raisonnable d'exiger que vous quittiez un pays de délices et d'une philosophie si séduisante, pour vous jeter dans une solitude; mais comme les choses dont on se prive un temps acquièrent de

1763.

nouveaux charmes, vous devriez vous en arracher, venir vous ennuyer un peu avec nous, emporter nos cœurs et nos regrets , puis rentrer dans tous les agrémens que vous feul favez fi bien procurer à tous ceux qui vous entourent. Je me flatte, Monfieur, que votre fanté vous permettra un jour cette petite échappade , et que j'aurai la fatisfaction de vous renouveler de bouche ces fentimens de la plus haute eftime avec laquelle j'ai l'honneur d'être, Monfieur, votre , &c.

CAROLINE, *margrave de Bade-Dourlac.*

LETTRE XLIII.

DU DUC DE VIRTEMBERG.

A Renan , ce premier février.

JE préfère , Monfieur, les marques que vous voulez bien me donner de votre amitié aux faveurs des héros et des rois. Celles-ci font intéreffées et trompeufes , tandis que j'ofe regarder vos fentimens pour moi, comme une forte de récompenfe due au tendre attachement que je vous ai voué depuis fi longtemps. Ce n'eft pas d'aujourd'hui feulement que vous daignez m'aimer, et que je vous chéris et vous admire avec tout l'enthoufiafme que vous favez fi bien infpirer.

Je n'ai garde, Monfieur, de charger mes épaules de l'orgueil d'un manteau ; fon poids m'accablerait. D'ailleurs c'eft pour pouvoir être en vefte que je fuis venu habiter la Suiffe. Cependant, comme la véritable philofophie confifte principalement dans la jouiffance du bonheur, je me crois, lorfque je fuis à Ferney, plus philofophe que *Socrate* et que vous-même, car j'ofe penfer que vous ne fûtes jamais auffi heureux que je le fuis alors.

Encore fuis-je heureux quand je me trouve auprès de la tendre époufe qui a fu fixer mon cœur. Elle eft fimple, ingénue, pleine de douceur, de fens et de vertus. Nous nous aimons avec une ardeur égale; de jour elle eft mon amie, la nuit je fuis fon amant, et nous ne nous fouvenons du titre d'époux, que parce qu'il conftate notre bonheur, et que nous ché-riffons également tous les liens qui nous uniffent davantage. Vous voyez bien, Monfieur, que dans ce fens il m'eft facile d'être un peu philofophe.

Les regards de fes deux grands yeux noirs pleins de feu vous exprimeraient bien plus vivement que ma faible plume, la reconnaiffance qu'elle vous porte de l'intérêt que vous daignez prendre à notre fituation. Auffi efpère-t-elle, quand fa fanté le lui permettra de venir à Ferney, vous rendre cette efpèce d'hom-mage, qui certes ne vous déplaira pas. Voilà, mon cher maître, les nouvelles les plus fraîches de mon cœur, fur lequel vous vous êtes acquis tant de droits. Elles ne reffemblent pas à celles de la gazette, car elles font toutes bien vraies.

J'oubliais de vous dire que j'ai renoncé à toutes mes ftarofties. Je ne fuis plus aujourd'hui que ce que j'ai toujours été, votre ami et votre admirateur, et ces titres me font bien plus chers que tous ceux que la vanité accorde.

1763.

C'eſt du fond de Renan et de nos brouillards que j'oſe préſenter mes hommages aux heureux habitans de Ferney. Senſible à l'honneur de leur ſouvenir et de leurs bontés , je me hâterai de venir les joindre, et de groſſir votre cour le plutôt qu'il me ſera poſſible.

Que le papa daigne ſe charger de mes vœux pour ſon aimable fille (1). Je déſire que le nouvel état qu'elle va embraſſer la rende auſſi heureuſe que je le ſuis. C'eſt tout ce que je peux lui ſouhaiter de plus agréable et de plus doux. Je l'aime , puiſqu'elle paraît ajouter à votre gloire la réputation de bien-feſance que vos actions reſpirent autant que vos écrits immortels.

Recevez les aſſurances de l'amitié la plus ſincère et la plus invariable.

(1) Mademoiſelle *Corneille.*

LETTRE XLIV.

DE M. DE VOLTAIRE,

A S. A. S. MADAME LA MARGRAVE DE
BADE-DOURLAC.

Au château de Ferney par Genève, 4 février.

MADAME,

J'AIME mieux avoir l'honneur d'écrire à votre
1763. Alteffe féréniffime d'une main étrangère que de ne
vous point écrire du tout. Je deviens prefque aveugle
et il ne faut pas l'être, quand on veut faire fa
cour à Carlsruhe. J'apprends, avec bien de la douleur,
que votre Alteffe féréniffime a été malade tout comme
un autre ; la beauté et le mérite ne guériffent de rien ;
les médecins ne guériffent pas davantage ; il n'y a que
le régime qui rétabliffe la fanté.

Je ne fuis point en état, Madame , de venir me
mettre à vos pieds; que feriez-vous d'un vieil aveugle?
Mais fi quelqu'un de mes enfans peut trouver grâce
devant vos yeux, ils viendront demander votre protection.

Je marie dans quelques jours la nièce de *Pierre
Corneille* à un jeune gentilhomme de mon voifinage;
la confolation de la vieilleffe eft de rendre la jeuneffe
heureufe. S'il fefait plus beau, et fi j'étais moins
décrépit, je mènerais la noce danfer devant votre
château, comme fefaient les anciens troubadours,

nous y chanterions les plaifirs de la paix, dont ——
l'Allemagne avait befoin comme nous. 1763.

J'efpère, dans quelques femaines, envoyer à vos
pieds le fecond tome de la vie de *Pierre le grand*,
ne pouvant le porter moi-même. Votre Alteffe féréniffime y verra des chofes affez curieufes; mais ma
plume ne vaut pas vos crayons, et mes peintures ne
valent pas vos paftels.

La czarine régnante a grande envie d'imiter la
reine *Chriftine*, non pas en abdiquant, mais en
cultivant les arts et les fciences; on la dit fort belle et
fort aimable; voilà quatre impératrices tout de
fuite, cela tourne un peu la loi falique en ridicule.
Pour moi, Madame, depuis que j'ai eu l'honneur
de vous faire ma cour, j'ai toujours fouhaité que les
femmes gouvernaffent.

Agréez le profond refpect avec lequel je ferai toute
ma vie,

  Madame,
   de votre Alteffe féréniffime, &c.

LETTRE XLV.

DU DUC DE VIRTEMBERG.

A Renan, ce 14 de février.

1763. J'APPRENDS, Monsieur, que madame votre nièce est malade ; j'en suis très-inquiet. Daignez, de grâce, me faire savoir ce qui en est. Je suis très-fâché que vous ne m'en ayez rien dit, car vous n'ignorez pas la part que je prends à ce qui vous intéresse. Ce procédé n'est pas dans l'ordre, et vous ne pouvez le réparer qu'en me donnant des nouvelles plus consolantes de sa santé.

Je suis bien fâché que cet incident ait converti vos fêtes en des jours de tristesse ; mais l'habileté et les soins de M. *Tronchin* me rassurent et me tranquillisent.

Il faut bien que la vie de l'homme soit mêlée de plaisirs et de peines, puisqu'à Ferney même l'amertume y corrompt quelquefois la douceur.

Les nouvelles d'aujourd'hui confirment la grande nouvelle de la paix. Un courrier de M. de *Werelst* a apporté à la Haie la signature des préliminaires. Notre postérité aura de la peine à croire qu'on se soit, pendant sept ans, exterminé de part et d'autre en Allemagne, pour se reposer ensuite dans le même système qu'on avait abandonné.

En vérité, les hommes ont de singuliers conducteurs ; mais ceux qui rampent aujourd'hui sur la surface de la terre en méritent-ils d'autres ?

Croyez-moi

Croyez-moi, les humains que j'ai trop fu connaître,
Méritent peu, mon fils, qu'on veuille être leur maître.

Vous les connaiffiez dès-lors, Monfieur; et il femble que depuis ils font devenus encore plus petits et plus méprifables.

J'ai vu de près plufieurs de ceux que les fiècles à venir illuftreront fous la qualification de héros. Ils m'ont fait pitié, et je le dis non par rancune ou par amour propre, mais par le refpect que je porte à la vérité.

Je voudrais avoir trouvé dans les efpaces ce point qu'*Archimède* cherchait : je vous y placerais, mon cher maître, non pour foulever le monde, mais pour nous apprendre des vérités qui confondraient à jamais l'orgueil et l'impofture.

Ma petite femme me charge de vous faire bien des complimens de fa part; et quoique fort incommodée, elle me paraît plus inquiéte de vos inquiétudes que des maux qui l'affligent. Cette façon de penfer eft commune à tout ce qui m'appartient, et elle découle bien naturellement des fentimens de la tendre amitié que je vous ai vouée depuis fi long-temps.

LETTRE XLVI.

DU MEME.

Au château de Renan, ce 20 mars.

1763.

Ce n'eſt pas à ma philoſophie, Monſieur, qu'il faut attribuer l'ignorance dans laquelle j'ai laiſſé madame la ducheſſe de *Virtemberg* du lieu de mon habitation. Mais la fatalité des circonſtances, qui m'a fait éprouver tant de caprices et de bizarreries différentes, et à qui je dois peut-être la douceur de ma vie préſente, aurait auſſi interrompu l'honneur qu'elle me feſait de recevoir et de me donner de ſes nouvelles.

Je ſuis fâché qu'une occaſion, ſi triſte pour elle, la rappelle à ſes anciennes habitudes; mais je ſuis encore plus affligé d'ignorer abſolument ce qui la regarde.

Je déſire, du fond de mon cœur, que des jours plus heureux puiſſent la conſoler de tant de malheurs et de pertes qui l'ont frappée à la fois.

Je prends la liberté, Monſieur, de vous charger de l'incluſe. Adouciſſez, s'il ſe peut, les chagrins amers d'une femme charmante. Qui pourra eſſuyer ſes pleurs, ſi ce n'eſt vous? C'eſt au patriarche à répandre de nouveau le ſourire ſur la phyſionomie d'une Grâce affligée.

Vous êtes donc préſentement aux Délices. Mais les élus qui ont le bonheur de pouvoir être les plus aſſidus auprès de votre perſonne, ont l'avantage ſur vous d'y être ſans ceſſe.

M. *Tronchin* eſt digne ſans doute de toutes vos

préférences. Mais vous feriez encore mieux, Monfieur, —— de le voir que de le confulter.

Cependant, mon cher maître, je vous défie de devenir aveugle ; car quand même ces yeux brillans et fi pleins du génie qui vous infpire fe couvriraient, vous n'en feriez pas moins l'homme du monde qui voit le mieux.

Selon les calculs faits à Vienne, il eft prouvé que les dépenfes dans lefquelles cette guerre a entraîné fa Majefté l'impératrice montent à cinq cents millions de florins ; mais ce qui eft plus exorbitant et plus fâcheux encore, c'eft que cette même guerre coûte à fes Etats un demi million d'hommes.

Je l'ai déjà dit, et j'ofe le répéter encore, que la poftérité aura de la peine à croire que l'Europe fe foit expofée pour rien à tant de pertes irréparables.

Eft-ce là ce fiècle de lumière que vous embelliffez et que vous éclairez ? Hélas ! les temps et les hommes fe reffemblent et fe reffembleront toujours. La multitude aveugle fe courbera fans céffe fous le joug d'un petit nombre d'hommes puiffans ; et l'ambition des rois de la terre foulera toujours les lois facrées de l'humanité.

Daignez préfenter mes hommages à madame *Denis*, recevoir ceux de ma petite femme, et ne pas douter de la tendre amitié que vous m'avez infpirée depuis fi long-temps.

J'apprends tout à l'heure, Monfieur, que c'eft à vous que je dois le chocolat excellent que je prends depuis quelques jours. C'eft le préfent le plus convenable qu'on puiffe faire à un homme marié ; auffi ma petite femme vous en eft-elle très-obligée.

LETTRE XLVII.

DU MEME.

A Renan, ce 29 juin.

Quoique mon bonheur, Monſieur, ſoit femelle, il eſt devenu de tous les genres par le tendre intérêt que vous daignez y prendre.

Comme je n'ai pas cru devoir déſirer un fils plutôt qu'une fille, ma joie, à la naiſſance de cet enfant, a été auſſi grande qu'elle aurait pu l'être à celle d'un garçon.

Voilà de nouveaux devoirs qui me ſont impoſés. J'ai tâché juſqu'à préſent de remplir de mon mieux ceux d'un époux tendre, je ferai des efforts pour remplir de même les devoirs d'un bon père. Je ne me flatte pas d'avoir aſſez de forces et de lumières pour ſatisfaire à tant d'obligations diverſes, mais du moins je ferai tout mon poſſible.

La nature et mon cœur feront les ſources où je puiſerai. Je tâcherai de rendre la vertu aimable aux yeux de ce cher enfant, et je ſuis plus convaincu que perſonne que le meilleur moyen de la lui inſpirer eſt de lui en donner l'exemple, car la plupart des pères ſont la cauſe principale des déréglemens et des vices de leurs enfans.

Mon bonheur ſera durable parce que je ſais borner mes déſirs, parce que je n'ai rien à me reprocher, qu'il n'eſt pas fondé ſur le malheur d'autrui, et parce

1763.

que je fens que je jouis de cette fatisfaction intérieure
qui eft la plus grande de toutes les félicités ; enfin,
mon bonheur fera durable parce que je le partage
avec une femme que j'adore, et qui me donne tous
les jours de nouvelles preuves de la fimplicité et de
l'excellence de fon caractère. Ce bonheur m'eft cher,
Monfieur, parce qu'il eft inhérent à mes devoirs,
et parce que vous l'aimez ; vous l'aimez parce qu'il
eft fondé fur la vertu, et que depuis long-temps déjà
vous vous plaifez à vous intéreffer à moi.

Triffotin repréfenté par vous, les Femmes favantes
deviennent néceffairement une fort mauvaife pièce.
Eh, qui pourrait n'être pas enchanté de ce nouveau
Triffotin ! Je fuis perfuadé qu'au lieu du grec ces
dames vous auraient prié de leur parler votre
français.

La nature, fi prodigue envers vous, vous refufe
quelquefois la fanté. C'eft à M. *Tronchin* à vous
donner ce qu'elle femble vouloir vous dérober. Puiffe-
t-il l'emporter fur elle, et il fera mon héros ! Enfin,
puiffe-t-il vous arriver tout le bien que je vous fouhaite, et vous ferez le plus heureux des mortels.

Daignez préfenter mes hommages à madame votre
nièce, et accepter ceux de ma petite femme, qui eft
bien fenfible à toutes les chofes obligeantes que vous
avez bien voulu lui faire parvenir.

LETTRE XLVIII.

DE M. DE VOLTAIRE,

A S. A. S. MADAME LA MARGRAVE DE

BADE-DOURLAC.

Au château de Ferney, par Genève, 17 janvier.

MADAME,

1764. Votre Alteffe féréniffime a été touchée de l'horrible aventure des *Calas*. Ce procès d'une famille proteftante, qui redemande le fang innocent, va bientôt être jugé en dernier reffort; je mets à vos pieds cet ouvrage confacré aux vertus que vous pratiquez. Si votre Alteffe féréniffime daigne envoyer quelques fecours pour fubvenir aux frais qu'une famille indigente eft obligée de faire, cette générofité fera bien digne de votre Alteffe féréniffime, et tous ceux qui ont pris en main la caufe de ces infortunés vous regarderont dans l'Europe comme leur principale bienfaitrice. Souffrez que je fois ici leur organe, en vous renouvelant le profond refpect avec lequel je fuis,

  Madame,

    de votre Alteffe féréniffime, &c.

LETTRE XLIX.

DU DUC DE VIRTEMBERG.

A la Chablières, ce 4 février.

Je fais bien bon gré, Monsieur, à cette belle princesse de me rappeler dans l'honneur de votre souvenir. C'est 1764. une marque bien précieuse qu'elle me donne de son amitié, et je saisis cette occasion avec tout l'empressement possible pour vous en remercier tous deux.

Si le titre de philosophe est le partage de ceux qui sont véritablement heureux, je conviens, Monsieur, que j'y ai quelque droit. Je coule ma tranquille vie entre une épouse et un enfant que j'aime de tout mon cœur. Mes occupations domestiques font à la fois mes devoirs et mes plaisirs, et je borne tous mes désirs à les remplir avec tendresse et avec exactitude.

Ce sont ces mêmes devoirs qui me privent du bonheur d'aller vous voir à Ferney. Ma femme, qui me charge de vous présenter ses hommages, est déjà assez avancée dans sa nouvelle grossesse, et je n'ai garde de l'abandonner dans une situation que mon absence lui rendrait encore plus pénible ; et il me semble que ceci suffit pour vous prouver combien je l'aime.

J'ignore parfaitement quelles seront les fêtes de Stutgard et de Louisbourg ; mais ce que je fais, c'est que tous les jours, que dis-je ! tous les instans sont

Bb 4

1764.

——— des fêtes pour moi ; car il ne me faut qu'une careffe de ma femme et un fourire de mon enfant pour les rendre tels. Après cela, vous fentez bien, Monfieur, que je ne défire pas de changer de manière d'être. Mais, fi toutefois la fortune avait réfolu de me faire paffer dans une autre fituation, encore ne défefpère-rais-je pas de vivre heureux, et voici comme je ferais : Je vivrais avec beaucoup de fimplicité ; je m'environ-nerais, autant qu'il me ferait poffible, d'honnêtes gens ; je n'aurais pour but de ma conduite que le bonheur de ceux qui me feraient confiés, et je n'écouterais, pour le remplir, que la voix de ma confcience, et ce motif fi louable et fi confolant par lui-même : voilà mon fecret, et je fuis bien perfuadé que vous dai-gnerez l'approuver. Je ne vous en dirai pas davan-tage, car que pourrais-je vous dire après cela ; mais ce qui eft bien fûr, c'eft que l'avenir n'altérera jamais ma façon de penfer à votre égard, et que je me ferai toujours un plaifir de vous convaincre des fentimens d'attachement que je vous ai voués, et avec lefquels j'ai l'honneur d'être, Monfieur, votre, &c.

LOUIS-EUGENE, *duc de Virtemberg.*

LETTRE L.

DU LANDGRAVE DE HESSE-CASSEL.

Caffel, le 6 février.

MONSIEUR,

J'AI reçu, avec tout le plaifir imaginable, votre lettre avec le Traité fur la tolérance. Je l'ai lu, et on n'a pas de peine à y reconnaître fon auteur, toujours plein de feu, d'idées neuves, et d'un jugement admirable. Le fort de cette pauvre famille des *Calas* m'a touché jufqu'au fond de l'ame. Comment fe peut-il que dans un fiècle auffi éclairé que celui où nous vivons, il fe commette encore de pareilles chofes, qui feraient honte aux fiècles les plus reculés? J'ai eu foin de vous faire remettre, par un marchand de Genève, un petit fecours pour cette pauvre famille. Que je ferais charmé fi je pouvais efpérer de vous voir à ma cour! Je fuis au défefpoir que votre fanté vous en empêche. Il faudra donc malgré moi me borner à vous prier de me donner fouvent de vos nouvelles, auxquelles je m'intéreffe beaucoup.

Je lis et relis vos ouvrages toujours avec le même plaifir. J'ai vu repréfenter Olympie à Manheim, avec un plaifir infini; et, en dernier lieu, fur mon théâtre, les comédiens français nous ont donné Sémiramis, et ils fe font furpaffés.

Je fuis avec beaucoup d'amitié et d'eftime,

Monfieur,

votre très-humble et très-obéiffant ferviteur,

FRÉDÉRIC, *landgrave de Heffe.*

1764.

LETTRE LI.

DE M. DE VOLTAIRE,

AU LANDGRAVE DE HESSE-CASSEL.

24 février.

MONSEIGNEUR,

1764.

L'AVEUGLE remercie votre Alteffe féréniffime pour les roués et autres martyrs ; votre bonne œuvre pourra être récompenfée dans le ciel, mais elle n'y fera pas plus louée qu'elle l'eft fur la terre. On va juger inceffamment le procès que la pauvre famille *Calas* intente à leurs juges. Il eft vrai que cette abominable aventure femble être du temps de la Saint-Barthelemi, ou de celui des Albigeois. La raifon a beau élever fon trône parmi nous, le fanatifme dreffe encore fes échafauds ; et il faut bien du temps pour que la philofophie triomphe entièrement de ce monftre.

J'ai encore à remercier votre Alteffe féréniffime d'avoir donné la préférence aux acteurs français fur les châtrés italiens. Je n'ai jamais pu m'accoutumer à voir les rôles de *Céfar* et d'*Alexandre* fredonnés en fauffet par un chapon. Vous avez bien raifon de faire plus de cas de votre cœur et de votre efprit que de vos oreilles. Que n'ai-je de la fanté et de la jeuneffe ! j'irais à Caffel, et n'irais pas plus loin.

Agréez le profond refpect, &c.

LETTRE LII.

DU LANDGRAVE DE HESSE-CASSEL.

Caffel, le 13 mars.

MONSIEUR,

C'EST toujours avec un fensible plaifir que je reçois vos lettres. Il y règne un feu auquel l'on peut **1764.** aifément découvrir le *Neftor* et le père de la littérature. Que je ferais charmé fi votre fanté vous permettait, dans la belle faifon, de venir ici, et de renouveler notre ancienne amitié !

Vous avez bien raifon de n'avoir jamais pu vous faire à voir repréfenter à un chapon les rôles des empereurs romains. Ces cris perçans, et ces cadences à la fin des airs, m'ont toujours révolté ; et j'avoue que, quoique j'en aye un qui foit affez bon, je préférerai toujours la tragédie et la comédie françaife. Vous pourriez, Monfieur, donner à mon fpectacle un nouveau luftre, et qui le mettrait en réputation : ce ferait de m'envoyer une tragédie qui n'aurait point encore paru. Fouillez feulement dans votre porte-feuille, et alors vous pourrez aifément me faire ce plaifir.

Je fuis avec les fentimens d'amitié la plus fincère,
Monfieur,

votre très-humble, &c.

FRÉDÉRIC, *landgrave de Heffe.*

LETTRE LIII.

DE M. DE VOLTAIRE,

A S. A. S. MADAME LA MARGRAVE DE
BADE-DOURLAC.

À Ferney, 20 mars.

MADAME,

1764.

LA bonté que votre Alteſſe ſéréniſſime a bien voulu témoigner dans l'aventure affreuſe des *Calas*, eſt une grande conſolation pour cette famille déſolée; et le ſecours que vous daignez lui donner pour ſoutenir un procès, qui eſt la cauſe du genre-humain, eſt l'augure d'un heureux ſuccès. Quand on ſaura que les perſonnes les plus reſpectables de l'Europe s'intéreſſent à ces innocens perſécutés, les juges en ſeront certainement plus attentifs. Il s'agit de réhabiliter la mémoire d'un homme vertueux, de dédommager ſa veuve et ſes enfans, et de venger la religion et l'humanité en caſſant un arrêt inique. Il eſt difficile d'y parvenir ; ceux qui, dans notre France, ont acheté à prix d'argent le droit de juger les hommes, compoſent un corps ſi conſidérable qu'à peine le conſeil du roi oſe caſſer leurs arrêts injuſtes. Il a fallu peu de temps pour faire mourir *Calas* ſur la roue, et il faut pluſieurs années et des dépenſes incroyables

pour faire obtenir à la famille un faible dédommagement, que peut-être encore on ne lui donnera pas.
Heureux, Madame, ceux qui vivent fous votre domination! Il eſt bien triſte pour moi que mon âge et
mes maux me privent de l'honneur de venir vous
renouveler le profond reſpect avec lequel je ferai
toute ma vie.

   Madame,
     de votre Alteſſe féréniſſime, &c.

1764.

L E T T R E   L I V.

D U   M E M E.

A S. A. S. MADAME LA MARGRAVE DE
BADE-DOURLAC.

A Ferney, 28 mars.

MADAME,

VOTRE Alteſſe féréniſſime ſe doute bien que je
porte une furieuſe envie à celui qui aura l'honneur
de vous rendre cette lettre. Il jouira de l'avantage de
voir une cour dans laquelle tout le monde voudrait
vivre, et d'être admis auprès d'une princeſſe dont
on voudrait être né ſujet. C'eſt, Madame, un citoyen
de Genève, d'une des meilleures familles de cette
république ; il ſe nomme *Mallet* ; il a été long-temps
à la cour de Danemarck, où il eſt fort eſtimé ;

j'ofe dire qu'il eft digne d'être préfenté à votre Alteffe féréniffime : perfonne n'eft plus fenfible que lui au mérite fupérieur ; enfin, Madame, quoiqu'il ne foit qu'un voyageur, il deviendra votre fujet dès qu'il aura eu le bonheur de vous voir et de vous entendre ; c'eft le fort de tous ceux qui ont paffé à Carlsruhe : cette noble retraite eft devenue, grâce à votre Alteffe féréniffime, l'afile de la vertu et du bonheur. Que refte-t-il à tous ces rois, qui ont ébranlé l'Europe par leurs guerres, que de revenir chacun dans leur Carlsruhe ? Vous êtes, Madame, plus fage qu'eux tous, car vous êtes demeurée en paix chez vous, et ils font forcés enfin de vous imiter.

  Je fuis avec un profond refpect,

    Madame,

      de vos Alteffes féréniffimes, &c.

LETTRE LV.

DE M. DE VOLTAIRE,

AU LANDGRAVE DE HESSE-CASSEL.

7 avril.

MONSEIGNEUR,

Si je suivais les mouvemens de mon cœur, j'importunerais plus souvent de mes lettres votre Altesse sérénissime ; mais que peut un pauvre solitaire, malade, vieux et mourant, inutile au monde et à lui-même ? Votre Altesse sérénissime me parle de tragédies ; donnez-moi de la jeunesse et de la santé, et je vous promets alors deux tragédies par an ; je viendrai moi-même les jouer à Cassel, car j'étais autrefois un assez bon acteur. Rajeunissez aussi mademoiselle *Gaussin* qui n'a rien à faire, et qui sera fort aise de recevoir de vous cette petite faveur. Nous nous mettrons tous les deux à la tête de votre troupe, et nous tâcherons de vous amuser ; mais j'ai bien peur d'aller bientôt faire des tragédies dans l'autre monde ; pour peu que *Belzébuth* aime le théâtre, je serai son homme. Les dévots disent en effet que le théâtre est une œuvre du démon : si cela est, le démon est fort aimable, car de tous les plaisirs de l'ame, je tiens que le premier est une tragédie bien jouée.

J'envie le sort d'un génevois qui va faire sa cour à votre Altesse sérénissime. Il est bien heureux, mais il

1764.

—— eſt digne de l'être; c'eſt un homme plein d'eſprit et
1764. de ſageſſe. La liberté génevoiſe eſt une belle choſe,
mais l'honneur de vous approcher vaut encore
mieux.

Je ſonge, Monſeigneur, que pour perfectionner
votre troupe, vous pourriez prendre, au lieu des
chapons d'Italie que vous n'aimez point, quelques-
uns de nos jéſuites réformés; ils paſſaient pour être
les meilleurs comédiens du monde; je crois qu'on
les aurait actuellement à fort bon marché.

Pardonnez à un vieillard preſque aveugle de ne
vous pas écrire de ſa main.

Je ſuis, &c.

LETTRE LVI.

DU PRINCE LOUIS DE VIRTEMBERG.

Le . . . . ̃ ̃

JE ferais trop heureux, Monſieur, de mériter l'éloge
que vous me donnez dans votre lettre. La bonne
opinion que vous avez de moi me pénètre et m'encourage à m'en rendre digne. Il eſt plus ſingulier que
difficile de ſuivre le bien, et c'eſt cette ſingularité qui
écarte le grand nombre d'un chemin ſi peu battu.
L'approbation d'un homme comme vous ſert d'aiguillon à un cœur fait pour connaître la vertu, et de
guide pour l'y conduire.

Je ferais trop heureux ſi je pouvais encore avoir le

bonheur

bonheur de vous voir ici. Je ne partirai qu'après
l'arrivée du roi à Berlin, et je ne doute nullement
que j'aurai la satisfaction de vous affurer de bouche
que l'on ne faurait être avec des fentimens plus dif-
tingués que les miens, votre, &c.

LOUIS.

1764.

LETTRE LVII.

DU LANDGRAVE DE HESSE-CASSEL.

Wabern, le 7 juin.

MONSIEUR,

J'AI reçu votre lettre avec tout le plaifir imaginable.
Je fuis bien fâché que votre fanté ne vous permette
pas de venir me voir ici. Je ferais au comble de la
joie, fi, quand elle ferait rétablie, vous veniez me
furprendre agréablement, avec mademoifelle *Gauffin*
que j'aime toujours beaucoup, pour jouer la comédie.
Je vous prie, Monfieur, de mettre ce projet en exécution, et rien alors ne faurait paffer mon contentement. Je vous écris d'un endroit où je me fouviens
toujours avec plaifir d'avoir paffé des momens bien
agréables par les charmes de votre converfation. Nous
y avons grande compagnie, et j'y ai fait conftruire,
dans l'orangerie, un petit théâtre où l'on joue trois
fois la femaine la comédie. Tantôt c'eft comédie
françaife; tantôt c'eft comédie italienne. J'ai un arlequin excellent, qui eft fort naturel, qui n'a aucun

—— lazzi forcé, et qui ne charge pas trop fon rôle. Nous
1764. eumes dernièrement l'Avare de *Molière*. J'eus la
curiofité de lire le lendemain l'original, duquel le
comique français l'a copié prefque mot pour mot;
et je trouvais que l'Aululaire de *Plaute* était le
tableau original. *Molière* a fubftitué une caffette au
lieu d'un pot; dans *Plaute*, l'on entend les cris d'une
femme en travail d'enfant, derrière le théâtre;
ce qui n'aurait pas été trop bien reçu fur le théâtre
français. Dans *Molière*, c'eft un enlèvement qui
fe termine par un mariage; l'on rend la caffette
dans celui-ci; et dans *Plaute*, l'avare donne le tréfor,
encore avec la fille. Les cris d'*Harpagon* et d'*Euclion*
font les mêmes, après qu'ils s'aperçoivent que leur
caffette a été volée. Enfin, le dénouement de *Molière*
eft des plus forcés; il fait venir un homme de bien
loin pour faire tous ces mariages, et pour faire faire
un habit neuf à *Harpagon*, au lieu que le dénouement
de *Plaute* s'amène beaucoup plus naturellement.
L'avare y meurt, et garde fa paffion jufqu'au
tombeau.

J'ai vu M. le profeffeur *Mallet* de Genève; j'en ai
été fort content. Il me paraît être un homme d'efprit;
je l'ai engagé à écrire l'hiftoire de la Heffe; il va
commencer inceffamment la première partie, qui ira
jufqu'à *Philippe le magnanime ;* et la feconde, qui fera
la plus intéreffante et la plus difficile, ira jufquà nos
jours. Je lui ferai donner, de mes archives, toutes les
pièces juftificatives dont il pourrait avoir befoin. Il
défire d'écrire feulement un abrégé de cette hiftoire,
voulant écrire pour tout le monde, et non fimplement pour les favans.

Je vous prie de me donner fouvent de vos nouvelles, auxquelles je m'intéreffe beaucoup.

Je fuis avec bien de la confidération,

Monfieur,

votre très-humble, &c.

FRÉDÉRIC, *landgrave de Heffe.*

LETTRE LVIII.

DE MADAME LA MARGRAVE DE BADE-DOURLAC.

A Carlsruhe, le 26 juin.

MONSIEUR,

LE peu de momens que je vis M. *Mallet*, joint au titre d'être de vos amis, me fit bien défirer de le voir repaffer chez nous, et prendre ma réponfe. Je m'en flattais même fi bien, que je la remis à ce moment; mais le fachant maintenant de retour à Genève, je ne perds plus un inftant à vous remercier de la lettre du monde la plus flatteufe et la plus obligeante qu'il vous a plu m'écrire. Vous connaiffez trop, Monfieur, mon eftime et mon admiration pour vous, pour ne point être perfuadé que tous mes vœux ne tendent qu'à vous revoir, vous entendre, vous admirer, et vous prouver ma parfaite confidération. Vous ne m'en dites plus rien, Monfieur ; voulez-vous que j'en perde toute efpérance ? j'en ferais vivement touchée. Quelle fatisfaction au moins pour moi de vous voir me con-ferver votre fouvenir ! c'eft un dédommagement auquel j'ai quelque droit de prétendre, par tout le cas

1764.

que j'en fais. M. *Mallet* m'a remis, Monfieur, vos deux derniers ouvrages; il ne pouvait me donner rien de plus agréable. Vos Contes de *Guillaume Vadé*, font bien preuve du feu et de la vivacité intariffable de votre génie. Enfin, il n'y a qu'un *Voltaire*; j'en fuis fi perfuadée, que rien n'égalera jamais les fentimens de l'eftime la plus diftinguée avec laquelle j'ai l'honneur d'être, Monfieur, votre, &c.

CAROLINE, *margrave de Bade-Dourlac*.

LETTRE LIX.

DU PRINCE HEREDITAIRE DE BRUNSVICK.

Genève, le 16 juillet.

MONSIEUR,

IL m'eft bien dur de devoir vous prier de remettre à demain le dîner que vous avez bien voulu m'offrir pour aujourd'hui. C'eft monfieur l'ambaffadeur de France qui en eft la caufe et qui m'a arrêté pour ce midi, avant que j'euffe eu le plaifir de recevoir votre réponfe. Ce ne font pas les images des honneurs que l'on cherche quand on vient vous voir, leur réalité réfide dans l'opinion que des hommes tels que vous portent de nous; et c'eft à ceux-là que j'afpirerais, fi j'avais la vanité de croire que je puis y prétendre. Vous voir, vous admirer, et vous offrir des hommages fincères, voilà les motifs qui m'appellent à

Ferney. Recevez d'avance les affurances de la confi- dération la plus diftinguée avec laquelle j'ai l'honneur d'être,

Monfieur,

votre , &c.
Le prince héréditaire de Brunfvick.

LETTRE LX.

DU DUC DE VIRTEMBERG.

A la Chablières, ce 28 feptembre.

IL eft bien naturel, Monfieur, que je feconde le jufte empreffement que M. le comte de *Sinzendorf* m'a témoigné avoir de rendre fes hommages à cet homme illuftre qui a enchanté l'Europe par fes écrits immortels, et qui remplit l'univers du bruit de fon nom.

Ce comte de *Sinzendorf*, frère de celui qui eft à la tête des finances de fa Majefté l'impératrice, eft un jeune homme plein d'efprit et de connaiffances, et je ne doute pas que vous n'en foyez très-content. Il voyage en philofophe, et je puis dire avec vérité qu'il a beaucoup vu et très-bien vu.

Il vous a réfervé pour la bonne bouche, Monfieur, et certes il ne pouvait pas mieux couronner la fin de fes voyages. Veuillez donc l'admettre au bonheur de vous voir, et daignez croire que je vous ferai infini- ment obligé de tous les momens délicieux que vous lui ferez paffer.

Je faisis cette occasion pour vous renouveler les assurances sincères de l'attachement inviolable avec lequel j'ai l'honneur d'être,

Monsieur,

votre, &c.

LOUIS-EUGENE, *duc de Virtemberg.*

LETTRE LXI.

DE M. DE VOLTAIRE,

AU LANDGRAVE DE HESSE-CASSEL.

A Ferney, le 21 juin.

MONSEIGNEUR,

LES maladies qui persécutent ma vieillesse sans relâche, m'ont privé long-temps de l'honneur de renouveler mes hommages à votre Altesse sérénissime. Souffrez que l'amour de la justice et la compassion pour les malheureux, m'inspirent un peu de hardiesse. Ce sont vos propres sentimens qui encouragent les miens. J'ai pensé qu'un esprit aussi philosophique que le vôtre et un cœur aussi généreux protégeraient une cause qui est celle du genre-humain.

Permettez, Monseigneur, que votre nom soit publié au premier rang de ceux qui auront daigné aider les défenseurs de l'innocence, à la secourir contre l'oppression. Les bienfaiteurs de l'humanité doivent être connus. Leur nom fera cher à tous les esprits tolérans et à toutes les ames fensibles.

Je fuis perfuadé que votre Alteffe féréniffime fera touchée après avoir lu feulement la page qui expofe le malheur des *Sirven*. Plufieurs perfonnes fe font réunies dans le deffein de pourfuivre cette affaire comme celle des *Calas*. Nous ne demandons qu'un léger fecours. Nous favons que vos fujets ont le premier droit à vos générofités. La moindre marque de vos bontés fera précieufe. Que ne puis-je les venir implorer moi-même, et être témoin du bonheur qu'on goûte dans vos Etats. Je fuis réduit à ne vous préfenter que de loin le profond refpect et le dévouement inviolable avec lequel je ferai jufqu'au dernier moment de ma vie, &c.

LETTRE LXII.

DE M. DE VOLTAIRE,

AU MEME.

25 augufte.

MONSEIGNEUR,

M. de *Vincy* m'avertit que votre Alteffe féréniffime ajoute à fes œuvres de charité, celle de venir guérir demain un malade vers les deux heures. Vous avez cru fans doute que le plaifir rendait la vie; vous ne vous êtes pas trompé.

LETTRE LXIII.

DE M. DE VOLTAIRE,

AU MEME.

A Ferney, le 25 augufte.

MONSEIGNEUR,

1766.

Pourquoi mon âge et mes maux me réduifent-ils à ne remercier votre Alteffe féréniffime qu'en lui écrivant! Pourquoi fuis-je privé de la confolation de vous faire ma cour! J'ai été pénétré, au fond du cœur, de voir en vous un prince philofophe. La juftefle de votre efprit et la vérité de vos fentimens m'ont charmé. Votre façon de penfer femble réparer les actions tyranniques que la fuperftition a fait commettre à tant de princes. Vous êtes éclairé et bienfefant. Que de princes ne font ni l'un ni l'autre! Mais en récompenfe ils ont un confeffeur, et ils gagnent le paradis en mangeant le vendredi pour deux cents écus de marée.

Votre Alteffe féréniffime m'a attaché à elle, je ne fouhaite de la fanté que pour m'aller mettre à fes pieds. Je ne vais jamais à la ville de *Calvin :* mais je veux aller à la capitale d'un prince qui connaît *Calvin*, et qui le méprife. Puiffe la nature m'en donner la force, comme elle m'en donne le défir!

Votre Alteffe féréniffime m'a paru avoir envie de voir les livres nouveaux qui peuvent être dignes d'elle. Il en paraît un, intitulé le Recueil néceffaire.

Il y a furtout dans ce Recueil un ouvrage de milord
Bolingbrocke, qui m'a paru ce qu'on a jamais écrit de
plus fort contre la fuperftition. Je crois qu'on le
trouve à Francfort ; mais j'en ai un exemplaire
broché que je lui enverrai fi elle le fouhaite, foit par
la pofte, foit par les chariots. Cette dernière voie eft
fort longue, l'autre eft un peu coûteufe. J'attendrai
fes ordres.

Je fuis, &c.

1766.

LETTRE LXIV.

DU LANDGRAVE DE HESSE-CASSEL.

Weiffenftein, le 9 de feptembre.

MONSIEUR,

J'AI reçu votre lettre avec bien du plaifir. J'ai
quitté Ferney avec bien du chagrin, et j'aurais volontiers voulu profiter plus long-temps de la douce fatisfaction de m'entretenir avec un ami dont je fais tout
le cas poffible, et qu'il mérite. Je fuis charmé que
vous foyez content de ma façon de penfer. Je tâche,
autant qu'il m'eft poffible, de me défaire des préjugés ;
et fi en cela je penfe différemment du vulgaire, c'eft
aux entretiens que j'ai eus avec vous, et à vos
ouvrages, que j'en ai l'unique obligation. Que je ferais
au comble de la fatisfaction fi je pouvais me flatter
de vous voir ici ! J'aurais foin que vous y trouviez
toutes les aifances poffibles, et moi et toute ma cour

ferions charmés d'aller au-devant de tout ce qui
pourrait vous être agréable. Ne me refufez donc
point, Monfieur, fi cela eft poffible, ce plaifir.

Je n'aime point *Calvin*, il était intolérant, et le
pauvre *Servet* en a été la victime; auffi n'en parle-
t-on plus à Genève, comme s'il n'avait jamais exifté.
Pour *Luther*, quoiqu'il ne fût pas doué d'un grand
efprit (comme on le voit dans fes écrits), il n'était
point perfécuteur, et il n'aimait que le vin et les
femmes.

Notre foire a été des plus brillantes, et vos deux
tragédies de Brutus et d'Olympie, que j'ai fait repréfenter avec toute la pompe néceffaire, lui ont donné
le plus grand luftre.

Continuez-moi toujours votre amitié, et foyez
bien perfuadé des fentimens d'eftime, d'amitié et de
confidération que j'ai pour vous, et qui ne finiront
qu'avec la vie.

FRÉDÉRIC.

1766.

LETTRE LXV.

DU LANDGRAVE DE HESSE-CASSEL.

Au château de Weiffenstein, près Caffel, le premier de novembre.

MONSIEUR,

MADAME *Galatin* vous a dit vrai ; j'aime mieux avoir quelques vers fortis de votre plume que de **1766.** toute autre. L'efprit, et le véritable efprit y brille partout. L'épître à *Uranie* eft un ouvrage admirable, et tous ceux à qui le fanatifme et la fuperftition n'ont pas fermé les yeux penfent comme moi. La Mule du pape eft charmante ; on y découvre aifément fon auteur. Perfonne n'eft en état de dire de fi jolies chofes, et de leur donner une tournure fi agréable.

Les prédicans calviniftes font un peu (à ce qu'il m'a paru pendant le peu de féjour que j'ai fait à Genève) brouillés avec eux-mêmes, fur des points capitaux de la religion.

J'ai fait depuis quelque temps des réflexions fur *Moïfe*, et fur quelques hiftoires du nouveau Teftament, qui m'ont paru être juftes. Eft-ce que *Moïfe* ne ferait pas un bâtard de la fille de *Pharaon*, que cette princeffe aurait fait élever ? Il n'eft pas à croire qu'une fille de roi ait eu tant de foin d'un enfant ifraélite, dont la nation était en horreur aux Egyptiens. Le ferpent d'airain ne reffemble pas mal au dieu *Efculape*, les chérubins aux fphinx, les bœufs, qui étaient fous la mer d'airain où les Ifraélites fefaient les ablutions, au dieu *Apis*. Enfin, il paraît que *Moïfe* avait donné à ce peuple beaucoup de cérémonies religieufes qu'il avait prifes de la religion des Egyptiens. Pour ce qui eft du nouveau Teftament, il y a des hiftoires dans lefquelles je fouhaiterais d'être mieux inftruit. Le maffacre des innocens me paraît incompréhenfible. Comment le roi *Hérode* aurait-il pu faire égorger tous ces petits enfans, lui qui n'avait pas le droit de vie et de mort, comme nous le voyons dans l'hiftoire de la Paffion, et que ce fut *Ponce-Pilate*, gouverneur des Romains, qui condamna *Jéfus-Chrift* à la mort? Pourquoi eft-ce que *Jofephe* n'en parle pas, ni aucun écrivain romain? La prière au jardin des Olives me paraît auffi un miracle de ce qu'elle eft parvenue jufqu'à nous; car les apôtres ont dormi, le Seigneur les a éveillés jufqu'à trois fois; à la troifième fois *Judas*, avec fa cohorte, vint pour l'enlever; ainfi il n'a pas pu leur faire part de cette prière. L'afcenfion me paraît une hiftoire qui n'eft pas bien claire. L'évangélifte St *Matthieu*, qui eft le plus précis des quatre dans fa narration, n'en dit pas un mot. St *Marc* le fait monter au ciel, d'une chambre où les onze apôtres étaient à table; St *Luc*, du chemin de Béthanie; St *Jean* n'en parle pas; et le premier chapitre des Actes des apôtres le fait monter au ciel, d'une haute montagne où une nue defcendit pour l'enlever. Que je ferais charmé fi je pouvais m'entretenir ici avec vous fur toutes ces chofes, comme vous me le faites efpérer! Soyez toujours perfuadé que je ne négligerai aucune occafion où je pourrai vous réitérer de bouche les affurances de l'amitié fincère et de la parfaite confidération avec lefquelles je fuis votre, &c.

FRÉDÉRIC.

LETTRE LXVI.

DE M. DE VOLTAIRE,

AU LANDGRAVE DE HESSE.

A Ferney, le 13 janvier.

MONSEIGNEUR,

COMME je fais que vous aimez paffionnément les hypocrites, je prends la liberté de vous envoyer pour vos étrennes un petit éloge de l'Hypocrifie (1), adreffé à un digne prédicant de Genève. Si cela peut amufer votre Alteffe féréniffime, l'auteur, quel qu'il foit, fera trop heureux.

Votre Alteffe féréniffime eft informée fans doute de la guerre que les troupes invincibles de fa Majefté très-chrétienne font à l'augufte république de Genève. Le quartier général eft à ma porte. Il y a déjà eu beaucoup de beurre et de fromage d'enlevé, beaucoup d'œufs caffés, beaucoup de vin bu, et point de fang répandu. La communication étant interdite entre les deux empires, je me trouve bloqué dans ce petit château que votre Alteffe féréniffime a honoré de fa préfence. Cette guerre reffemble affez à la *Secchia rapita*, et fi j'étais plus jeune je la chanterais affurément en vers burlefques. Les prédicans, les catins, et furtout le vénérable *Covelle*, y joueraient un beau rôle. Il eft vrai que les Génevois ne fe connaif-fent pas en vers, mais cela pourrait réjouir les princes

1767.

(1) Volume des Contes et Satires.

1767.

aimables qui s'y connaiffent. La feule chofe que j'ambitionne à préfent, Monfeigneur, ce ferait de venir au printemps vous renouveler mes fincères hommages.

J'ai l'honneur d'être, &c.

LETTRE LXVII.

DU LANDGRAVE DE HESSE-CASSEL.

Wabern, le 30 juin.

MONSIEUR,

1770.

L'INTÉRET que vous voulez bien prendre à ma convalefcence me pénètre de la plus vive reconnaif-fance. Je n'en attendais pas moins de l'amitié que vous m'avez témoignée depuis long-temps. Que je ferais charmé fi je pouvais efpérer de vous voir chez moi avec madame *Galatin!* mais c'eft un contente-ment auquel je ne faurais prétendre. Il ne me refte donc que l'efpérance de vous aller voir à Ferney, de jouir de votre converfation, de vous admirer, et de vous affurer que perfonne ne faurait être plus de vos amis que celui qui fera toute fa vie,

Monfieur,

Votre très-humble et très-obéiffant ferviteur,

FRÉDÉRIC, *landgrave de Heffe.*

LETTRE LXVIII.

DE MADAME LA DUCHESSE DE BRUNSVICK.

Berlin, le 15 feptembre.

JE ne pofsède point, Monfieur, l'heureux talent de
faire des vers; faute de cet avantage, j'efpère que
vous voudrez recevoir mes remercîmens en profe,
pour votre billet obligeant. Je regrette de ne pouvoir
profiter de votre converfation. L'efprit, le favoir,
l'enjouement et la gaieté, font des dons qui vous font
fi naturels qu'ils ne peuvent que contribuer aux
charmes de la fociété. Cependant, Monfieur, fi avec
toutes ces richeffes d'efprit il y avait encore un fouhait à faire, ce ferait que votre corps cacochyme,
comme vous l'appelez, fût plus en état de fe produire;
et que, jouiffant de votre entretien, j'euffe en même
temps la fatisfaction de vous témoigner combien
j'eftime vos ouvrages, et avec quelle diftinction je les
admire.

1770.

CHARLOTTE.

LETTRE LXIX.

DU PRINCE ROYAL DE PRUSSE,

FEDERIC-GUILLAUME.

A Potſdam, le 12 de novembre.

—————

1770.

JE vous admire, Monſieur, depuis que je vous lis; mais je ne ſongeais pas à vous le dire : vous êtes trop accoutumé à ce ſentiment de la part de vos lecteurs. Je ne puis néanmoins réſiſter à l'envie que j'ai de vous remercier de votre dernière brochure : j'ai vu, avec un extrême plaiſir, que la même plume qui travaille depuis ſi long-temps à frapper la ſuperſtition, et à ramener la tolérance, s'occupe auſſi à renverſer le funeſte principe du Syſtême de la nature.

Perſonne n'eſt plus capable que vous, Monſieur, de réfuter ce malheureux livre avec ſuccès, de démêler le faux et le monſtrueux, d'avec les excellentes choſes qu'il renferme ; et de montrer combien l'idée d'un Dieu intelligent et bon, eſt néceſſaire au bien général de la ſociété, et au bonheur particulier de l'homme. Vous l'avez déjà dit dans pluſieurs de vos écrits, mais vous ne le direz jamais trop.

Puiſque je me ſuis permis le plaiſir de m'entretenir avec vous, ſouffrez, Monſieur, que je vous demande, pour ma ſeule inſtruction, ſi en avançant en âge vous ne trouvez rien à changer à vos idées ſur la nature de l'ame. Vos derniers ouvrages ont encore tout le feu, la force et la beauté de la Henriade. Votre corps

a-t-il

a-t-il donc confervé auffi la vigueur qu'il avait lors —— du poëme de la Ligue? Je n'aime pas à me perdre 1770. dans des raifonnemens de métaphyfique ; mais je voudrais ne pas mourir tout entier, et qu'un génie tel que le vôtre ne fût pas anéanti.

Je regrette fouvent, Monfieur, en vous lifant, de n'avoir pas été en âge de profiter des charmes de votre converfation, dans le temps que vous étiez ici. Je n'ignore pas combien le feu prince de Pruffe, mon père, vous eftimait ; je vous prie de croire que j'ai hérité de fes fentimens. J'embrafferai avec plaifir les occafions de vous en donner des preuves et de vous convaincre combien fincèrement je fuis,

Monfieur,

votre très-affectionné ami,

FÉDÉRIC-GUILLAUME, *prince de Pruffe.*

LETTRE LXX.

DE M. DE VOLTAIRE,

AU PRINCE ROYAL DE PRUSSE.

A Ferney, 28 novembre.

MONSEIGNEUR,

LA famille royale de Pruffe a grande raifon de ne pas vouloir que fon ame foit anéantie. Elle a plus de droit que perfonne à l'immortalité.

Il eft vrai qu'on ne fait pas trop bien ce que c'eft qu'une ame; on n'en a jamais vu. Tout ce que nous

Correfp. du roi de P... &c. Tome III. D d

—— favons , c'eſt que le maître éternel de la nature nous
1770. a donné la faculté de penſer et de connaître la vertu.
Il n'eſt pas démontré que cette faculté vive après
notre mort ; mais le contraire n'eſt pas démontré
davantage. Il ſe peut, ſans doute , que DIEU ait
accordé la penſée à une monade qu'il fera penſer après
nous ; rien n'eſt contradictoire dans cette idée.

Au milieu de tous les doutes qu'on tourne depuis
quatre mille ans en quatre mille manières, le plus
ſûr eſt de ne jamais rien faire contre ſa conſcience.
Avec ce fecret, on jouit de la vie, et on ne craint
rien à la mort.

Il n'y a que des charlatans qui ſoient certains.
Nous ne ſavons rien des premiers principes. Il eſt bien
extravagant de définir DIEU, les anges, les eſprits,
et de ſavoir préciſément pourquoi DIEU a formé le
monde, quand on ne ſait pas pourquoi on remue ſon
bras à ſa volonté.

Le doute n'eſt pas un état bien agréable, mais
l'aſſurance eſt un état ridicule.

Ce qui révolte le plus dans le Syſtême de la nature
(après la façon de faire des anguilles avec de la farine),
c'eſt l'audace avec laquelle il décide qu'il n'y a point
de Dieu, ſans avoir ſeulement tenté d'en prouver
l'impoſſibilité. Il y a quelque éloquence dans ce livre ;
mais beaucoup plus de déclamation, et nulle preuve.
L'ouvrage eſt pernicieux pour les princes et pour les
peuples :

Si Dieu n'exiſtait pas , il faudrait l'inventer.

Mais toute la nature nous crie qu'il exiſte ; qu'il y a
une intelligence ſuprême, un pouvoir immenſe, un

ordre admirable, et tout nous inftruit de notre ⸺
dépendance. 1770.

Dans notre ignorance profonde, fefons de notre mieux ; voilà ce que je penfe, et ce que j'ai toujours penfé parmi toutes les misères et toutes les fottifes attachées à foixante et dix-fept ans de vie.

Votre Alteffe royale a devant elle la plus belle carrière. Je lui fouhaite, et j'ofe lui prédire un bonheur digne d'elle et de fes fentimens. Je vous ai vu enfant, Monfeigneur ; je vins dans votre chambre quand vous aviez la petite vérole : je tremblais pour votre vie. Monfeigneur votre père m'honorait de fes bontés ; vous daignez me combler de la même grâce, c'eft l'honneur de ma vieilleffe, et la confolation des maux fous lefquels elle eft prête à fuccomber.

Je fuis avec un profond refpect,

      Monfeigneur,

           de votre Alteffe royale, &c.

LETTRE LXXI.

DE M. DE VOLTAIRE,

AU PRINCE ROYAL DE PRUSSE.

A Ferney, 11 janvier.

MONSEIGNEUR,

—————— J'AI été tout prêt d'aller favoir des nouvelles pofi-
1771. tives de cet autre monde qui a fi fouvent troublé
celui-ci, quand on n'avait rien de mieux à faire.
Mon âge et mes maladies me jettent fouvent fur les
frontières de ce vafte pays inconnu, où tout le monde
va, et dont perfonne ne revient. C'eft ce qui m'a
privé pendant quelques jours de l'honneur et du
plaifir de répondre à votre dernière lettre (1). Il eft
beau à un jeune prince tel que vous de s'occuper de
ces penfées philofophiques qui n'entrent pas dans la
tête de la plupart des hommes ; mais auffi il faut que
ceux qui font nés pour les gouverner en fachent plus
qu'eux. Il eft jufte que le berger foit plus inftruit que
le troupeau.

Je prends la liberté de vous envoyer tout ce que
je fais fur ces importantes queftions dont votre
Alteffe royale m'a fait l'honneur de me parler. Vous
verrez que ma fcience eft bien bornée ; et vous vous
en direz cent fois plus que je n'en dis dans ce petit
extrait. Il eft tiré d'un petit livre intitulé, Queftions

(1) On n'a point trouvé cette lettre.

fur l'Encyclopédie, dont on vient d'imprimer trois
volumes. J'ai l'honneur d'envoyer à votre Alteffe 1771.
royale ces trois tomes par les chariots de pofte. Le
quatrième n'eft pas achevé; l'état où je fuis en retarde
l'impreffion; mais rien ne peut retarder mon empreffement de répondre à la confiance dont vous m'honorez.

Le fyftême des athées m'a toujours paru très-extra-
vagant. *Spinofa* lui-même admettait une intelligence
univerfelle. Il ne s'agit plus que de favoir fi cette
intelligence a de la juftice. Or, il me paraît impertinent d'admettre un Dieu injufte. Tout le refte
femble caché dans la nuit. Ce qui eft fûr, c'eft que
l'homme de bien n'a rien à craindre. Le pis qui lui
puiffe arriver, c'eft de n'être point; et s'il exifte, il
fera heureux. Avec ce feul principe, on peut marcher
en fureté, et laiffer dire tous les théologiens qui n'ont
jamais dit que des fottifes. Il faut des lois aux hommes
et non pas de la théologie; et avec les lois et les armes
fagement employées dans la vie préfente, un grand
prince peut attendre à fon aife la vie future.

Je fuis avec un profond refpect, &c.

LETTRE LXXII.

DU PRINCE ROYAL DE PRUSSE,

FEDERIC-GUILLAUME.

À Potſdam , le 10 de mars.

1771.
Vous avez très-bien fait , Monſieur, de ne pas vous preſſer d'aller apprendre des nouvelles poſitives de l'autre monde. Vous êtes trop utile dans celui-ci, et j'eſpère que vous l'éclairerez encore long-temps.

Je ne vous fatiguerai plus par mes queſtions ſur l'ame. Je ferais bien fâché que vous allaſſiez chercher la réponſe ſi loin; et ma curioſité n'en ſerait probablement pas mieux ſatisfaite. Quelque favoriſé du ciel que vous ſoyez ſur notre petite planète, je doute qu'il vous accordât le privilége de revenir inſtruire vos admirateurs. Si cependant la choſe n'était pas impoſſible , ne craignez pas que votre apparition m'effraye. Mais , je vous le répète, ne vous hâtez point. Je ſuis très-content de ce que vous ſavez actuellement de notre ame : elle peut ſurvivre au corps; il eſt vraiſemblable qu'elle lui ſurvivra.

Pour avoir l'eſprit en repos ſur l'avenir , il ne faut qu'être homme de bien. Je le ſerai toujours : j'en ferai toute ma vie honneur à vos ſages exhortations; et j'attendrai patiemment que la toile ſe lève pour voir dans l'éternité.

Je ne faurais affez vous dire, Monfieur, combien je fuis content de vos réponfes fur le Syftême de la nature. Je favais bien que vous réfuteriez mieux ce livre en vingt pages, que tous les théologiens ne le feront en cent volumes. Ce bienfait feul mériterait la ftatue que l'on vous érige à tant de titres. J'aime la manière honnête dont vous traitez l'auteur, et la juftice que vous rendez à ce qu'il y a de bon dans fon livre, tout en terraffant fon fyftême.

Je vous rends mille grâces, Monfieur, du précieux préfent que vous me deftinez. Je lis actuellement, avec un plaifir infini, les premiers volumes de vos Queftions; je vous avoue que quelque eftime que j'aye pour la grande Encyclopédie, la vôtre me plaît incomparablement mieux: un format commode, un ftyle égal et toujours gai, point d'articles ennuyeux ou inintelligibles, et par-tout l'inimitable *Voltaire*.

Entre tous les articles que j'ai vus jufqu'à préfent, vous ne devineriez pas celui qui m'a le plus amufé; c'eft celui d'*auteur*. Comme je ne crains pas de jamais l'être, j'ai pu en rire à mon aife. A moins qu'un prince n'ait le ftyle de *Céfar*, ou la fageffe de *Marc-Aurèle*, ou le génie de *Fédéric*, je crois qu'il fera bien de ne pas écrire.

Je devrais peut-être mettre votre *Julien* fur cette petite lifte des princes que leurs ouvrages font admirer; mais je vous avoue que la fatire des *Céfars* fi vantée, ne me plaît guère. Je n'y trouve pas le ton de la bonne plaifanterie. Si vous en jugez plus favorablement, pardonnez à mon mauvais goût.

Ma lettre devient trop longue: je vous en demande pardon, vos momens font trop précieux au public.

1771.

1771.

Vous êtes affez heureux, Monfieur, pour que je ne puiffe vous être bon à rien. S'il fe préfentait néanmoins quelque occafion de vous faire plaifir, difpofez, je vous prie,

de votre très-affectionné ami,

FÉDÉRIC-GUILLAUME, *prince royal de Pruffe.*

LETTRE LXXIII.

DU LANDGRAVE DE HESSE-CASSEL.

Caffel, le 28 février.

MONSIEUR,

1772.

MONSIEUR *Mallet* me remit ces jours paffés votre lettre. Il m'a paru être un jeune homme très-fage, et qui s'énonce très-bien. Enfin, pour faire fon éloge, il n'y a qu'à dire qu'il m'a été recommandé par le *Neftor* de notre littérature. Que je ferais charmé de vous voir ici! Je tâcherais de vous en rendre, autant que je pourrais, le féjour agréable; mais je me bornerai à efpérer de vous revoir un de ces jours à Ferney, et à tâcher de mériter, par vos leçons le caractère de philofophe, le plus beau qui foit attaché à l'humanité, et que votre politeffe veut bien me donner.

Je fuis avec les fentimens de l'amitié la plus fincère,

Monfieur,

votre, &c.

FRÉDÉRIC.

LETTRE LXXIV.

DU MEME.

Weiſſenſtein, le 6 d'octobre.

MONSIEUR,

J'AI reçu, par madame *Galatin*, votre lettre; elle
m'a fait un plaiſir inexprimable par l'amitié dont
vous voulez bien m'aſſurer, et dont je fais tout le
cas poſſible. Je vous prie de me la conſerver, et d'être
perſuadé que perſonne ne vous chérit et ne vous
admire plus que moi. Quel charme ſi je pouvais
eſpérer de vous revoir bientôt! Je ferai tout mon
poſſible pour cela, l'amitié étant pour moi la plus
grande conſolation de la vie. La révolution de Suède
a été faite avec beaucoup de prudence et de fermeté.
Il faudra voir comment les puiſſances voiſines la
prendront.

Adieu, mon cher ami, aimez-moi toujours, vivez
encore long-temps, écrivez-moi auſſi ſouvent que
vous le pourrez ſans que cela vous incommode, et
ſoyez perſuadé de la ſincère amitié avec laquelle je
ferai toujours,

Monſieur,

votre, &c.

FRÉDÉRIC.

1772.

LETTRE LXXV.

DU PRINCE HENRI DE PRUSSE.

De Berlin, 13 février.

MONSIEUR,

—— Je n'ai point voulu être de vos admirateurs indiscrets. Dérober du temps dont vous faites un si noble usage, c'est faire un rapt aux hommes que vous éclairez par vos lumières. Je lis et relis vos ouvrages; mais j'ai résisté au plaisir que j'aurais eu à vous écrire. Combien de lettres recevez-vous dont la vanité est l'objet ! Montrer une réponse de *Voltaire*, c'est un trophée qui doit faire penser que l'auteur de la lettre et celui de la réponse font identifiés ensemble. Ce n'est pas ma façon de penser, je vous en fais l'aveu. On ne doit écrire à un homme de lettres que lorsqu'on a des observations utiles, curieuses; des doutes, des lumières à lui communiquer. Des lumières...comment vous en donner ? Des observations . . . quand tout est clair, précis, il ne reste rien à faire. Des doutes... je doute avec vous. Quand je lis vos ouvrages philosophiques, vous prouvez, vous subjuguez, vous entraînez. Voilà l'apologie du silence que j'ai tenu, et pour lequel, s'il pouvait servir d'exemple, vous m'auriez quelque obligation. Je jouis cependant de l'agrément de manquer aujourd'hui à la loi que je me suis imposée.

1773.

1773.

Le chevalier de *Mainiffier*, qui va à Ferney pour vous voir et vous consulter sur ses propres ouvrages, qui m'est recommandé de Queslie où il a passé trois années, me paraît digne de votre attention.

Ayez égard au souvenir que je conserve de *César*, et de l'ami de *Lusignan* ; j'étais trop jeune, à la vérité, pour avoir pu profiter de votre société autant que je l'aurais dû ; conservant cependant l'impression que vos lumières et votre esprit m'ont donnée, et celle de l'estime et de la considération avec laquelle je suis,

    Monsieur,

        votre très-affectionné ami,

           HENRI.

LETTRE LXXVI.

DE M. DE VOLTAIRE,

AU PRINCE HENRI DE PRUSSE.

Mars.

MONSEIGNEUR,

UNE des plus douces consolations que j'aye reçues depuis plus de vingt ans, a été la lettre dont votre Altesse royale m'a honoré ; je vois que vous daignez toujours protéger les lettres, et que vous favorisez les Français après vous être amusé à les battre ; ils sont dignes en effet de vos bontés. Cette nation qui passe pour être un peu légère ne l'a jamais été pour

—— vous; elle vous a toujours aimé, et les gens fenfés
1773. de chez nous ont rendu unanimement juftice à vos
grands talens militaires comme à vos grâces.

Le jeune M. *Mainiffier*, fecrétaire du général de
Brux écoffais au fervice de l'impératrice de Ruffie,
m'apporta hier dans mon lit, où mes maladies me
retiennent, la lettre dont je remercie votre Alteffe
royale; mon trifte état, et la perte prefque entière de
mes yeux ne me permettront guère de lire trois
gros volumes de la Politique morale, dont ce jeune
homme eft l'auteur; mais je lui rendrai tous les fervices qui dépendront de moi, quoiqu'il foit très-
difficile de dire des chofes neuves en morale, et
peut-être dangereux d'en dire de vieilles en politique.

Il eft vrai qu'il y a eu de grands politiques à
l'âge de vingt-cinq ans, mais ils n'imprimaient rien
à cet âge fur le gouvernement.

Quoi qu'il en foit, fi le jeune M. *Mainiffier* eft affez
heureux pour penfer et s'exprimer comme vous, il
réuffira. Je le trouve bien heureux d'avoir pu vous
faire fa cour; mon âge et ma fin prochaine ne me
laiffent pas efpérer un tel bonheur.

Je fuis avec le plus profond refpect,
     Monfeigneur,
               de votre Alteffe royale, &c.

LETTRE LXXVII.

DU LANDGRAVE DE HESSE-CASSEL.

Caffel, le 17 d'avril.

C'EST d'un cœur pénétré de la plus vive reconnaiſſance que je vous remercie, mon cher ami, de l'intérêt que vous prenez à mon mariage. Il eſt des plus heureux, et l'on ne ſaurait rien ajouter à mon bonheur. J'ai été paſſer deux mois à Berlin, et j'ai eu l'occaſion d'entendre ſouvent les converſations de ce grand roi, qui m'a comblé de politeſſes et de faveurs! Quel charme pour moi de l'écouter! Les momens que l'on paſſe avec lui ne paraiſſent ſurement pas être longs, et l'on voit à regret en arriver la fin. Vous avez très-bien fait, mon cher ami, de ne m'avoir point envoyé une ſeconde lettre de la perſonne en queſtion. Gardez-la, je vous prie, me voyant dans l'impoſſibilité d'y ſatisfaire.

Que je ſuis charmé que les cinquante accès de fièvre n'aient pas dérangé une ſanté auſſi chère pour tous vos amis, et pour moi en particulier qui vous aime au-delà de toute expreſſion! Vivez, cher *Neſtor* de la littérature; vivez encore long-temps pour le bien de l'humanité; conſervez-moi toujours votre amitié qui m'eſt ſi précieuſe, et ſoyez perſuadé de la parfaite conſidération avec laquelle je ſuis,

Monſieur,

votre, &c.

FRÉDÉRIC.

1773.

LETTRE LXXVIII.

DE M. DE VOLTAIRE,

A MADAME LA DUCHESSE DE VIRTEMBERG.

Le 10 juillet.

MADAME,

—— On me dit que votre Alteffe féréniffime a daigné
1773. fe fouvenir que j'étais au monde. Il eft bien trifte d'y
être fans vous faire fa cour. Je n'ai jamais reffenti fi
cruellement le trifte état où la vieilleffe et les maladies me réduifent.

Je ne vous ai vue qu'enfant, mais vous étiez affurément la plus belle enfant de l'Europe. Puiffiez-vous
être la plus heureufe princeffe, comme vous méritez
de l'être. J'étais attaché à madame la margrave avec
autant de dévouement que de refpect, et j'avais
l'honneur d'être affez avant dans fa confidence, quelque
temps avant que ce monde, qui n'était pas digne
d'elle, eût perdu cette princeffe adorable. Vous lui
reffemblez ; mais ne lui reffemblez point par une faible
fanté. Vous êtes dans la fleur de votre âge : que cette
fleur ne perde rien de fon éclat, que votre bonheur
puiffe égaler votre beauté ; que tous vos jours foient
fereins, que les douceurs de l'amitié leur ajoutent
un nouveau charme ! Ce font-là mes fouhaits ; ils
font auffi vifs que le font mes regrets de n'être point
à vos pieds. Quelle confolation ce ferait pour moi

de vous parler de votre tendre mère et de tous vos
auguftesparens! Pourquoi faut-il que la deftinée vous   1773.
envoye à Laufanne , et m'empêche d'y voler.

Que votre Alteffe féréniffime daigne agréer du
moins le profond refpect du vieux philofophe mourant
de Ferney.

LETTRE LXXIX.

DU LANDGRAVE DE HESSE-CASSEL.

Caffel , le 28 de juin.

MONSIEUR,

MADAME *Galatin* , mademoifelle fa fille , et
M. *Mallet* arrivèrent avant-hier. Vous pouvez vous   1774.
imaginer quelle fut ma joie. Elle fut redoublée par
la lettre que madame *Galatin* m'a remife de votre
part. Que je reconnais bien le prix de votre amitié ,
et que ne fuis-je toujours à portée de vous affurer de
la mienne de bouche! Quand viendra cet heureux
jour où je pourrai vous revoir! J'y penfe continuelle-
ment , et j'efpère encore , une de ces années , quand
vous y penferez le moins , d'aller vous furprendre à
Ferney. Quand viendra-t-il cet heureux jour où je
pourrai revoir un ami que j'aime tendrement!

Madame *Galatin* eft un peu fatiguée du voyage.
J'efpère que le féjour des bains de Geifmar la remettra
entièrement. Nous y allons demain. Ma fanté eft
affez bonne. Les chagrins la dérangent quelquefois ;

—— mais quand on se dit dans le meilleur des mondes
1774. possibles qu'il faut regarder d'un œil indifférent et
philosophique les choses que l'on ne saurait changer,
on les surmonte, je l'avoue, mais jamais au point
que cela ne fasse quelque impression sur le tempérament.

Continuez-moi toujours, mon cher ami, votre
amitié. Ecrivez-moi, quand cela ne vous incommo-
dera pas. Conservez votre santé à laquelle personne
ne s'intéresse plus que moi, et soyez bien persuadé
de la tendre amitié et de la parfaite estime avec lesquelles je ferai toute ma vie,

Monsieur,

votre, &c.

FRÉDÉRIC.

LETTRE LXXX.

DE M. DE VOLTAIRE,

AU LANDGRAVE DE HESSE.

18 mai.

MONSEIGNEUR,

—— JE vous avoue que je suis bien étonné. J'avais cru
1776. jusqu'ici que votre Altesse sérénissime se bornait à
estimer, à protéger ceux qui donnent d'utiles conseils
aux princes. Je viens de lire un petit écrit dans lequel
un

un prince souverain les instruit de leurs devoirs avec autant de noblesse d'ame qu'il les remplit. Celui qui disait autrefois que pour former un bon gouvernement il fallait que les philosophes fussent souverains ou que les souverains fussent philosophes, avait bien raison. Vous voilà philosophe, et si je n'étais pas si vieux je viendrais me mettre aux pieds de votre philosophie sérénissime. Les seigneurs Cattes vos prédécesseurs, ceux qui battirent *Varus*, ceux qui bravèrent si long-temps *Charlemagne* n'auraient jamais écrit ce que je viens de lire. Le siècle où nous sommes sera célèbre par ce progrès des connaissances morales qui ont parlé aux hommes du haut des trônes, et qui ont inspiré des ministres.

Votre Altesse sérénissime sait peut-être déjà que la France vient de perdre les secours de deux ministres philosophes qui pratiquaient toutes les leçons qu'on trouve dans ce petit écrit qui m'a tant surpris. L'un est M. *Turgot* qui, en moins de deux ans, avait gagné les suffrages de toute l'Europe ; l'autre est M. de *Lamoignon*, digne héritier d'un nom cher à la France. Ils se sont démis du ministère le même jour, et on pleure leur retraite.

Je ne sais point encore dans mes déserts quel philosophe prendra leur place, et aura la charité de nous gouverner. La sagesse d'aujourd'hui apprend non-seulement à faire du bien, mais à voir d'un œil égal les places où l'on peut faire ce bien, et le repos dans lequel on ne cultive la vertu qu'avec ses amis.

Je ne doute pas, Monseigneur, que vous n'adoucissiez le poids du gouvernement par les douceurs de l'amitié. Heureux les peuples qui vous sont soumis !

1776. —— Heureux les hommes privilégiés qui vous approchent !

Je suis avec un profond respect,

Monseigneur,

de votre Altesse sérénissime, &c.

LETTRE LXXXI.

DU LANDGRAVE DE HESSE-CASSEL.

Wabern, le premier de juin.

MONSIEUR,

Vous flattez singulièrement mon amour propre par l'approbation obligeante que vous voulez bien donner aux Pensées diverses sur les princes. Je la dois cette approbation à votre amitié pour moi, qui m'est si chère, et non au mérite de l'ouvrage. Je n'ai fait qu'y tracer les sentimens de mon cœur, joints à un peu d'expérience. Que ne suis-je à portée, mon cher ami, de vous voir souvent pour puiser dans votre conversation les principes difficiles de l'art de conduire les hommes, et de leur faire envisager que tout ce que l'on fait est pour leur propre bien.

Plus je connais M. de *Luchet* et plus je l'estime. Quel charme dans la conversation ! Quelles idées nettes ! Il s'exprime avec la plus grande facilité et précision. Je l'ai fait directeur de mes spectacles, et l'on dirait qu'il est fait exprès pour cette place.

La France perd beaucoup dans les deux ministres qui ont donné leur démission. Ils étaient philosophes,

et cela eſt rare. Il me ſemble que l'on fait mal , à ——
moins d'une néceſſité abſolue , de changer ſouvent **1776.**
de miniſtres. L'on perd trop à l'apprentiſſage. Les
regards des politiques ſont tournés vers l'Amérique.
J'y ai auſſi envoyé douze mille hommes qui contri-
bueront , à ce que j'eſpère , à faire rentrer les rebelles
dans leur devoir. Le pays eſt beau , mais le trajet par
mer eſt fort long.

Conſervez-moi toujours votre amitié, étant pour
le reſte de ma vie avec l'eſtime la plus ſincère.
Monſieur ,

votre , &c.

FRÉDÉRIC.

LETTRE LXXXII.

DU MEME.

Caſſel , le 23 d'auguſte.

MONSIEUR,

JE viens de recevoir votre lettre du premier de ce ——
mois. J'eſpère que vous aurez reçu la mienne, par **1777.**
laquelle j'accepte de bon cœur la propoſition que
vous me faites d'encourager l'inſtitut de la ſociété de
Berne. Il eſt étonnant que dans un royaume de notre
Europe, qui ſe dit policé, on penſe encore à un
tribunal auſſi cruel que celui de l'inquiſition , qui
ſerait digne des Iroquois et des anthropophages.

Je ſuis avec l'amitié la plus ſincère,
Monſieur,

votre , &c.

LETTRE LXXXIII.

DU MEME.

Caffel, 24 novembre.

MONSIEUR,

J'AI reçu la lettre du 27 du mois paffé avec le Prix de la juftice et de l'humanité. Je me fuis empreffé de le lire, et j'y ai vu la juftice et l'humanité tracées l'une et l'autre fur le papier avec la plume la plus éloquente et la profe la plus belle. Il ferait à fouhaiter que tous les jurifconfultes penfaffent comme vous fur cette matière. Je viens d'en perdre un, dans la perfonne de M. le confeiller privé *Koop*, qui réuniffait tous les talens que l'on peut fouhaiter dans une charge de cette importance. Homme jufte, éclairé, laborieux, intègre, compatiffant au malheur d'autrui, la mort nous l'a enlevé, et il n'avait pas encore cinquante ans. Il était entièrement revenu du fentiment barbare et inutile d'arracher le propre aveu du criminel par des fupplices plus cruels que la mort.

Je voudrais pouvoir mériter les éloges que vous me donnez à cette occafion, et je les attribue uniquement à votre amitié pour moi, qui a trop d'indulgence.

Je fuis avec la plus parfaite confidération,
Monfieur,

votre, &c.

Fin du troifième et dernier tome des Lettres du roi de Pruffe, &c. et de M. de Voltaire.

1777.

VOLTAIR

66

CORRESPON

DEPRUSS

OM III

www.ingramcontent.com/pod-product-compliance
Lightning Source LLC
Chambersburg PA
CBHW061327050726
47504CB00013B/595